Nicci French

Sous le pseudonyme Nicci French se cache un couple de journalistes londoniens. Nicci Gerrard a enseigné la littérature à Los Angeles puis à Londres, avant de se tourner vers le journalisme et de créer une revue artistique. Elle rencontre alors Sean French, qui deviendra son mari et son compagnon d'écriture.

Maniant l'art de jouer avec les nerfs et le suspense cousu main, ils rencontrent le succès dès leur premier thriller psychologique, *Mémoire piégée* (1997). Désormais traduit dans le monde entier, ce duo incontournable connaît une renommée sans cesse grandissante avec aujourd'hui quinze titres à son actif, dont *Sourire en coin* (2005), *Charlie n'est pas rentrée* (2008), *Jusqu'au dernier* (2009), *Plus fort que le doute* (2010), et *Tous complices* (2011). *Le Jour des saints* (2019) est le dernier titre de la « semaine », après *Lundi mélancolie* (2012), *Sombre mardi* (2013), *Maudit mercredi* (2014), *Terrible jeudi* (2015), *Cruel vendredi* (2016), *Ténébreux samedi* (2017), et *Fatal dimanche* (2018). Tous leurs ouvrages ont paru chez Fleuve Éditions et sont repris chez Pocket. Un travail singulier qu'ils définissent comme « une folie à deux ».

Retrouvez toute l'actualité de Nicci French sur : www.niccifrench.fr

LE JOUR DES SAINTS

DU MÊME AUTEUR
CHEZ POCKET

MÉMOIRE PIÉGÉE
FEU DE GLACE
DANS LA PEAU
LA CHAMBRE ÉCARLATE
AU PAYS DES VIVANTS
SOURIRE EN COIN
JEUX DE DUPES
AIDE-MOI
CHARLIE N'EST PAS RENTRÉE
LES MORSURES DU DOUTE
JUSQU'AU DERNIER
PLUS FORT QUE LE DOUTE
TOUS COMPLICES
LUNDI MÉLANCOLIE
SOMBRE MARDI
MAUDIT MERCREDI
TERRIBLE JEUDI
CRUEL VENDREDI
TÉNÉBREUX SAMEDI
FATAL DIMANCHE
LE JOUR DES SAINTS

NICCI FRENCH

LE JOUR DES SAINTS

Traduit de l'anglais
par Marianne Bertrand

fleuvenoir

Titre original :
DAY OF THE DEAD
(Publié par Michael Joseph,
Penguin Random House group, UK)

MIXTE
Papier issu de
sources responsables
FSC® C003309

Pocket, une marque d'Univers Poche,
est un éditeur qui s'engage pour la préservation
de l'environnement et qui utilise du papier fabriqué
à partir de bois provenant de forêts
gérées de manière responsable.

ISBN : 978-2-266-30684-3
Dépôt légal : avril 2020

Un

C'était un lundi matin, il faisait beau, il faisait chaud, trop chaud pour une fin d'automne, et Charlotte Beck allait bientôt traverser ce qui constituerait l'unique événement réellement dramatique de son existence. Elle n'était pas prête à le vivre. De fait, elle ne se sentait prête à rien.

Elle remontait Heath Street, pilotant une petite troupe chaotique comme elle le faisait chaque jour. Elle manœuvrait une poussette, contenant Lulu, dix mois. À sa gauche, Oscar, deux ans et demi, s'escrimait sur une petite trottinette. À son poignet droit une laisse, à l'autre extrémité un labrador noir : un chiot, appelé Suki. Tout semblait flotter dans une brume : Charlotte nageait dans le coaltar, dans la nuée de fatigue implacable qui s'était abattue sur son univers ces derniers six mois. Lulu ne dormait pas la nuit. Elle criait et hurlait sans fin et rien n'y faisait, rien que Charlotte ait pu essayer, rien de ce qu'avaient recommandé les spécialistes.

Au lieu de ça, Lulu dormait le jour. Elle dormait donc à présent dans sa poussette, comme une bienheureuse sous une couverture, une tétine fourrée dans le bec. De temps à autre, Charlotte se penchait pour la regarder. Elle semblait paisible et angélique. Il était difficile de croire que ce petit visage lisse aux longs cils et aux joues roses puisse infliger de telles souffrances à une femme adulte. Charlotte était fatiguée à en avoir mal partout. Ses yeux piquaient, sa peau tirait, ses articulations étaient douloureuses. Elle n'avait que trente et un ans. Il ne s'agissait tout de même pas d'arthrite, si ?… Le manque de sommeil pouvait-il endommager les os ? C'était l'impression qu'elle avait, en tout cas.

Tandis que sa petite caravane remontait péniblement la colline, Charlotte surveillait tout ce qui pouvait mal tourner. Suki n'obéissait pas encore au doigt et à l'œil. Charlotte avait bien eu l'intention de la dresser, mais elle n'en avait pas eu le temps. Il y avait tant à faire par ailleurs. À tout moment, la chienne risquait d'esquiver ou de bondir sur un autre chien, en les entraînant tous sur la chaussée. Soit, elle n'était encore qu'un petit chiot, mais c'était déjà plus qu'assez pour sa propriétaire. Oscar sur sa trottinette constituait lui aussi un danger permanent pour lui-même comme pour les autres. Pour la centième fois, Charlotte se dit qu'il fallait absolument qu'elle lui achète un casque. Qu'arriverait-il s'il tombait sur la tête ? Épuisée, elle se figurait déjà les gros titres : « Une famille jetée sous les roues d'une voiture par son chien » ; « Un enfant meurt dans un accident de trottinette. Arrestation de la mère ».

Ce matin, le monde entier semblait la narguer. Elle passa devant des cafés où de jeunes mères étaient assises à papoter deux à deux, comme si la maternité était un mode de vie choisi, facile et agréable. La seule idée de tenter de s'asseoir dans un café en compagnie d'Oscar, de Lulu et de Suki donna à Charlotte un début de migraine. Elle longea une boutique de vêtements pour enfants, Mamma Mia. Oscar fonça en trottinette vers la vitrine avant de piler.

— C'est un robot ? demanda-t-il en dévisageant le mannequin argenté de taille enfant au regard éteint, portant une veste qui coûtait 87,50 £.

— Non, répondit Charlotte. C'est un…

Elle hésita. Comment expliquer ?

— C'est une espèce de poupée qui porte des vêtements.

Derrière les mannequins du magasin, Charlotte aperçut une femme vêtue d'une doudoune rose en compagnie de deux enfants, un garçon plus ou moins de la même taille qu'Oscar et une fille de quelques années plus âgée. La fille avait des cheveux blonds, coiffés en queue-de-cheval. Charlotte avait l'impression d'assister à une représentation, par des gens qui savaient comment se comporter comme une famille et qui avaient les moyens de jouer juste.

Ils repartirent à l'assaut de la rue. Ils s'acheminaient vers le haut de la colline, le Whitestone Pond, dans le quartier de Hampstead Heath. Aux yeux de Charlotte, c'était comme déboucher dans la lumière, fuir l'obscurité en contrebas, la circulation et les gaz d'échappement des 4 × 4 emmenant leurs enfants dans l'une des douzaines de petites écoles primaires privées disséminées çà et là dans Hampstead. Elle fit une nouvelle halte devant le cabinet d'un dentiste. Quand les enfants devaient-ils consulter un dentiste pour la première fois ? Elle étudia l'enseigne en verre au-dehors, comportant une liste des services proposés. « Sourire de star ». Voilà qui ne lui ferait pas de mal. « Inversez le cours du temps ». Encore mieux. Elle se revit dix ans plus tôt – si longtemps déjà ? – à l'université. Ces soirées du vendredi et du samedi, les grasses matinées. Personne à nourrir. Personne dont il fallait se soucier, si ce n'était d'elle-même et parfois de la coloc' qui avait fini le lait. Elle surprit son reflet dans le miroir. Que penserait la Charlotte Beck de vingt et un ans de la Charlotte Beck de trente et un, en manque de sommeil, les cheveux sales et – elle le remarqua soudain – avec une tache sur son tee-shirt ? Elle remonta la fermeture éclair de sa veste pour qu'on ne puisse pas la voir.

Ils continuèrent de grimper la colline.

— On va où ? s'enquit Oscar.

— Là où on va toujours. À la mare. Peut-être qu'on achètera un bateau un jour.

— Un bateau comment ?

— Un petit voilier.

L'idée lui parut mauvaise sitôt les mots sortis de sa bouche.

Et c'est là que cela se produisit.

Un miroitement argenté quand la voiture fila devant elle, dévalant la pente.

Trop vite, pensa-t-elle en se tournant vers Oscar, la poussette et Suki. Elle ne regardait pas dans la bonne direction, mais elle entendit des cris, puis un crissement, suivi d'un choc, d'un bruit métallique, puis de verre brisé. Elle fixa la descente. Elle avait du mal à comprendre ce qu'elle voyait parce que soudain, tout avait changé. Personne ne bougeait et le silence s'était fait, à l'exception d'une alarme qui hurlait quelque part. De manière invraisemblable, comme en rêve, le véhicule argenté qui venait de passer devant elle était fiché dans la devanture d'un magasin. Quasiment englouti. Une camionnette blanche engagée dans la montée s'était arrêtée au beau milieu de la route et le conducteur était sorti, mais il ne faisait rien, il restait planté là, à regarder.

Charlotte eut l'impression que le cours de sa vie normale venait de se fêler et qu'elle était passée au travers de la fissure, que plus rien n'était comme avant, plus rien n'avait de sens. Elle se dirigea vers le désastre, puis s'arrêta. Elle avait Suki : la laisse était bien attachée à son poignet. Mais elle avait oublié ses enfants. Elle revint sur ses pas et s'empara de la poussette. Lulu dormait toujours, profondément. Oscar fixait la voiture encastrée, bouche bée, comme s'il parodiait la surprise dans un livre de contes.

— Viens, l'encouragea Charlotte avant de prendre gauchement sa main dans la sienne, tout en pilotant la poussette de l'autre, toujours attachée à la laisse de Suki.

Alors qu'elle approchait, elle constata que les gens ne faisaient que rester debout, plantés là, à regarder, à observer. Deux femmes étaient sorties du café. Il y avait une postière. Elle avait un drôle de chariot rouge et tenait à la main un paquet. À côté, Charlotte aperçut des silhouettes couchées au sol. Pourquoi personne ne leur venait-il en aide ? Elle inspecta les alentours. Elle attendait qu'apparaissent des gens en uniforme, qu'ils prennent le relais, installent un cordon de sécurité et ordonnent à tous de rester en dehors de ce périmètre. Mais il n'y avait personne. Rien que des gens ordinaires qui ne savaient pas quoi faire.

Deux jeunes femmes se trouvaient à côté d'elle. L'une portait un sac en cuir à l'épaule.

— Vous avez un téléphone ?

Les femmes restèrent interdites et Charlotte reposa la question. L'une des deux leva la main pour montrer l'appareil qu'elle tenait.

— Ambulance, ordonna Charlotte. 999. Appelez immédiatement.

Elle regarda l'autre femme, puis indiqua ses enfants d'un geste.

— Je vous les confie ? dit-elle. Une minute. Je reviens.

Charlotte ôta la laisse de Suki de son poignet et la passa à Oscar, toujours bouche bée.

— Garde Suki une minute. Tu peux faire ça ?

Il hocha la tête d'un air solennel. Charlotte tourna les talons et se dirigea vers la voiture. Une femme gisait pour moitié sur le trottoir, pour l'autre sur la chaussée, bras et jambes écartés. Une jambe formait un angle peu naturel. Charlotte s'agenouilla auprès de la femme et plongea le regard dans ses yeux. Elle n'avait aucune idée de ce qu'il convenait de faire. Était-on censé les bouger ou pas ?

— Comment vous sentez-vous ? demanda-t-elle.

— Ma jambe… commença la femme.

Au moins, elle parlait.

— Autre chose ?

— Mon mari. Où est mon mari ?

— L'ambulance arrive, répondit Charlotte, espérant que c'était vrai.

Elle passa de l'autre côté de la voiture. Un homme âgé gisait sur le dos. Il fixait le ciel sans ciller. C'était le premier mort que Charlotte ait jamais vu.

Elle fit un pas vers le véhicule. Elle apercevait un corps avachi à l'intérieur. Elle n'aurait su dire si c'était un homme ou une femme. Elle s'apprêtait à ouvrir la portière de la voiture quand elle perçut un sanglot, qui émanait de l'intérieur du magasin. Elle enjamba les restes de la vitrine. Elle entendit le verre crisser sous ses pieds, baissa les yeux et comprit qu'elle était chez Mamma Mia, dans la boutique de vêtements pour enfants.

Une forme humaine était couchée à terre, pour moitié sous les roues avant de la voiture. Alors qu'elle se penchait vers elle, la silhouette gémit et remua, et elle sentit soudain une giclée tiède sur elle, et elle vit qu'il s'agissait d'une femme, que du sang jaillissait de son épaule. Il sortait par à-coups, comme si quelqu'un le ravalait puis l'expulsait. La femme la regardait, droit dans les yeux. Charlotte fut un instant tentée de s'enfuir et de laisser quelqu'un d'autre prendre la suite.

Elle se rappela vaguement ce qu'il convenait de faire. Presser. C'était ça. Mais où ? Elle couvrit la plaie de ses doigts mais le sang bouillonnait au travers. Ça ne marchait pas. Elle posa alors sa main un peu en dessous de la plaie et appuya de nouveau, vraiment fort. L'afflux sanguin cessa, comme si elle avait marché sur un tuyau d'arrosage. Elle pressa de plus belle et la femme laissa échapper un râle.

— Je vais mourir ? demanda-t-elle.

Son regard vacilla.

— Une ambulance arrive, répondit Charlotte.

— Joey, murmura la femme. Et Cass.

Charlotte comprit soudain que cette femme était celle qu'elle avait observée au travers de la vitrine. Et se demanda alors où étaient ses enfants.

— Je suis sûre qu'ils vont bien, dit-elle.

Elle jeta un coup d'œil circulaire, presque effrayée par ce qu'elle risquait de découvrir. Là, sur le côté, se trouvaient les deux petits, vautrés par terre, le regard vide, sous le choc. Charlotte aurait aimé faire quelque chose mais redoutait de déplacer sa main. Tout d'un coup, on s'affaira autour d'elle, des policiers, des jeunes gens… Quelqu'un lui posa des questions d'une voix forte mais elle était incapable de penser. On l'éloigna de la femme, qui disparut sous une mêlée d'urgentistes. Charlotte recula, du verre crissant toujours sous ses pieds. Elle regarda les deux enfants affalés par terre et des deux mains, leur adressa un geste d'impuissance.

Ses propres enfants lui revinrent à l'esprit et elle se fraya prudemment un chemin dans le magasin dévasté. Des gens en uniforme partout. Certains lui décochèrent un regard curieux. Elle sortit, sentit sur elle la chaleur du soleil, entendit des cris s'élever. Hébétée, elle se demanda pourquoi, puis, baissant les yeux, elle se vit inondée de rouge, et comprit que c'était elle qui les avait provoqués.

Deux

L'agent Darren Symons n'était à ce poste que depuis deux mois, guère plus. L'accident le plus grave auquel il avait assisté jusqu'ici, c'était quand un jeune homme à moto avait été renversé par un camion toupie. Il n'était pas mort, cependant, il s'était juste cassé la jambe. Là, c'était autre chose. Il considéra le carnage, en proie à une forme de sidération. On aurait dit des hallucinations : les éclairs de lumières bleues, la voiture argentée encastrée dans le magasin, les éclats de verre miroitant sur le trottoir, le corps toujours prisonnier de la tôle froissée. Ça ne semblait pas vrai, pas plus réel que le mannequin taille enfant placidement dressé au milieu des décombres de la boutique. On hissa un corps sur un brancard. Deux petits enfants furent conduits par une policière vers une voiture en stationnement. Il vit du sang sur le trottoir. Il entendit quelqu'un pleurer.

— Agent Symons. *Darren*.

Il cligna des yeux et se tourna vers l'officier supérieur chargé de l'enquête, qui désigna leur entourage d'un geste.

— Les témoins. Prenez leurs noms. Avant qu'ils s'évaporent.

Il hocha la tête et sortit son calepin. Son crayon tremblait sur le papier quand il nota la date : 3 octobre 2016. Il consulta sa montre et ajouta l'heure : 09 h 11. Les gens s'agglutinaient derrière les rubans de police, et il en montait encore d'autres, comme s'ils se rendaient à un concert. Comment avaient-ils appris la nouvelle aussi vite ? Il leva les yeux et distingua des visages aux fenêtres.

Une femme était assise sur le trottoir, couverte de sang, tenant en laisse un petit chien ; chaque fois qu'il tirait dessus, le corps de la dame sursautait. Pourquoi personne ne s'occupait d'elle ? Il s'approcha prudemment, comme si elle était une bombe qui risquait d'exploser, et elle leva la tête. Son visage était blême en raison du choc, mais elle paraissait indemne. Dans la poussette à côté d'elle se trouvait un bébé, étrangement assoupi malgré tout ce vacarme, une tétine fourrée dans la bouche, rêvant d'on ne savait quoi, les yeux mobiles sous les paupières. Un petit garçon en salopette rayée s'amusait à sauter du trottoir dans le caniveau, les joues fiévreuses.

— Vous êtes blessée ? s'enquit Symons.

Derrière eux, il entendait le bruit d'une scie : ils devaient désincarcérer le corps.

— Moi ? Non. Je suis juste…

Sa voix s'éteignit.

— J'ai un peu mal au cœur.

— C'est du sang ! clama le garçon. Du sang, bon sang !

Il bondit d'avant en arrière, haletant, les traits tirés par l'effort, l'œil brillant.

— Je peux vous poser quelques questions ? demanda l'agent Symons. Sur ce que vous avez vu ?

— Je n'ai rien vu.

— Vous êtes couverte de sang.

Elle baissa les yeux, s'examinant, hébétée.

— C'est le sien. Elle va mourir, vous croyez ? Où sont ses enfants ?

— Qui ça ?

— La femme dans la boutique. J'ai essayé…

— Je n'en ai aucune idée, répondit-il. Si vous pouviez me dire ce que vous avez vu.

— Ça a fait bada boum, fanfaronna le garçon. Pendant qu'on montait à l'étang. On va acheter un voilier bientôt.

— Commençons par votre nom.

— Je m'appelle Charlotte Beck, répondit la femme.

Elle se mit à pleurer, tremblant de tout son corps frêle.

Il s'assit auprès d'elle sur le trottoir et posa sa main sur son épaule. Le garçonnet s'arrêta de sauter et s'accroupit de l'autre côté.

— Ça se lave, Maman, dit-il. Ne pleure pas.

— J'étais à l'arrière, au stock, répondit la propriétaire de Mamma Mia. (Sa voix se brisa. Elle n'arrêtait pas de se toucher le visage, le corps, comme pour s'inspecter et vérifier qu'il n'y avait pas de dégâts.) Je cherchais…

Elle s'interrompit.

— Peu importe ce que je cherchais, j'imagine.

— Donc vous n'avez rien vu ? demanda l'agent Symons.

— J'ai cru à un tremblement de terre. Ou une bombe. J'ai cru que j'allais mourir.

Son regard était fixé sur lui.

— J'ai rampé sous la table, ajouta-t-elle. Je n'ai pas cherché à aider, je me suis juste cachée.

— C'est tout naturel, répondit-il.

— Il y avait quelqu'un dans la voiture avec lui.

— Ah oui ?

— Un homme. Avec un bonnet, je crois. Tout s'est passé si vite, mais je crois l'avoir reconnu. A-t-il disparu ? C'est bizarre, non ?

— La scène avait quelque chose d'étrange.

Symons regarda l'homme. Il avait des épaules larges, le cheveu coupé court, et portait un jean et une veste verte épaisse.

— Évidemment que ça l'était, renchérit l'agent. Une voiture qui fonce dans une boutique. On ne fait pas plus étrange.

— Ce n'est pas ce que je voulais dire. C'était comme si la voiture n'avait pas de conducteur et qu'elle dévalait la colline, hors de contrôle.

— Qu'elle dévalait ? Expliquez-vous ?

— Je ne fais que décrire ce que j'ai vu.

— Pouvez-vous me laisser un nom et un numéro ?

— McGill, dit l'homme. Dave McGill.

Et il récita un numéro de téléphone.

Symons tentait de se concentrer. Le soleil était si cuisant et les bruits si oppressants. L'alarme hurlait toujours, la scie continuait de couiner, les klaxons de beugler depuis le bas de la rue. Au loin, on entendait des sirènes. Il lança un regard à la femme qui lui faisait face, une dénommée Sally Krauss, qui tremblait tout en serrant son sac à main marron brillant contre sa poitrine, comme pour se protéger.

— Il était chauve, dit-elle. Il était penché en avant. Sans doute a-t-il fait une attaque cardiaque. C'est arrivé à mon oncle. Il a foncé droit dans un arbre. Attaque cardiaque foudroyante. Ils m'ont dit qu'il n'avait sans doute rien senti.

Symons baissa les yeux sur ses notes. Chacun avait observé une scène différente. Il poussa un soupir.

— Je m'appelle Adrian Greville et j'ai tout vu, dit l'homme à la moustache fine comme un fil sur sa lèvre supérieure. Elle me fonçait droit dessus. Elle m'a raté de ça, précisa-t-il en brandissant un pouce et un index pour indiquer à quel point il avait échappé de peu à la voiture. Elle a percuté ce couple de vieux. Lui, je l'ai vu valser dans les airs. J'ai vu sa tête. Il me regardait droit dans les yeux, je l'aurais juré. Pauvre type !

— Avez-vous vu le conducteur, ou pas du tout ?

— Parfaitement. Il était assis là, agrippé au volant. Il souriait. Ça n'avait rien d'un accident. C'était intentionnel.

Certains témoins semblaient avoir du mal à quitter les lieux. Ils s'attardaient par groupes, échangeant les uns avec les autres. Celui en veste verte, qui avait remarqué que la voiture semblait avoir dévalé la colline, s'assit sur le trottoir à côté d'une Charlotte Beck trempée de sang. Son petit garçon était assis à côté d'elle, en train de sucer la sucette que lui avait donnée un agent de police et le bébé dormait dans sa poussette. Elle se tourna vers lui, l'air sonné.

— Je ferais mieux de rentrer, commença-t-elle.

— J'ai vu ce que vous avez fait.

— Je n'ai fait que ce que n'importe qui aurait fait.

— Mais personne d'autre ne l'a fait. On va sans doute vous décerner une médaille.

Il se leva et tendit sa main pour l'aider à se relever.

— Là, dit-il. Dave. Je vous raccompagne. Je prends la poussette.

Dans l'espace dévasté de ce qui avait été un temps Mamma Mia, un groupe d'experts de scènes de crime vêtus de combinaisons blanches finirent d'extraire le corps d'un homme du véhicule. Il avait la cinquantaine, les cheveux coupés ras, un grain de beauté sur sa joue droite. Il portait un pantalon gris et une chemise à carreaux gris et blancs, une montre au bracelet métallique. Son teint était crayeux, ses yeux grands ouverts, le regard fixe, à jamais stupéfait.

Ils l'allongèrent sur le brancard. Son bras retomba et l'un des agents, une femme, le remonta sur sa poitrine.

— Il n'y a pas trop de sang, fit-elle remarquer.

Alors qu'on emportait le corps, un autre agent se pencha et tendit la main, tentant d'éviter le verre et le métal déchiqueté.

— Là ! déclara-t-il en brandissant un portefeuille.

Le sergent June McFarlane inspecta le portefeuille en vitesse. Elle en sortit un permis de conduire. À l'évidence, le portrait flou, pixélisé, était celui du conducteur du véhicule.

— Geoffrey Udo Kernan, lut-elle à voix haute. 10 Motherwell Road, RM10 9BB.

Elle se tourna vers Symons.

— Tu sais où c'est ? C'est loin de Londres ?

— C'est à Romford, je crois. Tout dépend de ce que tu entends par « loin de Londres ». Tu veux que j'envoie quelqu'un ?

McFarlane secoua la tête.

— On y va nous-mêmes. Sur-le-champ.

Symons parut dubitatif.

— Ça fait loin.

— Tant pis. On a des morts, là, des blessés. C'est à nous de nous y coller.

Il était 15 h 30. Le soleil était déjà bas dans le ciel. La route était toujours barrée de rubans et gardée, avec des voitures et des fourgons de police garés en travers de la chaussée. Mais les attroupements s'étaient dispersés, le véhicule avait été remorqué, le verre, balayé. L'équipe scientifique était toute à sa besogne, prenant des photos, mesurant les traces de dérapage, ramassant des bouts de métal arraché, respectant les règles, tentant d'ordonner ce chaos et de lui donner un sens. Mamma Mia n'était plus qu'un trou béant.

McFarlane et Symons se trouvaient sur le périphérique nord, coincés dans les embouteillages. Ils avaient vérifié sur le GPS. Symons n'avait pas vu tout à fait juste. Le domicile de Kernan se trouvait plus à Barking qu'à Romford, ce qui ne le rapprochait pas pour autant.

— Ce n'est pas la bonne heure pour rouler, remarqua Symons.

— Parce qu'il y a une bonne heure ? répliqua McFarlane. À 3 heures du matin, peut-être ?

Ils avaient eu tout le temps nécessaire pour entrer le nom de Kernan dans le logiciel de la police. Rien. Symons se mit à évoquer la scène de crime, à suggérer des hypothèses, mais McFarlane l'interrompit.

— Attendons de voir, dit-elle.

Durant le reste du trajet, ils abordèrent d'autres sujets. Plus d'une heure s'écoula avant qu'ils ne quittent le périphérique nord pour emprunter la rocade de Barking, et de là, Motherwell Drive, une rue datant de l'après-guerre, longée de maisons mitoyennes crépies, de quatre pièces, deux à chaque étage. Ils restèrent assis un moment dans la voiture.

— Ça fait toujours drôle, lâcha McFarlane, quand on s'apprête à sonner chez quelqu'un et à détruire sa vie.

— Peut-être qu'il vivait seul, suggéra Symons. Ou qu'il n'y a personne.

— On ne le saura jamais si on ne bouge pas, conclut McFarlane.

Ils sortirent de conserve et remontèrent la petite allée. En faisant une pause à côté d'une Peugeot grise qui s'y trouvait garée.

— On dirait qu'il y a quelqu'un, indiqua McFarlane tout en pressant la sonnette.

Un carillon retentit au loin. Un bruit de pas se fit entendre, et le battant s'ouvrit. La femme portait un jean ample, un chemisier blanc et un cardigan turquoise, dont l'une des manches était légèrement piquée de petits trous de mites, remarqua McFarlane. Mais ce qu'ils virent surtout, c'était son visage, pâle, à l'expression anxieuse : le contraste rendait ses cheveux bruns presque noirs.

— Connaissez-vous Geoffrey Kernan ? demanda McFarlane, et Symons sentit son estomac se nouer à la pensée des événements à venir.

— C'est mon mari, répondit-elle.

— Pouvons-nous entrer ?

Au début, ils restèrent simplement assis au salon, mal à l'aise, à regarder Mme Kernan pleurer. McFarlane se pencha en avant et lui tendit les Kleenex qu'elle avait préparés. Symons se rendit dans la petite cuisine, dénicha un pot de café instantané et prépara un mug pour chacun d'eux, ajoutant plusieurs cuillerées de sucre pour Mme Kernan. McFarlane prit place à côté de la femme et l'obligea à le boire.

— Je n'y crois pas, dit Mme Kernan. Je ne peux pas le croire. Je n'arrête pas de me dire que je vais me réveiller.

— Je suis vraiment désolée, compatit McFarlane.

— Je me disais bien qu'il s'était passé un truc. Mais pas ça.

— Qu'entendez-vous par là ?

— J'ai signalé sa disparition.

McFarlane échangea avec Symons un regard perplexe.

— Je croyais que tu avais dit… commença-t-elle.

— J'ai vérifié, rétorqua-t-il. Il n'y avait rien.

Elle se tourna vers Mme Kernan.

— Quand avez-vous fait ce signalement ?

— Il y a trois jours. Je suis allée au commissariat et j'ai indiqué qu'il avait disparu.

— Vous avez déposé une main courante ?

— Ils n'en voulaient pas. Ils ont dit qu'il était sans doute juste parti subitement. Que ça arrive.

— Donc vous n'avez pas fait de déposition ?

— Ils m'ont renvoyée chez moi. Ça ne les intéressait pas. Ils m'ont dit de revenir dans quelques jours s'il n'était toujours pas rentré. Et maintenant… maintenant…

Et elle se remit à pleurer.

— Madame Kernan, avez-vous…

— Je sais qu'il n'aurait jamais fait ça.

— Fait quoi ?

— Je suis allée rendre visite à ma sœur et à mon retour, il n'était plus là. J'ai cru qu'il était parti faire un tour, ou retrouver un ami quelque part. Mais il s'est fait de plus en plus tard et il ne répondait pas à son téléphone, et pour finir, il n'est pas rentré du tout. J'ai patienté toute la journée du lendemain et ensuite, on m'a appelé de son bureau pour me demander pourquoi il n'avait pas donné signe de vie, et c'est là que je suis allée trouver la police.

— Vous avez des enfants ?

La femme s'entoura de ses bras comme pour se réconforter.

— Ned. Il est à la fac. Je vais devoir le prévenir. C'est sa première année. Il vient juste de commencer. Je ne lui ai pas dit que Geoff avait disparu. Je ne voulais pas qu'il s'inquiète. Et maintenant…

Elle se tamponna la figure de son Kleenex. Ses yeux étaient rouges.

— Il était proche de son père ?

— Ils se disputaient beaucoup. Mais c'est qu'ils se ressemblaient tellement…

— Que faisait votre mari ?

— Il est dans la vente.

— La vente de quoi ?

— D'articles sanitaires. Destinés aux entreprises. Il roule beaucoup.

Elle cilla.

— Roulait. C'est la première fois que j'en parle au passé.

— Oui, compatit McFarlane. C'est dur. C'est votre voiture qui est garée, là, devant ?

— La sienne. En fait, c'est le véhicule de la société.

— Il en a une autre ? Une Nissan gris argent métallisé ?

— Non, on n'en a qu'une.

— Cet accident s'est passé dans Heath Street, à Hampstead. Votre mari avait-il la moindre raison professionnelle ou personnelle de s'y trouver ?

— Il roulait tout le temps pour son métier, dans tout le pays. Je ne vois pas de lien particulier avec Hampstead.

— Peut-être a-t-il une connaissance liée à son travail là-bas. Ou un ami.

— Comment ça, un ami ?

— Il avait peut-être rendez-vous avec quelqu'un.

— Pas que je sache. Que s'est-il passé au juste ?

McFarlane lui fit un compte rendu de l'accident.

— Il y a eu des morts ? Je veux dire, à part Geoff.

Elle prononça son nom dans un souffle, prise dans le même temps d'un hoquet.

— Une personne est morte sur les lieux. Il y a aussi des blessés, certains graves.

Mme Kernan prit un mouchoir dans sa poche et se moucha.

— Madame Kernan, je sais que vous traversez un moment affreux. Mais je dois poser certaines questions.

— Quel genre de questions ?

— Y avait-il le moindre problème entre vous et votre mari ?

— Que voulez-vous dire ?

— Des problèmes d'ordre conjugal.

— Non. Rien de tel.

— Votre mari devait être souvent en déplacement. C'était dur ?

— Parfois. On s'en est remis.

— Comment ça allait, au travail ?

— Bien. Comme d'hab'. Trop de boulot, mal payé.

— Est-il arrivé quelque chose, récemment ?

Mme Kernan secoua la tête. Son expression, jusque-là éteinte par le chagrin, se fit soudain méfiante.

— Qu'insinuez-vous ?

— Je n'insinue rien du tout.

— Vous pensez qu'il s'est tué ?

Le téléphone sonna et Mme Kernan se leva pour répondre. McFarlane remporta les mugs à la cuisine et les lava. Regardant par la fenêtre, elle vit un rouge-gorge perché sur une pelle plantée dans la terre. Au-delà, le jardin était tout en chantier, avec de grosses dalles empilées au fond.

— C'était son idée, dit une voix derrière elle.

Mme Kernan était entrée dans la cuisine.

— Il disait qu'une terrasse ce serait chouette, pour faire des barbecues.

— Quelqu'un peut venir vous tenir compagnie ?

— Je peux demander à ma sœur.

— Bien.

Une fois de retour dans la voiture, ils gardèrent le silence un moment.

— J'ai l'impression qu'elle ne disait pas tout, lâcha Symons. À mon avis, ils avaient des problèmes.

— Tout le monde en a, commenta McFarlane.

— Mais enfin, c'est évident, non ?

— Ah oui ? Super. Explique-moi.

— Geoffrey Kernan, stressé au boulot, malheureux au foyer, finit par craquer. Il quitte sa femme, erre de-ci de-là pendant deux ou trois jours, se demande quelles décisions prendre. Puis il grimpe à bord d'une voiture et clôt le dossier. Simple.

— Dans *une* voiture. Pas la sienne.

— Aucune loi ne dit qu'on doit se servir de la sienne.

— Et à Hampstead, à une heure et demie de chez lui ?

— Il voulait une colline.

— Pourquoi aurait-il besoin d'une colline ? Il est en voiture, pas dans un caddie.

Les deux agents échangèrent un regard.

— Bon, reprit McFarlane, on réglera tout ça demain. D'ici là, vérifie quelle voiture il conduisait.

Le Dr Jane Franklin, pathologiste expert, baissa les yeux sur le corps de Geoffrey Kernan, puis les leva vers un groupe d'étudiants, masqués et vêtus de blouses vertes.

— Avez-vous lu les notes ?

Un murmure s'éleva.

— Alors ?

— Accident de voiture.

— Et ?

— Possible attaque cardiaque.

— Autre chose ?

— Ou AVC. Ou suicide.

— Le problème, avec les rapports de police, reprit le Dr Franklin, c'est qu'ils dénaturent vos perceptions. Oubliez ce que vous avez lu. Qu'observez-vous ici ?

Elle fit un geste du scalpel en direction du visage et du front ravagés.

— Toi.

Elle pointa le doigt sur l'un des étudiants, pâles.

— Euh… fracture du…

— Stop, coupa sèchement le Dr Franklin. Laissez-moi reformuler la question. Que ne voyez-vous *pas* ?

Des murmures s'élevèrent de plus belle.

— L'un de vous s'est-il jamais blessé à la tête ? Cogné le nez ? Que se passe-t-il alors ?

— Ça saigne ? hasarda un étudiant d'une voix tremblante.

— Oui. Ça saigne. Beaucoup. Il n'y a pas de sang dans ces plaies, du tout. Ce qui signifie ?

— Que le cœur ne battait plus.

— En d'autres termes ?

— Qu'il était déjà mort.

— Exactement.

— Mais comment un mort peut-il conduire une voiture ?

— Nous sommes pathologistes, répondit le Dr Franklin. On n'examine pas de rapports. On examine des corps.

— J'ai vérifié le registre, indiqua Symons. Elle appartient à un certain Alexander Christos, de Didcot.

— Un ami de Kernan ?

— C'est un peu compliqué. J'ai parlé à la police locale, qui a contacté Christos.

— Fais-la-moi simple.

— Le véhicule a dû être volé.

— Volé ?

— Christos est en vacances aux Canaries. Pour autant qu'il le sache, sa voiture est garée devant chez lui.

McFarlane fronça les sourcils, irritée.

— C'est quoi, cette histoire ? Ce vendeur de PQ se tape tout le trajet jusqu'à Didcot, vole une voiture, puis roule jusqu'à Hamsptead pour se tuer ?

On frappa à la porte, puis un jeune agent passa la tête dans l'entrebâillement.

— Un appel pour vous. Du Dr Franklin. Elle veut vous parler.

Le Dr Franklin accueillit McFarlane à la porte de la salle d'autopsie.

— Ça ne vous dérange pas de voir le corps ? commença-t-elle.

— J'étais sur les lieux.

— Même… Certaines personnes ont du mal quand le cadavre a été ouvert. J'aimerais vous montrer quelque chose.

Elle mena McFarlane jusqu'à l'un des bacs et rabattit le drap.

— Regardez-moi ça.

Elle indiquait de la pointe de son scalpel l'incision pratiquée au milieu du cou du défunt.

— Là, vous voyez ?

— L'hyoïde, précisa son assistant, le regard posé sur l'os délicat en forme de sabot de cheval. Il est cassé.

— Et alors ? Il a eu un accident de voiture. Plein de choses ont pu se casser. J'ai déjà entendu parler de l'os hyoïde. Ça suggère une strangulation. Mais ce n'est pas sûr à cent pour cent.

— Oui mais là, ça colle bien comme il faut.

— Que voulez-vous dire ?

— L'étranglement ne brise l'os lingual que dans un tiers des cas, environ. Mais quand cet os est brisé, cela signifie toujours qu'il y a eu strangulation.

— Mais il a eu un accident de voiture !

— C'est l'autre problème. Il était déjà mort.

— Vous venez de le dire, repartit McFarlane. D'étranglement.

— Non, je veux dire vraiment mort. De sorte que les sévères lésions faciales, ici, et là (elle indiqua le crâne brisé, l'os jugal enfoncé) n'ont pas saigné.

— Donc Kernan n'est pas mort sur place.

— Non.

— Vous avez une heure, pour sa mort ?

— Vous savez ce que je déteste ?

— Plein de choses, sans doute.

— Oui. Mais ce que je déteste vraiment c'est qu'à cause des séries criminelles à la télé, les gens attendent de moi que je leur dise que la victime est morte à 2 h 32 du matin deux jours plus tôt.

— Je n'ai pas franchement le temps de regarder la télé. Et vu que je travaille dans la police, je sais que ces trucs-là sont de la fiction.

— Bien. Donc, savez-vous où Kernan est mort ?

— Pas encore.

— Savez-vous où l'on a conservé son corps ?

— Non.

— Connaissez-vous la température ambiante ? Le degré d'humidité ?

— Je vois où vous voulez en venir. Mais est-ce que ça peut remonter à deux ou trois jours ?

Le Dr Franklin fronça le sourcil.

— Oui, admit-elle enfin. Ça peut remonter à deux ou trois jours. Ça peut aussi remonter à plus longtemps. Bien plus longtemps. Ou moins. Mais en tout cas pas moins de plusieurs heures avant l'accident.

— Je vois, dit McFarlane, qui ne voyait rien.

— Si on était à la télé, le pathologiste sortirait, maintenant, et interrogerait des témoins et résoudrait l'affaire elle-même.

— J'aimerais bien…

Darren Symons se moucha et s'essuya les yeux, puis se fourra une pastille contre les maux de gorge dans la bouche. La journée avait été interminable. L'éprouvante excitation provoquée par les événements avait fini par retomber et il n'avait désormais plus qu'une envie, rentrer chez lui, se faire livrer son dîner, regarder la télé, se coucher.

— J'ai une question, dit-il.

— Rien qu'une ? ironisa McFarlane.

— Plutôt longue, remarquez. Comment un vendeur de Barking a-t-il pu disparaître plusieurs jours, se faire assassiner et finir dans une voiture hors de contrôle dévalant Heath Street ? À moins que la question ne soit surtout : pourquoi ?

— La bonne nouvelle, c'est qu'on n'a pas besoin de répondre. On est face à une enquête pour meurtre, maintenant, bien au-dessus de notre grade. C'est à un autre de gérer Geoffrey Kernan.

Trois

Simon Tearle, maître de conférences externe en criminologie au Guildhall College, à Londres, remplit deux mugs de café. À l'un il ajouta une cuillerée de miel, à l'autre un trait de lait demi-écrémé. Il les porta sur son bureau. Quand il disait à ses étudiants que sa porte leur était toujours ouverte, il espérait qu'ils ne le prendraient pas au pied de la lettre. Mais Lola Hayes l'avait pris au mot, et il lui remit le café crémeux. C'était le seul jour où il avait quelques minutes à lui, où il pouvait faire ce qu'il voulait : surfer sur le Net, faire des mots croisés, rester debout à sa fenêtre à contempler Russell Square. Comme pour mieux le tenter, il entrapercevait le jardin derrière la tête de Lola, les feuilles dorées des platanes.

Tearle but une petite gorgée de son café et observa son étudiante. Le visage de Lola Hayes était rond, pâle, parsemé de taches de rousseur, avec de grands yeux gris-vert. Sa chevelure était soyeuse et brune. On ne trouvait rien de dur ou de tranchant chez elle. Elle examinait la pièce avec un intérêt manifeste, comme si elle était fascinée par son choix de tableaux, les objets sur son bureau.

— Alors ? commença-t-il.

— Quoi ?

— Vous vouliez me voir. Il y a quelque chose qui ne va pas ?

— Je sèche complètement, répondit-elle.

— À quel sujet ? Sur la raison pour laquelle vous êtes ici ?

— Pour le mémoire. Je ne trouve pas sur quoi écrire.

Mémoire. Ce seul mot le fit frissonner. À la fin du premier trimestre de la seconde année, chaque étudiant devait rédiger un mémoire de dix mille mots sur un sujet relevant du champ de la criminologie. Dix mille mots. Tearle avait quinze étudiants. Quinze fois dix mille, ça faisait cent cinquante mille mots. Tearle devrait lire chacun de ces mots, émettre des commentaires, attribuer des notes.

— Que font les autres ?

Concentrée, Lola plissa le nez.

— Je crois qu'Ellie écrit sur l'histoire de l'abus sexuel.

— Voilà qui est intéressant.

— Oui, mais le sujet est tellement vaste… Et de toute façon, Ellie le fait déjà. Rob fait un truc sur l'ADN.

— Intéressant aussi. Et important.

— Je suis nulle en sciences. C'est pour ça que j'ai choisi la criminologie.

— Eh bien, il se trouve que nous considérons la criminologie comme une science. D'où le suffixe « -logie ».

— C'est juste que je ne pige pas l'aspect chimique.

Tearle garda le silence un moment.

— Lola, croyez-vous que la criminologie vous convienne ?

Ses yeux s'agrandirent d'inquiétude.

— Mais parfaitement, répondit-elle. C'était trop chouette d'étudier ça.

Tearle aurait préféré un « passionnant » ou « intéressant » à « chouette ». Il pianota sur son clavier, pour afficher les notes qu'elle avait obtenues cette dernière année. Surpris, il haussa les sourcils.

— En fait, vous vous êtes bien débrouillée. Très bien, même.

Lola rougit.

— Écoutez, Lola, seriez-vous tentée par quelque chose d'historique ?

— J'aimerais mieux un truc contemporain.

— Philosophique ?

— Pas trop.

— Que diriez-vous de quelqu'un ?

Aussitôt son expression changea. Enfin Lola avait l'air alerte.

— Voilà. J'aimerais mille fois mieux écrire sur des gens que sur des idées ou de la science.

Tearle suggéra une série de noms : un juriste qui avait présidé une enquête publique ; un préfet de police ; un militant. Aucun d'eux ne parut soulever grand intérêt. Mais à quoi jouait-il ? Ils étaient censés être des adultes. Ne pouvait-elle trouver son sujet toute seule ? Il fallait pourtant bien qu'il imagine quelque chose, ne serait-ce que pour chasser Lola de son bureau. C'est là qu'une idée lui vint. Il ouvrit son armoire d'archives et parcourut les diverses catégories jusqu'à ce qu'il déniche un dossier de coupures de presse, qu'il gardait à tout hasard. Il en vida le contenu sur son bureau et entreprit de les feuilleter : comptes rendus de procès, entretiens avec des victimes de délits, enquêtes sur les taux de criminalité, rien ne semblait vraiment convenir. Puis l'un des articles attira son regard.

— Vous voulez une personne ? dit-il. En voilà une. Avez-vous entendu parler de Frieda Klein ?

— Non.

Tearle inspira un bon coup. Une fois de plus, il se demanda si l'un de ses étudiants avait une quelconque connaissance dans leur matière au-delà de ce qu'il leur dispensait tout cuit.

— Frieda Klein est psychothérapeute. Il y a de cela dix ans, environ, elle a soupçonné que l'un de ses patients était mêlé à l'enlèvement du jeune Matthew Faraday. Vous rappelez-vous cette affaire ?

— Je devais être trop jeune.

— Toujours est-il qu'ensuite, elle s'est retrouvée plus ou moins consultante pour la police, de manière officieuse. Elle a été impliquée dans le meurtre de Robert Poole et l'affaire Lawrence Dawes. Les choses se sont un peu corsées. Peut-être avez-vous lu qu'on l'avait arrêtée. À plus d'une reprise, je crois.

— Non, je n'ai rien lu du tout.

— Lola, vous étudiez la criminologie. Vous êtes censée être au courant de ce genre d'histoire.

— Ça ne figurait pas au programme.

— On la retrouve dans l'affaire Hannah Docherty. Vous l'avez vu, ça, au moins ?

— Ça me dit quelque chose, convint Lola sans grande conviction.

— Ou, plus récemment, dans les affaires du copieur de Silvertown.

— Euh… oui.

— Eh bien, voilà, l'heure est venue pour vous d'enquêter sur elle. Analysez-la. Décortiquez-la. Disséquez-la.

— Que dois-je dire ?

— Ça, ça vous appartient. Posez-vous des questions. Quel besoin peut bien avoir la police de faire appel à une psychothérapeute ? Est-ce qu'enquêter sur un crime serait une forme de thérapie ? Est-ce le signe d'une faille dans le fonctionnement de la police ?

— Je commence par quoi ?

— Vous commencez par le commencement, grondat-il, plus fâché qu'il n'en avait l'intention.

Il se reprit.

— Allez à la bibliothèque, faites vos recherches, lisez les articles universitaires qu'elle a publiés ou que d'autres ont pu écrire sur elle, parcourez les coupures de presse. Elle a laissé pas mal de traces, au fil des ans.

— D'accord, répondit Lola. Je peux garder cet article ?

— Pas de problème.

Lola s'apprêtait à se lever pour partir quand un détail revint à la mémoire de Tearle :

— Il y a quelqu'un ici à la fac qui la connaît. Ou en tout cas, de bien renseigné à son sujet. Le professeur Hal Bradshaw, au département de psychologie.

— Je sais qui il est, repartit Lola. Je l'ai vu à la télé.

— C'est un tout petit monde, la psycho. Ils se sont croisés à quelques reprises, je crois.

Cinq minutes plus tard, Lola toquait trois étages plus bas à une porte affichant le nom de Hal Bradshaw.

— Entrez, dit une voix.

Elle poussa le battant et entra. Tout juste sortie du bureau de Simon Tearle, elle avait le sentiment de pénétrer dans un autre univers. La pièce qu'occupait Tearle était tapissée de livres et chaque surface jonchée de papiers et de journaux. Celle-ci était totalement dépouillée, les murs nus et peints d'un bleu si pâle qu'il en était presque gris. L'endroit ne contenait aucun livre, aucun meuble, hormis un bureau et deux fauteuils. Sur le bureau, un ordinateur portable, un bloc de papier et un stylo. L'homme assis derrière la table leva les yeux. Lola fut si frappée par ses lunettes – les montures se trouvaient sous les verres et non autour – et par sa cravate, tachetée de jaune, d'orange et de bleu, que c'est à peine si elle vit l'homme au-delà.

— Oui ? commença-t-il.

Lola se déversa d'une traite.

— C'est parfaitement déplacé de débarquer comme ça sans prévenir, mais je parlais avec Simon Tearle, mon superviseur, et je pense faire mon mémoire sur cette Frieda Klein, là, et il a dit que vous la connaissiez et je me suis demandé si je pouvais vous en toucher deux mots une seconde.

Bradshaw fronça les sourcils, mais invita Lola à s'asseoir dans le fauteuil qui lui faisait face. Elle le voyait bien à présent. Il était tiré à quatre épingles, les traits lisses, ses cheveux courts impeccablement coupés. Il avait exactement la même tête que celle qu'elle lui avait vue à la télévision sous les lumières vives du studio.

— Frieda Klein.

Il prononça ces mots avec lenteur, comme s'il en goûtait le son sur sa langue.

— Vous la connaissez ?

— Oui.

Il y eut une pause.

— J'espérais que vous pourriez me dire trois mots à son sujet. M'orienter dans la bonne direction.

— Vous étudiez la criminologie, non ?

— Oui.

— Alors sans doute avez-vous lu que les enquêtes criminelles attirent les mythomanes, les charlatans, les esprits dérangés ?

— Vous parlez de Frieda Klein, là ?

— J'entends juste par là qu'un amateur s'ingérant dans des opérations policières est un sujet à aborder avec une certaine objectivité.

— Je croyais qu'elle avait contribué à résoudre certaines affaires.

Bradshaw eut un sourire triste.

— Le principal conseil que j'aie à vous donner, c'est de veiller à ne pas prendre pour argent comptant l'opinion que Frieda Klein peut bien avoir d'elle-même. Si vous faites convenablement vos recherches, il y a des chances que vous constatiez que Klein a semé pas mal de troubles derrière elle.

— Vous n'avez pas l'air de l'aimer des masses.

Bradshaw secoua la tête.

— Je suis un scientifique. Je ne fais qu'analyser les données. Si les gens choisissent de voir en elle un imposteur et une fouineuse et une menace, c'est leur problème. Ou bien le vôtre.

Quatre

— Et celui-ci, il vient d'où ? Allez, devinez.

Dan Quarry s'empara du verre de whisky, le renifla et en prit une gorgée. Cela faisait plusieurs mois maintenant qu'il s'abstenait de boire. Il l'avait promis à sa femme. Mais là on marquait le coup. Et sortir en compagnie de son nouveau patron faisait partie du métier. C'était obligatoire. Il le sentit et y goûta, à nouveau. C'était le quatrième – à moins que ce ne soit le cinquième ? Ils avaient tous le même goût à présent.

— Écosse ? suggéra-t-il.

L'inspecteur principal Bill Dugdale parut déçu.

— Écosse ? Je ne vous aurais pas posé la question s'il était d'Écosse. C'est du japonais. Et du bon. Moelleux. Élégant.

— Je ne savais pas qu'ils faisaient du whisky, au Japon.

— Vous avez encore des tas de choses à apprendre, Quarry. Sur le métier de policier comme sur le whisky.

Dugdale leva son verre.

— Aux verdicts de culpabilité.

Quarry vida son verre d'une traite. Le verdict était tombé à 15 heures et des poussières. Coupable sur toute la ligne. Ils étaient allés droit au pub, les enquêteurs comme les agents. Quelques heures s'étaient écoulées, passées à rire et à se congratuler, à railler la stratégie de défense ratée. Après quoi Dugdale avait fait signe à son nouveau collègue et ils s'étaient rendus à pied dans un bar à deux pas de Tottenham Court Road. Dugdale avait parlé d'une dégustation de whisky, comme s'il s'agissait d'une expérience scientifique.

« Chaque fois que ça finit bien, avait dit Dugdale, je teste une demi-douzaine de whiskies que je n'ai jamais goûtés auparavant. »

Une demi-douzaine, songea Quarry. Ce qui signifiait qu'il en restait encore un, voire deux à prendre. Il observa son nouveau boss. Il avait une grosse tête, le cheveu ras, et un visage rond et congestionné, aux yeux cernés gris tourterelle. Mais l'ancien boss de Quarry, au commissariat de Camberwell, lui avait dit de se méfier de lui. Le précédent assistant de Dugdale avait été débarqué sans autre forme de préavis. Personne ne voulait dire à Quarry pourquoi au juste, mais ça le rendait nerveux. Il avait déjà une petite idée de ce qui pouvait se passer quand son patron n'était pas satisfait.

— Alors, lequel préférez-vous jusqu'ici ? demanda Dugdale.

Quarry tenta de se les rappeler. Il y avait le caramélisé écœurant. Et puis l'autre qui sentait comme ce machin, là, dont on tamponne les plaies et les égratignures. Il y avait celui dont Dugdale lui avait dit qu'il était « brut de fût » : « Il vous faudra un doigt de flotte avec celui-là, mon garçon. »

Une réponse honnête de la part de Quarry aurait été : aucun. Il n'aimait pas le whisky. Il n'appréciait pas vraiment cet aspect du métier d'enquêteur, les beuveries, les plaisanteries, la camaraderie, cette façon de prétendre que tout allait bien quand il n'en était rien. Il inspecta le petit bar à l'étage dans lequel ils se trouvaient. Il y régnait une atmosphère maçonnique d'hommes en costume, serrés les uns contre les autres, en train de boire, de converser, de faire des affaires, nouer des contacts, soigner le relationnel. Que penseraient-ils de lui ? Il s'examina dans le miroir derrière le bar et vit un visage qu'il identifia à peine, pâle, non rasé, mal à l'aise. Ce dont Quarry rêvait, c'était d'une cigarette, dehors, tout seul, et d'un moment à lui pour réfléchir. Mais il devait se prononcer. Le japonais était celui qui faisait le moins whisky : il passait presque aussi bien que s'il n'en avait pas bu.

— Celui-là, dit-il. C'est… sans prétention.

— Sans prétention, reprit Dugdale en partant d'un gros rire. Pas mal. Sans prétention… Bien vu, le choix, cependant. Je pense que le prochain va vous plaire.

Avant qu'il ait pu le commander, son téléphone sonna. Dugdale parut un rien irrité, mais en quelques secondes, son expression changea, se durcit. Il posa sèchement quelques questions, se contenta surtout d'écouter. En remisant son téléphone dans sa poche, il était perdu dans ses pensées, comme s'il avait oublié la présence de Quarry. Puis il se tourna vers lui.

— On va devoir se réserver le bourbon pour la prochaine fois, dit-il.

— Désolé de l'apprendre.

Dugdale l'examina les yeux plissés. Quarry ressentit un pincement nerveux. Se serait-il montré sarcastique ?

— La voiture à Hampstead, celle qui a dévalé Heath Street hors de contrôle, tué un homme, avec un autre mort à bord. Vous en avez entendu parler ?

— Non, répondit Quarry.

Dugdale eut l'air désapprobateur, comme s'il pensait que Quarry aurait dû être au courant.

— C'est notre problème, à présent.

À 10 heures, le lendemain matin, Quarry était assis de l'autre côté du bureau de Dugdale, un dossier et un carnet en équilibre précaire sur ses genoux. Dugdale prit une brique de lait sur le plateau et en versa un peu dans son café.

— Vous n'en voulez pas un, Dan ? s'enquit-il.

Quarry secoua la tête.

— J'en ai déjà trop bu.

Arrivé au bureau avant 7 heures, il révisait depuis la documentation disponible sur l'affaire.

Dugdale gloussa.

— Vous avez peut-être un peu trop bu hier soir aussi.

À cela, Quarry envisagea plusieurs réponses possibles, qu'il garda toutes pour lui.

— Je monte une équipe, annonça Dugdale. Mais avant de les réunir, il faut savoir où nous en sommes.

— Raison pour laquelle je suis venu tôt.

— Et alors, où en sommes-nous ?

— J'ai relu intégralement les entretiens avec les témoins, répondit-il.

— Perte de temps, répliqua Dugdale. Ils ont tous vu quelque chose de différent. L'un d'eux a dit qu'ils étaient deux dans la voiture. Un autre a vu l'homme agripper le volant en souriant.

Il but une gorgée de café.

— Parfois je me demande pourquoi on se donne seulement la peine de parler aux témoins oculaires.

— Le véhicule a été volé à Didcot, reprit Quarry. Le propriétaire est en vacances. C'est pour ça qu'on ne l'avait pas signalé.

Dugdale fronça les sourcils.

— Êtes-vous sûr que le propriétaire est en vacances ? Quelqu'un a vérifié ?

Quarry consulta ses notes.

— Ils ont vérifié. Il est aux Canaries.

— Veinard, commenta Dugdale.

— Pas tant, fit remarquer Quarry. On lui a volé sa voiture.

— Oubliez tout ça, coupa Dugdale. Commençons par ce qui est important. Une voiture hors de contrôle dans une rue en pente de Londres. La seule personne à bord est un homme qui est déjà mort. Assassiné. Était-il seulement assis à la place du conducteur ?

Il y eut une pause.

— Je vérifierai, répondit Quarry.

— Les témoins qui ont vu la voiture foncer dans la boutique n'importent plus maintenant. On sait ce qui est arrivé. Ce qui compte, c'est ce qui s'est passé au sommet de la colline. Ce sont ces témoins-là qu'il nous faut.

— Pour autant que je puisse en juger, la police n'a interrogé que les gens présents sur la scène de l'accident proprement dit.

— C'est nous, la police. On peut trouver des témoins. L'auteur des faits a conduit la voiture depuis un lieu inconnu jusqu'au sommet de Heath Street. Il ou elle a dû sortir du véhicule et s'arranger pour qu'il continue dans la descente. C'est le genre de truc qui se remarque.

— Si quelqu'un l'a fait, alors on n'est pas au courant.

— C'est donc à nous de mettre la main dessus. Et peut-être que ça a été enregistré par les caméras de surveillance.

— On ne sait pas où ça s'est fait.

— Alors allez-y et trouvez.

Dugdale se frotta la figure.

— On tue un homme, on le met dans une voiture et on lui fait dévaler une colline pour tuer un paquet d'innocents. Qu'est-ce que c'est que cette histoire ?

Un long silence s'ensuivit.

— Vous attendez une réponse à la question ? demanda Quarry.

— Ce que je veux, ce sont des images. Ou un témoin. Mais vous vous en occuperez plus tard. Pour commencer, on doit aller voir sa veuve. On doit lui annoncer que son mari a été assassiné.

Cinq

Un peu plus d'une heure plus tard, les deux enquêteurs se trouvaient à Barking, sur le pas de la porte de Sarah Kernan. Dugdale pressa la sonnette et recula. Le battant s'ouvrit sur le visage barbu d'un jeune homme. Il était en pyjama et ses cheveux se dressaient sur sa tête par touffes. Dugdale arbora une mine perplexe.

— Vous devez être Ned Kernan, dit Quarry. Le fils, n'est-ce pas ?

— Qui êtes-vous ?

Dugdale présenta son badge.

— Nous devons vous parler, ainsi qu'à votre mère.

Entrant dans la cuisine, ils trouvèrent Sarah Kernan attablée, également en tenue de nuit, un peignoir rayé par-dessus une chemise de nuit en coton bleu, des chaussons colorés aux pieds. Une autre femme se tenait devant l'évier, qui leur tournait le dos.

— M'man, c'est encore la police.

Elle porta sa main à l'encolure de son peignoir.

— Je ne savais pas. Je ne suis pas encore habillée.

— Tout va bien, répondit Dugdale. Nous avons quelque chose à vous dire.

Il fit un signe du menton à l'adresse de Ned.

— Peut-être feriez-vous bien de vous asseoir.

— Mon mari est mort, déclara Sarah Kernan, d'une voix aiguë et tremblante. Que pouvez-vous bien avoir à ajouter ?

— Tu veux que je parte ? demanda l'autre femme.

— Non. Reste.

Sarah Kernan avança une main et agrippa son bras.

— Voici ma sœur, Peggy.

— Oui, ça se voit, commenta Dugdale.

— Vous n'êtes pas des mêmes services que les autres.

— Nous avons repris l'affaire. C'est ça que je suis venu vous dire : votre mari a été assassiné.

Il scruta intensément ses traits puis ceux du fils, observant leurs premières réactions. Derrière lui, debout près de la porte, Quarry faisait de même. Il lui avait dit en chemin qu'on devait se montrer très attentif à l'instant de l'annonce de la nouvelle. Plus jamais ils ne seront aussi spontanés. Il ne vit que stupeur. Sarah Kernan laissa échapper un petit cri, comme un animal souffrant. Son fils semblait juste abasourdi. La sœur porta une main à sa bouche et ses yeux s'agrandirent.

— Comment est-ce possible ? dit enfin Sarah Kernan.

— C'est qui ? coupa Ned Kernan, d'une voix rauque.

Dugdale mesura l'effort qu'il faisait pour se comporter comme un homme, quand ses yeux étaient ceux d'un enfant, remplis de peur.

— Nous ne faisons que débuter l'enquête, répondit-il.

Il aurait aimé avoir quelque chose de plus positif à offrir, être en mesure de faire une promesse.

— Ainsi, il ne m'a pas quittée. Je savais qu'il ne m'aurait jamais quittée.

— Tout ce que nous savons pour l'instant, reprit Dugdale, c'est que vous avez signalé sa disparition trois jours avant que son corps ne soit retrouvé dans une voiture à Hampstead.

Elle hocha la tête.

— Le 13 septembre, précisa Quarry.

— Je pense, confirma Sarah Kernan. C'était ce jour-là, Peggy ?

Peggy opina.

— Oui. Ça doit être ça. Vous voulez du thé ? ajouta-t-elle.

— Non, merci, répondit Dugdale.

— Une goutte de lait, sans sucre, intervint Quarry, en tirant une chaise et prenant place à côté de Ned. L'info a été un choc pour tout le monde.

— Vous avez signalé sa disparition, reprit Dugdale, mais on vous a répondu que ce n'était sans doute pas du ressort de la police. Est-ce exact ?

— J'aurais dû insister. Je savais que quelque chose n'allait pas.

— Faut pas voir ça comme ça, objecta Dugdale. Vous ne pouviez pas savoir.

— On s'était un peu disputés, avoua Sarah Kernan. C'était tellement dur de n'être que tous les deux, une fois Ned parti.

— M'man, coupa le garçon, avec une grimace de douleur. Ne commence pas…

— Maintenant, il est trop tard.

Elle enfouit son visage dans ses mains.

— Nous devons trouver ce qui est arrivé à votre mari, et pour cela, nous devons vous poser des questions, dit Dugdale avec douceur. Vous vous sentez capable de répondre ?

Elle ôta ses mains et acquiesça.

Quarry observa tandis que lentement, patiemment, Dugdale lui soutirait des informations. Son mari, comme ils le savaient déjà, était représentant pour une société de fournitures sanitaires – papier toilette, savon, serviettes en papier – et passait beaucoup de son temps sur la route. Elle travaillait dans une jardinerie, sans connaître grand-chose aux plantes pour autant. Avant ça, elle avait été assistante de direction dans un cabinet d'architecte, mais qui avait fait faillite quelques années plus tôt. Ils étaient mariés depuis vingt-sept ans, et la mère de Geoffrey Kernan était toujours en vie. Il avait un frère plus âgé, dont il n'était pas proche. Sarah Kernan leur apprit qu'il s'était inquiété pour son boulot récemment, et qu'il avait travaillé plus que jamais.

— Les temps sont durs pour tout le monde, commenta-t-elle. Moi aussi, j'ai connu des périodes de chômage.

D'après elle, il n'avait pas d'ennemis (*ils disent tous ça*, songea Dan Quarry qui scrutait son visage interdit, et celui, marbré de rouge, de son fils), et elle ne voyait pas la moindre raison qu'aurait eue quelqu'un de le tuer.

— Ce n'est que Geoffrey, dit-elle. Ou Udo, ajouta-t-elle en riant et reniflant en même temps.

— Udo ?

— Son deuxième prénom. Il disait qu'il y avait une part de lui, une part secrète, qui n'était pas le fadasse

Geoffrey l'Anglais, mais le plus mystérieux germanique Udo. C'était devenu une blague entre nous.

— Je vois. Mais quel que soit celui que nous évoquons, vous ne voyez aucune raison pour laquelle on aurait pu le tuer ?

— Non. Il se fâchait parfois, ou devenait irritable. Mais ça arrive à tout le monde, non ?

Dugdale l'interrogea sur les dernières semaines passées, les gens que son mari avait vus, ce qu'il avait fait, tout ce dont elle pouvait bien se souvenir.

Elle fronça les sourcils, baissant les yeux sur son thé en train de refroidir.

— On a vu Peggy, dit-elle. Et il est allé au pub samedi dernier, mais pas longtemps. Il n'était pas souvent là, vu qu'il travaillait.

— Où travaillait-il ?

— Je ne sais pas exactement. Mais c'était dans le coin – Essex et Londres, je veux dire. Parfois il poussait jusqu'à Derby, Sheffield, et il y a quelques semaines, il a dû aller à Cardiff. Mais pas la semaine dernière. Et quand il ne travaillait pas, il passait l'essentiel de son temps libre au jardin, à déterrer des plantes et des trucs. On va faire installer une terrasse et tout doit être replanté, du coup.

Tout le monde porta son regard au-dehors, sur le jardin creusé de trous.

— L'homme qui s'en occupe ne vient que quand il le sent. Ça n'avance pas beaucoup, du coup. Ça rendait Geoff dingue.

— Qu'est-ce qui le rendait dingue à part ça ?

— Moi, parfois, coupa Ned.

Il voulut rire, mais ce gros rire trembla, et se brisa.

— Il trouvait que je buvais trop. Et que je ne travaillais pas assez. Il ne comprenait pas pourquoi je devais aller à la fac et me créer des dettes. Il pensait que je ferais mieux d'apprendre quelque chose de concret, de partir en apprentissage.

Dan Quarry lui tapa sur l'épaule.

— Les pères et les fils, dit-il gentiment. N'allez pas vous faire du mal.

Dugdale se leva. Il était massif mais étonnamment agile.

— Bien, sur ce, madame Kernan, conclut-il, je vais vous demander quelques éléments. Un journal de ces dernières semaines. Si vous n'avez rien de déjà écrit, pensez-vous pouvoir les noter pour moi aussi fidèlement que vous pourrez ? Tout ce qui vous reviendra. Les noms de tous ceux qu'il a vus, tout ce qu'il a fait, les endroits où il s'est rendu.

Elle hocha la tête.

— Ensuite, il va me falloir toute sa correspondance, ses coordonnées bancaires, factures, ce genre de choses.

— Pourquoi ? s'étonna Ned.

— Ce ne sont que les trucs habituels, assura Dugdale. J'imagine qu'il a un ordinateur.

— Un portable.

— J'en aurai besoin.

Sarah Kernan le dévisageait, troublée. Son peignoir était taché, constata-t-il.

— La voiture dehors, c'est celle qu'il conduisait en temps normal ?

— Oui. On n'en a qu'une.

— Alors je vais devoir l'examiner. Si vous pouviez nous confier les clés.

Sans un mot, elle se leva, s'approcha d'un crochet à côté de la porte de jardin et en décrocha un trousseau.

— Nous ferons de notre mieux pour ne pas déranger, s'excusa-t-il. Mais il s'agit d'une enquête pour meurtre.

D'un geste du menton, il invita Quarry à le suivre.

Une heure plus tard, Dugdale et Quarry quittaient la maison, emportant des cartons de lettres, reçus, notes et autres factures. Ils avaient pris l'ordinateur de Geoffrey Kernan, ainsi que le petit carnet dans lequel, avait expliqué Sarah, son mari avait noté ses divers mots de passe. Ils détenaient également son GPS, et le journal qu'il avait tenu de tous ses déplacements, avec le kilométrage noté pour chacun.

Comme ils prenaient place à bord de leur véhicule, Quarry consulta son téléphone. Six appels manqués. Tous de sa femme. Bientôt ex-femme. Il rappellerait plus tard. Quand il serait seul.

— Tout va bien ? demanda Dugdale.

— Très bien, répliqua Quarry en démarrant la voiture.

Pendant quelques minutes, ils n'échangèrent pas un mot. Les deux hommes étaient plongés dans des réflexions portant sur des sujets divergents.

— Vous n'avez qu'à examiner tout ce bazar, suggéra Dugdale.

— Pardon ? répondit Quarry, qui pensait à l'appel qu'il devrait passer plus tard à son épouse.

— Les trucs dans les cartons, là. J'aimerais que vous les examiniez.

— Je dois chercher quelque chose en particulier ?

— Un homme ordinaire disparaît sans raison, alors recherchez ce qui sort de l'ordinaire.

— Ils se disputaient, rappela Quarry.

— Tout le monde se dispute, rétorqua Dugdale. Même les couples mariés. Peut-être même surtout les couples mariés.

Quarry s'abstint de répondre.

— D'autres idées ? s'enquit Dugdale. Que savons-nous ?

— Rien, répondit Quarry.

— Vraiment ?

Dugdale haussa ses sourcils.

— Le tueur tenait à ce qu'on le remarque, hasarda Quarry.

— C'est possible, lui accorda Dugdale en hochant la tête. La plupart des tueurs tentent de dissimuler les corps. Ils les enterrent.

— Donc je passerai en revue ses relevés bancaires.

— Autre chose, ajouta Dugdale.

Il brandit le GPS.

— Essayez les destinations récentes. Voyez où Geoffrey Kernan se trouvait les jours qui ont précédé sa mort.

— D'après sa femme, il se rendait partout, répliqua Quarry en riant. Je risque de me retrouver en Écosse.

— Mais elle a dit qu'il était autour de Londres cette dernière semaine.

— Juste. Je remonte jusqu'à quand ?

— On verra bien comment vous vous débrouillez.

— Et vous, qu'allez-vous faire ? demanda Quarry.

— Avant toute chose, je vais jeter un œil au contenu de son ordinateur.

De retour au commissariat, Quarry se trouva une excuse, sortit et marcha jusqu'au parking. Il avait besoin d'une cigarette. Il l'alluma et tira plusieurs bouffées. Puis il prit son mobile dans sa poche et le réactiva. Plusieurs messages s'affichèrent sur l'écran avec un petit « ding », ainsi que d'autres notifications d'appels en absence. Il allait l'éteindre à nouveau quand l'appareil se mit à sonner. Le nom de Maggie s'afficha, comme si sa femme avait eu l'intuition qu'il était là.

— Merde, pesta-t-il, en répondant tout de même. Je suis occupé.

— Je n'en ai pas pour longtemps.

Sa voix était sèche. L'espace d'un instant, il se remémora comment elle s'adressait à lui autrefois, comme sur le point d'éclater de rire, comme s'il y avait une plaisanterie secrète qu'ils seraient seuls à partager, tous les deux. Elle l'appelait Danny alors, et elle était la seule à le faire, à part sa mère.

— Vas-y.

— Tu sais pourquoi j'appelle.

— Tu l'auras bientôt.

— Ça ne suffit pas. C'est maintenant que j'en ai besoin. Ça fait partie de notre accord.

— Je t'ai dit que tu l'auras.

— Je ne peux pas continuer à emprunter à mon père.

— Maggie, je t'ai déjà expliqué…

— Il s'agit de ta fille. Peu importe ce que tu as pu faire par ailleurs, ce que tu as pu me faire à moi, c'est de Lucy qu'il est question, là.

— Je le trouverai.

Il avait envie de crier mais s'obligea à parler calmement.

— D'ici la fin de la semaine. Promis.

— J'appelle mon avocat. Je ne voulais pas en arriver là mais je n'ai plus le choix ? Et, Dan ?

— Quoi maintenant ?

— Je n'y tiens pas, tu es son père, mais je t'empêcherai de la voir. Si tu n'es même pas capable de verser ce petit montant pour sa pension, tu ne mérites pas de la voir.

Une fois l'appel terminé, il se sentit vidé. Ses jambes tremblaient. Il était appuyé sur la portière d'une voiture de police. Il fut soudain tenté de frapper la vitre, de voir s'il pouvait la briser de son poing. La douleur, le sang, effaceraient le reste. Il secoua son paquet de cigarettes pour en extraire une autre et l'alluma, aspirant la fumée au plus profond de ses poumons.

Dugdale enfila des gants, souleva le capot de l'ordinateur et le démarra. L'écran se mit à luire. Des icônes surgirent. Il tapa le mot de passe que lui avait donné Sarah Kernan, puis ouvrit les mails. Geoffrey Kernan ne correspondait guère. On trouvait des commandes en ligne. Rien d'intéressant : appliques, peinture, cartouches d'encre. Il y avait quelques mails de son fils, mais ils semblaient porter sur des questions pratiques. La boîte d'envois ne l'inspirait guère plus, du moins au premier regard.

Dugdale cliqua sur le navigateur et ouvrit l'historique. Il fronça les sourcils, cliqua une nouvelle fois, s'adossa à son fauteuil et se gratta la tête. Il n'y avait rien du tout : l'historique avait été effacé. Il contempla l'appareil comme s'il pouvait lui apporter une réponse, puis le referma, se leva, et le prit délicatement dans ses mains gantées. Qu'est-ce que Geoffrey Kernan avait cherché à cacher ?

Six

Lola travaillait à la bibliothèque, les paupières lourdes, depuis bientôt trois heures. Au début, c'était intéressant parce qu'elle n'avait fait que passer en revue des coupures de presse évoquant Frieda Klein. Nombre d'entre elles avaient été rédigées par une journaliste de la rubrique criminelle, une dénommée Liz Barron, qui semblait s'être fait une spécialité du personnage. Frieda Klein, écrivait-elle, « est une femme qu'attirent la violence, l'obscur et la mort ». Lola étudia toutes les photos de Frieda Klein au fil des ans et se dit que Liz Barron n'avait peut-être pas tort. Elle ne souriait jamais. Avec ses cheveux bruns et ses yeux noirs, elle vous défiait littéralement du regard.

Lola avait établi une chronologie de toutes les affaires dans lesquelles Frieda Klein s'était retrouvée impliquée. Elle commençait en 2010 et se poursuivait jusqu'à aujourd'hui. La donne s'était un peu compliquée, et elle avait dû ajouter tout plein de flèches et de cercles. Il y avait l'affaire qu'avait mentionnée le professeur Tearle, du petit garçon enlevé par Dean Reeve. Lola avait bien entendu parler de Dean Reeve, comme tout un chacun, même si elle avait une connaissance plutôt imprécise des détails : la seule évocation de son nom semait l'épouvante, envoyait des frissons dans toute la colonne vertébrale. Il y avait le mort qu'on avait retrouvé nu sur le canapé d'une dénommée Michelle Doyce, folle, à l'évidence, et qui avait tenté de le nourrir pendant qu'il restait assis là à se décomposer. Et puis une femme qu'on avait retrouvée morte chez elle, et une histoire de filles disparues qui l'attrista et la fit frémir. Une autre fille encore, l'année suivante, avait été violée et assassinée. Également Hannah Docherty, enfermée dans un hôpital pour aliénés. Et Daniel Blackstock enfin, et la furie qui s'était emparée des médias quand il s'était enfin avéré ce que Frieda avait toujours soutenu : Dean Reeve était bel et bien en vie. Lola se pencha sur les journaux, mâchouillant le bout de son stylo. Reeve avait tué son frère jumeau, s'était évaporé dans la nature, mais toutes ces années, avait suivi Frieda, l'avait traquée, tel un ennemi obsédé, un amoureux flippant. Cette seule idée lui fichait un peu la trouille.

Elle tenta de simplifier le schéma en ajoutant des codes couleurs aux événements. Elle surligna les morts en orange, les arrestations en bleu, tout ce qui avait trait à Reeve en vert. L'ensemble formait un cafouillis décourageant à présent, une bouillie de couleurs et de lignes qui s'entrecroisaient, soulignée de points d'exclamation et d'interrogation partout. Mais ce n'était pas cela qu'attendait le professeur Tearle. *Disséquez-la*, avait-il dit. *Décortiquez-la.* Il avait également demandé si une enquête criminelle serait en fait une forme de thérapie. Qu'entendait-il par là ?

C'est là que les choses s'étaient corsées. Elle ne comprenait pas pourquoi les gens avaient besoin d'écrire comme s'ils devaient entortiller les faits dans du barbelé. Elle avait tenté de lire l'essai qu'avait rédigé Frieda Klein sur le concept de personnalité, mais avait complètement bloqué sur la première page où il était question de pronoms, même si elle appréciait la citation de George Eliot : « Il n'est jamais trop tard pour devenir celui que nous aurions pu être. » Elle la nota et l'entoura plusieurs fois. Il apparut que Hal Bradshaw avait écrit sur Frieda Klein à plusieurs reprises. Si Liz Barron rapportait les faits marquants de sa vie publique, le professeur Bradshaw s'était institué expert de sa psychologie. Lola copia certains des termes qu'il employait dans ses notes : égotisme, théâtralisation de sa situation, délires narcissiques. Bradshaw avançait qu'elle rêvait de célébrité mais qu'elle était creuse. Lola sortit un Mars de son sac. Tout en le mâchant lentement, elle fixa les mots qu'elle avait sous les yeux, d'un étudiant de troisième cycle qui avait rédigé un article sur « Frieda Klein, MD, et l'autonomie brisée ». « Frieda Klein, une indépendance brisée ». Elle prit une nouvelle bouchée et du chocolat tomba sur le papier. Autonomie brisée. Voilà qui n'augurait rien de bon.

Elle lança un regard circulaire sur ses voisins, en plein travail, penchés sur leurs tablettes ou leurs cahiers. Il faisait trop chaud là-dedans. Elle ôta ses tennis et remua les orteils. Elle s'autorisa à fermer les yeux, rien qu'un instant. L'image du professeur Bradshaw se présenta à son esprit, avec ces lunettes et leur drôle de monture, et sa tête retomba sur sa poitrine.

— Lola !

On chuchotait, fort. Elle sursauta et découvrit son ami Denzil qui lui adressait un large sourire.

— Je réfléchissais, juste.

— Tu ronflais.

— Fort ?

— Viens, on va boire un verre.

Lola se leva avec empressement, enfilant ses baskets, attrapant sa veste.

— Et comment !…

— C'est n'importe quoi, dit-elle, alors qu'elle en était à son second verre de vin. Elle a vu tellement d'horreurs. On l'a violée. Son ex a été tué. Elle est traquée par un psychopathe. T'imagines ? Et la seule chose que font tous ces articles universitaires, c'est parler de… j'sais pas, moi… fabulation. J'aimerais bien savoir ce que ça fait d'être dans sa peau, de se trouver mêlé à toute cette violence.

— Que vas-tu faire alors ?

— J'arriverai bien à bricoler quelque chose. Dix mille mots, ce n'est pas si long.

Elle fronça le nez.

— Aucun des articles que j'ai lus ne m'a apporté quoi que ce soit.

— Elle est toujours de ce monde ?

— Oui.

— À Londres ?

— Je crois, oui.

— Ben, dans ce cas… Va la voir ?

— C'est permis ?

— Pourquoi pas ? Elle finira par faire ton travail à ta place, si tu te débrouilles bien.

Lola réfléchit un moment. Rencontrer Frieda Klein. Lui parler. Soudain, l'idée parut plus facile que de lire à son sujet.

Chère Frieda Klein, j'espère que vous ne m'en voudrez pas de prendre contact de la sorte, à l'improviste. Je m'appelle Lola Hayes et je suis étudiante en criminologie…

Mais le mail que Lola envoya à l'adresse trouvée dans l'annuaire de l'Association britannique de soutien psychologique et psychothérapie lui revint aussitôt : « Votre message n'a pas pu être délivré au destinataire suivant. » Il n'y avait pas de numéro de téléphone et, bien entendu, elle était sur liste rouge.

Lola contempla les photos de Frieda Klein, sa bouche sérieuse, son regard serein ; puis elle revint à son cahier et ses gribouillis à peine déchiffrables. Grâce aux articles, elle savait qu'elle avait une maison dans Saffron Mews, à deux pas de Tottenham Court Road. D'après Google, cela se trouvait à environ huit minutes de marche du siège où elle était assise.

Lola boutonna sa veste. Sa mère lui disait toujours que rien ne valait l'instant présent.

La petite maison de Saffron Mews plut à Lola. Elle était étroite, coincée entre des box sur la gauche et des logements sociaux sur la droite, avec une porte bleue. Reculant sur les pavés et renversant la tête, elle aperçut un velux sur son toit. L'endroit semblait intime et douillet, songea-t-elle, traversée d'une pointe de mal du pays. Elle avait grandi dans le Herefordshire, unique enfant d'un couple qui avait déjà la quarantaine à sa naissance, et sitôt qu'elle était partie à l'université, ils avaient vendu leur maison pour déménager en Espagne, près de Málaga. La dernière fois qu'elle y était allée, elle avait attrapé de tels coups de soleil qu'elle avait même eu des cloques jusqu'au creux des genoux. Vu ce qui s'était passé cet été, et le référendum, peut-être allaient-ils rentrer, mais pour l'heure, elle avait le sentiment d'être sans véritable foyer.

Aucune lumière n'était allumée et les volets de la fenêtre du rez-de-chaussée étaient repoussés mais entrouverts. Cela pouvait signifier qu'il y avait quelqu'un dans la maison, ou pas. Elle s'approcha de la porte et frappa, patienta, toqua de nouveau. Une fois qu'elle eut acquis la certitude que nul ne répondrait, elle se baissa et tenta de jeter un œil par la boîte aux lettres. Elle aperçut un parquet, des lettres entassées proprement sur un rebord, un manteau pendu à un crochet et, juste en face, un escalier raide.

Elle pressa la figure contre l'étroite bande de fenêtre entre les volets et plissa les yeux. Elle distingua un petit salon tapissé de livres et juste sous la fenêtre, une table échiquier, avec des pièces disposées de manière irrégulière sur le plateau. Lola n'avait jamais appris à jouer aux échecs, mais comprit que quelqu'un était au milieu d'une partie. À l'autre bout, deux fauteuils étaient disposés devant une petite cheminée. Un feu était préparé, dans l'attente qu'on l'allume. Il y avait un pot avec des fleurs orange sur la table basse, un livre avec une couverture verte unie à côté. Tout était parfaitement rangé et d'une propreté impeccable.

Lola se redressa et se détourna. Il n'y avait personne. Elle devrait s'y prendre autrement pour trouver Frieda.

Dan Quarry resta tard au bureau, progressant sans relâche parmi sa montagne de papiers. Il détestait cet aspect du travail de policier, mais en cet instant, la tâche lui offrait une échappatoire bienvenue. Sans ça, il aurait été chez lui avec la télé allumée, un repas décongelé, quelques canettes de bière. Il avait remis de l'ordre dans les relevés bancaires, ce que Geoffrey Kernan ne se donnait pas la peine de faire, et les passait maintenant en revue. Jusqu'ici, il n'avait rien trouvé. Il consulta l'horloge au mur et s'accorda encore une demi-heure. Ensuite, il irait chercher un sandwich à la cantine et reprendrait. Il en avait pour un bon moment.

Bill Dugdale s'empara du journal de Londres gratuit qu'on lui tendait à son entrée dans le métro et l'ouvrit une fois à bord du train. Le drame de Hampstead faisait la une. Le meurtre de Geoffrey Kernan était en page trois, à côté d'une photo de lui, vieille de plusieurs années sans doute. Il y avait un portrait de Dugdale aussi, pris à la conférence de presse tout juste quelques heures plus tôt. Sa chemise était à moitié hors de son pantalon ; il paraissait gros et débraillé.

Il retourna le journal de façon à ne plus voir que les gros titres sportifs au dos. Deux jours s'étaient déjà écoulés, et il n'avait pratiquement rien.

Sept

Le trajet en métro jusqu'à Swiss Cottage fut labyrinthique. Au sortir de la station, Lola dut consulter son téléphone à maintes reprises. Mais c'était mieux que de rester assise à la bibliothèque. Enfin elle se retrouva devant un immeuble d'aspect industriel qui faisait tache dans ce quartier résidentiel haut de gamme. Elle examina la plaque en laiton à côté de la porte : L'Entrepôt. Elle leva les yeux sur l'édifice. Certes, on aurait bien dit un entrepôt, mais un entrepôt qui avait été embelli de couleurs vives autour des fenêtres et d'une frise abstraite colorée qui courait le long de la façade juste en dessous du toit. Elle poussa la porte en verre dépoli et pénétra dans une petite entrée, toute de bois et de coussins bigarrés posés sur un canapé confortable, avec une femme de son âge environ, assise derrière un bureau, les yeux baissés sur son téléphone. Elle releva la tête.

— J'aimerais voir Frieda Klein, déclara Lola.

— Vous avez rendez-vous ?

— Pas exactement, répondit-elle. Je veux dire, non.

— Asseyez-vous, je vous prie.

Lola s'enfonça dans le doux sofa blanc cassé et s'aperçut qu'elle n'avait pas préparé ce qu'elle dirait à Frieda Klein quand elle la rencontrerait. Peut-être pouvaient-elles simplement s'entretenir, et elle obtiendrait quelques conseils pour son mémoire. Une femme descendit les escaliers, dans un claquement de talons sur le sol dur. Elle échangea trois mots avec la fille à l'accueil, puis se retourna vers Lola. C'était une brune aux yeux marron ; ses doigts étincelaient de bagues ; elle portait un chemisier blanc et une jupe longue surprenante, rayée d'ambre, de bleu et de rouge. Elle s'approcha et s'assit à côté de Lola.

— Vous n'êtes pas comme sur votre photo, commença Lola.

— Quelle photo ?

— Dans les reportages des journaux. Mais c'est gentil à vous d'accepter de me voir.

La femme arbora une mine perplexe, puis ses traits se détendirent en un sourire.

— Vous me prenez pour Frieda ?

Elle s'exprimait avec un accent étranger. Espagnol ? Frieda Klein était-elle espagnole ? Aucun des articles ne l'avait mentionné.

— Vous n'êtes pas Frieda ?

— Je suis l'une de ses collègues.

Un silence s'abattit. Elle semblait attendre que Lola prenne la parole, mais Lola ne trouvait absolument rien à dire, aussi reprit-elle, d'un ton apaisant :

— Si vous voulez être reçue par le Dr Klein, l'usage est d'obtenir une recommandation de son médecin.

Nouveau silence.

— Je ne suis pas à proprement parler un patient, expliqua Lola.

— Alors qui êtes-vous ?

— Une étudiante.

— Pour les formations et les internats, il faut formuler une demande. On ne peut pas se présenter comme ça.

— Je ne suis pas ce genre d'étudiant-là. Je veux juste parler à Frieda Klein.

— Beaucoup de gens souhaitent parler au Dr Klein.

— Je rédige un mémoire. Je voulais lui poser quelques questions.

— Un mémoire qui porte sur quoi ?

— Sur Frieda Klein.

— Q'est-ce que vous étudiez ?

Soudain, son ton n'était plus aussi amical.

— Je suis criminologue. On m'a dit qu'elle ferait un sujet intéressant.

La femme se leva.

— Non, répondit-elle.

— Non quoi ?

— Le Dr Klein n'est pas ici.

— Savez-vous quand elle sera de retour ?

— Elle est en déplacement.

— Quoi ? En vacances ?

— Cela ne vous regarde pas.

— Vous avez un numéro où je peux la joindre ? Une adresse mail ?

— Elle tient à sa vie privée.

— Écoutez, j'ai lu toutes sortes de choses sur elle dans les journaux. Et sa vie est tout sauf privée.

— Vous allez devoir partir, ordonna la femme d'un ton fâché.

Un jeune homme vint les rejoindre. Il était grand et longiligne, et portait un ample pantalon soyeux, un cardigan que Lola aurait volontiers possédé elle-même, et de grosses bottines. Ses cheveux châtain clair étaient retenus en arrière en queue-de-cheval. Il portait plusieurs piercings.

— Je peux vous aider ?

— Non. Cette jeune femme allait justement s'en aller.

Elle fusilla Lola du regard avant de se détourner.

— Elle n'est pas très aimable, fit remarquer Lola.

— Elle s'est donné pour mission de protéger tout le monde.

— Vous êtes un patient ? s'enquit Lola.

— Je travaille ici.

— Vous êtes psychanalyste ? Vous n'en avez pas l'air.

— Et de quoi ont l'air les psychanalystes ?

— Oh, je n'en sais rien. Ils sont plus âgés que vous. Et plus sévères, avec une barbe et des lunettes, et…

Elle l'examina d'un air dubitatif.

— Ils ne sont pas habillés comme vous.

Il rit.

— Vous voulez dire qu'on devrait tous ressembler à Freud ?

— Comment vous appelez-vous ?

— Jonah Martin. Et vous ?

— Lola Hayes. Vous connaissez Frieda Klein ?

— Je crains que non. Je n'ai commencé à travailler ici que la semaine dernière. Je sais qui elle est, évidemment. C'est quelqu'un d'incontournable ici.

— Savez-vous où je peux la trouver ?

Il secoua la tête.

— Non. Et si c'était le cas, je ne vous le dirais sans doute pas.

Une minute plus tard, Lola était dehors sur le trottoir, sans moyen apparent d'atteindre Frieda Klein. Alors qu'elle s'en retournait à la station de métro, son téléphone sonna. C'était Hal Bradshaw.

— Oh ! s'écria-t-elle, surprise. Quelque chose ne va pas ?

— Pas du tout.

Il partit d'un rire à la fois désinvolte et emprunté.

— Je voulais juste revenir sur notre conversation au sujet de Frieda Klein.

— Ah oui ? C'est très gentil à vous.

— Comment ça se passe ?

— Pas bien. Je reviens tout juste de son centre à Swiss Cottage. Apparemment elle est partie, et il ne serait pas possible de la joindre.

— Ah oui ? C'est intéressant. Dans ce cas, j'ai une autre suggestion. Elle a été formée par le Dr Reuben McGill. Il était célèbre dans le temps, ou du moins avait-il une certaine réputation. C'est un ami de toujours de Frieda et il habite à Primrose Hill. Vous pourriez y aller à pied.

— Hein ? Maintenant ?

— Oui, maintenant. Il connaît ses secrets. Comme tout un chacun. Allez le voir, puis appelez-moi et racontez-moi ce qui s'est passé.

Il lui donna l'adresse. Ces manigances avaient mis Lola mal à l'aise, et elle se sentait toujours aussi mal vingt minutes plus tard quand elle frappa d'un coup sec et léger à la porte de Reuben McGill. Un bruit traînant se fit entendre à l'intérieur et la porte s'ouvrit sur une silhouette chiffonnée. Il avait la soixantaine, des cheveux gris, bouclés et mal coiffés, des poches sous les yeux, et il n'était pas rasé. Il portait une chemise à carreaux et ses pieds étaient nus. Lola annonça qu'elle souhaitait rencontrer Reuben McGill.

— C'est moi.

Alors que Lola expliquait la raison de sa présence, son expression se fit de plus en plus méfiante. Quand elle eut fini, il émit un grognement.

— Comment avez-vous obtenu cette adresse ? dit-il.

Pour des raisons qu'elle ne comprenait pas bien elle-même, Lola fut soudain tentée d'inventer une histoire. Mais comme rien ne lui vint à l'esprit, elle s'en tint à la vérité.

— C'est le professeur Hal Bradshaw qui me l'a donnée.

Il aurait pu rester interdit ou se fâcher. Mais elle ne s'attendait pas au rire asthmatique que cette explication déclencha.

— Hal Bradshaw, répéta-t-il, comme si ce seul nom était drôle.

Ensuite le rire se transforma en toux. Il l'invita à entrer. Non sans appréhension, elle le suivit dans son salon. C'était un peu le bazar là-dedans, avec des livres, des bouteilles et des manteaux partout. Un chat écaille de tortue dormait dans le fauteuil.

— Josef, lança Reuben, sans la quitter des yeux. Venez voir ça.

Lola perçut un martèlement de pas dans l'escalier et un homme entra dans la pièce, brun, aux yeux marron mélancoliques. Il portait un tee-shirt, un jean constellé de taches de peinture et des grosses bottes, qui semblaient déplacées à l'intérieur d'une maison.

— C'est une étudiante, expliqua McGill. Et elle veut écrire sur Frieda.

— Drôle idée, commenta Josef.

— Et c'est Hal Bradshaw qui l'envoie.

Voilà que Josef souriait à son tour. Lola était perdue. En quoi Bradshaw était-il si drôle ?

— Pouvons-nous vous offrir à boire ? proposa McGill.

— Genre, un thé ?

— Je pensais à quelque chose d'un peu plus fort.

— Il est encore un peu tôt.

— Je croyais que c'était ce que faisaient les étudiants.

— Pas tout le temps.

— Vous êtes donc une amie d'Hal Bradshaw ?

— Pas une amie. Je ne l'ai rencontré qu'une fois. Mon superviseur m'a dit qu'il connaissait Frieda Klein. Je suis allée le trouver et il m'a orientée vers vous.

McGill sourit derechef.

— Il y a quelque chose de drôle dans cette histoire ? s'enquit Lola.

— Vous avez vu *Bip Bip* ? demanda McGill.

— Je ne crois pas, répondit Lola.

Le regard de McGill se porta sur Josef.

— Et toi ?

— *Bip Bip* ? répéta Josef, pensivement. C'est une voiture ?

— Laissons tomber, répliqua McGill. C'est un dessin animé. Vous devriez le voir, l'un et l'autre.

Il paraissait découragé.

— Bref, le Bip Bip, ou géocoucou, est une sorte d'oiseau, et il y a un coyote qui n'arrête pas d'essayer d'attraper ce piaf avec des plans de plus en plus astucieux et il se plante chaque fois. Cela aurait plus de sens si vous l'aviez vu, mais seulement dans ce cas, et si vous connaissiez Hal Bradshaw comme nous, vous vous rendriez compte que Bradshaw est comme ce Vil Coyote. Et que Frieda est le coucou.

Il y eut une pause.

— Vous devriez le regarder. C'est drôle. On le trouve sans doute sur You Tube.

Nouveau silence.

— Je ne veux aucun mal au Dr Klein, précisa Lola. Je veux juste écrire sur elle, sur ce qu'elle a fait.

McGill et Josef échangèrent un regard.

— Peu importe, répondit McGill. Elle n'est pas là.

— Je sais qu'elle n'est pas là, reprit Lola. Je suis allée chez elle. Je reviens tout juste de l'Entrepôt, où une femme m'a traitée comme si j'étais une criminelle.

— C'est fort possible, repartit McGill, l'air réjoui. Paz est un vrai dragon.

— C'est quoi le problème, au fond ? Je ne peux pas l'appeler, tout simplement ? Si elle n'est pas là, je peux bien la joindre par mail ou n'importe quel autre moyen de son choix. Je veux juste lui poser deux ou trois questions.

— Pas si facile, répondit Josef en secouant la tête.

— Pouvez-vous au moins me dire pourquoi vous ne me direz rien ?

— Ce serait déjà vous dire quelque chose, répliqua McGill. Écoutez, Layla…

— Lola.

— Nous avons eu l'obligeance de vous recevoir. Je pense qu'il serait plus simple que vous trouviez un autre sujet de mémoire.

— Mais vous avez piqué ma curiosité maintenant, répliqua Lola.

Alors qu'elle repartait, elle croisa une jeune femme avec des cheveux noirs en pétard, des yeux soulignés de khôl, qui portait de lourdes bottines ainsi qu'une veste en cuir noir. Elle faisait plutôt peur, se dit Lola, mais la jeune femme lui sourit et sous son maquillage, ses traits parurent soudain vulnérables et doux.

— Salut, dit-elle.

— Coucou, Chloë, lança Josef de l'intérieur de la maison.

C'était donc la nièce de Frieda. Lola avait lu des choses sur elle dans les coupures de presse. Peut-être que ça vaudrait le coup de l'interroger. Elle se retourna mais à l'instant même, la porte d'entrée se referma.

Lola rencontra Liz Barron à son bureau au journal, à Canary Wharf. Elle était au dix-huitième étage. De sa table de travail, Lola voyait le Dôme du Millénaire par-dessus la Tamise. On aurait dit une tortue blanche hérissée de pointes dans le soleil vif de l'après-midi. Elle dut s'obliger à se détourner pour se concentrer sur la silhouette flamboyante et souriante qui lui faisait face. Elle avait des cheveux brillants et des lèvres brillantes, et affichait une gentillesse implacable que Lola trouva dérangeante.

— J'ai passé en revue les articles parus dans la presse sur Frieda Klein, commença Lola. Vous avez plus écrit sur elle que n'importe qui d'autre, apparemment.

— Pour mon malheur, répliqua Barron. La plupart des médecins adorent qu'on leur prête attention. On les maintient difficilement à distance des caméras ou des journaux. Mais Frieda, c'était un mystère. Je l'ai interviewée, sondée, mais elle n'a jamais bien supporté le feu des projecteurs.

— Que faisait-elle là dans ce cas ?

Barron secoua la tête et ses cheveux valsèrent.

— Peut-être qu'il faut être psychologue soi-même pour répondre à cette question, mais j'ai fait de mon mieux. J'ai toujours trouvé qu'il y avait un aspect sombre dans sa personnalité, quelque chose qui l'attirait vers ce qu'elle redoutait le plus. J'ai écrit à ce sujet. J'ai fait un long papier sur les femmes qui sont attirées par la noirceur et la violence.

— Oui, je l'ai vu.

— Il a reçu un superbe accueil.

Lola opina sans conviction. À titre personnel, elle ne ressentait aucune attirance pour la noirceur et la violence.

— Je me demande ce qu'elle va devenir, lâcha Liz Barron.

— C'est-à-dire ? demanda Lola.

— Elle s'est mêlée des meurtres de Hannah Docherty. Ça s'est mal terminé. Ensuite il y a eu l'affaire Daniel Blackstock. Je le connaissais. Ça s'est passé sous mon nez. Ce que j'essaie de dire, c'est que je crois Frieda en mauvaise posture.

Elle examina Lola d'un air songeur.

— Et voilà que vous écrivez sur elle pour votre mémoire. Intéressant. Et alors, qu'en avez-vous pensé ?

— Je n'ai pas réussi à la voir.

— Comment ça ? Vous n'avez pas son adresse ?

— Il n'y a personne chez elle. Le courrier s'accumule sans que personne ne l'ouvre. Je suis allée à son travail. Ils ont dit qu'elle était partie, qu'on ne pouvait pas la joindre, qu'ils ne savent pas quand elle rentre.

— Vraiment ?

Les yeux de Liz Barron luirent de plus belle. Elle s'empara d'un stylo et consigna quelque chose sur un bloc devant elle. Puis releva la tête.

— Et donc, qu'aimeriez-vous savoir d'autre ?

Quand elles eurent fini, Liz Barron raccompagna Lola jusqu'à l'ascenseur. Elle pressa le bouton, deux fois de suite, et adressa à Lola un sourire triomphant.

— Si vous apprenez quoi que ce soit d'intéressant, dites-le-moi, absolument, suggéra-t-elle.

— Je doute que ça se produise, répondit Lola.

L'ascenseur n'arrivait pas. Barron pressa le bouton derechef.

— Je nourris toujours l'illusion qu'en appuyant sans cesse sur le bouton, la cabine viendra plus vite.

L'ascenseur se présenta enfin. Lola monta à l'intérieur. Alors que les portes allaient se refermer, Barron avança une main pour les bloquer.

— Quoi ? demanda Lola.

— C'est juste que quand les gens tendent à se rapprocher de Frieda Klein…

— Oui ?

— Je ne sais pas. Faites attention, c'est tout. Et restons en contact.

Elle retira sa main alors que les portes se refermaient.

Huit

Larry Phelps mesurait près d'un mètre quatre-vingt-cinq et il était tout en longueur. Il évoquait à Dugdale un arbre qui aurait poussé trop vite vers la lumière. Même assis, il était grand, avec des poignets fins, des os saillants et un front haut. Il repoussa ses lunettes sur l'arête de son nez osseux et se pencha en avant.

— On a un problème, dit Dugdale. On détient un ordinateur. Qui a appartenu à la victime d'un meurtre. On aimerait étudier son historique de navigation. Mais il semble qu'il l'ait effacé. Y a-t-il moyen de le récupérer ? conclut-il en indiquant l'ordinateur posé sur le bureau.

Phelps ouvrit le capot d'une pichenette.

— C'est dans vos cordes ? Vous pouvez l'emporter si vous voulez. Je sais que ça risque de prendre un certain temps mais plus tôt on le récupère, mieux ça vaut. Si c'est faisable.

Phelps releva la tête.

— Vous pouvez aller me chercher un café ? demanda-t-il. Lait, et deux sucres.

— Bien sûr.

— Je veux dire, genre, maintenant.

Dugdale serra les mâchoires et rougit imperceptiblement. N'importe lequel de ses subordonnés s'en serait inquiété, mais Phelps garda le regard rivé sur l'écran tout en continuant de pianoter sur le clavier. Dans la police, il y avait ceux qui demandaient un café et ceux qui allaient le chercher, et Dugdale faisait partie du premier groupe. Mais il avala la pilule et se retint de dire ce qui lui venait aux lèvres. Il quitta la pièce et traversa le bureau jusqu'à la machine à café, commanda un café au lait, ainsi qu'un noir pour lui-même. Il dénicha deux sachets de sucre et regagna son bureau. Phelps était assis les bras croisés, le regard rivé au plafond.

— Ça va poser un problème ? s'enquit Dugdale.

— J'ai l'historique complet.

— Je croyais qu'il l'avait supprimé.

Phelps prit le café et éloigna son fauteuil du bureau.

— Cacher l'historique de ses recherches en le supprimant, c'est un peu comme…

Il prit une gorgée de café.

— … comme de jouer à cache-cache avec ma petite de trois ans quand elle met ses mains devant sa figure et s'imagine que je ne peux pas la trouver. Il y a une liste de liens URL sur l'écran.

Dugdale s'avança.

— Hé ! Stop !

— Quoi ? s'écria Dugdale.

— Si vous voulez perdre les informations contenues dans cet ordinateur une bonne fois pour toutes, vous n'avez qu'à renverser ce café dessus.

— D'accord, d'accord, concéda Dugdale.

Il plaça soigneusement son gobelet à l'autre bout de la table.

— Avez-vous trouvé quoi que ce soit d'intéressant ?

— Je croyais que vous cherchiez du porno. Du porno pédophile, du porno zoophile, n'importe quel type de porno.

— Il y en a ?

Phelps haussa les épaules.

— Des trucs par-ci, par-là. Rien qui sorte de l'ordinaire. Mais jetez un œil à ses recherches récentes.

Larry Phelps se déplia hors du fauteuil.

— Je vous laisse à vos trouvailles.

Une fois Phelps parti, Dugdale s'assit dans le fauteuil et contempla l'écran. Il y avait une fenêtre ouverte avec une liste d'adresses internet. Météo, sport, commerces en ligne. Mais Phelps avait mentionné des recherches. Qu'entendait-il par là ? Dugdale cliqua sur les plus récentes et là il sut, et lut le nom à voix haute : « Inspecteur divisionnaire Malcolm Karlsson ».

Il se figea sur son siège. Qu'est-ce que c'était que cette histoire ? Pour quelle raison ce commercial recherchait-il des informations sur un enquêteur de la police ?

Dugdale connaissait un peu Karlsson. Ils s'étaient croisés de temps à autre, lors de cérémonies. Ils avaient suivi une formation ensemble. Il y avait quelque chose d'un peu à part chez lui. Il n'avait pas vraiment l'esprit d'équipe, il n'était pas du genre à passer de la pommade, faisait plutôt bande à part. Malin, cependant. Il s'était occupé de quelques enquêtes d'envergure au fil des ans : celle où Dean Reeve avait enlevé ce petit garçon, par exemple, ou l'étrange affaire où un mort avait été retrouvé en train de pourrir sur le canapé d'une folle. Et, bien sûr, il avait collaboré avec Frieda Klein ; les gens disaient qu'il s'était entiché d'elle, même s'ils n'auraient jamais osé le lui dire en face. Dugdale passa un doigt à l'intérieur de son col. Pour quelle raison Kernan s'intéressait-il à lui ? Il resta assis un moment, le front plissé, concentré, puis sortit sur le pas de sa porte. Quarry était au téléphone, en pleine conversation étouffée. Privée, manifestement. Dugdale resta planté là jusqu'à ce que Quarry le remarque et raccroche, gêné.

— Tout va bien, Dan ?

— Très bien, répondit Quarry sèchement.

Dugdale lui annonça sa découverte dans l'historique des recherches.

— Appelez Karlsson, trouvez s'il a eu le moindre contact avec Kernan. J'appellerai Mme Kernan à son sujet. Vous vous rappelez son prénom ?

— Sarah, répondit Quarry.

— Bien, répliqua Dugdale. Je suis une vraie tache avec les noms.

Quand Sarah Kernan répondit au téléphone, Dugdale s'enquit poliment de son état, de son sommeil, du soutien psychologique qu'elle avait pu recevoir, pour en venir enfin à l'objet de son appel.

— Nous avons examiné l'ordinateur de votre mari et l'une de ses recherches concernait un enquêteur divisionnaire appelé Malcolm Karlsson. Nous nous demandons si vous pourriez nous éclairer un tant soit peu sur ce point.

— Jamais entendu ce nom.

— Votre mari a-t-il eu affaire à la police ce dernier mois ou ces derniers temps ?

— Pas que je sache. Vous pensez qu'il avait des ennuis ?

— Il n'y en a pas trace. Aurait-il pu être témoin de quelque chose ?

— Je n'en sais rien. Il ne me disait pas toujours tout.

— Mais si votre mari a fait cette recherche en ligne, il devait bien connaître le nom de Karlsson. Et il devait avoir une raison.

— Tout ce que je peux dire c'est que je n'ai jamais entendu ce nom. Peut-être était-ce un client ?

Dugdale n'imaginait guère un inspecteur divisionnaire impliqué dans l'achat de fournitures sanitaires.

— Aurait-il pu avoir quelque chose à dire à Karlsson ?

— Je ne sais pas, je ne sais rien. N'aurait-il pas simplement appelé le commissariat du coin ? Ou composé le numéro des urgences ?

Une autre idée vint à l'esprit de Dugdale.

— Votre mari avait-il l'habitude d'emporter son ordinateur quand il partait en mission ?

— Je suis désolée, je ne sais pas grand-chose de mon mari… de mon défunt mari, reprit-elle avec un sanglot étouffé.

— C'est moi qui suis désolé. Ce doit être très difficile pour vous. Si vous préférez que nous reprenions une autre fois…

Il entendit une toux, et un reniflement. Il regretta soudain de n'avoir pas confié cet appel à une femme. Les femmes sont plus douées pour ce genre de choses. Empathiques. Tolérantes. Patientes.

— Non, je veux aider.

— Partageait-il son ordinateur avec quelqu'un ?

— J'ai le mien. Et Ned était à l'université jusqu'à ce que ça arrive.

Dugdale entendit qu'elle se mouchait.

— Mais l'ordinateur était à la portée de tous, d'autres auraient pu s'en servir, reprit-il.

— Il le gardait dans son petit coin là-haut. Personne n'y va.

— Avec la porte verrouillée ?

— Non. Mais on ne reçoit jamais personne ici. Juste une de mes amies pour boire un thé de temps en temps. Et ma sœur.

Dugdale savait quand il était dans une impasse, quand il avait exploré toutes les voies possibles. Il lui demanda de le rappeler si elle se rappelait quoi que ce soit. Elle n'en ferait sans doute rien. Il raccrocha et réfléchit, pianota sur le bureau. Quelque chose clochait, il le savait, mais il n'avait pas mis le doigt dessus.

Pendant que Dugdale achevait sa conversation avec Sarah Kernan, Quarry arpentait Lincoln's Inn Fields. On lui avait dit que Karlsson avait rendez-vous dans un pub appelé l'Amiral Hood. La soirée ne faisait que commencer et le bar était envahi d'employés échappés de leurs bureaux. Un grand chauve en costume gris était assis seul à une table avec une pinte de bière, en train de lire le journal du soir.

— Êtes-vous Malcolm Karlsson ? demanda Quarry.

L'homme releva la tête, l'air irrité.

— Par ici, lança une voix derrière lui.

Quarry se retourna. Un homme lui faisait signe d'approcher. Il avait des cheveux bruns courts, une expression vive, légèrement ironique. En dépit du costume et de la cravate, il n'avait pas l'allure d'un enquêteur. Plutôt d'un enseignant, peut-être. Il était assis en compagnie de deux femmes. L'une était jeune, la mâchoire dure, sa chevelure brune sévèrement tirée en arrière : elle l'observait avec méfiance, hostilité, presque. Elle portait un pantalon ample, sombre, et un pull marron. L'autre était vêtue de manière plus exubérante, ses cheveux enveloppaient son visage, avec des anneaux aux poignets et des boucles à ses oreilles, les lèvres brillantes ; même de là où il se trouvait, Quarry sentait son parfum. Ils formaient un groupe à l'apparence étrange : à l'évidence, ce n'étaient pas des amis, mais ils n'étaient pas réunis pour travailler non plus. Quelques secondes lui suffirent pour sentir entre eux une tension.

— Je vous présente ma collègue, Yvette Long, indiqua Karlsson. Et voici Liz Barron. Une journaliste. C'est à propos d'une enquête ?

— Oui.

Karlsson regarda Liz Barron.

— Pouvez-vous nous accorder un moment ?

Barron fit la tête, la moue presque, se leva et traversa la pièce, puis franchit la porte du saloon.

— Il ne reste plus beaucoup de responsables de rubriques criminelles, expliqua Karlsson, mais Liz Barron en est une, elle a du nez pour ce métier. Et, ajouta-t-il, elle sait toujours où nous trouver, apparemment.

— Ce qui n'a pas l'air de vous plaire.

— Eh bien, c'est quoi, ce qu'on dit d'une info, déjà ? Que c'est un truc que quelqu'un ne tient pas à voir divulgué. Alors, que puis-je pour vous ?

— Avez-vous entendu parler de la voiture qui s'est crashée à Hamsptead ?

Karlsson parut interdit, mais quand Quarry décrivit plus en détail, il opina du chef.

— J'ai lu quelque chose là-dessus.

— C'est désormais une enquête pour meurtre.

— Et ?

— Ça vous ennuie si je prends un verre ? demanda Quarry.

— Je vais vous le chercher, proposa Long avec brusquerie.

Sur instructions de Quarry, elle se rendit au bar chercher un gin tonic et un sachet de chips au vinaigre. À son retour, il descendit la moitié du gin d'une traite.

— La victime est un représentant appelé Geoffrey Kernan. Vous le connaissiez ?

Karlsson et Long eurent tous deux l'air étonné.

— Comment ça ? demanda Karlsson.

— Il y a des détails bizarres dans cette affaire. Il était seul dans la voiture, quand celle-ci a foncé dans des gens. Mais il était déjà mort. La voiture a été volée. Et il y a un autre truc. Quelques jours auparavant, il vous a cherché sur son ordinateur.

— Il peut y avoir un autre Malcolm Karlsson.

Quarry sortit un bout de papier de sa poche, le déplia et l'étala sur la table. Karlsson chaussa ses lunettes de lecture, et l'examina.

— C'est une liste de ce qu'on a trouvé. En gros, ça concerne ce que vous avez fait depuis un an ou deux.

— C'était quoi son nom, déjà ? demanda Karlsson.

— Kernan. Geoffrey Kernan.

Karlsson regarda Yvette Long.

— Ça vous dit quelque chose ?

Elle secoua la tête.

— Je vérifierai au bureau, répondit-elle. Je demanderai aux collègues. Mais ce nom ne me dit rien.

Quarry sortit une photo de sa poche et la tendit à Karlsson. Long et lui l'examinèrent minutieusement.

— Je ne sais pas quoi dire, conclut Karlsson. J'aimerais vous être utile d'une façon ou d'une autre mais il ne me vient aucune idée.

Quarry remit sa carte à Karlsson.

— Si ça vient, commenta-t-il en se levant.

— Si vous croisez Liz Barron, ajouta Karlsson, vous pouvez nous la renvoyer, que nous lui expliquions poliment que nous n'avons rien à lui dire ?

Quarry se fraya un chemin hors du bar. Sur le trottoir, il aperçut Liz Barron en train de fumer une cigarette. Il lui adressa un signe de tête.

— Ils vous attendent à l'intérieur, l'informa-t-il.

Elle ne semblait pas pressée de finir sa cigarette.

— Qu'ont-ils dit sur moi ? demanda-t-elle. Rien de bon, j'imagine.

— Nous avions d'autres sujets à aborder.

— Quelque chose d'intéressant ?

— Juste une enquête en cours.

— La sienne ou la vôtre ?

Quarry fronça les sourcils.

— Je peux vous introduire auprès du service de presse, si vous voulez.

Barron ouvrit son portefeuille et sortit une carte. Quarry ne put retenir un sourire.

— Il y a quelque chose de drôle ? demanda Barron.

— On échange tous nos cartes, répondit Quarry. Je viens de remettre la mienne à Karlsson.

— Comme ça, on fait tous connaissance.

Il baissa les yeux sur la carte.

— Et ça, c'est à quel sujet ?

— Je suis toujours intéressée par…

Elle marqua une pause.

— Eh bien, par divers sujets. Je suis très discrète. Et mes arrangements sont strictement professionnels.

— Professionnels ?

— Je suis toujours prête à rémunérer le temps qu'on m'accorde.

Elle patienta à nouveau, mais Quarry ne répondit rien.

— À couvrir les frais.

— J'avais compris ce que vous aviez à l'esprit.

— On pourrait se retrouver pour boire un verre un de ces quatre. On a sans doute des choses à s'apporter.

Avant qu'il puisse répondre, elle avait jeté sa cigarette sur le trottoir et était rentrée. Il entendit un message s'afficher sur son portable : ce devait être Maggie, une fois de plus.

Neuf

Quarry grimpa à bord de sa voiture et brancha le GPS de Geoffrey Kernan. Il y eut un temps d'attente avant que l'appareil ne démarre, puis une voix de femme assurée : « Dès que possible, faites demi-tour. » Il eut un sourire sombre. Encore une femme désapprobatrice qui lui disait quoi faire. Ses instructions le menèrent vers le nord puis hors de Londres jusqu'à un grand magasin d'équipement sanitaire aux abords de Maldon, une école primaire à Ingatestone, un hôtel proche de l'aéroport de Stansted, deux pubs, la jardinerie où travaillait l'épouse de Kernan, un HLM en construction, un magasin de meubles et un autre d'optique. Presque tout le monde reconnut Geoffrey Kernan, et savait qu'il avait été tué : d'après eux, il était venu la semaine qui avait précédé sa disparition. Parfois Quarry dut frapper à plusieurs portes, présenter son badge et la photo de Kernan, avant de trouver le bon endroit : une femme à qui l'on installait une nouvelle salle de bains, ou un couple qui lui avait vendu un micro-ondes quasi neuf sur Ebay.

Quelques destinations étaient nettement plus éloignées, vers Coventry, Bristol ou Norwich. Kernan faisait des kilomètres. Quarry se promit de vérifier ces adresses avec son employeur. Il y eut une maison à West Ham, près du terrain de football, où personne ne vint ouvrir la porte. Il nota de revenir plus tard. Puis le parc, là, à Beckton : sans doute Kernan y avait-il fait un tour. Avait-il un chien ? Quarry était quasiment sûr que non. La destination la plus récente était la plus proche de chez Kernan. Il emprunta la rocade puis une route menant à une zone industrielle. L'écran du GPS indiqua qu'il était près du fleuve, ce qu'il n'aurait jamais deviné. Il longea les entrepôts de grossistes en matériaux de construction, un dépôt de bus, une scierie, une casse automobile remplie de voitures strictement irréparables. Il dépassa encore une caravane qui faisait office de café, un dépôt d'équipements lourds et une déchetterie. La voix annonça qu'ils parvenaient à leur destination. Il gara la voiture à l'écart de la route, sur le talus accidenté. Contre toute attente, on trouvait là trois maisons côte à côte. L'une d'elles était entièrement condamnée. On aurait dit un vestige oublié, peut-être une rescapée du Blitz qui avait mis toute cette zone à feu et à sang.

En sortant de la voiture, Quarry fut soudain assailli par le bruit des camions et des pelleteuses. Puis par l'odeur, quasi palpable, d'un relent d'ordures. Il n'y avait pas qu'une mauvaise odeur mais plusieurs, superposées, industrielle et organique, aigre et douceâtre, amère et âcre.

Il se dirigea vers les habitations, étrange reliquat d'une ancienne rue de maisons mitoyennes. La première maison était vide, à l'évidence. Il gravit les marches de celle du milieu. Faute de sonnette ou de heurtoir, il frappa à la porte. Elle s'ouvrit sur un homme à peine réveillé, vêtu d'un jean taché et poussiéreux, d'un tee-shirt sale, et dont toute la peau nue, exception faite de la tête, était couverte de tatouages. Il avait des piercings dans les oreilles, le nez, les lèvres. Quarry présenta son badge.

— Connaissez-vous un dénommé Geoffrey Kernan ?

— Non.

— Vous avez répondu bien vite. Réfléchissez un peu. Geoffrey Kernan. Geoff, peut-être ?

— Jamais entendu parler de lui.

Il sortit une photo de sa poche et la montra à l'homme.

— Voilà Kernan.

L'homme secoua la tête.

— D'autres personnes vivent-elles ici ?

— Quelques-unes. Des gens habitent ici quand ils travaillent.

— Je peux leur parler ?

— Ils sont sortis.

— Savez-vous quand ils rentreront ?

— Je n'en sais rien. Dans une heure, peut-être.

Quarry se rendit à la petite caravane et commanda un thé. La femme derrière le comptoir était brune, pâle, avec un accent d'Europe de l'Est, tchèque sans doute, se dit Quarry. Ils échangèrent des banalités, mais quand Quarry s'enquit des habitants de la maison d'en face, cherchant à savoir qui ils étaient, ce qu'ils faisaient, elle se mura dans le silence. Il en avait l'habitude. Les gens s'inquiétaient aujourd'hui qu'on puisse faire partie du conseil municipal, des services d'immigration ou de la police. Il fut tenté de lui dire qu'il se fichait qu'ils soient en situation régulière ou non, mais ne se donna pas cette peine. Elle ne le croirait pas.

Une fois son thé fini, il erra sans but dans les parages. Il trouva un sentier menant au fleuve et contempla Thamesmead sur l'autre rive, et l'immense barrière de la Tamise barrant la crique sur sa droite. Il avait vécu à Londres toute sa vie, et tout cela était pour lui une découverte. Il retourna enfin à la maison. Deux hommes étaient rentrés du travail, poussiéreux et moites dans leurs gilets jaune fluo. Avec méfiance et réticence, ils examinèrent la photo de Kernan et affirmèrent ne pas le connaître. Il ignorait s'ils ne l'avaient effectivement jamais vu, s'ils mentaient, ou s'ils s'étaient juste fixé pour règle de plaider l'ignorance de manière systématique pour s'éviter des ennuis.

De retour dans la voiture, il passa ses notes en revue. Sa journée ne lui donnait pas satisfaction. Parfois, rentrer bredouille était aussi utile que de faire une découverte. Pas cette fois-ci.

Dix

Douze ans plus tôt, Neil Morrell avait été avocat, dans un petit cabinet, avec des allocations, une fiancée qui travaillait à la City, une maison à Camden et un penchant pour la drogue. Aujourd'hui, il n'était plus avocat : il ne percevait plus d'allocs, n'avait plus de fiancée, ni de maison – et ne se droguait plus. Il ne buvait même plus de café. Au lieu de ça, il travaillait en tant que gardien de parc à Hampstead Heath quatre jours par semaine ; les trois autres jours, il était prof de yoga. Il portait les cheveux longs, retenus en une queue-de-cheval argentée, une barbe épaisse, et sur le haut du bras gauche, le tatouage d'un arbre. Il disait que les arbres lui avaient sauvé la vie. Parfois il leur parlait, s'arrêtant près du vieux chêne que la foudre avait fendu en deux des années auparavant mais qui avait survécu ; ou aux saules près des étangs, leur flattant le tronc, levant la tête, les yeux plissés, pour s'assurer qu'aucune branche n'était morte, ou qu'aucune trace de cloque n'apparaissait sur les feuilles.

Il connaissait le parc comme sa poche. Quand on le creusait avec ces terribles engins pour prévenir les inondations, il en ressentait presque une douleur physique. Il l'aimait en toutes saisons, mais sa préférée était l'automne : les couleurs atténuées, chaudes, l'odeur de décomposition, les feuilles qui bruissaient quand il les foulait d'un pas lent.

Ce matin-là, un fin crachin voilait le paysage, telle une brume. Il n'y avait pas grand monde dehors, rien que quelques joggeurs et un promeneur de chien çà et là. Neil Morrell remonta la colline en direction de Whitestone Pond, effectuant ses rondes. Il n'y était pas venu depuis quelques jours. Avant d'atteindre le sommet, il s'arrêta et huma l'air. Il sentit une odeur de brûlé : sans doute quelqu'un faisait-il un feu de camp dans son jardin, et comme de juste, voilà qu'en débouchant des arbres, il aperçut un épais panache de fumée s'enroulant dans le ciel.

Alors qu'il cheminait à l'assaut de la pente, le renfoncement s'offrit à sa vue : le lieu, un ancien étang, restait humide sous les pieds même par les étés les plus chauds. Cette année, la commune avait prévu d'y tenir là le feu de joie du 5 novembre, mais Neil trouvait idiot de l'organiser dans un endroit pareil : à force de piétinements, la foule en ferait un marais bourbeux, il lui faudrait des mois pour s'en remettre. Cela faisait des semaines qu'ils amassaient du bois, et bâtissaient un tipi de branchages qui était déjà de belle taille. Mais voilà qu'aujourd'hui, à un mois de la date prévue, quelqu'un y avait manifestement mis le feu.

— Voyous, dit Neil, le front barré d'un pli désapprobateur.

Sans doute était-ce l'œuvre d'une bande d'adolescents et d'une blague, qui gâchait la fête des autres.

Les flammes léchaient l'un des flancs du tipi et s'échappaient en volutes de l'autre. En dépit de la bruine, le feu prenait. Neil poussa un soupir et sortit son téléphone pour appeler la direction, puis descendit dans la cuvette pour voir s'il y avait quoi que ce soit à faire.

Il vit en approchant qu'ils avaient même prévu l'effigie traditionnelle d'un Guy Fawkes. Une silhouette vêtue d'épais vêtements bleu pâle, comme un uniforme, était calée contre les branches, léchée par des flammes de sorte que son contour vacillait alors qu'il ne se consumait pas encore. Un sifflement le fit sursauter quand une fusée jaillit soudain du bûcher, éparpillant des pétales lumineux sur son sillage. Puis une autre. Il s'approcha, tandis que ses pieds s'enfonçaient dans le sol meuble. Le Guy glissa quand l'une des branches contre lesquelles il était adossé s'embrasa et s'effondra dans les flammes et les cendres.

Plus près encore. Et là il se mit à courir, glissant sur l'herbe humide, le souffle court. L'effigie avait un visage, dont les traits fondaient dans la chaleur, dont les yeux étaient grands ouverts et le regardaient.

Dix minutes plus tard, l'endroit était envahi d'agents de police et de secouristes. Le feu avait été éteint, le corps dégagé. L'agent Darren Symons était là une fois de plus. Il avait toujours un rhume, et avait développé une vilaine toux caverneuse. Ses yeux se mirent à larmoyer quand il contempla la scène. Un feu de camp fumant, un corps allongé dans l'herbe là où le gardien du parc l'avait traîné, bras et jambes ligotés. L'agent Symons distinguait des touffes de cheveux roussis sur un crâne pâle. Le cadavre était vêtu d'une sorte de toile qui avait noirci sans se consumer. Il n'aurait su dire si cette forme humaine était masculine ou féminine. Il se rappela avoir appris à l'école en cours d'histoire qu'on avait brûlé des gens en tant qu'hérétiques : il s'était toujours dit que ce devait être la pire façon de mourir. Pire encore que de se noyer.

Sur la route devant lui, derrière les agents de police qui s'y étaient garés, plusieurs silhouettes observaient la scène. Il était censé sécuriser les lieux avec du cordon, pendant que le crachin durcissait et virait à la pluie et que le sol se muait en boue vaseuse. Il avait en face de lui, à quelques mètres de là, l'homme qui avait trouvé le corps. Il parlait à l'une des collègues de Symons mais sans la regarder : au lieu de ça, il fixait l'horizon boisé. De temps à autre, il cillait rapidement, de ses yeux d'un curieux gris moucheté. Il s'était brûlé les mains en dégageant la victime du feu et elles étaient enveloppées de bandages, de sorte qu'on aurait dit un vieux boxeur.

— Voilà Bourriquet, dit une voix dans son dos.

Symons fit volte-face et découvrit l'inspecteur divisionnaire Dugdale et l'inspecteur Quarry en train de descendre la pente. Dugdale ne se pressait pas, mais sa tête tournait de-ci, de-là, enregistrant le moindre détail. Alors qu'il parvenait à sa hauteur, un dernier pétard qui avait dû rester au chaud dans les braises explosa dans une pluie de couleurs.

Dugdale fit un geste circulaire.

— Ma scène de crime est totalement piétinée.

— Ils pensaient que ce n'était qu'un feu, chef.

— Je me fiche de ce qu'ils pouvaient bien penser. Mais pas de ce que vous faites. Trouvez-moi du cordon, sécurisez-moi la zone.

Il se dirigea vers le mort et se pencha dessus, impassible. Les yeux du cadavre étaient ouverts. Ils semblaient fixer quelque chose au-delà d'eux.

— Y a-t-il une chance que ce soit un accident ? suggéra Quarry.

Dugdale se retourna vers lui brusquement mais il continua.

— On se défonce, on fait un feu, on tombe dedans, on meurt. J'ai déjà lu des histoires analogues.

— La victime a les jambes et les bras liés. On est à cinq minutes de la scène de crime de Kernan. Mais si vous voulez démontrer que c'est un accident, allez-y, je vous en prie. Tout ce que vous voudrez, pourvu qu'on n'ait pas à s'en occuper.

Simon Tearle écoutait une cantate de Bach dans un casque quand sa porte s'ouvrit et qu'une tête apparut dans l'entrebâillement.

— Oui ? dit-il.

— J'ai toqué, répondit la jeune femme. Vous n'avez pas dû m'entendre.

Il ôta son casque.

— Polly, c'est bien ça ?

— Lola, répondit-elle. Lola Hayes. Je suis venue vous voir il y a quelques jours.

Elle patienta, attendant qu'il se souvienne, puis ajouta :

— Au sujet de mon mémoire. Vous avez suggéré Frieda Klein.

— Exact.

— Le truc, c'est que ça ne se passe pas très bien.

Il poussa un soupir.

— Entrez. Exposez-moi le problème.

Elle s'assit. Il l'observa, dans sa jupe d'un jaune bouton-d'or et son duffel-coat rouge, avec ses grands yeux confiants, et se fit la réflexion qu'elle faisait bien jeune pour son âge.

— Vous m'avez dit de la disséquer, reprit Lola. De la décortiquer.

— Ah oui ?

— J'ai donc cherché à la rencontrer, ainsi que certaines personnes qui la connaissent.

— Sans doute n'est-ce pas nécessaire. Vous ne suivez pas un cours de journalisme.

— En fait, personne n'a rien pu me dire. Raison pour laquelle je suis là.

— Avec un mémoire à rendre dans deux semaines.

— Je sais. Je fais quoi ?

— Bâtissez votre plan.

— Facile à dire, répondit-elle.

Il entendait toujours la cantate s'échapper du casque sur le bureau et tenta de dissimuler son impatience.

— Qu'avez-vous trouvé jusqu'ici ?

— Qu'elle s'est retrouvée impliquée dans tout un tas d'histoires effrayantes, que son amoureux a été tué et elle blessée, qu'elle aime marcher – elle adore suivre le cours des rivières cachées. Qu'elle…

Simon Tearle leva une main.

— Arrêtez-vous un instant.

Lola s'interrompit.

— Psychogéographie.

— Pardon ?

— L'effet de l'environnement sur les émotions et le comportement des individus. Examinez ce qu'a vécu Frieda Klein au cours d'une ou deux des affaires clés auxquelles elle a été mêlée sous l'angle de son environnement urbain.

— Vraiment ?

Lola fronça le nez, dubitative.
— Allez-y, explorez. Emboîtez-lui le pas. À fond.
Il remit son casque en place, s'adossa et ferma les yeux. La porte claqua doucement derrière lui.

Dugdale s'installa à son bureau avec les résultats préliminaires de l'autopsie. Il avait très peu dormi, mais venait de prendre une douche et d'enfiler une chemise propre : ça aidait toujours. Il lança un regard en direction de Quarry. Il paraissait fatigué. Pire que ça. Ce matin-là, plusieurs journaux avaient colporté de lugubres reportages sur les « Meurtres de Hampstead ».
— Est-ce le même tueur ? demanda Quarry.
Dugdale baissa le nez sur son petit-déjeuner, un sandwich au bacon et à la tomate d'où pendouillaient quelques lambeaux de laitue fatiguée.
— Envisageons cette possibilité, d'accord ?
Quarry resta interdit.
— En quoi sont-ils similaires ? interrogea Dugdale.
— Vous vous le demandez ou vous me posez la question ? dit Quarry.
— Je pose la question.
— Le lieu.
Quarry sentit son portable vibrer dans sa poche une fois de plus : Maggie. Il tenta de se concentrer.
— On en a déjà convenu. Autre chose ?
Il y eut un silence. Puis Quarry ajouta prudemment :
— Les deux sortent de l'ordinaire.
— C'est vrai. Ça ne nous mène pas bien loin, mais c'est exact.
— Les deux ont été planifiés.
Dugdale hocha la tête sans enthousiasme.

— À part ça, ils n'ont rien à voir. Ils présentent une semaine d'écart. Geoffrey Kernan vivait à Barking, Lee Samuels à Royal Oak. Kernan avait quarante-sept ans, Samuels trente-deux. Kernan vendait des équipements sanitaires, Samuels était un ingénieur, momentanément au chômage. Pour autant que nous puissions en juger, il n'y avait pas de lien entre eux. Pas de centres d'intérêt ni d'amis en commun.

— Vous avez loupé un truc, reprit Dugdale.

Il lui fit passer un bout de papier.

— Regardez les mots que j'ai soulignés.

— Fibres modacryliques, lut Quarry. Aucune idée de ce que c'est.

— On en a retrouvé sur la peau de Samuel. Collées aux jambes et au buste, et même sur son visage. C'est un tissu utilisé pour les vêtements de chantier, les doublures de manteaux, les tapis.

— Je ne vois toujours pas.

— Regardez les autres mots soulignés.

— Résistants au feu.

— Oui. On l'a emballé dans un tissu résistant au feu.

— Pour qu'il ne brûle pas ?

— Tout juste. Mais pourquoi ?

Il patienta quelques secondes, puis reprit.

— Pourquoi mettre un corps sur un bûcher ? Pour s'en débarrasser, pour supprimer toute trace. N'est-ce pas ?

Quarry opina.

— Mais Samuels a eu droit à des vêtements protecteurs, ce qui signifiait qu'il ne brûlerait pas vite. Pourquoi ?

— Quelqu'un voulait qu'on le trouve ? suggéra Quarry.

Dugdale tapa sur le plateau de son bureau d'un geste irrité.

— Nous savons désormais qu'il a été tué au moins une semaine plus tôt. Nous savons aussi que sa petite amie a signalé sa disparition le 29 septembre, mais qu'on n'a pas vraiment pris l'alerte au sérieux. Et donc ?

Il le regarda, l'air interrogateur.

— Donc celui ou celle qui l'a tué a attendu avant de disposer du corps, répondit Quarry.

— Tout juste.

Un long silence s'abattit.

— Ça vous va si je suggère quelque chose ? Sans doute sans importance.

— Vous pouvez tout dire ici.

Quarry hésita. Il n'était pas certain que son patron soit sincère.

— En général, quand on brûle un corps, c'est pour se débarrasser de ce corps. Mais nous pensons qu'il s'agit plutôt ici d'une sorte de mise en scène.

Dugdale ne répondant rien, Quarry poursuivit :

— Mais quand on pousse jusqu'à protéger le cadavre, il ne s'agit plus seulement d'une mise en scène. S'ils ne l'avaient pas fait, il aurait pu être difficile d'identifier ce cadavre. Mais peut-être importait-il que nous puissions l'identifier. Peut-être que c'est en partie le but visé.

Dugdale fronça les sourcils. Il tripotait nerveusement son stylo.

— Tout comme Kernan, ajouta Quarry.

— Tout comme Kernan.

Dugdale opina d'un air approbateur.

— Donc on a bien affaire au même tueur.

Quarry ressentit une bouffée d'excitation. Ça pouvait envoyer du gros, une telle affaire, le genre qui fait ou défait une carrière.

— C'est possible, admit enfin Dugdale. Tout à fait possible.

— Ça va faire du bruit, hein ? lança Quarry.

Il venait d'avoir une autre idée. Mais cette fois-ci, il la garda pour lui.

— Je ne vous dirai que ce que vous pourriez apprendre auprès d'autres confrères.

Liz Barron gratifia Quarry de son sourire le plus engageant.

— Bien sûr.

— Je ne ferai rien qui puisse compromettre des enquêtes.

— Je ne m'y attends pas. Tel que je vois les choses, nous ne faisons qu'améliorer un peu nos conditions de travail. C'est du gagnant-gagnant et pas de perdant, hein ?

— Exactement.

— Vous pouvez me donner un conseil, me mettre sur la bonne piste, m'accorder un temps d'avance sur les autres.

Elle tapota l'épaule de Quarry.

— Ne soyez pas si anxieux.

— Si jamais ça devait se savoir…

— C'est mon boulot. Ça ne se saura pas.

Elle s'adossa de nouveau à son siège.

— Et bien sûr, en échange de votre aide, nous couvrirons vos dépenses.

Quarry fit la grimace. C'était la raison pour laquelle il le faisait, pour laquelle il *devait* le faire, mais il n'aimait pas l'entendre dire à haute voix.

Elle lui adressa un signe de tête qui fit valser ses cheveux brillants, puis plongea la main dans son sac et en sortit un carnet.

— Je crois que nous nous comprenons, Dan. À ce propos, il y a un sujet que j'aimerais creuser. Peut-être pouvez-vous m'aider.

Onze

Lola dormit tard. Et elle devait absolument prendre un petit-déjeuner avant de démarrer la journée : c'était son repas préféré. Elle mit un sachet de thé dans un mug, versa de l'eau bouillante dessus, puis lava une casserole sale qui traînait dans l'évier depuis la veille et se fit un œuf poché sur un muffin grillé, tartiné d'une épaisse couche de beurre.

Ensuite, elle farfouilla au fond de son armoire et dénicha la vieille paire de chaussures de marche ayant autrefois appartenu à sa coloc' Jess avant que les pieds de Jess ne fassent une brusque poussée de croissance. Lola n'était même pas sûre de les avoir jamais portées elle-même, mais elle avait dans l'idée qu'elle ferait mieux de mettre une tenue adaptée à sa mission du jour. Le ciel était couvert : il risquait de pleuvoir.

Elle avait effectué quelques préparatifs de base. Elle avait cherché sur Google le terme « psychogéographie », juste pour s'assurer qu'elle n'avait pas compris de travers. Il fallait avoir l'esprit joueur, avait-elle appris, l'idée étant de flâner dans des environnements urbains, de s'écarter de ses trajets ordinaires, de se livrer à l'imprévu. Ça semblait parfait, à l'opposé d'un travail. Elle avait même envisagé de convier deux amis à se joindre à elle. Ils pourraient profiter de la journée, boire un café, manger un sandwich, finir par un verre dans un pub. Mais ensuite elle avait lu un article expliquant que pour parvenir à cette nouvelle perception, il fallait l'accomplir seul. Logique. Lola imaginait bien qu'en s'y rendant avec des amis comme Ellie ou Ben, ils ne feraient que papoter sans même se rendre compte où ils allaient. La question était : où aller ? Lola avait parcouru en vitesse ses notes sur Frieda et vu que la rivière Lea et le Regent's Canal dans l'est de Londres revenaient à plusieurs reprises. Elle étudia le plan sur son téléphone. C'était un bon point de départ. Elle trouva un stylo et un carnet assez petits pour tenir dans la poche de sa veste, elle n'avait pas besoin d'autre chose. Elle prit un bus en direction de Clapton Pond, traversa le parc et là, comme par magie, surgit une rivière. Elle ne l'avait jamais vue auparavant, n'en avait jamais entendu parler.

Tout ce qu'observait Lola était nouveau et étonnant. Sur sa droite, une embarcation approchait avec – elle les compta – huit rameurs et un barreur, exactement comme dans la vraie course d'aviron qui se tient sur la Tamise chaque année, entre Cambridge et Oxford. Une voix s'éleva, elle fit volte-face et recula. Un homme pédalait sur la rive à hauteur du bateau, aboyant des instructions. Sur la rive ouest de la rivière s'élevaient de nouveaux immeubles d'habitation flambant neufs, de l'autre côté, des arbres et des broussailles aussi loin que portait son regard. À quelques mètres d'elle, à peine, deux cygnes blancs et quatre petits, gris, ébouriffés, piochaient quelque chose dans l'eau. Comment les appelait-on ? Des cygneaux ?

Lola consulta son téléphone une fois de plus et étudia le plan. En prenant à gauche, la rivière lui ferait traverser les quartiers de Tottenham et d'Enfield, longer des retenues d'eau et des lacs puis peu à peu s'égarer hors de Londres au petit bonheur la chance. Mais elle devait prendre à droite, vers le centre-ville. Elle longea une file de péniches. Sur l'une d'elles, une femme aux longs dreadlocks teints au henné entassait du bois de chauffage sur le pont. Lola et la femme échangèrent quelques mots. Lola demanda comment elle chauffait le bateau, lavait, et cuisinait, et si l'embarcation prenait l'eau.

Ses questions firent surtout rire son interlocutrice.

— C'est une question de rythme, on s'adapte, répondit-elle.

Elle décrivit comment c'était les soirs d'été, quand on installait des sièges sur le sentier de halage, qu'on organisait un barbecue, qu'on buvait en compagnie d'amis jusqu'à ce que le jour se lève sur les marais. Lola raconta ensuite de quelle manière elle s'était lancée sur les traces d'une psychothérapeute qui enquêtait sur des crimes et que l'un d'eux avait eu lieu ici même.

La femme prit un air grave.

— Ça me dit quelque chose, je crois, répondit-elle. C'était un type et une fille qui vivaient sur l'un des bateaux ici, sur cette rive. Je ne me souviens plus des détails. C'est juste devenu l'une de ces histoires que se racontent les gens.

Lola prit une photo de la femme devant un mur de l'autre côté de la rivière, où était dessiné l'immense graffiti d'une espèce de diable avec une grande bouche ouverte et des dents féroces.

Tout en longeant la rivière, elle salua de la tête promeneurs de chiens, joggeurs et cyclistes. Elle s'arrêta pour deviser avec un homme portant une veste jaune fluo qui poussait un chariot et ramassait les détritus. Depuis plus d'un kilomètre, c'était comme si elle s'était promenée en pleine campagne. Ensuite elle passa sous ce qui ressemblait à une autoroute, sentant le grondement des camions au-dessus de sa tête, et en ressortit aux abords du parc olympique. Elle quitta la rivière Lea pour bifurquer vers un canal qui la mena à la lisière du parc Victoria. De l'autre côté, un alignement de maisons mitoyennes avec jardins bordait l'eau. Lola les envia presque : c'était comme de vivre sur une péniche, mais avec un bon lit et un bain en fin de journée.

Le petit canal rejoignait le Regent's Canal au bout du parc Victoria et là, Lola prit à droite. Elle vit une jeune femme se débattre avec cinq chiens d'espèces différentes, les laisses tout emmêlées. Lola s'empara des laisses une à une et l'aida à se libérer. En fait, ces chiens n'étaient pas les siens. C'était juste son boulot, de les emmener se promener une fois par jour.

— C'est un vrai métier ? demanda Lola.

La femme parut un peu offensée et les chiens l'entraînèrent dans le parc. Le sentier de halage était presque tout du long bordé de péniches, mais Lola atteignit un tronçon dégagé où trois hommes avaient profité de l'espace et s'étaient installés pour pêcher, à un mètre de distance à peine l'un de l'autre. Lola alla se poster entre les deux premiers. Sur sa gauche, un vieil homme avec une épaisse tignasse blanche, un bonnet en laine et une grosse veste. Il était si gros et gras que Lola ne comprenait pas comment son petit tabouret de camping pouvait supporter son poids. À sa droite, un autre homme, son opposé en tout point. Il portait des bottines noires de chantier, un jean noir et une chemise à carreaux, roulée jusqu'aux coudes. Mince, bronzé, les cheveux coupés très court. Alors que le gros monsieur marmonnait pour lui-même, ou s'adressait aux flots, le mince se contentait de regarder droit devant lui, concentré.

— On pêche quoi ici ? s'enquit Lola.

Le gros homme renifla.

— On prend des tanches, dit-il. Des brèmes. Même une carpe de dix livres une fois.

— Vous les mangez ?

— Les manger ?

L'homme partit d'un gros rire qui semblait provenir du plus profond de ses entrailles.

— Tu crois quoi, mon pote ?

Il lança un regard en biais à son compagnon, qui haussa les épaules.

— J'ai entendu dire qu'il y a un restau coréen à Bermondsey qui prépare tout ce qu'on leur apporte.

Lola ne sut quoi répondre. Était-ce un propos raciste ? Elle se livra alors de façon décousue, comme elle le faisait généralement quand elle ne savait trop comment réagir, racontant, comme elle l'avait dit à la femme sur sa péniche, qu'elle suivait les traces d'une psychothérapeute qui enquêtait sur des crimes. Les deux hommes se tournèrent vers elle pour la dévisager avec curiosité.

— Elle s'appelle comment ? demanda le maigre.

— Son nom ne vous dira sans doute rien.

— Des enquêtes… pour meurtre ? reprit le gros.

— Parfois.

— J'ai déjà trouvé des trucs bizarres au bout de mon hameçon. Des anguilles. Une petite anguille, j'aimais bien de temps en temps. Mais une fois, je suis tombé sur un bout de bois avec des clous et du fil de fer barbelé.

— Un poteau de clôture ?

— Non, une arme pour frapper quelqu'un.

L'homme repartit de son rire profond, rauque.

— Qu'est-ce que vous faites dans la vie ? s'enquit Lola. Quel travail vous laisse le temps de pêcher ici en pleine journée ?

— Si on vient ici, c'est pour échapper à ce genre de question, répliqua le mince.

— Au temps pour moi. Ça vous ennuie si je fais une photo ?

Elle brandit son téléphone.

— Tu me flattes, mon petit, répondit le gros. Prends-moi sous mon meilleur profil, veux-tu ?

— Vous voulez être dessus ? dit le maigre.

Elle lui tendit son téléphone, s'agenouilla à côté du gros monsieur et posa sa main sur son épaule généreuse.

— Vous voulez l'eau ou le sentier dans le fond ?

— Comme vous voulez.

Le mince examina le téléphone de Lola.

— Je vous montre comment ça marche ?

— Je sais faire.

Il prit la photo, puis une seconde pour être sûr, et remit l'appareil à Lola. Ensuite, elle fit une photo des deux hommes.

— Ne nous volez pas nos âmes, dit le mince.

— J'essaierai.

Plus bas le long de la berge, Lola échangea avec quelques jeunes de son âge, installés sur une péniche et lancés dans une séance d'improvisation musicale. Elle croisa aussi un groupe de petits enfants qui portaient des ballons, et dont les figures peintes représentaient toutes un animal différent. Un homme qui pagayait le long du canal sur ce qui ressemblait à une planche de surf géante lui dit qu'il se rendait à Limehouse. Elle fit halte dans un café avec terrasse, but un petit crème et mangea une part de gâteau à la carotte. Le serveur était originaire du Pérou et la femme derrière le comptoir de Suède. Elle avait envie de leur demander s'ils s'inquiétaient d'être renvoyés du pays mais eut le sentiment qu'elle risquait peut-être d'aborder là un sujet trop sensible. Elle ne ferait pas un bon reporter, songea-t-elle. Elle trouvait trop difficile de parler aux étrangers.

Alors qu'elle approchait d'Islington, les maisons se firent plus chics, les immeubles de bureaux plus élégants, les foules sur le sentier plus denses. Parvenue au bout du chemin qui disparaissait dans un tunnel sous la colline à hauteur de The Angel, elle consulta son téléphone. Elle avait pris plus de quatre-vingts clichés. Peut-être pourrait-elle se contenter de faire une exposition de photos au lieu de rédiger un mémoire. Alors qu'elle remontait la pente escarpée qui l'éloignait du canal, elle réfléchit. Cette marche l'avait-elle rapprochée de Frieda Klein ? Elle en doutait. Elle l'avait presque oubliée.

À son retour, sa coloc', Jess, était attablée dans la cuisine en robe de chambre, la tête enroulée d'une serviette. Elle avait pris un bain, ses traits étaient roses et lisses. Elle avait une soirée à Mile End. Elle servit à Lola une tasse de thé.

— On devrait chercher à l'est l'année prochaine, déclara-t-elle. On passe la moitié de notre temps à s'y trimballer et l'autre à rentrer.

— J'en reviens, répondit Lola.

— Ça s'est passé comment ?

Lola sortit son téléphone et lui montra les photos prises tout en les commentant.

— Y a des gens franchement flippants le long du canal, non ?

— Ils n'étaient pas flippants, répliqua Lola. Plutôt sympas. Quand on parle aux gens, simplement, on est tous pareils, au fond.

— Ah non, ce n'est pas vrai, répliqua Jess. Enfin bref, tu voulais que ce soit flippant, non ? Ton mémoire porte bien sur des meurtres et des enlèvements ?

— Je ne suis pas sûre de savoir sur quoi porte mon mémoire. J'essayais juste de me glisser dans la tête de Frieda Klein, de marcher dans ses pas, de voir les gens qu'elle a vus, de ressentir ce qu'elle a senti.

— Et alors ?

— Je n'en sais rien. Je n'en sais pas assez sur elle. Peut-être que je dois être un peu plus précise. Je devrais trouver quels lieux comptent particulièrement pour elle.

— Tu es allée chez elle ?

— Oui.

— As-tu appris quoi que ce soit ?

— C'était dans une impasse à deux pas de Tottenham Court Road et d'Euston Road. On aurait dit un petit îlot tranquille en plein cœur de la ville.

— Et à son boulot ?

— Je n'y ai rien trouvé. Ils n'ont même pas voulu me recevoir.

— Et son lieu de naissance ?

— C'était hors de Londres je ne sais plus où. Je ne peux pas m'embêter avec ça.

Elles sirotèrent leur thé.

— Les tombes, lâcha Jess.

— Pardon ?

— C'est pratiquement le seul truc d'ordre affectif que je fais avec ma famille. On se rend sur la tombe de ma grand-mère à Loughborough. Mon oncle y est enterré, lui aussi. Il est mort dans un accident de voiture. On y va une fois par an. Le jour de l'anniversaire de ma grand-mère. Enfin, presque une fois par an. Je n'y suis pas allée cette année. C'était pendant la période d'examens.

— Je ne peux pas me rendre sur la tombe de Frieda Klein. Elle est encore en vie. Du moins, j'imagine. Personne ne semble savoir où elle est. Ou s'ils le savent, ils ne veulent pas me le dire.

— Je ne pensais pas à sa tombe. Mais tout le monde regrette quelqu'un. Un des proches de Frieda est-il mort ?

— Tu rigoles ? Tu devrais lire ce que j'ai lu. C'est un vrai massacre autour d'elle.

— Donc il y en a forcément un, persista Jess. Quelqu'un en particulier.

Lola réfléchit un moment.

— Peut-être bien, admit-elle.

Chez Olivia Klein à Islington, une fête touchait à sa fin. Quelques personnes s'attardaient, des verres et des bouteilles vides traînaient absolument partout. Olivia souleva une bouteille et la secoua pour voir s'il restait quoi que ce soit dedans, puis vida les dernières gouttes de vin pétillant dans son verre. Elle portait une robe rouge et des chaussures noires à talons hauts qui commençaient à lui faire très mal aux orteils.

— Cinquante ans ! dit-elle avec amertume. J'ai *cinquante ans* !

— Ça fait quel effet ? demanda le jeune homme aux cheveux fauves vêtu d'une chemise à fleurs qui se trouvait à côté d'elle.

— Je vais te dire ce que ça fait, Jack. C'est scandaleux. J'ai l'impression qu'on me joue un mauvais tour.

Jack avait toujours eu le sentiment qu'Olivia était sur le point de craquer dans la vie : ses cheveux s'échappaient de leurs pinces, ses vêtements avaient un je-ne-sais-quoi de provisoire, son maquillage était souvent barbouillé, ses humeurs glissaient sans prévenir de l'euphorie au désespoir. Il s'efforçait de trouver des mots consolateurs quand Chloë s'approcha d'eux.

— J'ai mis des pâtes à cuire, annonça-t-elle. Et Josef a préparé une sauce piquante. Vous feriez mieux d'avaler quelque chose.

— Scandaleux, répéta Olivia. Un outrage.

Elle lança un regard noir à sa fille puis à Jack, avant de revenir sur sa fille.

— C'est hier que j'avais ton âge et toute la vie devant moi.

Jack remarqua avec inquiétude que des larmes lui montaient aux yeux.

— Pourquoi diable avez-vous rompu tous les deux ? ajouta-t-elle d'une voix tremblante.

— M'man. Ne commence pas. Viens avaler quelque chose.

— Vous étiez si mignons ensemble, renifla Olivia. Même si Frieda n'aimait pas franchement que l'étudiant qu'elle supervisait sorte avec sa nièce bien-aimée. Et ça aussi, ça me fait de la peine.

— Quoi ?

— Je pensais qu'elle viendrait.

— Frieda ?

— Pourquoi n'est-elle pas là ?

— Tu sais très bien pourquoi.

— Je pensais qu'elle ferait une exception. J'ai cinquante ans.

— Pââântes ! claironna Chloë d'un ton encourageant.

Elle ôta le verre de la main d'Olivia, le posa sur la tablette de la cheminée et l'entraîna vers la cuisine.

— Où est-elle ?

— Je n'en sais rien. Personne ne le sait.

— Je parie que Josef si.

— Je sais pas, répliqua Josef, depuis le fourneau où il touillait une sauce tomate.

— En tout cas, j'aimerais qu'elle soit là. Ce n'est plus pareil sans elle.

Douze

Lola fut surprise quand la femme dans la petite cabine annonça qu'il fallait s'acquitter de quatre livres pour entrer.

— Je n'ai jamais payé pour aller dans un cimetière jusqu'ici, s'indigna-t-elle. Et si je veux me rendre sur la tombe d'un parent ?

— C'est le cas ?

— Non. Mais supposons, simplement.

— Dans ce cas-là, on ne paie pas.

La femme était assez âgée. Elle avait de très beaux yeux bleus dans un visage tout en plis et replis, une chevelure argentée. Quelqu'un qu'elle aimait se trouvait enterré ici, pensa Lola, ce devait être pour ça qu'elle y travaillait. Elle avait envie de lui poser la question, mais d'autres personnes patientaient derrière elle, aussi elle régla ses quatre livres, prit un plan, et entra.

Elle était heureuse d'avoir fait une recherche sur le site internet du cimetière de Highgate avant de venir parce qu'elle n'aurait pas su où commencer. Du haut de l'avenue principale, des tombes s'étalaient en tous sens, à l'assaut des pentes herbeuses, sous les arbres et jusque dans d'épais sous-bois broussailleux. *Comme une petite ville*, songea-t-elle, soudain traversée d'un léger frisson. Elle savait qu'Alexander Holland, Sandy pour ses amis, qui avait été un temps l'amoureux de Frieda Klein, était enterré dans la moitié est du cimetière, à proximité de grilles, et elle consulta le plan pour trouver son chemin.

La journée était humide, brumeuse, les feuilles mouillées sous les pas, la lumière ténue. Il y avait peu de monde alentour, même si un homme entre deux âges entretenait une concession avec soin, arrachant de mauvaises herbes. Il fallut à Lola un certain temps pour atteindre la tombe de Sandy parce qu'elle était sans cesse distraite, ici par un ange abîmé, là par une inscription. Des pierres tombales étaient neuves mais d'autres avaient quasi disparu sous le lierre et les caractères gravés s'estompaient : la nature reprenait le dessus. Des milliers de personnes inhumées ici étaient mortes âgées, d'autres avaient à peine franchi le premier âge. Elle ne savait pas pourquoi elle n'était jamais venue auparavant : on pouvait passer des jours dans ce cimetière, rien qu'à errer parmi les stèles et les roncières, silhouettes qui tombaient en ruine et se penchaient sur vous depuis le couvert. Elle croisa un couple, main dans la main, et se demanda si c'étaient des touristes, à moins que leur enfant ne repose ici. Elle les salua de la tête, ajouta un « bonjour », espérant qu'ils s'arrêteraient pour qu'elle puisse leur parler, mais ils passèrent devant elle sans ralentir.

Elle trouva enfin la tombe de Sandy, une simple stèle basse prise entre deux monuments commémoratifs de plus grande taille. L'inscription ne comportait que son nom et ses dates. Deux cyclamens miniatures poussaient là et quelqu'un avait déposé une belle pierre ronde entre les deux. Elle prit plusieurs photos, zoomant dessus, s'accroupissant pour obtenir une vision plus nette.

Lola resta auprès de la tombe plusieurs minutes. Elle se demanda ce qu'elle devrait faire ensuite. Comment tirer un mémoire de tout cela ? Elle observa les alentours. Une femme était assise sur un banc non loin. Avec des cheveux courts, argentés, des lunettes à monture en écaille, en train de lire un livre. Le genre intello, intimidante.

— Bonjour, lança Lola en s'approchant d'elle.

La femme releva la tête de son livre.

— Oui ?

— Pouvez-vous me dire où Karl Marx est enterré ? Je ne peux pas repartir sans l'avoir vu.

La femme indiqua le haut de la colline.

— C'est la première fois que je viens là, dit Lola. Je suis ahurie de ne l'avoir jamais fait auparavant. C'est incroyable. Un peu flippant, mais pas désagréable. Vous ne trouvez pas ? Vous venez souvent ?

La femme referma le livre et le glissa dans son sac, puis se leva.

— Non.

— Si je suis là, c'est uniquement parce que mon tuteur m'a suggéré de venir. Oh, regardez, il y a un roitelet dans le buisson. J'adore les roitelets. Et les merles. Même si les merlettes ne sont pas gâtées, avec leurs plumes toutes brunes. Par là ?

Elle repartit à l'assaut de la pente, dans la direction que la femme avait indiquée. Comme de juste, le buste de Karl Marx s'y trouvait, qui la contemplait de haut, énorme et solennel. Elle prit une photo avec son téléphone, puis une autre de la vue sur les tombes dans le jour crépusculaire. Elle glissa de nouveau son portable dans sa poche, et lui vint une idée qui s'enfonça dans son esprit comme une lame, glacée. Faisant demi-tour, elle regagna l'entrée au pas de course. L'avenue principale était vide. Elle franchit la grille en trombe et parcourut la colline des yeux. Au loin, elle aperçut une silhouette qui s'éloignait d'un pas rapide et elle s'élança à sa poursuite.

— Excusez-moi, lança-t-elle, le souffle court.

La femme aux cheveux argent se retourna.

— Je peux vous aider ?

— Eh bien, oui. Oui, vous le pouvez.

La femme patienta.

— Vous êtes Frieda Klein.

Elle se mit à douter.

— Non ?

— Non, répondit la femme, impassible.

— Vous êtes sûre ?

— Tout à fait, asséna la femme d'un ton sec. Je m'appelle Ursula Edmunds.

— Je suis à la recherche d'une dénommée Frieda Klein et ça m'aurait bien aidée si c'était vous. C'est que je fais un mémoire sur elle, vous voyez, sauf que ça n'avance pas trop bien.

— Bonne chance, rétorqua la femme avant de s'éloigner.

Lola hésita, perplexe, puis se dépêcha de la suivre.

— C'est vous, insista-t-elle. J'en suis sûre.

La femme se tourna vers elle, le regard sévère derrière ses lunettes.

— De quel côté allez-vous ?

— Par là, s'empressa de répondre Lola.

— Bien. En ce cas, je tourne ici.

— Je vous accompagne, alors. Je n'allais nulle part, en fait.

— Ce n'était pas la question.

— Maintenant je suis sûre que vous êtes Frieda Klein. Le professeur Bradshaw m'a dit que vous étiez difficile.

— Comment vous appelez-vous ?

— Lola Hayes.

— Vous m'écoutez bien, Lola ?

Lola hocha la tête.

— Allez-vous-en.

— Oh !

— Partez, immédiatement. Vous m'entendez ?

— Ben, bien sûr que je vous entends. Je peux pas faire autrement. Pourquoi vous êtes-vous teint les cheveux ?

— Vous semblez avoir du mal à écouter ce qu'on vous dit.

— C'est ce que me répète tout le temps mon père. Il vous manque beaucoup ?

— Pardon ?

— Sandy, il vous manque ? C'est pour ça que vous allez vous asseoir près de sa tombe ? C'est affreux, ce qui lui est arrivé. Je crois que c'est pour ça que j'ai du mal à rédiger mon mémoire. Mon tuteur dit que je devrais vous disséquer, allez savoir ce que ça peut bien vouloir dire, mais au lieu de ça, je n'arrête pas d'imaginer ce que ces dernières années ont été pour vous. Comme ça doit faire peur, de savoir que Dean Reeve se balade toujours dans la nature.

— Cessez tout de suite.

Elle se mit face à Lola. Elle était pâle et ses yeux lançaient des éclairs.

— Vous êtes Frieda, n'est-ce pas ?

— Pourquoi faites-vous ça ?

— Je le savais, triompha Lola, qui prit spontanément la femme dans ses bras.

— Pauvre, pauvre Frieda. Tout ce que vous avez enduré. Vous devez vous sentir si triste et si seule.

Mais Frieda Klein la repoussa et la dévisagea. Lola eut la très étrange sensation qu'on la sondait, d'un regard qui plongeait droit dans son intimité la plus secrète.

— Est-ce que vous vous rendez compte de ce que vous faites ? demanda Frieda d'une voix douce. Se mêler de ma vie est dangereux.

— C'est juste pour un mémoire.

— Vous avez parlé à des gens de ma connaissance, vous m'avez cherchée.

— Et aujourd'hui, je vous ai retrouvée.

— Ça n'arrivera plus. Et vous ne devez jamais dire à personne que vous m'avez vue, même une seule fois.

— Je ne pige pas.

— Vous n'avez pas besoin de comprendre. Laissez-moi. Oubliez que vous m'avez rencontrée. Arrêtez de vous renseigner sur moi.

— On prend un café d'abord ?

Pour la première fois, les traits de Frieda s'adoucirent. Lola eut le sentiment qu'elle réprimait un sourire.

— Vous êtes vraiment têtue, hein ? Très bien, venez avec moi.

— Vous avez vu Hal Bradshaw, déclara Frieda, alors qu'elles s'installaient avec leur café.

Elle se fit la réflexion que Lola paraissait bien jeune, avec son doux visage rond et cette constellation de taches de rousseur sur son nez et ses pommettes.

— Oui.

Lola lui lança un regard incertain.

— Je n'ai pas l'impression qu'il vous aime des masses.

— Je ne crois pas, en effet.

— J'ai aussi rencontré une journaliste, Liz Barron.

— Vous n'avez pas perdu de temps.

— Et vos amis, Reuben et Josef.

Frieda tressaillit légèrement.

— Vous les avez vus ?

— Oui. Je suis allée chez Reuben. Mais ils ne m'ont rien dit.

— Je vois.

— Votre nièce y était, elle aussi.

Frieda se détourna de Lola et contempla le paysage par la fenêtre.

— Elle allait bien, vous croyez ?

— Oui, pour autant que je puisse en juger. Vous ne les avez pas vus dernièrement ? Pourquoi ?

Elle se pencha en avant et ajouta, en chuchotant fort :

— Vous vous planquez ?

Frieda recula, la mine soucieuse.

— Pourquoi êtes-vous allée au cimetière ?

Lola lui parla de Simon Tearle.

— Je marche dans vos pas.

— Il ne faut pas faire ça.

— C'était plutôt rigolo.

— Je suis sérieuse. Vous devez arrêter.

— J'ai visité des coins de Londres dont je ne soupçonnais même pas l'existence. Le cimetière… et puis, j'ai longé la rivière Lea aussi. Ça me dirait assez de vivre sur une péniche… peut-être pas en hiver. Il y en avait une avec tout un jardin sur le toit. Regardez.

Elle sortit son téléphone et se mit à le faire défiler.

— Là, dit-elle. C'est pas chouette ?

Frieda baissa les yeux. L'espace d'une seconde, elle resta parfaitement figée.

— Donnez-moi ça.

Elle s'empara de l'appareil.

Et là, elle le vit.

Il la dévisageait, plus mince que dans son souvenir, avec ses cheveux coupés très court mais avec le même sourire. Tranquillement assis en train de pêcher sur la berge, à quelques mètres de l'endroit où il avait tué son jumeau. Cet homme, ce fantôme, qui la traquait comme son ombre.

— Qu'avez-vous fait ? dit-elle à Lola.

— Moi ?

— Oui, vous.

— Je ne comprends pas ce que vous voulez dire, je n'ai fait que…

— Cet homme, c'est Dean Reeve.

Un silence s'abattit. La bouche de Lola était ouverte, ses yeux écarquillés.

— Vous plaisantez, répliqua-t-elle enfin.

— Vous n'êtes pas en sécurité.

Lola partit d'un petit rire nerveux.

— Mais c'est après vous qu'il en a.

Elle sonda le regard de Frieda.

— Et de toute façon, il ne sait pas qui je suis. C'est vraiment lui ? Vous êtes sûre ?

— Oui.

Lola porta la main à sa bouche, incrédule.

— Je lui ai parlé. J'en ai la tête qui tourne… C'est dingue.

— Que lui avez-vous dit ?

Lola eut un geste impuissant.

— Je ne peux pas répondre, rien d'important. Il ne m'a pas particulièrement marquée. J'ai juste papoté avec des gens sur mon chemin. On appelle ça la psychogéographie. Ce que ça veut dire…

— Je sais ce que ça signifie, coupa Frieda, si sèchement que Lola, surprise, se mura dans le silence.

Frieda saisit un sachet de sucre et le fit jouer entre ses doigts.

— Peut-être que ça restera sans conséquence, murmura-t-elle, comme pour elle-même.

Une fois de plus, elle releva la tête et plongea son regard franc dans celui de Lola.

— Bien. Donc, vous avez parlé avec les gens que vous croisiez ?

— Un peu.

— Vous avez mentionné mon nom ?

— Non. Je ne pensais pas qu'ils auraient entendu parler de vous.

— Que leur avez-vous dit de votre projet ?

— Pas grand-chose. Rien que des trucs vagues.

— Lola, reprit Frieda d'un ton plus doux, je ne suis pas en train d'essayer de vous prendre en faute. Mais c'est sérieux. Il faut que nous sachions où nous en sommes… et plus précisément, où vous en êtes. Il faut que vous me racontiez ce qui s'est passé.

— Très bien, répondit Lola. J'ai juste dit à certains d'entre eux – pas à tous – que je marchais dans les pas d'une femme, une psychologue ou psychothérapeute, je crois que j'ai dit. Oui, c'est ça. Qui enquêtait sur des crimes et se promenait seule dans Londres. C'est tout.

Frieda s'empara du téléphone de Lola et fit défiler les photos, puis s'arrêta.

— Celle-ci, dit-elle, en rendant l'appareil à Lola.

Lola la contempla. C'était celle où elle apparaissait en compagnie du gros pêcheur.

— Ben quoi ?

— Vous êtes sur la photo. Qui l'a prise ?

— Lui.

— Dean Reeve.

— Très bien, Dean Reeve a pris cette photo.

— Combien de temps a-t-il eu votre téléphone en main ?

— Je n'en sais rien. Il a juste pris la photo. Je veux dire, il a eu du mal à faire fonctionner l'appareil. Tout le monde a du mal avec le téléphone d'un autre.

— Qu'aurait-il pu apprendre de votre téléphone ?

— Pas grand-chose.

— Votre numéro ? Votre nom, peut-être ?

Lola mâchouilla une mèche de cheveux, réfléchissant.

— Peut-être, convint-elle. Ils sortent dès qu'on appuie sur ma liste de contacts. Même s'il n'en a pas vraiment eu le temps. Écoutez, je suis désolée si j'ai foutu le boxon. Si vous pensez que ça pose problème, je vais laisser tomber ce mémoire idiot, retourner voir mon superviseur, obtenir un nouveau sujet et faire comme si rien de tout cela n'était jamais arrivé.

Frieda secoua la tête.

— Vous ne comprenez donc rien ? reprit-elle. Ne vous êtes-vous pas renseignée sur moi ? Les gens qui croisent le chemin de Dean Reeve se font tuer. Au fond, j'ai juste envie de me lever et de m'en aller, et de vous laisser vous débrouiller avec ça.

— Ça me va, répliqua Lola. Pourquoi ne le faites-vous pas ? Je suis désolée de m'être mêlée de votre vie. Je vais trouver un autre sujet et voilà tout.

— Un autre sujet ? Mais ça n'a aucune espèce d'importance. L'affaire est réglée. Ne comprenez-vous pas que votre ancienne vie est derrière vous ?

— *Quoi ?*

— Il faut vous y faire.

— Je ne comprends pas ce que vous voulez dire.

— Ça veut dire que vous ne pouvez pas rentrer chez vous. Vous ne pouvez plus aller nulle part où vous alliez avant.

Lola était devenue toute pâle et son souffle était court.

— C'est débile.

Frieda tendit le bras et posa sa main sur celle de Lola.

— Regardez-moi. Il faut garder votre calme. Mais vous devez absolument m'écouter.

Lola s'empara du téléphone et contempla la photo de Dean Reeve. Frieda voyait bien qu'elle tentait de jauger si cette histoire était bien vraie. Pouvait-elle faire confiance à cette femme ? Elle attendit qu'elle reprenne la parole.

— Je ne peux pas juste rompre avec mon ancienne vie comme ça, répliqua Lola. Des gens vont me chercher. Ils vont appeler la police.

— Ça ne durera pas longtemps, répliqua Frieda. Il approche de la fin. D'une façon ou d'une autre.

— La fin ? reprit Lola, l'air alarmé. Quelle fin ?

— De son histoire.

— Et le temps qu'il arrive au bout de son histoire, comme vous dites, je suis censée faire quoi ? Errer dans les rues jusqu'à ce qu'on l'attrape ?

— Allez vous installer quelque part. Dans un endroit où vous n'êtes jamais allée auparavant.

— Où ? Comment ? J'ai environ trente livres sur mon compte en banque. Je ne peux pas aller trouver la police, juste ? Je peux leur montrer cette photo de Dean Reeve et leur dire que vous me croyez en danger et euh…

Lola ne savait pas comment achever la phrase.

— Oui, l'encouragea Frieda. Et ?…

— C'est la police, quoi, s'emporta Lola. Ils me mettront sous protection, et ensuite, ils iront le chercher et l'arrêter.

— Cela fait des années que la police échoue à le trouver, expliqua Frieda. Et quand il veut tuer des gens, il le fait.

— Je peux pas venir avec *vous* ? demanda Lola.

Frieda cilla.

— Avec moi ?

— Oui.

Lola avait repris espoir.

— Certainement pas.

— Pourquoi ?

— Eh bien, pour commencer, cette histoire ne regarde que moi. J'aimerais qu'il en soit autrement, mais c'est ainsi. Plus vous serez loin de moi, mieux cela vaudra.

— Où se cacher mieux qu'avec quelqu'un qui se cache ? Je ne sais pas comment faire ça. Vous si. Si je me retrouve toute seule, je vais juste faire une connerie. Je ne fais que ça. Ça ne serait que pour quelques jours. C'est ce que vous avez dit. Je serai en sécurité avec vous.

Frieda pianotait sur la table.

— Quoi ? insista Lola. Dites quelque chose.

— Je ne sais pas.

— Ça serait marrant, suggéra Lola.

— Marrant ?…

— On dirait un gros mot dans votre bouche.

Frieda ébaucha un sourire.

— Vous n'avez aucune idée de ce dans quoi vous mettez les pieds, répondit-elle.

— Mais vous me protégerez ?

Frieda fixa Lola intensément. Oh, ce regard…

— Vous m'obéirez.

— Oui !

— Vous ne me mentirez pas.

— Bien sûr que non.

— Il y a différentes façons de mentir. Ça ne se passera pas comme vous le croyez. Ça semblera la bonne chose à faire, mais ce ne sera pas le cas.

— Je ne pige pas.

— Inutile de comprendre, répliqua Frieda. C'est la raison pour laquelle il existe des règles. Et la raison pour laquelle on fait des promesses.

— Très bien, je promets. Mais vous me protégerez ?

— On va essayer.

Treize

Elles quittèrent ensemble le café et Frieda demanda à Lola d'attendre pendant qu'elle entrait chez un marchand de journaux. Elle en ressortit avec une *Oyster card*, qu'elle remit à Lola.

— Ne faites rien dont on puisse retrouver la trace, dit-elle.

— Ce n'est pas pousser un peu loin ?

— Essayons ça pour le moment, repartit Frieda. Pousser les choses un peu loin.

— Je n'ai rien. Pas de passeport, pas d'ordi, pas de vêtements. Tout est resté à l'appart.

Frieda hocha la tête.

— Très bien, concéda-t-elle. On y va. Cinq minutes. N'emportez que ce qui tient dans une sacoche. Vous habitez où ?

— Je suis en coloc' à Holloway Road.

— Bien. On peut y aller à pied.

— On ne peut pas prendre le métro ?

Lola vit alors l'expression de Frieda, désapprobatrice.

— J'avais oublié. Marcher, c'est votre truc.

Pendant qu'elles traversaient Junction Road puis le quartier de Tufnell Park, Frieda garda le silence. Elle avançait d'un pas si rapide que Lola devait presque courir pour ne pas se laisser distancer.

— C'est drôle tout ça, lança Lola, je ne saurai sans doute jamais si c'était la bonne chose à faire.

— Je pense que vous le saurez, rétorqua Frieda.

Après vingt minutes de marche, elles se trouvaient devant une grande maison mitoyenne de briques sombres, presque dans l'ombre de la prison Holloway. Frieda jeta un regard circulaire. Elle ne vit personne. Ce qui ne signifiait pas nécessairement que personne ne les voyait, elles.

— On est au deuxième étage, indiqua Lola.

— On ?

— Avec ma coloc', Jess. C'est sans doute ma meilleure amie, aussi.

— Trouvez une excuse pour vous en aller.

— Vous ne voulez pas monter la rencontrer ?

— Non, évidemment.

— Elle vous plairait.

— Je reste ici, répliqua Frieda. Rappelez-vous. Cinq minutes.

C'est plutôt près de dix minutes plus tard que Lola ressurgit avec un gros sac en toile par-dessus son épaule. Frieda prit aussitôt la direction de Holloway Road.

— Je parlais à Jess, expliqua Lola. Je lui ai dit que je partais pour travailler sur mon mémoire et que je ne savais pas au juste quand je rentrerais, mais que ce serait pour plusieurs jours au moins, peut-être plus.

— Ça lui allait comme explication ?

— Tout lui va, à Jess.

Elles sautèrent à bord d'un bus sur Holloway Road. À Camden Down, elles en prirent un autre. Au début, Lola reconnaissait les lieux qu'elles traversaient, Chalk Farm, Swiss Cottage, mais ensuite, elles changèrent de nouveau de bus et en contemplant par la fenêtre les quartiers résidentiels, les rues animées et les entrepôts, elle eut le sentiment qu'elle aurait pu se trouver dans n'importe quelle ville. C'était comme si elle avait basculé dans un autre monde, une autre vie, et elle voulait retrouver l'ancienne. Cela devait se lire sur sa figure parce que Frieda l'étudiait d'un œil soucieux et se fendit du premier sourire que Lola lui ait jamais vu. Elle posa une main sur le bras de Lola.

— Il faut juste me faire confiance, dit-elle.

L'espace d'un instant, Lola sentit une bouffée de soulagement, puis cet élan sembla refluer. C'était une sensation physique. La confiance. C'était si facile de dire ça. Mais comment savoir à qui l'on pouvait faire confiance ? Elle regretta de n'avoir pas fait plus attention en lisant les dossiers et les coupures de presse. Elle se rappelait que des personnes proches de Frieda Klein, qui présentaient un lien avec elle ou qui n'avaient fait que croiser son chemin, avaient été tuées. Mais ces gens lui avaient-ils accordé ou refusé leur confiance ?

La voix de Frieda la tira de ces pensées confuses.

— C'est là qu'on descend.

Après avoir parcouru plusieurs pâtés de maisons, elles parvinrent à un entrepôt qui avait été transformé en appartements. Frieda s'arrêta devant une porte noire qu'elle déverrouilla et elles entrèrent. L'endroit ne ressemblait pas du tout à un lieu de vie. Flottait une odeur de peinture. Au sol, un parquet ; les murs étaient peints en blanc et parfaitement nus. Le salon, qui faisait aussi office de cuisine, contenait une table en bois et une chaise, un canapé et rien d'autre. La seule luminosité provenait des vastes fenêtres dans le mur du fond et Lola s'avança pour regarder dehors.

— Wouah, commenta-t-elle.

La vue donnait sur l'eau sale et grise d'un canal. Sur l'autre berge, le sentier de halage. Une femme y poussait une poussette, un vieil homme promenait un chien : la vie normale, qu'elle voyait désormais au travers d'une vitre.

— Vous aimez les canaux, dit-elle. Vous comme Dean.

Frieda fit visiter à Lola l'appartement spartiate. Il ne disposait que d'une chambre, mais le canapé dans le séjour se transformait en lit et il y avait un trousseau de draps en réserve. Frieda se dirigea vers son ordinateur et Lola vit ses traits se durcir quand elle regarda l'écran. Puis elle remplit une bouilloire d'eau, avant d'inviter Lola à s'asseoir, d'un geste.

— Règles de base, commença-t-elle. Numéro un. Ne parlez à personne.

— Quoi ? Et Facebook ?

— Non. Plus tard vous devriez aller dans un café et poster un message indiquant que vous allez vous faire discrète un moment parce que vous travaillez sur votre mémoire, de façon à ce que personne ne s'inquiète ou ne tente de vous retrouver. Ensuite, plus rien.

— Sérieusement ?

— Vous n'utilisez plus votre carte bleue. Vous n'envoyez de mails à personne. Vous pouvez vous connecter au Net et lire des articles, faire des recherches pour votre mémoire si vous le voulez, regarder un film. Mais vous ne pouvez rien mettre en ligne. Donnez-moi votre portable.

— Pourquoi ? s'enquit Lola tout en le lui remettant.

Frieda ouvrit la fenêtre et avant que Lola ait le temps de comprendre ce qui se passait, elle le jeta dans le canal en contrebas.

— Mon téléphone ! s'écria-t-elle. Il était neuf. Mais pourquoi avez-vous fait ça ?

— Je vous en achète un à carte demain. Quand tout cela sera terminé, je vous en rachèterai un nouveau.

— Maintenant je ne saurai même pas quelle heure il est. Je n'ai pas de montre. Ou plutôt, si. J'en ai une belle, que ma grand-mère m'a donnée pour mes dix-huit ans, mais je l'ai laissée à l'appart.

— Vous pouvez me demander l'heure.

— Ce n'est pas la question. Enfin bref, tout cela me paraît extrême. Vous croyez vraiment que c'est nécessaire ?

— J'aimerais que ce ne soit pas le cas. Mais, voyez-vous, vous avez déjà commencé de semer le trouble.

— Que voulez-vous dire ?

— Quand on parle avec quelqu'un comme Liz Barron, elle en fait quoi, à votre avis ?

— La journaliste ?

Frieda tira son ordinateur portable vers elle et lut à haute voix ce qu'elle découvrait à l'écran : « Craintes grandissantes pour la sécurité d'une thérapeute à problèmes, Frieda Klein, quarante ans. On ne l'a plus revue depuis son rôle controversé dans l'affaire des meurtres perpétrés par Daniel Blackstock. Des amis proches ont exprimé leur inquiétude… » Et ainsi de suite. Barron a fait exactement ce que vous avez fait, importuné mes amis et mes collègues, mais elle en a tiré plus de renseignements que vous. À moins, plus vraisemblablement, qu'elle n'ait tout inventé. Je ne peux pas imaginer Paz confiant son inquiétude à Liz Barron.

Frieda fit défiler l'article.

— On parle de vous, aussi. Sans mentionner votre nom, toutefois. « La disparition du Dr Klein a éclaté au grand jour quand une étudiante travaillant sur Klein et l'affaire Dean Reeve n'a pu trouver trace d'elle chez elle ou à son bureau. »

— Ce n'est pas vrai ! s'écria Lola, indignée.

— Peu importe. Ce qui compte, c'est que Dean Reeve le lira. Il n'aime pas du tout quand les gens pensent pouvoir jouer au plus fin.

Lola la dévisagea avec les yeux effrayés d'une enfant.

— J'ai vu ce qu'il leur fait, continua Frieda, en se dirigeant vers la bouilloire sifflante.

— Ne dites pas ça.

— Pourquoi ? répliqua Frieda. Vous préférez que je vous dise que je suis désolée et que mon intention n'était pas de vous effrayer ? Parce que je tiens absolument à vous faire peur.

— Très bien, j'ai peur. J'ai peur, et j'ai faim.

— Pour la faim, je peux faire quelque chose. La peur, gardez-la.

Une fois leur dîner fini, Frieda s'installa à son ordinateur. Lola enfila son pyjama de flanelle, puis s'assit sur le canapé-lit. Tout était très tranquille. Elle observa

Frieda, qui perçut apparemment son regard. Elles se dévisagèrent en silence un instant.

— Je peux vous poser une question ? commença Frieda.

Lola haussa les épaules.

— C'est difficile de tourner la page comme ça sur son passé, expliqua Frieda. Je le sais, parce que je l'ai fait. Plus d'une fois. On se fait du mal et on blesse les autres. Mais vous venez de le vivre.

— Que cherchez-vous à dire ?

Frieda esquissa un sourire.

— Vous n'avez pas l'air de quelqu'un qui peut rompre les liens si facilement. Et vos proches ? Que diront-ils ?

— Il n'y a que mes parents. Ils se sont installés en Espagne. Ils ont une maison à Málaga. On ne se parle presque jamais. Enfin, je les appelle mais ils n'ont pas l'air de remarquer si ça fait un jour ou une semaine qu'on s'est parlé. Je ne crois pas que je leur manque. Parfois j'ai l'impression…

Elle s'interrompit et baissa les yeux.

Frieda l'observa, pensive. Puis elle demanda :

— Et vos amis ? Ils risquent de s'inquiéter. Et peut-être même de signaler votre disparition.

Lola sentit soudain son cœur battre fort dans sa poitrine. Elle ouvrit la bouche mais eut du mal à trouver les mots.

— Je ne sais pas, dit-elle. L'année dernière a été intense. Peut-être trop. J'ai des amis, j'imagine. J'en ai toujours eu. Plein de potes, en un sens. Mais j'ai pris un peu de distance avec eux. Je veux dire, je continue à sortir et faire la fête, boire et rire et danser, tout ça. Lola la fêtarde. Mais j'ai plutôt joué la comédie ces derniers mois. On ne se parle plus comme on le faisait avant. Vous savez… De ce qui compte vraiment. C'est juste… (elle agita une main dans les airs) des trucs sans importance. Du bavardage. Mon père dit toujours que je suis un vrai moulin à paroles. Sans doute les gens apprécient-ils ma présence, mais peut-être qu'ils ne s'en rendraient pas compte si je n'étais pas là.

— Vous me dites que tant vos parents que vos amis ne s'occupent pas de vous ? dit Frieda d'une voix douce.

Lola rougit.

— Ils le feraient sans doute si je leur demandais… ou en tout cas, mes amis le feraient. Mais j'avais besoin… j'avais besoin d'air, et de temps. Je crois que si j'informe les gens que je me suis éloignée pour écrire mon mémoire, personne ne tentera de savoir où je me trouve. Je veux dire, ils sont au courant que je suis plutôt dans le pétrin à ce sujet. Je suis peinarde pour une semaine ou deux, en tout cas.

Il y eut un long silence. Frieda ne la quittait pas de ses yeux noirs. Elle émit un petit rire forcé.

— Vous devez vous dire que je ferais bien de venir vous consulter en tant que patiente plutôt qu'en tant que… bref, on ne sait pas quoi.

— Ça passera, répondit Frieda. C'est sérieux. Très sérieux. Mais ça passera. Ensuite, vous pourrez reprendre votre vie et trouver des solutions. Peut-être pourrais-je vous être utile.

— Bref… peu importe, répondit Lola.

Elle se leva et fouilla dans le sac qu'elle avait apporté de chez elle, sortant des vêtements et des affaires de toilette avant de trouver ce qu'elle cherchait.

Elle porta l'harmonica à ses lèvres et souffla un grand coup dedans. Ça fit l'affaire : Frieda releva les yeux, alarmée.

— Que faites-vous ?

— Je jouais de l'harmonica, repartit Lola d'une voix enjouée. Ou plutôt, je soufflais dedans. Je ne sais pas en jouer. Pas encore.

— De l'harmonica.

— On me l'a offert pour mon anniv', mais je n'ai pas encore trouvé le temps de m'en servir. Je me suis dit que le moment serait bien choisi pour apprendre.

— Ah, vraiment ?

— Ça ne doit pas être si difficile que ça.

Lola contempla le petit instrument argenté d'un air incertain.

— Je n'ai pas de manuel. Je trouverai quelque chose sur YouTube.

Elle porta l'harmonica à sa bouche et souffla une fois de plus, émettant cette fois-ci un son cuivré suraigu. Frieda fit la grimace.

Quatorze

Au bar, Liz Barron sirotait son gin tonic, le troisième de la soirée. À moins que ce ne soit le quatrième ? Au bout du premier, elle s'était sentie l'esprit vif, aiguisé, excessivement alerte. Depuis l'instant où elle s'était entretenue avec cette étudiante, elle avait eu le sentiment excitant qu'elle était sur un coup, qu'elle tenait une histoire que nul autre ne soupçonnait seulement. Mais ensuite, elle avait fait appel à un deuxième gin tonic puis un troisième, et peut-être même un quatrième, s'il y avait bien eu un quatrième, pour se calmer, se détendre. Ces derniers temps, elle l'avait fait de plus en plus souvent.

Elle repêcha la tranche de citron dans son verre et la glissa dans sa bouche. Cela faisait des années qu'elle écrivait sur Frieda Klein désormais. Elle l'avait interviewée, l'avait démarchée, elle avait étudié sa vie sous toutes les coutures, interrogé ses amis comme ses ennemis. Et voilà que Frieda Klein avait disparu et que personne ne voulait lui dire pourquoi. Malcolm Karlsson ne s'était montré d'aucune aide, et son acolyte à l'air revêche avait été encore pire.

Qui plus était, elle avait tenté de trouver Lola Hayes mais ses amis et tuteur avaient dit qu'elle était partie récemment, rédiger son mémoire. Nul ne semblait savoir où elle était. Quarry pourrait peut-être servir. Elle ébaucha un sourire et leva de nouveau son verre, pour s'apercevoir qu'il était vide.

— Un autre, ça vous dirait ?

Elle fit demi-tour, s'efforçant de mettre au point sa vision trouble. Un homme au visage buriné, comme battu par le vent, lui souriait, semblait-il. Elle plissa les yeux.

— Pourquoi pas ? répondit-elle.

Il se rendit au bar pour passer commande et elle l'observa de dos. Il était mince et, même s'il n'était pas grand, paraissait puissant. Ses bras étaient forts.

— Là.

Il déposa le verre devant elle, ainsi qu'une pinte de bière pour lui-même.

— Merci. Je m'appelle Liz.

— Graham, répondit-il. J'avais presque un peu peur de vous approcher.

— Peur ?

Elle eut un rire léger.

— Je ne suis pas aussi effrayante que ça, si ?

— Vous sembliez plongée dans vos pensées.

— En effet.

Elle prit une longue gorgée et la sentit glisser, fraîche et visqueuse. Elle était ramollie jusqu'à l'os et ses pensées nageaient dans sa tête.

— Me direz-vous pourquoi ?

— Je ne sais pas.

Elle le regarda et prit une nouvelle gorgée. Le bar était presque vide.

— Ça dépend.

— Ça dépend de quoi, Liz ?

— De la vitesse à laquelle je vais descendre ce verre.

Tous deux se mirent à rire. Il leva sa bière, sans y toucher toutefois.

— Je ne veux pas être indiscret, répliqua-t-il. Peut-être que c'est personnel. Peut-être pensiez-vous à un homme.

— Raté !

Elle se pencha en avant.

— Je ne pensais pas du tout à un homme. Je pensais à une *femme*.

Elle sirota son gin. Il n'en restait plus beaucoup, avait-elle l'impression.

— Rien de personnel, précisa-t-elle.

— Pourquoi alors ? dit l'homme.

Sa voix était douce, presque caressante.

— Dites-moi.

— Je n'ai pas grand-chose à en dire. Pas encore. Je suis journaliste et j'ai l'intuition que je pourrais être sur un coup.

— Cette femme ?

— Oui. Ça vous arrive d'avoir le sentiment de vouloir quelque chose, qui est juste hors de vue et de portée, et qu'en étant prudent et malin, vous parviendrez à mettre la main dessus ?

L'homme hocha la tête.

— En effet, admit-il. J'aime pêcher. Je m'assois au bord de l'eau et j'attends. Je peux attendre des journées entières. J'attends jusqu'à ce que la ligne bouge. Même d'un coup infime : je le sens. Je suis un homme patient, Liz.

Son téléphone portable, qui reposait l'écran contre la table, se mit à vibrer. Elle le retourna. C'était un SMS de Dan Quarry et elle eut un petit sourire satisfait.

— Les nouvelles sont bonnes ? demanda l'homme.

— Moi aussi, je pêche, répondit-elle. Ça frémit sur la ligne.

Il gloussa, tout en l'observant intensément.

— Je ferais mieux d'y aller, dit-elle en consultant sa montre. Je peux encore attraper le dernier métro.

Elle se leva, étonnamment ferme sur ses deux pieds, et il fit de même.

— Je vous raccompagne à la station, proposa-t-il. Il fait noir dehors. Noir et froid.

Quinze

Dugdale balaya la pièce du regard en ce début de réunion quotidienne.

— Bien, rassemblons nos billes, en commençant par Lee Samuels.

Il se tourna vers le jeune enquêteur que l'on venait d'adjoindre à l'équipe.

— Malik. Vous avez quoi ?

L'inspecteur baissa les yeux sur ses notes, toussota.

— J'ai parlé à sa petite amie. D'après elle, il était plutôt déprimé ces derniers temps. Il était au chômage et buvait un peu trop. Apparemment il sortait souvent de ses gonds avec elle.

Dugdale tiqua.

— À quel point ?

Malik secoua la tête.

— Au point de le tuer, d'embarquer son cadavre jusqu'à Hamsptead Heath, de l'installer sur un bûcher ? Ce n'est pas le genre. Trop petite, déjà, pour commencer.

— On ne sait jamais. Bref, continuez.

— Ses parents vivent tous deux à Derby. Ils ne savent pas grand-chose de sa vie depuis qu'il a déménagé à Londres. La dernière fois qu'on l'a vu, c'était le 26, quand il a bu un verre avec des amis dans un pub de Royal Oak, et on a signalé sa disparition le 29 septembre. Ce qui signifie qu'il a été tué, ou au moins enlevé, entre ces deux dates.

— Autre chose ?

— L'autopsie indique que Samuels a été étranglé, poursuivit-il. Comme Kernan. Sans doute avec un fil de fer fin, en revanche. Il n'y avait pas trace de décomposition manifeste avant que le corps soit placé sur le bûcher. L'endroit était boueux et le temps que la police scientifique arrive sur les lieux…

— Je sais, je sais, coupa Dugdale. Un vrai désastre. Alors, a-t-on trouvé des traces ?

L'enquêteur compulsa ses notes.

— Il y avait des sillons à côté, mais l'homme qui a bâti le bûcher confirme qu'il a transporté beaucoup de bois en brouette, du coup, ils proviennent sans doute de ça.

— Quelque chose sur les caméras de surveillance, Kevin ? demanda Dugdale à un agent aux cheveux blond-roux sur sa gauche.

— On a examiné toutes les bandes du quartier, elles ne nous montrent rien de notable… mais bon, on ne sait pas ce qu'on cherche. Il y avait des centaines de voitures, on ne sait pas par où commencer.

— Quoi d'autre ?

Nul ne dit mot. Dugdale poussa un soupir, se gratta la joue puis ajouta :

— Très bien. Partons du principe que Kernan et Samuels ont été tués par la même personne. Passons à Kernan. Dan, qu'avez-vous trouvé ?

— J'ai examiné tout ce qu'on a embarqué et rien ne saute aux yeux à première vue. Il n'avait pas de problèmes d'argent, et pas de secrets non plus, a priori.

— Vous voulez dire que vous n'en avez pas trouvé.

— Pas pour le moment.

— Restent ses recherches sur Karlsson, rappela Dugdale. C'est le seul détail bizarre que nous ayons mis au jour.

— Oui. Mais Karlsson ne savait quoi en penser, répondit Quarry. Il n'avait jamais entendu parler de Geoffrey Kernan. Sa collègue et lui vont s'assurer qu'il n'existe aucun lien.

Il se rappela Yvette Long le dévisageant avec une expression maussade et un rien désapprobatrice, et sentit la honte l'envahir à l'évocation de l'accord passé avec Liz Barron. Ce n'était que pour un temps, cependant. Une mauvaise passe.

— Prévenez-moi quand vous aurez des nouvelles. J'ai envie de vous demander ce qu'il y avait dans le GPS mais j'imagine que s'il y avait eu quoi que ce soit, vous ne m'auriez pas laissé dans le flou.

Quarry secoua la tête à regret.

— J'ai été partout où il est allé la semaine qui a précédé sa mort, confirma-t-il. Enfin, je me suis rendu à toutes les destinations qui figuraient dans le GPS. Ce qui n'est pas la même chose.

— Avez-vous pu éliminer chaque adresse une à une ? demanda Dugdale d'un ton sec.

Quarry rougit. Il avait l'impression que Dugdale se montrait plus exigeant avec lui qu'envers les autres.

— J'ai fait ce que j'ai pu. Certaines personnes n'étaient pas chez elles. Parfois, c'est difficile d'identifier l'adresse exacte.

— Difficile ? répéta Dugdale. Si elles sont sans rapport avec l'enquête, prouvez-le-moi.

— Bien, chef, répondit Quarry à voix basse.

Dugdale contempla d'un air sombre les hommes et les femmes devant lui.

— Bien, qu'avons-nous ? Un homme étranglé, installé à bord d'une voiture précipitée dans une descente. Un autre homme étranglé, mis ensuite sur un bûcher. Mais vêtu d'un tissu non inflammable de façon à ce qu'il ne soit pas consumé par le feu. Dans les deux cas, on a disposé des corps dans des lieux publics. Sans doute ces corps ont-ils été conservés quelque part. Aucun témoignage utile, pas de sang ni de traces ni d'empreintes avec lesquelles travailler. Le seul truc qu'on ait trouvé, c'est que Kernan a fait de multiples recherches sur l'inspecteur divisionnaire Karlsson. Ça veut forcément dire quelque chose.

Il se leva et enfila un pardessus élimé.

— Et maintenant, conférence de presse, dit-il, considérant d'un air abattu la déchirure à la poche de son manteau.

— Je mets plus de beurre que ça d'habitude, expliqua Lola.

Frieda l'ignora. Elle cassa trois œufs dans la poêle, puis les battit avec une cuiller en bois.

— Les œufs brouillés, faut que ça soit tendre et crémeux, poursuivit Lola. Avec *plein* de poivre noir. Y a jamais trop de poivre noir. Vous ne trouvez pas ? Il m'arrive même de mettre du poivre noir sur les fraises. C'est délicieux, incroyable, non ? Ça peut être un peu chiant, les fraises toutes seules. Je beurre le toast ?

Elle ouvrit la porte du réfrigérateur et en sortit une plaquette de beurre quasi terminée, l'air déçu.

— Y a pas grand-chose là-dedans, hein ? Mon amie Jess dit toujours que le bonheur, c'est un frigo plein. Pas pour vous, visiblement.

Elle étala ce qu'il restait de beurre sur deux tartines.

— Si j'allais voir un psychothérapeute, je ne ferais que parler pour combler le silence. Ça arrive souvent ?

— Parfois les gens ne s'arrêtent plus de parler et parfois, ils ne peuvent même pas s'y mettre. J'ai eu des séances durant lesquelles rien ne s'était dit, du tout.

Lola fit une drôle de tête.

— Je ne supporterais pas. Et pas seulement avec un thérapeute… je raconte tout ce qui me passe par la tête, à qui veut bien l'entendre. Ma mère dit qu'il ne s'écoule pas une seconde entre le moment où il me vient une idée et celui où je l'exprime. Mon père est encore plus vache.

Elle rit de bon cœur.

— Sans doute y a-t-il des sujets que vous ne vous autorisez même pas à aborder.

— Je ne pense pas. Allongée sur votre divan… – vous en avez un ? – je ne ferais que jacasser.

— Je n'ai pas de divan. Peut-être pourrions-nous réfléchir à ce qu'il y a derrière ce babil, ce qu'il cherche à cacher.

— Et s'il n'y a rien ?

— Par exemple, poursuivit Frieda, quand vous parlez de vos parents, c'est toujours des critiques qu'ils émettent sur vous.

Lola plissa le nez.

— Ils me trouvent un peu inconstante. Tête en l'air.

— Et l'êtes-vous ?

— C'est juste ma façon d'être.

— Exactement. Et les comportements empêchent d'être soi-même. Comme vous me l'avez dit quand vous avez expliqué pour quelle raison vos amis n'allaient pas vous regretter.

— J'exagérais sans doute, répliqua Lola avec un rire gêné. La journée avait été un peu particulière.

— Vous ne m'avez pas donné le sentiment d'exagérer. Vous m'avez paru blessée.

— Ah ça, j'en sais rien. Il ne faut pas interpréter à ce point ce que je raconte.

— C'est mon métier.

Frieda répartit les œufs sur les toasts et elles prirent place devant la petite table.

— Vous n'avez pas mis de poivre noir dessus. Pourquoi avez-vous choisi le nom d'Ursula Edmunds ? demanda Lola.

— Pour ne plus m'appeler Frieda Klein.

— Ben évidemment. Je le vois bien. Vous vous êtes coupé les cheveux et vous les avez teints en gris, aussi. Et vous portez ces lunettes. Ça vous va pas mal, en fait.

— Merci, répondit sèchement Frieda.

— Même si vous êtes sans doute mieux quand vous êtes vous-même. Je n'ai vu que des photos de vous, bien sûr. Quand vous êtes Ursula, vous vous sentez différente ? À l'intérieur, je veux dire ? Comme quand je suis en Italie et que j'agite mes mains dans tous les sens et que je me sens plus italienne. Mon moi italien intérieur se libère.

— Très bien, répondit Frieda. Je vais vous dire ce que vous avez besoin de savoir.

Lola se pencha en avant, dans l'attente.

— Si j'ai dû disparaître, ce n'est pas parce que j'étais en danger à cause de Dean Reeve mais parce que tous ceux qui m'étaient proches l'étaient. J'étais maudite, comme si j'avais la lèpre, et je devais me supprimer du décor.

— Mais comment ? C'est vraiment dur, non ? Comment peut-on vivre sans une carte de crédit et ce genre de trucs ?

— J'ai une carte de crédit – ou du moins, Ursula Edmunds en a une. Elle a aussi une date de naissance, un passeport, une carte de mutuelle, un numéro de Sécurité sociale, un compte en banque, un téléphone. Et une clé donnant accès à cet appartement.

— Comment avez-vous réussi ?

— Ce n'est pas moi. Quelqu'un l'a fait pour moi.

Frieda demeura songeuse, et eut une pensée pour Walter Levin, avec son complet à fines rayures et sa cravate élimée, son sourire affable, son regard froid et vigilant.

— Nous avons travaillé ensemble. Il est doué pour ce genre de choses.

— On dirait un espion.

— Oui, en effet.

— Pourquoi Ursula Edmunds ?

— C'est un nom.

— Je n'aurais pas choisi ça. Je me trouverais quelque chose de plus théâtral. Scarlett Savonarola.

— Je ne voulais pas attirer l'attention sur ma personne, rappela Frieda.

— Donc vous êtes un vrai fantôme.

— C'est intéressant que vous disiez ça. J'ai toujours perçu Dean comme un fantôme.

— Deux fantômes alors… qui font quoi ?

— Qui se cherchent l'un l'autre.

— Comment cherchez-vous ?

— Peut-être que chercher n'est pas le bon mot. Je guette un signe.

— Quel genre de signe ?

— Je vous le dirai quand je le verrai.

— Et je peux vous aider ?

— Le plus important est que vous ne vous mettiez pas en travers de mon chemin.

Seize

Le lendemain soir, un homme d'âge mûr portant un haut jaune vif et des écouteurs sur les oreilles courait le long du sentier de halage du canal au crépuscule et sous la pluie. Il esquiva les cyclistes, avec leurs têtes baissées et l'eau qui ruisselait sur leurs vestes étanches, ainsi que les oies du Canada et continua, le long du tronçon dégagé qui s'offrait à lui. Puis ses pas fléchirent. Quelque chose avait capté son attention. Il s'arrêta, se retourna.

Un truc flottait dans l'eau. Un rondin de bois, peut-être. Ou un grand sac plastique. Et là il vit que la chose avait ce qui semblait être des bras, gisant mollement contre elle, et son monde bascula. Fébrile, il chercha des yeux quelqu'un susceptible de prendre le relais, il appela, d'une voix qui lui parut faible, mais il n'y avait personne, rien que lui et la chose dans l'eau, et la pluie qui tombait sans discontinuer.

Il inspira à plusieurs reprises, à fond, sans vraiment croire qu'il allait le faire, et descendit dans l'eau, qui était froide et trouble, sans doute pleine de rats et de maladies, et s'approcha en pataugeant de l'objet. Il aperçut des mèches de cheveux flottant à la surface, puis des jambes blanches, et une robe jaune aux boutons toujours soigneusement boutonnés. La musique jouait encore dans ses oreilles. Avec un tressaillement d'horreur, il avança la main et agrippa l'épaule, et les yeux mi-clos, tira : le corps se retourna. Il découvrit un visage. Il se mit à crier à l'aide tout en la remorquant derrière lui vers la berge, puis la laissa aller. Peu importait. Il n'y avait plus d'urgence.

Frieda était allongée sur son lit, toujours habillée, les yeux ouverts. Les pensées se bousculaient dans sa tête : elle ne dormirait pas cette nuit, elle le savait. Elle se leva et appuya son front contre la fenêtre. Dans la faible luminosité précédant l'aurore, elle apercevait le canal en contrebas et se laissa absorber par ses eaux grises et à peine mouvantes. La nuit était sans vent et paisible, le monde retenait son souffle.

Puis un cri rompit le silence.

Elle fit volte-face et se précipita dans le salon. Lola, vêtue de son pyjama rayé, coiffée de nattes, était recroquevillée sur le canapé-lit. On aurait dit une enfant de dix ans. Elle semblait dévastée. Frieda traversa la pièce et vint poser une main sur son épaule.

— Dites-moi.

Lola la dévisagea, les yeux écarquillés.

— Vous aviez raison, chuchota-t-elle d'une voix rauque.

— De quoi parlez-vous ?

— Je me suis réveillée et au début, je n'arrivais pas à me rappeler où j'étais. C'était tellement bizarre, je ne me sentais pas bien, j'avais peur.

— Vous avez appelé parce que vous aviez peur ?

— Non. Je suis allée surfer sur le Net…

Lola s'interrompit et se mit à sangloter, montrant son ordinateur. Frieda s'accroupit devant. Elle n'eut qu'à lire le gros titre sur l'écran : « Le corps d'une journaliste retrouvé dans un canal ».

— Liz Barron.

Ce n'était pas une question.

— C'est ma faute, non ?

— Non.

— Si je n'avais pas mis le nez dans vos affaires, ça ne serait pas arrivé.

Frieda s'assit à côté de Lola.

— Écoutez-moi. Ce n'est pas votre faute. C'est celle de Dean. Vous avez débarqué dans son film et j'en suis désolée pour vous. Je ferai de mon mieux pour faire en sorte qu'il ne vous arrive rien. Il est important que vous gardiez l'esprit clair, alerte. Vous comprenez ?

Lola hocha la tête. Ses yeux s'emplirent de larmes ; elle se mordit la lèvre inférieure et s'efforça de les retenir.

— Bien, reprit Frieda, l'air satisfait, et en dépit de sa terreur, Lola sentit un frisson de plaisir se répandre en elle.

— Sur ce, je vais vous préparer un thé et ensuite, on y va.

— Où ça ?

— Là où on l'a trouvée.

Elle se tenait face à Lola, mais son regard était comme tourné sur elle-même.

— C'est là que ça commence.

Le jour se levait quand elles quittèrent l'appartement et se mirent en route le long du canal, même si le ciel était couvert et qu'une faible bruine continuait de tomber.

— Vous marchez toujours aussi vite ? demanda Lola qui peinait à suivre.

Frieda ne répondit pas. Son regard était dur, concentré.

— Qu'espérez-vous trouver ?

Lola patienta quelques secondes, puis reposa la question, pensant que Frieda n'avait pas entendu.

— Je ne sais pas.

Elles croisèrent un homme en costume, sur son vélo ; une jeune femme, en train de courir. On voyait de la lumière à présent à bord de certaines des péniches. Sous un pont, un homme dormait dans un sac de couchage : seuls ses cheveux dépassaient.

Le canal présenta un coude, et c'est alors qu'elles tombèrent sur un cordon de police.

— C'était là, donc, commenta Frieda en l'enjambant.

— On ne va pas avoir d'ennuis ? demanda Lola, qui suivit néanmoins Frieda et s'arrêta quand celle-ci se figea pour contempler le canal, parcouru d'ondulations, où flottaient des détritus ainsi qu'une poule d'eau solitaire.

— Que voyez-vous ? s'enquit Lola. Parce que tout ce que je vois, moi, c'est le canal.

— Regardez mieux.

— Mais quoi ?

— Dites-moi ce qu'il y a ici.

— Le canal, le sentier de halage. C'est tout, affirma Lola en hochant la tête énergiquement. Soit, j'ai croisé Dean au bord du canal, vous habitez au bord du canal et on a retrouvé le corps de Liz Barron dans le canal.

Elle agrippa le bras de Frieda.

— Est-ce que ça veut dire qu'il sait où vous vivez ? Où *nous* habitons ?

— Regardez plus attentivement, l'encouragea Frieda. Il y a quoi, en face de vous ?

— Le canal, répéta Lola. De l'eau, de la pluie. De l'autre côté, des maisons.

— Continuez.

Lola leva les yeux au ciel.

— Un canard. *Des* canards.

— Oui.

— Des bouteilles en plastique. Des mauvaises herbes. Une conduite, de je ne sais pas quoi.

— Tout juste, répliqua Frieda d'un ton farouche.

— Et alors ?

— Cette conduite, c'est quoi ?

Lola considéra la grosse canalisation métallique qui enjambait le canal tel un pont.

— Des égouts ? dit-elle. De l'eau ?

— Non, juste de l'eau, une rivière.

— Je ne pige pas.

— Dans cette conduite, expliqua Frieda en la désignant, court la rivière Westbourne.

— Oh.

Lola cilla, puis ouvrit grands les yeux.

— Waouh. L'une de vos rivières secrètes, celles que vous longez.

— Oui.

— Et vous croyez que c'est pour ça qu'on a mis le corps ici ?

— Je le crois.

— Mon Dieu. C'est horrible. Affreux. Vous dites que Dean Reeve a tué cette pauvre Liz Barron juste pour laisser son corps ici en guise de message. Comme si elle n'était qu'un objet, un *truc* qui sert son objectif.

— C'est exactement ce que je veux dire, répondit Frieda à voix basse. Dean Reeve a dû apprendre au fil des ans que Liz Barron nourrissait un intérêt hostile à mon égard. Vous avez lu ses articles.

Lola acquiesça.

— Et voilà qu'elle remettait ça. Il l'a donc éliminée en disposant son corps dans un lieu qui revêt une importance particulière pour moi.

— Ça fout vraiment les jetons.

— Il est très dangereux, Lola. Vous ne devez jamais l'oublier, pas une minute.

— Vous êtes tenue d'en parler à la police, non ?

— Je le ferai. Même si ça ne servira pas à grand-chose.

— Et ensuite, il se passe quoi ?

— Je crois plutôt qu'il faut qu'on trouve s'il s'est passé quelque chose *avant*.

Dix-sept

— Ça ne veut sans doute rien dire, se ravisa Karlsson, hésitant. Mais au cas où…

Dugdale opina. Karlsson portait un costume dans les gris, ou peut-être plutôt vert-de-gris, et quoi qu'il fût sans cravate et mal rasé, Dugdale avait l'impression de faire pauvre à côté de lui.

— Dites-moi.

— J'en ai déjà parlé à Matt Selby. C'est lui qui est en charge de l'enquête sur la mort de Liz Barron, pour l'instant.

— Pour l'instant ? Je n'aime pas ça…

— Je voulais vous en parler à vous aussi. Il y a quelques jours, Liz Barron est venue me voir.

— Pourquoi ?

— C'est compliqué. Cela fait des années que je la connais, essentiellement en raison de l'intérêt tenace – pour dire les choses gentiment – qu'elle porte à Frieda Klein.

Dugdale acquiesça : tout le monde était au courant pour Karlsson et Frieda Klein.

— Elle essayait de la trouver, et n'y arrivait pas. Elle s'est dit que je pourrais peut-être l'aider.

— Ah oui ?…

— Oui. C'était le jour où vous m'avez envoyé votre enquêteur.

— Dan Quarry ?

— C'est ça.

— Je ne vois pas le lien avec les meurtres récents.

— Il n'y en a peut-être pas. Mais vu que mon nom avait surgi dans l'ordinateur de Geoffrey Kernan, j'ai pensé que vous deviez être mis au courant.

— Vous voulez dire, reprit Dugdale, que vous avez un lien tant avec Kernan qu'avec Barron ?

— Très lâche. Mais oui, c'est bien ce que je suggère.

— Merci de m'avoir prévenu.

— Comme je disais, ce n'est sans doute rien.

— Probablement, renchérit Dugdale.

Dix-huit

Frieda prépara du thé pour elles deux. Debout à la fenêtre, le regard perdu au-dehors, elle réfléchissait. Quand son mug fut vide, elle le remplit à nouveau, s'assit, et ouvrit son ordinateur.

— Je peux vous aider ? proposa Lola.

— Vous n'avez pas des études à reprendre ?

— Vous voulez dire, mon mémoire sur *vous* ? Je crois que je vais devoir reconsidérer la question. Vous cherchez quelque chose. Je ne peux pas chercher, moi aussi ?

Frieda se décida.

— Très bien. Voici le fruit de mes réflexions. Si Liz Barron avait été retrouvée chez elle ou dans la rue, cela correspondrait juste à ce que fait Dean Reeve normalement, quand il punit les gens qui se mettent en travers de son chemin. Mais en disposant son corps là où il l'a fait, il s'est comporté différemment. Il m'adressait un message, personnel. Un message que j'étais la seule à pouvoir comprendre.

— Je peux faire un commentaire ? coupa Lola. Juste une suggestion. Pour le principe.

— Allez-y.

— Eh bien, d'aucuns diraient, pas moi nécessairement, mais je les imagine bien, d'aucuns diraient que vous interprétez cette tragédie comme si elle était la vôtre. Comme si vous étiez au centre du drame.

— Vous voulez dire, que je l'interpréterais *à tort* ?

— C'est ce que certains diraient.

— Poursuivez.

— Et d'aucuns diraient aussi que le meurtre de Liz Barron n'a peut-être rien à voir avec Dean Reeve. C'était peut-être une agression qui a mal tourné, ou le fait d'un petit ami jaloux.

Lola examina Frieda d'un air inquiet pour voir si elle était fâchée, mais elle semblait juste plongée dans ses pensées.

— Ils seraient en droit de le dire. Mettons l'idée à l'épreuve, alors, commenta-t-elle.

— Que cherchez-vous ?

— Des meurtres. À Londres.

— Hein ? répliqua Lola. Tous ? Il doit y en avoir des milliers.

— Il y en a environ une centaine chaque année. Parfois un peu moins, parfois un peu plus. Et environ un quart d'entre eux sont commis par des amis ou de la famille.

— C'est un peu déprimant.

— Mais pas étonnant. Ce sont ceux qui nous aiment le plus qui nous détestent le plus aussi. Bon, et on recherche des corps trouvés récemment, il n'y a pas plus d'un mois.

— Je m'y mets, répliqua Lola.

Bientôt, on l'entendit taper sur son clavier.

— En voilà un. Un ado a été poignardé devant une boîte de nuit à Streatham. Il a saigné à mort dans la rue. Il…

— Non, répliqua Frieda.

— Désolée.

Le cliquetis reprit, accompagné par le fredonnement de Lola chantonnant pour elle-même.

— Voilà quelques semaines, il y a eu une fusillade à Tottenham. Dans un kebab.

— Non.

Re-cliquetis.

— Merde, pesta Lola. Un pauvre type dans la cinquantaine a été poignardé à mort dans le métro. Une bande de gosses s'en prenait à un vieil homme et il est intervenu, et l'un d'eux a sorti un couteau et l'a poignardé.

— C'est très triste. Mais ce n'est pas ce que nous recherchons.

Lola continua de parler tout en cliquant de page en page.

— Je me suis toujours demandé si je me mêlerais de ce genre de situation. Si ça marche, on est un héros, mais si on tombe sur la mauvaise personne et qu'ils sortent un couteau et qu'ils tentent de vous effrayer et qu'ils vous bousillent une artère, eh ben…

— Chut, ordonna Frieda.

— Pardon. Je sais que je parle trop mais…

— J'ai trouvé quelque chose. Les meurtres de Hampstead.

— Je suis au courant. En tout cas, il aurait été difficile de passer à côté. On en parlait partout. Bon, et en quoi vos meurtres sont-ils mieux que les miens ?

Frieda balaya l'article du regard.

— Une voiture a foncé dans un magasin à Hampstead. L'homme au volant était déjà mort.

— Je sais. Horrible.

— Puis une semaine plus tard, on a retrouvé un corps sur un bûcher à huit cents mètres de là sur Hampstead Heath.

— Je suis désolée, s'excusa Lola. Je dois louper quelque chose. Il y a un corps retrouvé dans un canal, un corps retrouvé dans une voiture, et un corps retrouvé dans un feu. Deux sont proches l'un de l'autre, mais pas le troisième. Ils n'ont pas l'air d'avoir grand-chose en commun.

— Vous avez déjà souligné quelque chose, remarqua Frieda. Vous avez parlé de « corps ».

— Oui, mais vous recherchez des meurtres. Ce n'est pas précisément surprenant que chacun d'eux implique un « corps » ?

— Ce que je veux dire, c'est que dans chaque cas, un cadavre a été mis en scène d'une manière particulière.

— Larguer un corps dans un canal, c'est vraiment de la mise en scène ? N'est-ce pas juste l'un des trucs que les gens font avec un corps ? On les enterre. On les brûle. On les jette dans des canaux. Désolée si j'ai l'air un peu négative ? Ce n'est pas mon intention.

— Pas du tout. C'est bien de poser des questions.

Frieda se leva.

— Il faut que je m'y rende, indiqua-t-elle. Vous venez ?

Une heure plus tard, elles émergeaient de la station de métro Hampstead et s'engageaient à droite, dans Heath Street. Elles parvinrent rapidement devant la devanture condamnée de Mamma Mia, où elles s'arrêtèrent.

— Ça a dû être un sacré choc, constata Lola.

Frieda leva les yeux vers le haut de la colline.

— La voiture venait de là, elle a dévalé la pente.

— Comme je disais, répéta Lola. Un sacré choc.

— Ça vous plaît ? dit une voix de femme dans leur dos.

Se retournant, Frieda et Lola découvrirent une femme avec une poussette. À côté d'elle, un labrador noir, un jeune chiot, et de l'autre, un tout petit garçon.

— C'est devenu un site touristique maintenant ? Je prends une photo de vous devant ?

En voyant la tête que faisait Frieda, son expression s'adoucit quelque peu.

— Ce n'est pas tout à fait ça, expliqua Frieda. Je connais l'une des personnes impliquées dans cette histoire.

Elle marqua une pause.

— Vous étiez là quand c'est arrivé ?

— Oui, je l'étais, répliqua la femme, sèchement.

Frieda l'observa, puis les deux enfants et le chien.

— J'ai lu des trucs à votre sujet, lâcha-t-elle enfin. Dans les reportages. Charlotte Beck. Vous étiez sur les lieux, c'est vous qui avez sauvé la vie de cette femme.

Charlotte Beck secoua la tête.

— Je ne me souviens pas vraiment de quoi que ce soit. Je me rappelle juste être ressortie de la boutique couverte de son sang, et avoir vu la tête de l'homme, et m'être demandé pourquoi ils ne l'avaient pas recouverte.

— Que faites-vous ici ? s'enquit Frieda.

— Je suis revenue chaque jour depuis que c'est arrivé. Parfois deux fois par jour. Mais ça n'embête pas Oscar. T'as tout vu, hein, chéri ?

Frieda regarda le petit garçon, qui la dévisagea en retour.

— Vous n'avez pas idée de ce que ça fait, continua Charlotte, quand quelqu'un saigne comme ça sur vous. Et qu'on essaie de l'arrêter. Je le revois quand je ferme les yeux. Je peux même le sentir.

Frieda imaginait fort bien quel effet ça faisait, mais s'abstint de répondre. À la place, elle prit un petit carnet dans sa poche, écrivit dedans, déchira la page et la donna à Charlotte.

— Mon métier, c'était d'échanger avec les gens sur ce genre d'expériences, expliqua-t-elle. Cet homme est un de mes amis, peut-être qu'il peut vous aider. En attendant, tâchez de ne pas revenir ici. Vous imaginez peut-être que ça aide, mais ce n'est sans doute pas le cas.

Charlotte contempla le bout de papier, puis Frieda.

— Que faites-vous ici, en fait ? s'enquit-elle.

— C'est compliqué. Si vous sentez que vous avez besoin d'aide, appelez Reuben McGill à ce numéro.

Alors que Frieda entraînait Lola dans la montée, Charlotte fixait toujours le bout de papier.

— On va où ? s'enquit Lola. Vous n'avez pas vu ce que vous vouliez ?

— Ce n'était pas ce qui comptait le plus.

— Deux personnes sont mortes. Ça compte bien un peu, non ?

Frieda n'ajouta plus un mot avant qu'elles atteignent le sommet de la colline, avec l'étang Whitestone Pond droit devant, et une vue sur tout Londres qui s'offrait à elles sur leur droite.

— Sympa comme endroit, commenta Lola.

Frieda fit demi-tour et étudia de nouveau la descente.

— Il suffit de débrayer juste ici, de laisser la voiture s'engager dans la pente, de sortir par la portière.

— Elle aurait pu heurter n'importe qui, répliqua Lola. Des enfants innocents.

Frieda prit à gauche et traversa la route, tandis que Lola se pressait sur ses talons. Elles longèrent la rive de l'étang et retraversèrent la chaussée vers la langue de terre étroite de la Heath qui descendait en pente raide.

— Là, dit Frieda.

Une zone en contrebas dans le renfoncement restait sécurisée par du ruban de police. Un tronçon s'était rompu et claquait au vent. Frieda s'y rendit d'un pas vif. On voyait toujours les restes d'un bûcher, noir sur la pelouse.

— On se croirait le lendemain de la fête de Guy Fawkes, dit Lola.

Elle croisa le regard de Frieda par-dessus les restes.

— Si on voulait faire un feu pour envoyer une sorte de message, ne le ferait-on pas au sommet de la colline où tout le monde pourrait le voir, plutôt que de le cacher ici ?

— Posez votre main sur l'herbe, ordonna Frieda.

— Comment ça ?

— Faites ce que je vous dis.

Lola s'agenouilla et toucha l'herbe.

— C'est mouillé.

— Remontons vers la route, indiqua Frieda.

Une fois revenues à l'étang, Frieda s'arrêta pour étudier les alentours.

— Bon, et vous allez m'expliquer, à présent ? demanda Lola.

— Quoi ?

— Ben, par exemple, pourquoi vous m'avez fait toucher le sol. C'était quoi, l'idée ?

— Les rivières, répondit Frieda. L'endroit où il a laissé partir la voiture, c'est là que commence la rivière Fleet. Elle ruisselle à travers le parc puis devient souterraine quand elle traverse Londres jusqu'au fleuve à Blackfriars.

— Vous voulez dire Fleet comme dans Fleet Street ?

Frieda sourit.

— Oui. Elle continue au-delà de Fleet Street. Et cette humidité dans la ravine. C'est là que la rivière Westbourne commence. Elle traverse Kilburn et Hyde Park et Chelsea jusqu'au fleuve à Chelsea Bridge.

— Vous pensez que c'est pour ça qu'il a mis les corps là ?

— Oui.

— Pour attirer votre attention ?

— C'est une possibilité.

Frieda fit demi-tour et elles redescendirent Heath Street en direction de la station de métro.

— Ça vous ennuie si je pose une question ? dit Lola.

— Tout ce que vous voudrez.

— Pourquoi a-t-il choisi ces gens-là en particulier ? Je ne veux pas parler de Liz Barron, je parle des deux autres.

— Je ne sais pas.

— Mais vous pensez qu'il les a choisis pour une raison spéciale ?

— Peut-être.

— Encore une dernière chose. Vous pensez que ce Dean Reeve a déposé un cadavre à la source de la rivière Fleet, n'est-ce pas ? Et un autre cadavre à la source de la rivière Westbourne, c'est ça ?

— Oui.

— Alors pourquoi a-t-il mis un second corps dans la Westbourne ? Pourquoi un dans l'une et deux dans l'autre ?

Frieda s'arrêta soudain et regarda Lola avec une expression curieuse.

— Ah ça, c'est une très bonne question. Et je n'ai aucune idée de ce que peut être la réponse. Mais il y a une question encore plus importante.

— Quoi ?

Mais Frieda ne répondit pas. Elle la précédait en avançant à grands pas, de sorte que Lola avait du mal à la suivre. Elle avait un point de côté et ses bottes lui blessaient les pieds. Elle en avait assez de marcher, de contempler des conduites et des canaux et des boutiques aux vitrines condamnées, d'avoir faim et froid et de se sentir perdue, de toute cette histoire de psychogéographie.

— On ne peut pas prendre un café d'abord ? implora-t-elle. Pour se réchauffer. Et puis, il y a autre chose : j'ai faim. Je suis en hypoglycémie.

— Ce n'est pas loin.

— J'ai des ampoules aux pieds. Vous ne pouvez pas ralentir un peu ?

Dix-neuf

L'inspecteur divisionnaire Selby, en charge de l'enquête sur le meurtre de Liz Barron, examinait, perplexe et les yeux plissés, la lettre remise au commissariat plus tôt ce jour-là. Elle ne comportait pas de timbre et était rédigée à la main, mais son message était plutôt clair.

Il poussa un soupir et souleva le combiné. Quand il eut Bill Dugdale en ligne, il en vint droit au but.

— Matt Selby à l'appareil. J'ai reçu une lettre anonyme. Elle dit que la personne qui a tué Liz Barron était Dean Reeve.

— C'est quoi ce bordel ?

— Je sais.

— Mais pourquoi me prévenir, moi ?

— Ben, ce qu'il y a, commença Selby d'un ton presque désolé, c'est qu'elle soutient aussi que Dean Reeve est derrière vos meurtres de Hampstead.

Un silence s'abattit. Selby entendit Dugdale renâcler à l'autre bout de la ligne.

— C'est de la foutaise, non ?

— Probablement.

Les deux hommes gardèrent le silence quelques secondes, puis Dugdale ajouta :

— On reçoit ce genre de lettres de fous tout le temps.

— Enfin bref, j'ai pensé que vous souhaiteriez être mis au courant.

— Je ferais mieux d'y jeter un œil, commenta Dugdale d'une voix lasse et morose.

— Quelqu'un la scanne en ce moment même.

Dugdale raccrocha et s'adossa à son fauteuil. Il avait besoin de café. De manger quelque chose. D'une douche et d'une balade dans la campagne. Il avait besoin de tout, sauf ça. Il se rappela un truc que lui avait dit Karlsson et passa un autre appel.

— Dan ? Vous avez rencontré Liz Barron.

— Ah oui ? répondit Quarry d'un ton un peu trop appuyé, toussant ensuite plusieurs fois d'une toux sèche qui parut forcée à Dugdale.

Il examina son combiné d'un air intrigué.

— Mais si, vous l'avez rencontrée.

— Ah oui, elle était en compagnie de Karlsson. « Rencontrée », le mot est peut-être un peu fort.

— Il me semble que lorsqu'on retrouve morte, assassinée, une journaliste très en vue qu'on a récemment croisée, on devrait s'en souvenir un peu mieux.

— Mais je m'en souviens, s'excusa Quarry, qui toussa une fois de plus. C'est juste que…

Il s'interrompit.

— Vous auriez dû le mentionner.

— Je ne pensais pas ça important.

— Vous auriez dû le mentionner, répéta Dugdale. Ce n'est pas à vous de décider ce qui est important ou pas.

— Désolé.

Dugdale pinça l'arête de son nez et ferma les yeux.

— Une dernière chose.

— Oui.

— Ce n'est sans doute rien.

— Très bien.

— Je viens de recevoir un coup de fil de Matt Selby, qui est en charge de l'enquête sur le meurtre de Liz Barron. Il a reçu une lettre – d'un détraqué, sûrement – qui dit qu'elle a été tuée par Dean Reeve.

— Merde.

— On est d'accord. Mais cette lettre affirme aussi que Reeve serait derrière nos deux meurtres à nous.

Il entendit le souffle de Quarry s'accélérer sous l'effet de l'annonce, et fronça de nouveau les sourcils.

— Comme je disais, ce n'est sans doute rien.

Une demi-heure plus tard, on frappait à la porte du bureau de Dugdale et Phelps passa une tête.

— Oui ?

— Un truc susceptible de vous intéresser.

Le ton était désinvolte, mais Phelps semblait excité. De petites plaques rouges parsemaient ses joues pâles et maigres.

— Asseyez-vous. De quoi s'agit-il ?

— Votre homme a disparu le 29 septembre.

— C'est la date à laquelle on a signalé sa disparition. La dernière fois qu'on l'a vu, c'était le 26.

— Soit. Bref, j'ai examiné l'ordinateur.

— Oui.

— Les dernières recherches ont été effectuées le 1er et le 2 octobre.

— Hein ?

— J'ai dit…
— Je sais ce que vous avez dit.
Dugdale se leva de son siège, soudain revigoré.
— Trouvez-moi Quarry. Et une voiture.

— Je ne comprends pas, dit Sarah Kernan.
Elle portait un pantalon gris et un pull-over bien trop grand pour elle. Il avait dû appartenir à son mari, devina Dugdale : au fil des ans, il s'était habitué à ce que les personnes en deuil portent les vêtements de leurs bien-aimés.
— Moi non plus, répliqua-t-il. Qui connaissait ses mots de passe ?
— Il gardait le carnet dans lequel il les avait consignés sur son bureau. Je lui ai dit que c'était idiot mais il était têtu à ce point.
— Le 1er et le 2 octobre correspondent à un samedi et un dimanche. Vous n'étiez pas chez vous ces jours-là ?
— Je travaille dans une jardinerie, rappela Sarah Kernan. Ce sont ces jours-là qu'on reçoit le plus de monde. Je travaille de 8 heures à 18 heures.
— Vous avez de bons verrous ?
— Je ferme toujours la porte à double tour, si c'est ce que vous voulez dire.
Elle le dévisagea, les yeux remplis de peur.
— Devant comme derrière. Et les fenêtres sont également verrouillées. On s'est fait cambrioler il y a dix ans et depuis, j'ai toujours été très prudente.
— Qui d'autre a une clé ?
— Une clé ?
— Oui.
— Mon fils, avança-t-elle.

— Celui qui est à l'université ?

— Oui. Et ma voisine aussi en garde une de secours.

— Votre voisine ?

— Eleanor Prentice. Elle approche les quatre-vingts ans et elle est veuve depuis peu. Elle vient arroser les plantes quand on s'en va.

— Personne d'autre ?

— Non. Ah si, peut-être ma sœur. Je lui en ai donné une il y a des siècles en cas d'urgence, mais il n'y en a jamais eu.

Elle étouffa un sanglot.

Quarry prenait des notes. Il leva la tête, une étincelle dans le regard.

— Qui a refait votre terrasse ?

— La terrasse ?

Sa voix se brisa.

— Oui. La dernière fois que nous sommes venus, vous avez dit qu'un homme la rénovait.

Elle regarda Quarry d'un air morose, sans répondre.

— Cet homme. Avait-il une clé ?

Dugdale se pencha vers elle.

— Madame Kernan ?

— Je pense, admit-elle d'une voix étouffée. Je pense que Geoff lui en a peut-être bien remis une.

— Quel est son nom ?

— Barry, répondit Sarah Kernan en baissant la voix, elle semblait sur le point de fondre en larmes.

— Barry comment ?

— Je n'en sais rien.

— Réfléchissez.

— Je ne crois pas avoir jamais su son nom de famille.

— Vous avez ses coordonnées ?

— Non. C'est Geoff qui l'a embauché.

— Comment l'a-t-il trouvé ?

— Je ne sais pas vraiment. Peut-être dans les prospectus qu'on nous glisse sous la porte. Mais vous n'imaginez pas que Barry puisse avoir quoi que ce soit à voir avec cette histoire ?

— Je ne veux pas tirer de conclusion hâtive, répondit Dugdale, mais nous devons trouver qui a utilisé l'ordinateur de votre mari après sa disparition. Combien de temps ce Barry a-t-il travaillé pour vous ?

— Trois semaines ? suggéra Sarah Kernan sans conviction. Ou peut-être moins que ça. Il ne venait pas tous les jours, juste quand il lui restait du temps. Ça rendait Geoff dingue.

Elle s'exprimait d'une voix faible. Elle se moucha.

— Vous l'avez rencontré ?

— Quelques fois.

— Vous pouvez le décrire ?

— Il était très quelconque.

— Blanc ?

— Oui.

— Un accent ?

— Anglais. De Londres, je pense.

— Jeune ? Vieux ?

— Ni l'un ni l'autre. Mon âge, peut-être. Je ne sais pas. Je n'ai pas fait attention.

— Couleur des cheveux ? Des yeux ?

— Ses cheveux étaient très courts, rasés, presque. Gris, peut-être ?

Cette dernière suggestion tenait plus de la question que de l'affirmation.

— Les yeux ?

— Les yeux ? Aucune idée. Je veux dire, il travaillait juste dans le jardin.

Dugdale adressa un signe de tête à Quarry, qui pianotait sur son téléphone, et Quarry se pencha vers elle en présentant une image sur le petit écran. Il sentait Dugdale à ses côtés, parfaitement immobile, et son propre cœur, qui lui martelait la poitrine.

— Est-ce Barry, madame Kernan ? demanda-t-il d'une voix calme, mais où perçait la fébrilité.

Sarah Kernan regarda la photo. Quarry se servit de son index et de son pouce pour zoomer.

— Je ne sais pas. Peut-être bien. Qui est-il ? murmura-t-elle.

— N'allons pas plus vite que la musique, coupa sèchement Dugdale avant que Quarry puisse répondre. Mais je pense qu'il va falloir faire changer vos serrures.

— Bon sang, siffla Quarry dans sa barbe, alors qu'ils sortaient de la cuisine. Merde. Dean Reeve !

— Ne vous emballez pas.

— Dean Reeve. Et trois meurtres. La vache…

Dugdale acquiesça, l'air sombre.

— La presse va se déchaîner. Vous n'êtes pas près de dormir pour un moment. Prévenez votre femme que vous ne serez pas souvent chez vous.

S'il vit Quarry ébaucher une grimace, il n'en montra rien.

— J'appelle Matt Selby.

Quarry vérifia auprès des voisins des Kernan. Il leur montra une photo de Dean Reeve qui avait été modifiée, de sorte qu'il ait les cheveux coupés court, et leur demanda s'ils le reconnaissaient. Plusieurs répondirent par l'affirmative, dont Eleanor Prentice, la veuve septuagénaire occupant la maison d'à côté et qui avait bavardé avec lui à quelques reprises par-dessus la clôture. Un couple semblait se rappeler un prospectus qu'il avait glissé par la fente de leur boîte aux lettres chez eux aussi, mais des semaines plus tôt, et sans doute l'avaient-ils jeté à la poubelle.

— Élargissez vos recherches, commanda Dugdale, même s'il ne nourrissait guère l'espoir de retrouver la trace de Reeve aussi facilement. Et il va nous falloir plus d'agents.

Karlsson s'était presque fait au sentiment de détresse qui l'habitait. Qu'il travaille, reçoive ses deux enfants pour le week-end, qu'il soit avec des amis ou seul chez lui, ce sentiment ne le lâchait pas. La seule personne à qui il aurait pu en parler était Frieda : assise en silence, elle l'aurait écouté, le fixant de ses yeux noirs, entendant même ce qu'il ne pouvait prononcer à voix haute. Mais c'était pour Frieda qu'il s'angoissait, bien sûr. Elle avait disparu. Son téléphone ne répondait plus. Ses volets étaient fermés. Et voilà que Dugdale l'appelait pour l'informer que Dean Reeve était à l'origine des trois meurtres et que l'angoisse se muait en effroi.

— L'affaire prend une drôle de tournure, dit Dugdale. Les médias vont s'en mêler. Mais j'imagine que vous êtes déjà passé par là.

— On ne s'y fait pas, corrigea Karlsson.

— Et puis, il y a autre chose.

— Quoi ?

— Ces recherches sur l'ordinateur. C'était Dean Reeve.

— Je vois.

— Y a-t-il quoi que ce soit que vous souhaitiez me dire ? Qui pourrait faciliter l'enquête ?

— Je vous le ferai savoir. S'il me vient quelque chose.

Par la suite, Karlsson avait bien pensé à quelque chose. En apprenant que Dean Reeve avait fait sur lui des recherches, une part de lui en avait secrètement éprouvé du plaisir : Reeve voyait en lui un proche de Frieda, quelqu'un vers qui elle se tournerait et se confierait volontiers, qui serait susceptible de savoir où elle était. Mais le fait était que non, il ne savait pas où elle était parce qu'elle ne s'était pas tournée vers lui ni confiée à lui. Il trouvait douloureux d'accepter qu'elle soit partie sans lui dire au revoir ou lui expliquer ses projets. Raison pour laquelle, en ce jour de congé, il traversait Regent's Park en direction de chez Reuben.

Reuben McGill avait le teint blafard et gris, les traits émaciés que donnent des mois de chimiothérapie. De nouvelles rides s'étaient creusées sur sa figure ; ses cheveux étaient plus bouclés qu'autrefois. Il eut un sourire narquois.

— Je m'attendais un peu à vous voir. J'ai vingt minutes à vous accorder avant mon rendez-vous à l'Entrepôt. Entrez.

Karlsson le suivit dans la cuisine. Des bouteilles de vodka traînaient sur la table, et plusieurs outils étaient étalés par terre sur une serviette sale. Un chat – celui de Frieda – était installé sur l'une des chaises.

— Je ne savais pas que vous veniez ou bien j'aurais fait un peu de ménage, s'excusa Reuben, vidant le contenu d'un cendrier dans la poubelle. Café ? Thé ? Un truc plus fort ?

— Un café, ce sera parfait.

Reuben emplit la bouilloire, puis s'attabla face à Karlsson, calant son menton sur une main, le regardant avec une curiosité amusée.

— Vous êtes venu pour Frieda.

— Savez-vous où elle est ? (Il s'interrompit.) J'imagine que si vous le saviez, vous ne me le diriez pas. Pouvez-vous au moins m'indiquer si elle va bien ? Ce qu'elle fait ? Quand elle rentre ?

— Que de questions…

Reuben se leva et versa de l'eau dans la cafetière.

— Non.

— Non ?

— Vous avez raison, je ne vous le dirais pas, si elle m'avait demandé de me taire, aussi n'allez-vous peut-être pas me croire. Je ne sais pas où elle est. Je ne sais pas comment elle va. Je ne sais pas ce qu'elle fabrique – ça doit avoir un rapport avec Dean Reeve, j'imagine. Je ne sais pas quand elle revient.

Il déposa deux mugs de café sur la table ainsi qu'une bouteille de lait.

— Ni même si elle revient.

— Il faut qu'elle revienne.

Karlsson s'était exprimé avant de pouvoir se retenir.

Un silence s'installa. Ils se dévisagèrent : leur relation avait toujours été empreinte de circonspection, mais maintenant que Frieda avait disparu, quelque chose avait basculé.

— Pourquoi ? s'enquit Reuben avec une gentillesse inattendue. Parce qu'elle vous manque ?

— Parce qu'elle est peut-être en danger. Je redoute qu'elle fasse quelque chose d'imprudent.

— Effectivement, confirma Reuben.

La témérité de Frieda avait marqué leur existence, à l'un comme à l'autre.

— Et d'autodestructeur. Elle ne demanderait pas d'aide. Elle se dirait qu'elle n'a pas le droit d'impliquer qui que ce soit d'autre. J'aimerais lui dire qu'elle peut. Faire appel à moi, je veux dire.

— En tant qu'officier de police ?

— En tant qu'ami.

— Même si ça n'est pas strictement légal ?

Karlsson acquiesça, et Reuben lui lança un regard qui tenait presque de la pitié.

— Eh bien, reprit-il d'une voix douce, je ne peux pas vous aider. Dieu sait combien j'aimerais être en mesure de le faire. Mais je n'en sais pas plus que vous. Je ne crois pas que quiconque sache quoi que ce soit, même s'il se peut qu'elle ait confié quelque chose à Josef. Vous comme moi, nous ne pouvons que faire ce qu'il y a de plus dur : attendre.

Vingt

— Allez-vous me dire pourquoi nous sommes ici ?

Lola avait trouvé une vieille barre chocolatée au fond de son sac et la mastiquait rageusement.

— Vous voyez le nom des maisons ? dit Frieda en les montrant du doigt. Shepherd's Well, Conduit House.

— Et ?

— C'est la Tyburn.

— Cette route ?

— Il y a une rivière en dessous de nous.

— Je ne pige toujours pas. On fait juste la tournée de vos rivières cachées ?

— Je ne comprends pas non plus, répliqua Frieda. Je pensais qu'en venant ici, ça viendrait peut-être.

Elle regarda autour d'elle.

Lola fourra un autre carré de chocolat dans sa bouche.

— Pourquoi ici ? Pourquoi pas une autre rivière ? Genre…

Elle s'efforça de se rappeler ce qu'elle avait lu sur les rivières de Frieda.

— Parce que la Tyburn coule entre la Fleet et la Westbourne, répondit Frieda. Deux rivières, ça ne fait pas un schéma récurrent. Trois, oui. Pourquoi Dean serait-il passé à côté de celle-ci ?

Lola grimaça.

— Vous voulez dire que si on se met dans la tête d'un meurtrier psychopathe, on tuerait quelqu'un juste ici.

— Oui.

— Mais Dean ne l'a pas fait. On va où maintenant ?

— Cette rue suit son cours. On peut le voir, et la sentir.

— Vous, peut-être. Moi, pas.

Elles s'engagèrent dans la descente, entre les hautes maisons de brique rouge, tandis que Frieda jetait constamment des regards à droite comme à gauche.

— Vous cherchez un cadavre ? railla Lola. Quelqu'un aurait remarqué, je pense.

— Je sais que vous êtes fâchée, répondit Frieda. Et je peux comprendre pourquoi. Sans doute avez-vous peur, aussi. Mais si vous devez me suivre, tâchez de vous concentrer sur ce que nous faisons. Comme maintenant.

Elle s'était arrêtée juste avant une petite enfilade de magasins : un fleuriste, un caviste, un café. Calée contre le mur, il y avait une bicyclette toute repeinte en blanc, de la selle en cuir jusqu'au guidon, en passant par les pédales et la chaîne. Dans son panier, blanc aussi, un bouquet de fleurs flétries.

— Il a dû y avoir un mort ici, remarqua Lola.

Frieda examina la rue de part et d'autre.

— Vous vouliez un café.

Le troquet ne comportait que quatre tables, dont deux étaient occupées. Frieda commanda un thé pour elle-même et un cappuccino pour Lola.

— Vous voulez manger quelque chose ? proposa-t-elle.

— Le flan a l'air sympa.

— Bien, et moi je prendrai la soupe.

La serveuse s'approcha.

— Ce vélo fantôme, là, dehors ? s'enquit Frieda après avoir passé commande. Que s'est-il passé ?

— Un type qui s'est fait renverser. C'est un motard qui a trouvé le corps au petit matin, couché sur la chaussée, son vélo à côté de lui.

— Qui était-il ?

— Je ne sais pas. Un cycliste qui passait par là, c'est tout.

— Quand est-ce arrivé ?

— Quand ?

Elle semblait quelque peu surprise de l'intérêt de Frieda.

— Je ne me rappelle pas exactement. Ça devait être un jeudi parce que c'était mon jour de congé et que je ne l'ai appris que le lendemain.

— La semaine dernière ? Celle d'avant ? Ou encore avant ?

— Pourquoi tenez-vous à le savoir ?

— Nous enquêtons sur la sécurité routière, coupa gaiement Lola. Enfin, pour les cyclistes. Il portait un casque ?

— Ça devait être le 6 octobre. Pour le casque, je ne sais pas.

— Le 6 octobre, répéta Frieda doucement. Ça semble à peu près coller.

— Coller à quoi ? demanda Lola, une fois la femme partie.

— On a retrouvé Geoffrey Kernan le 3 octobre, près de la source de la Fleet, Lee Samuels le

10 octobre, près de la source de la Westbourne. Cet homme a été trouvé le 6 octobre, près de la source de la Tyburn, qui court entre ces deux rivières.

— J'espère que vous ne m'en voudrez pas de le dire, mais il existe un terme technique pour ça. On a eu un cours dessus, même si le nom ne me revient pas. Est-ce que vous ne seriez pas en train de faire ce qu'on nous dit de ne jamais faire, c'est-à-dire de chercher des preuves qui valident votre théorie et d'ignorer tout le reste ?

Frieda hocha la tête d'un air approbateur.

— Peut-être, convint-elle. On pourrait aussi dire que j'ai une hypothèse et que je la mets à l'épreuve.

— Et votre hypothèse est que Dean Reeve opère le long des rivières pour vous adresser un message ?

— Oui.

— Reste toujours la question de savoir pourquoi on a retrouvé deux corps dans la même rivière.

— Peut-être qu'il voulait s'assurer qu'on ne passerait pas à côté, comme pour celui-ci. Et qu'il a choisi Liz Barron pour être sûr à cent pour cent.

Le repas fut servi. Lola plongea son couteau dans le flan et poussa un soupir de satisfaction.

— C'est chouette non, même dans la merde, de pouvoir toujours compter sur un repas réconfortant ?

— Gerald Hebb, lut Frieda sur son écran plus tard ce jour-là. Quarante-trois ans. Renversé par un chauffard, retrouvé le 6 octobre.

— Bref, rien qu'on ne savait déjà, conclut Lola.

Elle avait tenu à s'arrêter sur le chemin du retour pour faire quelques courses et tranchait énergiquement aubergines et courgettes.

— Soyez patiente.

— Vous n'avez qu'un couteau pour couper et il est émoussé. Et vous n'avez toujours pas de poivre noir. C'est essentiel, le poivre noir, vous ne trouvez pas ? Si vous deviez emporter trois épices sur une île déserte, ce serait lesquelles ? Les miennes, ce serait le gingembre, le poivre noir et la cannelle.

— L'enquête sur les causes de la mort est demain. Je dois y aller.

Lola flanqua les aubergines dans une poêle et s'essuya les mains sur son pantalon.

— Vous ne vous lassez jamais de ne penser qu'à ça ?

— Lola.

Frieda leva les yeux de son ordinateur.

— Je n'ai pas le choix.

— D'après les psychothérapeutes, on a toujours le choix, je croyais.

— Normalement, oui. Mais plus dans mon cas.

— Depuis qu'on a tué votre compagnon ?

— Sandy n'était pas mon compagnon.

— Ça a dû être un cauchemar.

— Oui.

— Vous vous en êtes remise ?

— Remise ?

Frieda fixa Lola.

— Oui, insista Lola. Je veux dire, c'est derrière vous ?

— Je ne crois pas que les choses passent, à proprement parler. Vous oui ?

— Ce n'est qu'une expression.

— Les morts ne nous quittent jamais, je crois.

— Oh, commenta Lola, hésitante. Euh… en fait, je n'en sais rien.

— Mon ami Josef dit que son épouse, décédée, vient le trouver dans ses rêves et qu'il est de son devoir de l'accueillir.

— Je l'ai croisé, je crois. Des yeux marron, tristes.

— C'est bien Josef.

— Frieda.

Lola s'arrêta d'émincer ses légumes.

— Ça va durer combien de temps, cette histoire ?

— Je n'en sais rien. Pas longtemps.

— Comment le savez-vous ?

— Je le sens, c'est tout.

— Elle vous manque pas, votre ancienne vie ?

Frieda détourna la tête vers la fenêtre et son regard se perdit dans la contemplation du ciel qui s'obscurcissait. Mais elle ne dit mot.

Josef déverrouilla la porte d'entrée de chez Frieda. Il alluma la lumière, se baissa et ramassa les enveloppes sur le paillasson, puis délaça ses boots et les ôta. Il pendit sa veste au crochet à côté du manteau de Frieda. Il resta debout quelques secondes dans le vestibule, à l'écoute. Puis il se rendit dans le salon. Les pièces d'échecs étaient toujours sur l'échiquier là où elle les avait laissées. Il avait froissé des feuilles de journaux en boule, comme il l'avait vue faire tant de fois, les disposant dans le foyer avec du petit bois entassé par-dessus. Il avait aussi ramassé d'autres bûches pour les ranger dans le panier, que tout soit prêt pour son retour. Il emporta les dahlias orange qu'il avait apportés dans la cuisine et les mit dans le vase, jetant l'ancien bouquet. Il passa un chiffon sur les meubles, ôta une mouche morte du rebord de la fenêtre, arrosa le pot de basilic.

Josef se rendait chez Frieda plusieurs fois par semaine. Il faisait la poussière et le ménage ; il évoluait sans bruit dans la maison, lentement, pour remarquer tout changement, s'assurant que tout soit en ordre pour le jour où elle se déciderait à rentrer chez elle.

Mais aujourd'hui, il se sentait d'humeur différente. Une fois qu'il eut accompli sa routine habituelle, il se rendit dans la cuisine et sortit deux verres d'un placard et une bouteille de whisky de l'autre. La bouteille était aux trois-quarts vide. Il prit mentalement note de la remplacer, et dans ce cas, il fallait bien finir de la boire. Il versa un doigt de whisky dans un verre et un autre dans le second verre pour lui-même, puis l'examina et décida que ce n'était pas assez et se servit une autre rasade. Là, c'était mieux. Il emporta les deux verres et la bouteille au salon et s'installa dans un fauteuil pour patienter.

Il avait bu le verre, l'avait rempli à nouveau et avait fini ce dernier le temps qu'on sonne à la porte. C'était Chloë. Elle entra et vit les deux verres sur la table.

— Pour toi, dit Josef.

— Un instant, j'ai cru que Frieda était là.

Elle prit le verre, trinqua contre celui de Josef et but une petite gorgée.

— Quand tu m'as invitée ici, dit-elle, j'ai d'abord espéré que Frieda serait revenue, même si je savais, au fond, que ce n'était pas le cas. Et ensuite, j'ai espéré que tu me dirais où elle est, ou ce qu'elle peut bien fabriquer.

— Je ne sais pas.

— Si quelqu'un le sait, c'est toi, Josef.

Il secoua la tête.

— Et de toute façon, seulement savoir où elle est, dangereux, peut-être.

— Putain de Dean Reeve !

Toute l'attention de Josef semblait portée sur la question du remplissage de son verre. Quand ce fut fait, il lui proposa de la resservir.

— Non, merci. J'aimerais garder l'esprit clair, déclara-t-elle. Josef, si tu pensais que Frieda avait une espèce de pulsion suicidaire, si tu pensais qu'elle allait se laisser tuer par Dean Reeve pour qu'il cesse, tu l'en empêcherais, n'est-ce pas ?

Josef balayait la pièce du regard, sans lui prêter attention, en apparence, mais ensuite, il se tourna vers elle.

— Comment ?

— En lui parlant. En nous parlant à nous. En la protégeant. En la kidnappant, au besoin.

— Je ne sais pas où elle est.

Chloë examina Josef, l'air méfiant, les yeux plissés.

— Bref, Frieda n'est pas ici, reprit-elle. Et tu ne me diras rien sur elle ou sur ses projets. Alors qu'est-ce qu'on fait là, *nous* ? On est là pour voler son whisky ?

Josef parut indigné.

— J'achète nouvelle bouteille. Mais on n'est pas là pour boire. Viens.

Chloë emboîta le pas à Josef qui montait l'escalier jusqu'au premier étage, puis jusqu'au second. Il se planta devant une fenêtre percée dans le mur arrière de la maison, juste sous la pièce située dans les combles.

— Regarde, dit-il.

Chloë s'approcha de la fenêtre.

— Quoi, précisément ?

— La vue, tu aimes ?

La fenêtre donnait sur le mur arrière aveugle d'un immeuble de bureaux. Mais qui ne faisait que deux étages de haut. Au-dessus se dessinait la ligne d'horizon irrégulière de Londres au sud, la BT Tower, les flèches des églises.

— Pas mal. C'est quoi, la question ?

Josef pointa le doigt en contrebas.

— Tu vois le toit ?

C'était le toit plat de la salle de bains un étage en dessous.

— Oui.

— C'est pas agréable, de venir ici, revenir, encore et tout le temps, juste pour ramasser courrier et arroser les plantes. On fait une surprise pour Frieda.

— Quel genre de surprise ? demanda Chloë, circonspecte.

Josef agita les mains comme s'il faisait de la magie.

— On enlève fenêtre, on met porte ici. On fait balcon, là, sur le toit. La terrasse en bois, les rambardes. Un endroit où s'asseoir le soir, pour être bien, pour boire.

Il se retourna vers Chloë, l'air interrogateur.

— T'as pensé à faire valider l'idée par Frieda ? demanda-t-elle.

— Pas possible.

— Exactement.

— Je dis à toi, c'est une surprise.

Chloë fronça les sourcils.

— Pourquoi tu m'en parles ?

— Tu fabriques des choses. Comme moi. On fait ça ensemble.

— Très bien, répondit Chloë. Avant d'endosser mon rôle de travailleuse manuelle, j'aimerais juste émettre une ou deux observations. Je ne suis pas sûre que Frieda aime les surprises.

— J'ai déjà fait surprise avant. Avec baignoire. Elle était contente.

Josef avait effectivement rénové autrefois la salle de bains de Frieda sans lui en parler avant.

Chloë parut dubitative.

— Elle était contente après coup. Je ne suis pas sûre qu'elle ait vraiment apprécié le processus pendant qu'il était en cours.

— Elle n'est pas là pendant. C'est parfait.

S'ensuivit une longue pause.

— C'est juste que je ne peux pas m'empêcher de penser, reprit Chloë, à ce que Frieda dirait si elle savait qu'on est chez elle en train de faire un truc pareil sans sa permission.

— Mais elle est pas là.

Nouvelle pause avant que Chloë reprenne la parole.

— J'imagine qu'on ferait mieux de vérifier l'état du toit. S'il est costaud, on peut poser une plateforme dessus.

Josef secoua la tête.

— Il faut des poutres.

— Des poutres ? Ça m'a l'air d'un gros chantier.

— Non, non, assura Josef. Poutres. Une porte ici. La plateforme. Rambardes. Fini.

— Facile à dire.

— Imagine-nous ici. Avec des verres. Le soir.

Chloë y songea, mais ne répondit rien.

Non loin de là, au crépuscule, un homme était assis au bord d'une rivière, sifflant entre ses dents, attendant patiemment que ça morde.

Vingt et un

Quarry frappa à la porte du 39, Launceston Crescent et patienta, badge en main. Il entendit un bruit, faible au début, puis plus fort. Un bébé pleurait. Non, braillait. Ça faisait mal de l'entendre, même au travers de la porte fermée.

Puis le battant s'ouvrit à la volée et le hurlement devint insupportable. Quarry présenta son badge à une jeune femme mince, à l'air épuisé, portant un gros bébé. La bouche de celui-ci était si grande ouverte qu'elle lui dévorait presque toute la figure, rouge et fâchée. Attaché à l'une des jambes de la jeune mère, un petit garçon. Il avait déjà vu cet air las auparavant. Il lui rappela la période où la femme qu'il avait épousée était devenue celle qu'il avait déçue, celle avec qui il se disputait, la femme qu'il évitait de retrouver le soir, en s'inventant n'importe quelle excuse.

— Charlotte Beck ? demanda Quarry en élevant la voix pour se faire entendre.

— Je n'y peux rien si elle pleure toute la nuit. Qu'est-ce qu'ils veulent que je fasse ?

— Qui ça, ils ?

— Les voisins, fredonna-t-elle en se balançant légèrement.

Le bébé semblait trop gros pour la frêle silhouette de sa mère, et gigotait tant dans ses bras que Quarry redoutait qu'il ne tombe par terre.

— Les voisins ne se sont pas plaints. En tout cas, pas à moi.

— Alors que faites-vous là ?

— Je peux entrer ?

Charlotte recula d'un pas pour le laisser passer.

— Je n'ai pas eu le temps de ranger.

Elle traversa l'entrée, sa fille hurlant sur son épaule et son fils toujours attaché à sa jambe de sorte qu'elle traînait son pied par terre, comme un détenu enchaîné. Elle avait raison : le salon était en désordre – on aurait dit qu'une explosion s'était produite dans une usine de jouets –, des briques en bois, des figurines en plastique et des peluches avaient valsé dans toutes les directions.

Charlotte Beck s'assit avec précaution dans un fauteuil, ses deux enfants toujours agrippés à elle.

— Je suis ici au sujet de l'accident à Hampstead.

— Je ne crois pas qu'il y ait quoi que ce soit que je puisse ajouter.

Le petit garçon essayait maintenant de grimper sur les genoux de sa mère, tout en repoussant sa sœur qui s'époumonait toujours.

— J'ai faim, dit-il.

— Dans une minute.

— J'aimerais vous montrer quelque chose, dit Quarry.

Il sortit la photo de Dean Reeve de son sac et la lui tendit. Le bébé tenta de s'en emparer. Ses pleurs se faisaient plus doux, entrecoupés de hoquets et de souffles rauques à présent.

— Avez-vous déjà vu cet homme ? demanda Quarry.

Charlotte Beck jeta un œil curieux.

— Qui est-il ?

— L'avez-vous déjà vu ? répéta Quarry.

— On dirait l'un de ceux qui étaient là. Quand tout est arrivé.

Elle se pencha plus près.

— Oui, c'est lui.

— Vous dites qu'il était là ?

— Il est venu me parler après coup, quand tout s'est calmé. J'étais un peu sonnée et couverte de sang de la tête aux pieds. Il s'est assis sur le trottoir à côté de moi, m'a dit que je m'étais bien débrouillée. Je n'avais pas les idées claires. J'étais complètement dépassée.

Elle jeta un regard à la pièce en désordre.

— Je veux dire, encore plus dépassée qu'à l'ordinaire. Il m'a aidée à rentrer chez moi. Il m'a raccompagnée presque jusqu'à la porte. Il avait l'air sympa. Pourquoi me posez-vous cette question ? Qui est-il ?

— Vous a-t-il dit son nom ?

— Je ne crois pas. Oh, attendez.

Elle fronça les sourcils, concentrée. Sa fille avait cessé de pleurer et ses paupières commençaient à se fermer. Sa tête reposait pesamment sur l'épaule de Charlotte.

— Dave, je crois. Ou David.

Quarry hocha la tête. Sur la déposition qu'il avait faite, il avait dit que son nom était Dave McGill.

— Pourquoi ? demanda Charlotte une fois de plus.

— C'est juste quelqu'un qu'il faut qu'on contacte, expliqua Quarry, glissant à nouveau la photo dans sa poche. Je vais m'éclipser. Je ne veux pas réveiller votre fille maintenant qu'elle s'est endormie.

Charlotte partit d'un rire las.

— Inutile de vous en faire pour elle. Elle va dormir pendant des heures et se réveillera toute fraîche et dispose pour la nuit.

— Oui, confirma plus tard l'agent Darren Symons. On dirait l'un des témoins. J'ai pris sa déposition. C'est quoi, son nom ?

— Dave McGill ? suggéra Quarry.

— C'est ça. C'est celui qui a dit qu'il y avait un truc bizarre dans le déroulement de la scène. On peut lui accorder au moins ça : il était sur place avant qu'aucun de nous n'arrive.

— En effet, renchérit Quarry. Bien avant.

Frieda et Lola purent faire à pied pratiquement tout le trajet jusqu'à St Pancras Coroner's Court le long du canal.

— Ça ne vous arrive jamais de penser *oh, et puis merde, je saute dans un métro* ? demanda Lola alors qu'elles traversaient le zoo.

— C'est en marchant que je réfléchis, répondit Frieda. Quand je suis seule.

— Je vous empêche de réfléchir ?

— Vous voulez dire, en cet instant ?

— En cet instant, vous êtes obligée de répondre à mes questions. Je veux dire : en général. Quand je suis avec vous.

— Je ne fais pas grand-chose. J'attends, c'est tout.

— Peut-être que vous vous attendez l'un l'autre.

— On verra.

Lola leva les yeux vers la gigantesque volière.

— Je ne suis jamais allée au zoo. Bizarre, non ?

— Moi non plus.

— C'est fou. Vous n'habitez qu'à quelques minutes. Pourquoi pas ?

— Je n'aime pas voir des choses en cage.

— Peut-être que c'est mieux de les mettre en cage plutôt que de voir l'espèce disparaître.

— Peut-être.

— Je crois que c'est un chacal, continua Lola. Et s'ils ne nous laissent pas entrer ?

— Au zoo ?

— Non, au tribunal du coroner.

— L'événement est public. Ils sont obligés de nous laisser entrer.

L'endroit se trouvait à quelques minutes à pied du canal. L'édifice paraissait presque caché, comme un ajout tardif au flanc du cimetière paroissial de St Pancras, encerclé par la voie ferrée, le canal et la rue menant à King's Cross et St Pancras. Une fois poussée la porte, on se trouvait dans un petit hall. Un homme entre deux âges punaisait une note au mur. Il jeta un coup d'œil aux deux femmes par-dessus son épaule.

— Nous sommes venues pour l'enquête sur Gerald Hebb, indiqua Frieda.

— Vous êtes de la famille ? demanda l'homme.

— Non.

— De la presse ?

— Juste des membres de la société civile.

L'homme fronça les sourcils et parut chercher une raison d'objecter avant de leur indiquer d'un geste une porte vernie, d'apparence quelconque. Quand elles entrèrent, elles eurent la nette impression que quelque chose n'allait pas : personne, ou quasi personne, ne s'était présenté à cette réunion. À l'autre bout de la petite pièce, une table. Un homme était assis derrière, en train de consulter un dossier ouvert. Une femme rondelette, dans la cinquantaine, était assise d'un côté, le nez baissé sur son téléphone. Face à la table, trois rangées de chaises. Seule l'une d'elles était occupée par un autre homme.

L'homme derrière le bureau les considéra, le front barré de rides.

— Vous êtes de la famille ?

— Nous sommes venues en simples observatrices, répondit Frieda.

— Mandatées par une autorité quelconque ?

— Non.

Il parut perplexe, mais pas particulièrement intéressé.

— Bon, eh bien, nous allons bientôt commencer. Nous attendons juste l'arrivée de la police. Ils sont en retard.

Frieda et Lola s'assirent au dernier rang, loin de tous.

— Et donc, on cherche un indice ? s'enquit Lola avec entrain.

— On cherche un truc, admit Frieda.

Dix minutes après l'heure prévue de l'audience, la porte s'ouvrit et deux jeunes agents en uniforme entrèrent. Ils traversèrent la pièce et prirent place à l'avant. L'homme assis au bureau déclara d'un ton blasé :

— Je me présente : Docteur Charles Mahdawi. Je crois comprendre qu'aucun membre de la famille n'est présent.

Il s'accorda une très brève pause.

— Dans l'intérêt des deux dames qui sont ici pour observer la procédure, je dois dire que les attributions d'une audience sont très restreintes. Nous sommes simplement ici pour répondre à quatre questions : qui était le défunt, où est-il mort, quand est-il mort et de quoi est-il mort. Je ne crois pas que nous vous retiendrons bien longtemps.

Il se tourna vers les deux agents.

— L'un de vous est-il le sergent Grady ?

L'un des agents se leva et Mahdawi l'invita à s'installer sur un siège à côté de la table. Grady sortit un petit carnet de sa poche.

— Ça vous va si je m'en réfère à ceci, Monsieur ?

— Nous ne nous formalisons pas, ici.

On aurait dit une réunion de routine, quand Mahdawi fit décrire au sergent en quelles circonstances le corps de Gerald Hebb avait été trouvé près de sa bicyclette. Le corps était face contre terre, moitié sur le trottoir et moitié sur la chaussée, sur Downs Road, non loin de l'angle avec Wiltshire Gardens. Au fur et à mesure que l'agent s'exprimait, Mahdawi prenait des notes. Puis il ouvrit le dossier devant lui et commença de lire des extraits à haute voix.

— La cause du décès est un « coup à l'arrière du crâne, à la base, ayant entraîné la mort par hémorragie cérébrale ». Cela est cohérent avec l'idée qu'il a été heurté par un véhicule. Comme nous l'avons entendu, l'appel signalant la découverte du corps a été passé vers 6 h 20 du matin. Le rapport indique que la température du corps suggère qu'il gisait là depuis six ou huit heures. Tout ça est bien triste, mais la conclusion paraît plutôt évidente. Je crois que nous nous en tiendrons là.

— Excusez-moi.

Lola sursauta, se demandant qui avait parlé puis, l'estomac noué, s'aperçut que c'était Frieda. Mahdawi aussi semblait dérouté.

— Oui ?

— Je peux poser une question ?

— Je suis désolé, mais seules les personnes ayant un lien avec la victime ont le droit de poser des questions. Ce qui veut dire : la famille.

— Il n'y a pas de proches ici.

— Précisément.

— J'aimerais poser les questions que poseraient ses proches.

Mahdawi prit une profonde inspiration et tapota plusieurs fois la table de son stylo. Lola vit que les deux agents de police et l'autre homme assis à l'avant dévisageaient Frieda d'un air interloqué.

— Très bien, consentit Mahdawi d'une voix glacée. Posez une question. Tout d'abord, pouvez-vous décliner votre identité ?

— Bien sûr. Je m'appelle Ursula…

Mais là, Frieda s'interrompit. Lola s'agrippa à son bras : elle était soudain envahie d'un pressentiment.

— Je suis le Docteur Frieda Klein, corrigea Frieda.

— Mais qu'est-ce qui vous prend ? siffla Lola. Ne faites pas ça !

Frieda ne lui prêta aucune attention.

Mahdawi commença de noter son nom puis s'arrêta.

— Ce nom ne m'est pas inconnu. Avez-vous déjà assisté à une audience en ces lieux auparavant ?

— Non.

— Très bien. Quelle est votre question ?

— J'aimerais la poser à l'officier de police. D'après l'autopsie, Gerald Hebb était mort depuis plus de six heures. Downs Road est une rue plutôt passante, non ?

L'agent parut clairement mal à l'aise.

— C'était en pleine nuit.

— Oui, mais quand bien même, est-il concevable qu'un corps ait pu rester là, couché dans la rue, étalé de tout son long, sans qu'aucun passant ne le remarque ?

— C'est ce qui est arrivé.

— Et vous êtes-vous demandé ce que Gerald Hebb, qui vit et travaille sur la rive sud de Londres, faisait sur son vélo en pleine nuit à Hampstead ?

Avant que l'agent puisse répondre, Mahdawi l'arrêta :

— J'ai dit que je vous permettais une question. Je n'ai pas dit que vous pouviez vous comporter comme une avocate. Dans tous les cas, ces considérations sont hors de propos. Comme je l'expliquais, la mission qui nous est assignée ici est claire. Il ne s'agit pas d'une enquête bâclée.

— Je croyais qu'une part de votre mission était d'établir où Hebb était mort, insista Frieda.

— Je vous remercie de ne pas me faire la leçon sur mes attributions. Le corps de M. Hebb a été trouvé dans la rue à côté de sa bicyclette. Rien ne suggère ni de près ni de loin qu'il ait pu mourir ailleurs.

— Moi, j'ai fait cette suggestion.

— Il suffit, coupa Mahdawi.

Il se tourna vers l'agent.

— Merci pour votre témoignage. La seule conclusion possible est que M. Hebb a été victime d'un homicide par imprudence. C'est mon verdict. Par la présente, j'autorise la remise du corps en vue de son inhumation.

Il ferma son dossier et se leva. Son regard se porta sur Frieda.

— Si vous avez d'autres sujets de préoccupation, merci de les soumettre à la police.

Vingt-deux

— Je ne comprends pas pourquoi vous avez fait une chose pareille.

Lola et Frieda rentraient le long du canal. Frieda ne répondant pas, Lola continua, tout en gesticulant frénétiquement :

— Vous avez un nouveau nom, une nouvelle identité. Vous vous êtes teint les cheveux, vous les avez coupés. Et moi j'ai dû tirer un trait sur mon ancienne vie, tout laisser tomber. Je dois vivre comme un agent secret. N'utilisez pas votre téléphone. Ne joignez personne. Que personne ne sache où vous êtes. Et pouf, vous déclinez votre identité en pleine audience devant deux policiers. Cet autre type, là, dans la salle, il avait tout à fait la tête d'un journaliste.

— Oui, convint Frieda. C'est l'effet qu'il m'a fait à moi aussi.

— Votre nom va sans doute surgir dans le rapport. Ou même dans les journaux. Dean Reeve le verra.

— Probablement.

— Alors pourquoi ? Vous avez agi sur un coup de tête, comme la fois où on vous a jetée en prison ?

— Les fois.

Lola rit.

— Vous voulez dire que c'est arrivé plus d'une fois ? Désolée, je n'ai pas compté.

— Ce n'était pas mon intention, répondit Frieda. Mais quand j'ai entendu cette version ridicule de la découverte du corps, je n'ai pas eu d'autre choix que d'intervenir. Ça ne servira sans doute à rien.

— Et si Dean Reeve s'aperçoit que vous étiez là ?

— J'espère qu'il le remarquera.

— Pourquoi ?

Lola, dans sa détresse, dansait presque sur place, agitant les mains.

— Je croyais qu'on était en danger.

Frieda s'arrêta et contempla l'eau à ses pieds.

— Quelque chose n'a pas fonctionné dans la mise en scène du meurtre de Gerald Hebb. Je ne sais pas ce que c'est. Peut-être qu'un objet a été prélevé sur les lieux. Peut-être que Dean a été dérangé pendant qu'il déchargeait le corps. Cette mort, qui était censée signifier quelque chose, est passée inaperçue. Mais le corps de Liz Barron, c'était une façon de nous taper sur la tête, de nous dire de faire attention.

— Vous voulez dire, de *vous* taper sur la tête.

— C'est bien ce que je veux dire, renchérit Frieda. Et je lui réponds que je suis là, à l'écoute.

Elles poursuivirent leur marche.

— Vous savez, en première année, j'ai eu une relation particulièrement intense avec un type. Je veux dire, le sexe…

Lola se tourna pour regarder Frieda.

— Vous êtes thérapeute, n'est-ce pas ? C'est possible de vous parler de sexe, non ?

— Vous pouvez aborder tous les sujets qu'il vous plaira.

— Ben, ça ressemblait enfin à quelque chose, pour la première fois. Vous voyez ce que je veux dire ?

— Oui, je vois.

— Le problème, c'est qu'on s'est mis à ressentir à la place de l'autre. Il est devenu obsédé par ce qu'il croyait que je pensais. Il avait l'impression de me connaître mieux que moi-même. Il finissait par m'expliquer, à moi, comment je fonctionnais. Ça a peut-être l'air gentil comme ça, et intime, mais en fait, ça a fini par devenir oppressant. On ne pouvait plus continuer. On se retrouve encore, de temps à autre, mais ce n'est pas là que je voulais en venir. Vous voyez bien où je veux en venir, non ?

— Je le vois, mais je ne crois pas que ça apporte un éclairage utile sur la situation.

— Mais cette façon que vous avez de parler de lui. C'est comme si vous interprétiez ses messages et leur trouviez un sens qu'aucun autre ne voit. Et qu'il faisait tout ça dans le seul but de communiquer avec vous. Ça paraît vraiment bizarre.

Frieda pressa le pas et reprit la parole sans regarder Lola.

— Certaines de mes patientes ont été victimes de viol. D'autres ont été poursuivies par des détraqués. Leur vie a été complètement détruite. Et à toutes on a dit, sans exception – leurs amis, leurs proches, les gens qui essayaient de les aider… –, qu'elles avaient fait quelque chose, forcément, qu'il y avait une forme de complicité.

— Ah, j'ai touché un nerf sensible, fit remarquer Lola.

— Vous n'avez touché aucun nerf. Vous vous trompiez.

— Mais si je crois que…

— Feriez-vous quelque chose pour moi ? coupa Frieda.

— Tout ce que vous voudrez. Je suis heureuse que vous me le demandiez.

— Pourriez-vous vous taire, que je puisse réfléchir ?

— Oh, répliqua Lola, déconfite. Si vous y tenez. Même si je pense que ça pourrait aider de parler de tout ça.

— Je veux dire : tout de suite.

Elles firent sans mot dire le reste du trajet qui les ramenait à l'appartement et gardèrent le silence pendant que Frieda tranchait du pain pour confectionner des sandwiches.

— Je peux poser une question maintenant ? dit Lola.

— Laquelle ?

— Vous pensez que Dean Reeve vous adresse un message ?

— Oui.

— Mais un message n'est-il pas censé signifier quelque chose ? Ou bien Dean vous dit-il juste : « Je suis làààà !… » ?

Frieda étala des tranches de fromage sur le pain.

— J'y ai réfléchi.

Le visage de Lola s'illumina.

— Donc on pense pareil ?

Frieda sortit un stylo. Une pile de lettres traînait sur la table. Elle s'empara de l'une d'elles et la contempla.

Côté pile, il était écrit : « À l'attention du propriétaire ». Elle la reposa côté pile sur la table. Elle traça dessus un trait ondulant à la façon d'un serpent, de bas en haut, puis de haut en bas.

— Ça, c'est la Tamise, indiqua-t-elle.

Elle tira une ligne qui en partait, tout droit, vers le haut.

— Et ça, la rivière Fleet.

Elle dessina un autre trait vertical depuis la Tamise sur la gauche de ce premier trait.

— Et ça, la Tyburn. Deux, ça ne veut peut-être rien dire, mais trois, ça forme un schéma.

Puis elle ébaucha encore une ligne sur la gauche.

— La Westbourne. Comme les trois rayons d'une roue.

— Où vient le prochain rayon ?

— Bonne question, encore une fois.

Frieda esquissa un autre trait, encore plus à gauche.

— Counter's Creek.

— Jamais entendu parler.

— C'est bien le problème avec ces rivières. Elles traversent Londres et les gens y naviguent, s'assoient sur leurs berges, rêvent sur leurs rives, et ensuite on construit dessus et on les oublie. Et Counter's Creek a été particulièrement oubliée. Mais elle est là. Quelque part.

Lola se pencha sur le graphique de Frieda.

— Donc on dirait bien qu'il mijote quelque chose le long de ces rivières secrètes ?

— Ça y ressemble.

— Qu'allez-vous faire, concrètement ?

Frieda sourit et se leva.

— Ah non, protesta Lola. J'ai mal partout, déjà. Mes ampoules grossissent à vue d'œil.
— Vous pouvez rester ici.
— Bien sûr que non, je peux pas rester là.

Quarry retrouva Neil Morrell près des lacs sur la colline Heath. La zone tout entière avait été récemment creusée et asséchée, et même si l'herbe avait vite repoussé, il était encore possible de deviner les traces de l'excavation. Morrell était coiffé d'une queue-de-cheval et son visage était sillonné de rides. Ses vêtements étaient éclaboussés de boue. Il prit la photo de Dean Reeve et l'examina.
— Bien sûr.
— Comment ça, bien sûr ?
— Je l'ai pas mal croisé dans le coin un temps. Il m'a même aidé avec ce bûcher. Il charriait des branches. Il disait qu'il avait du temps libre et qu'il aimait bien se rendre utile.
— Je vois.
— Pourquoi vous me demandez ça ?
— Juste le suivi de routine, répondit Quarry sans plus de précisions.
Dugdale avait bien insisté sur le fait de ne pas mentionner le nom de Dean Reeve.
— Vous l'avez vu, récemment ?
— Pas depuis un moment. Qui est-ce ?
— Comme je disais, on explore des pistes. Si vous le voyez, soyez gentil de nous contacter.
Il lui remit une carte.

Frieda et Lola commencèrent par l'immense cimetière de Kensal Green, une orgie de styles différents, de bancs ornementaux, de temples grecs en plastique, de ferronneries miniatures.

— Ce doit être le cimetière où l'on a le droit de faire n'importe quoi, j'ai l'impression, commenta Lola.

— Tant qu'on paie à l'avance, rétorqua Frieda. Il me plaît bien, dans le genre.

Elle regarda autour d'elle.

— La rivière commence ici, quelque part, mais elle traverse le canal et la voie ferrée. On va devoir faire un tour.

Elles ressortirent du cimetière et longèrent Wormwood Scrubs, passèrent devant l'hôpital et la prison puis descendirent un dédale de rues qui menaient sous la Westway, tandis que les véhicules grondaient au-dessus de leurs têtes.

— On n'a pas franchement l'impression qu'une rivière coule par ici, fit remarquer Lola.

— Vous avez raison. Ils ont vraiment tenté de l'oblitérer, celle-là, on dirait. Ils en ont fait un égout et ont dévié sa trajectoire. En général, on peut sentir le cours d'une rivière, en percevoir la forme, les pentes des anciennes rives, les coudes et les revirements. Je ne perçois pas Counter's Creek. Je n'y suis jamais arrivée.

Elles traversèrent péniblement Holland Park Avenue, juste à côté du rond-point, énorme et bruyant. Frieda les mena dans une petite ruelle et levant la main, indiqua un panneau : Clearwater Terrace.

— Ce nom est la seule vague évocation de la rivière, sur toute sa longueur, et ça ne suffit pas.

Quelques minutes plus tard, elle faisait remarquer à Lola qu'elles marchaient le long d'une voie ferrée.

— C'est ici que passait la rivière.

Elles parvinrent au cœur de Chelsea, cernées par des maisons aux façades de stuc blanc, de gros 4 × 4, des coffee shops et des épiceries fines. Frieda s'arrêta et secoua la tête.

— Je suis perdue, avoua-t-elle.

— Vous avez votre téléphone, rappela Lola.

— Ce n'est pas ça. Je parlais de la rivière. Je ne sais pas où elle est.

Lola examina les alentours.

— On n'est pas près de voir Dean Reeve pêcher dans le coin.

Les traits de Frieda se durcirent.

— Il n'y a pas de quoi plaisanter. On va juste se diriger vers la Tamise.

— C'est tout ? s'étonna Lola. On ne dirait même pas un ruisseau.

Elles se tenaient sur le petit pont, les yeux baissés sur l'estuaire. À présent, à marée basse, il n'en restait que de la boue humide, avec quelques filets d'eau s'écoulant goutte à goutte vers la Tamise à trois cents mètres de là. Elles passèrent sur l'autre rive, s'éloignant du fleuve. Ce bout-ci du bras de mer paraissait abandonné et à l'écart, avec une aire de stockage de matériaux d'un côté, et un parking de l'autre. Elles fixèrent longuement la boue, les pneus laissés là, les caddies et les vélos rouillés.

— C'est tout ce qu'il reste de Counter's Creek ? conclut Lola.

— Oui, confirma Frieda. Nous y sommes.

Chloë arriva tard au pub et vit Josef assis dans un coin, qui lui fit signe d'approcher. Alors qu'elle prenait place, elle s'aperçut qu'il était en compagnie d'un homme. Avec des anneaux aux deux oreilles, un sourcil décoré d'un piercing, de longs cheveux relevés en un chignon au sommet de sa tête. Son tee-shirt de l'Arsenal, à manches courtes, révélait des bras couverts de tatouages. Sa figure était ridée et burinée.

— Je te présente mon ami Stefan, dit Josef. Il nous aide.

— Je connais Stefan, rappela Chloë. Vous avez tous les deux fait videurs à cette soirée que j'ai organisée.

— Exact.

Chloë et Stefan se saluèrent du menton avec méfiance. Josef sortit un morceau de papier de sa poche et le déplia sur la table.

— Le balcon, constata Chloë. Je croyais que tu avais oublié.

L'esquisse faite au crayon en offrait une vue du dessus et de côté.

— Donc les poutres entrent tout droit dans la maison, fit-elle remarquer.

— Bien sûr.

— Je croyais que ça allait être simple.

— Simple, mais solide aussi. Et sûr.

— Donc ce sont des poutres. En bois.

— En acier.

— Et une terrasse en bois.

— Oui.

— Avec des rambardes en bois.

— Que tu peux faire, je pense.

— Bien sûr. C'est mon métier. Mais as-tu chiffré tout ça, Josef ? Ça va coûter un max.

— C'est pas problème.

— Quel est le coût de ces matériaux ? De ces poutrelles d'acier ?

— Il n'y a pas coût.

Chloë regarda Josef, puis Stefan, puis Josef à nouveau.

— Attends, coupa-t-elle. Attendez une seconde.

Elle se rendit au bar et commanda une pinte de Hedgehog amère qu'elle rapporta à leur table. Elle but une gorgée de la bière.

— Ces poutrelles, dit-elle. Cette terrasse en bois. On ne va pas les voler, si ?

Josef et Stefan échangèrent des regards.

— C'est des restes de chantiers, expliqua Josef.

— Des restes ?

— Des restes.

Chloë reporta son regard sur les plans.

— Parle-moi juste des rambardes, reprit-elle. Je ferai comme si je n'avais rien demandé d'autre.

Vingt-trois

Lola jouait de son harmonica avec enthousiasme. Parmi ces notes entrecoupées et tonitruantes, Frieda crut reconnaître une chanson.

— C'est un air de Noël.

— Je me suis dit qu'en m'entraînant assez, je pourrais le jouer aux fêtes. Ce n'est que dans deux mois. Vous le reconnaissez ?

— Le bon roi Wenceslas ?

— C'est ça ! Peut-être que je l'ai choisi parce que en un sens, ça nous ressemble, à vous et moi. Je veux dire, vous êtes comme Wenceslas et moi comme le garçon qui devait marcher dans ses pas pour ne pas se perdre quand tout était recouvert de neige. Si vous voyez ce que je veux dire.

Elle souffla un grand coup dans l'instrument.

— Qu'en pensez-vous ?

— Je crois qu'un peu d'entraînement peut faire des miracles.

Lola lui lança un regard blessé.

— Au moins j'essaie de m'occuper. Je suis censée faire quoi ici ?

— Vous pourriez chercher un autre sujet pour votre mémoire.

— Le premier se présente plutôt pas mal. « Dans les pas du Dr Klein ». Ou vous trouvez ça trop intrusif ? Honnêtement, si vous ne voulez pas que je le fasse, je m'abstiendrai.

— Pour être franche, ce n'est pas à ça que je pense pour le moment.

— Je ne serai pas prête à temps de toute façon. On devrait aller voir un film.

Lola jeta son harmonica sur le canapé.

— N'importe lequel. Où est le cinéma le plus proche ?

— On ne va pas au cinéma.

— Allons au pub, alors.

— Lola…

— Je sais ce qu'il signifie, ce *Lola*. Ce ton patient, navré. *Lola. Ah, Lola, cette pauvre idiote*.

— Ce n'est pas du tout ce que ça veut dire.

— J'y ai eu droit toute ma vie. *Oh, c'est juste Lola qui fait sa Lola.* Ne faites pas gaffe.

— Toute votre vie ?

— Dans une seconde, vous allez m'appeler « chérie ».

Ses yeux étaient embués.

— Je ne suis plus une enfant. Ne me parlez pas comme si j'en étais une. On m'a arrachée à tout ce que je connaissais et j'ai peur, je suis perdue, je m'ennuie et je ne sais pas ce que je suis censée faire. Pourquoi ne pourrait-on pas sortir ? Vous avez grillé notre couverture. Pourquoi sommes-nous plus en sécurité ici qu'ailleurs ? J'ai envie de voir un film. J'ai envie de faire un truc normal.

— Asseyez-vous, ordonna Frieda d'une voix douce.

— J'ai pas envie, rétorqua Lola en reniflant. Je veux rentrer chez moi.

— Où ça, chez vous ?

— J'en sais rien. J'ai peut-être pas de chez-moi, mais si j'en ai un, en tout cas c'est pas ici, où il n'y a même pas de farine dans le placard. Je peux même pas faire un gâteau.

Elle laissa échapper un hoquet, à mi-chemin entre le fou rire et le sanglot.

— Cette situation ne durera pas longtemps.

— On peut peut-être jouer aux cartes, si on ne sort pas. J'ai emporté un paquet avec moi. Oh, ne me dites pas que vous n'aimez pas les jeux de cartes. Je le savais.

— Je pourrais vous apprendre à jouer aux échecs.

— Aux échecs ?

— Oui.

— Mon père jouait aux échecs avec son pote. Mais il ne m'a jamais appris. Il disait que c'était trop mathématique.

Frieda l'observa intensément.

— Vous seriez bonne à ce jeu. Mais il faut apprendre à planifier plusieurs coups à l'avance, à envisager toutes les différentes possibilités.

Lola fit la moue.

— Je ne joue pas si l'idée est de m'enseigner comment devenir meilleure et plus intelligente.

Une heure plus tard, alors qu'elles avaient remisé l'échiquier et que Frieda se tenait debout à la fenêtre, fixant l'eau comme si elle y discernait des visages, Lola demanda :

— Vous regardez souvent par la fenêtre, avec cet air, perdu. À quoi pensez-vous ?

Frieda se retourna.

— Je me demandais ce que les quatre victimes ont en commun. Ou plutôt, les trois. Liz Barron est un cas particulier. Mais pourquoi Dean Reeve a-t-il choisi les autres ? À moins que son choix n'ait été aléatoire ?

— Peut-être ont-ils juste croisé sa route ?

— Oui. Peut-être. Mais j'essaie de trouver un détail qui les distingue.

— Quel genre de détail ?

— Je ne sais pas.

— Genre une tache de naissance, vous voulez dire, ou une mystérieuse cicatrice ?

— Non, ce n'est pas à ça que je pense.

— À moins qu'ils ne soient tous nés une année bissextile, ou le même jour ?

— Ce n'est pas le cas.

— Ou qu'ils soient tous nés dans le même petit village. Ou…

— Lola.

Frieda traversa la pièce et vint s'asseoir à côté d'elle.

— Je sais, râla Lola. Vous allez me demander de la fermer.

— Eh non. Je suis tout ouïe.

— Mais je dis juste n'importe quoi, s'étonna Lola.

— Dire des bêtises peut être une bonne chose. Ça peut être une façon de penser.

— Très bien.

Lola se frotta la tête, comme si ça l'aidait à réfléchir.

— À première vue, il n'y a rien de spécial chez eux. Ils ont des métiers chiants. L'un d'eux est marié. Un autre non. Ils ne vivent pas au même endroit. Ils n'ont pas le même âge.

— Commencez par le premier.

— Pourquoi ?

— Geoffrey Kernan a été tué à Barking, dans la banlieue du grand Londres. C'est le repaire de Dean Reeve. C'est dans ce coin qu'il a grandi, vécu. Peut-être a-t-il tué Kernan pour une raison. Peut-être Kernan le connaissait-il ou avait-il découvert quelque chose sur lui. Mais ensuite, il a trouvé un détail qu'il pouvait utiliser.

Un silence s'abattit, interminable.

— Je ne vois pas vraiment où vous voulez en venir, avoua Lola.

Plusieurs minutes s'écoulèrent avant qu'elle ne reprenne la parole.

— Il semblait ordinaire, quelconque. Le seul truc bizarre, c'est son nom.

— Quoi ? Kernan ?

— Non. Vous n'avez pas lu le reportage ? Son deuxième prénom. Udo. J'ai lu dans le journal qu'il en était très fier, d'après sa femme. Il racontait qu'aux yeux de la plupart des gens, il était Geoffrey, mais qu'il avait un côté « Udo », sa part secrète. *Udo*... c'est quoi, ce nom, déjà, pour commencer ?

— C'est allemand, répondit Frieda. Sans doute a-t-il un parent allemand.

— Comme Frieda, fit remarquer Lola.

— Oui, comme Frieda, convint-elle avant de se taire.

Elle dévisagea Lola, sans ciller.

— Udo, marmonna-t-elle. Udo.

— Je nous fais un thé ? Et on mange quoi, pour le dîner ? Pas d'œufs brouillés, ni d'œufs pochés, ni d'omelettes. Un truc moins grignotage. On cuirait un poulet et on regarderait un film sur mon ordi, quelque chose qui nous remonterait le moral. Comme ça, on pourrait se faire des sandwiches au poulet demain, avec plein de mayonnaise et quelques tomates, le truc que je préfère. Bien réconfortant.

— Passez-moi votre ordinateur.

Lola le fit glisser vers elle et Frieda se pencha sur le clavier. Lola vit combien son regard brillait, sombrement : pour une raison obscure, ce regard l'effraya et elle s'enveloppa de ses bras.

— Poulet rôti avec pain à l'ail, murmura-t-elle pour elle-même.

Ça cognait dans sa tête.

Frieda tapa des noms et trouva le site qu'elle cherchait.

— Oui, lâcha-t-elle enfin, après une longue pause durant laquelle Lola s'était retenue de crier.

— Quoi ?

— Venez voir.

Ensemble, elles étudièrent le calendrier à l'écran.

— Ceci est un calendrier des saints patrons, indiqua Frieda. Examinons octobre.

— Mais…

— Chut. Regardez. 3 octobre. Que voyez-vous ?

— Ewald, lut Lola. Paulina. Bianca. Oh !

Elle s'interrompit, puis ajouta :

— Udo.

— Oui. Et le corps de Geoffrey Udo Kernan a été retrouvé le 3 octobre. Maintenant regardez le

6 octobre, jour où l'on a retrouvé le corps de Gerald Hebb.

— Bruno, Adalbero, Melanie, Brunhild, Gerald.

— Et le 10 on trouve Samuel, pour Lee Samuels.

— Mais pour Liz Barron ? On est censées chercher une fête pour les Elizabeth ? Ou pour les Barron ?

— Là, c'est autre chose. C'est ce qu'il fait aux gens qui lui courent après. Ou qui croient l'avoir compris.

— Vous semblez bien le comprendre, vous, rétorqua Lola. Et vous lui courez bien après.

Frieda se tourna vers elle. Lola trouvait ce regard franc presque insoutenable.

— Vous pensez que je lui cours après ? Comment le pourrais-je ?

— Mais qu'est-ce que ça veut dire, alors ? Je pige pas. C'est juste une façon de… j'sais pas, de se la péter ?

— Il y a un autre nom à chercher.

— Quel autre nom ? Il n'y a eu personne d'autre.

— Regardez plus loin. Le 19 octobre.

Lola lut les noms à haute voix.

— Isaac. Paul.

Et là, elle vit.

— C'est bien ça. Frieda. Ma fête.

— 19 octobre. C'est après-demain ?

— Oui.

— Non. *Non !* Il faut qu'on aille trouver la police. On y va, et *tout de suite*. On aurait dû y aller avant. Je vous en prie.

Lola se leva et tenta de tirer sur le bras de Frieda, mais celle-ci se contenta de sourire et se dégagea.

— Tout va bien.

— Comment ça, tout va bien ? C'est bon là, c'est allé trop loin. Vous êtes malade.

— C'est le message que j'attendais. Au moins maintenant, je peux agir.

— Agir ? Comment pouvez-vous agir ? Que pouvez-vous faire ? Tout ce que vous…

Lola s'interrompit et resta bouche bée.

— Oh non, Frieda. Ne me dites pas… Vous ne pouvez pas.

— Le 19 octobre, à Counter's Creek. C'est ce qu'il me dit.

— Vous êtes folle. Je refuse d'entendre ça. Je n'aurais jamais dû vous écouter. Non.

Lola plaqua ses mains sur ses oreilles et ferma les yeux de toutes ses forces. *On dirait un bambin terrifié*, songea Frieda.

Elle se leva et s'approcha d'elle, posa ses mains sur ses épaules. Lola laissa retomber ses bras et ouvrit les yeux.

— Vous ne voyez pas ? dit Frieda, d'une voix douce. Dean a assassiné quatre personnes pour me passer ce message. Quatre vies rayées de la carte. Vous pensez que je ne devrais pas y aller juste parce que je ne veux pas perdre la mienne ?

— Évidemment que je le pense. C'est ce que penserait toute personne saine d'esprit. La police peut l'attraper. Dites-leur tout ce que vous avez compris et laissez-les faire leur boulot. Vous pouvez vous cacher jusqu'à ce que ce soit fini.

— Ça ne le sera jamais tant que je n'y aurai pas mis fin moi-même.

— Je ne vous crois pas. Je ne vous crois pas du tout. Je n'ai rien à faire ici. Je regrette de vous avoir trouvée. Je veux être en train de rédiger un mémoire bien chiant sur les récentes avancées sur l'empreinte génétique et boire des coups avec mes potes et me désoler que mon tee-shirt blanc préféré soit ressorti rose après une machine.

— Mais vous m'avez trouvée.

— Je vous en prie, n'allez pas à Counter's Creek. S'il vous plaît, Frieda.

Frieda ôta ses mains des épaules de Lola et recula d'un pas.

— Des gens ont été tués par ma faute. Croyez-vous que j'accorde une telle importance à ma vie que je puisse laisser ça continuer ? Croyez-vous que je sois prête à mettre des gens en danger, des étrangers, mais aussi des gens que j'aime, juste parce que j'ai peur ?

— Mais je ne crois pas que vous ayez peur, *justement*, rétorqua Lola. Je pense que vous êtes suicidaire.

— Je ne suis pas suicidaire.

— Vous ne tenez pas à vivre.

— J'ai une nièce, répliqua Frieda.

Tout en parlant, elle revit le visage de Chloë : Chloë avec son obstination, sa colère, son besoin d'affection.

— Elle a à peu près votre âge. On a traversé bien des choses ensemble. Il n'y a pas longtemps, un copieur de Dean Reeve l'a droguée et enlevée.

— J'ai lu des trucs là-dessus.

— Oui. Quand c'est arrivé, quand j'ai compris qu'elle s'était retrouvée en danger par ma faute, j'ai su que je ferais n'importe quoi pour l'arrêter. Il y avait eu trop de dégâts, trop de morts. Je n'ai pas l'intention de mourir, mais la mort ne me fait pas peur. En revanche, je redoute, oui, d'être la cause de la mort d'autrui.

— Mais…

— Ça suffit.

Frieda leva des poings serrés, puis les laissa retomber.

— Vous m'entendez ? Il faut que ça cesse. C'est à moi d'y mettre fin.

— Et vous allez juste vous y rendre, comme ça ? Vous avez une arme ?

— Bien sûr que non, je n'ai pas d'arme.

— Vous ne pouvez pas vous en procurer une ? Vous connaissez certainement des gens susceptibles de vous arranger ça. Vous savez vous en servir ?

— Lola, je ne compte pas me procurer une arme.

— Quoi alors ?

— Je n'en sais rien.

— C'est ça, votre plan ?

Chloë et Jack étaient attablés dans un restaurant italien, devant un plat de spaghettis accompagné de vin rouge ; ils avaient été amants, un temps. Aujourd'hui, ils apprenaient à être des amis.

Josef et Reuben étaient chez Reuben. Josef préparait un plat ukrainien, un ragoût d'agneau, une bouteille de vodka à portée de main ; il fredonnait quelque chose dans sa barbe. Reuben, vêtu de sa robe de chambre marocaine, des lunettes perchées au bout de son nez, lisait un livre sur les pratiques contemporaines du deuil. De temps à autre, il levait la tête et contemplait le vide, perdu dans ses pensées. À l'étage, le fils de Josef, Alexei, jouait à un jeu vidéo avec un nouveau copain, le premier qu'il ait invité depuis qu'il avait commencé l'école.

La mère de Chloë, Olivia – la belle-sœur de Frieda – avait rendez-vous pour la première fois avec un homme qu'elle avait rencontré dans le bus quelques jours plus tôt : elle l'observait tandis qu'il se tenait debout au bar, passant commande d'une voix forte, et se demanda ce qu'elle pouvait bien ficher là, et pire, ce qu'elle faisait de sa vie tout court.

Karlsson lisait un livre à sa fille Bella, qui avait la tête posée sur son épaule tandis qu'il tournait les pages. Ses cheveux lui chatouillaient la joue et il sentait la chaleur de son petit corps. Il aurait pu être heureux, si ce n'est que Frieda avait disparu. Il se demanda où elle était à présent, ce qui pouvait bien se passer dans sa tête.

Il faisait nuit et les nuages masquaient la lune. Le vent soufflait par rafales. La marée monta dans la Tamise et bientôt l'eau recouvrit la boue de Counter's Creek. Des vaguelettes vinrent clapoter contre la rive.

Vingt-quatre

Frieda consulta sa montre.

— Il est temps d'y aller.

— Vous savez quel jour, répliqua Lola. Tout du moins, vous croyez savoir. Mais vous ne savez pas à quelle heure vous êtes censée y être.

— Je vais y aller, simplement, et attendre.

— Je peux venir ? demanda Lola.

— Bien sûr que non, répondit Frieda.

— Je pourrais rester à bonne distance.

— Aucune distance ne suffira à vous protéger.

— Je ne peux pas vous être utile d'une manière ou d'une autre ?

— Si, en restant ici.

— Et puis quoi ? En attendant d'apprendre la nouvelle au journal ?

— Vous avez le téléphone que je vous ai donné.

— Oui.

— Je reviendrai, ou alors je vous appelle.

— Ou ?…

— Si vous êtes sans nouvelles…

Frieda réfléchit.

— Quand la nuit tombera, appelez la police. Ou mieux.

Elle prit un bloc-notes dans ses papiers, écrivit dessus et arracha la page, qu'elle remit à Lola.

— Appelez Malcolm Karlsson. C'est un inspecteur de police. Et un ami. Il aura une idée.

— Pourquoi ne pas l'appeler maintenant ?

— Stop, ordonna Frieda. Faites simplement ce que je vous dis.

— N'y allez pas, supplia Lola.

Elle se mit à pleurer, à gros bouillons qui coulaient le long de ses joues.

— N'y allez pas, Frieda.

— Rappelez-vous ce que je vous ai dit pour Karlsson.

Frieda aurait préféré marcher mais pour une fois, décida que ce serait trop loin et trop long. Elle se rendit donc sur la grande artère la plus proche et héla un taxi.

L'inspecteur principal Dugdale était dans son bureau, en train de passer une nouvelle fois en revue un tas de témoignages, quand un jeune officier, une femme, entra sans frapper. Elle était hors d'haleine.

— Vous avez un appel, annonça-t-elle.

— À quel sujet ? demanda-t-il sans lever la tête.

— Celui des meurtres.

Il envoya valser le dossier.

— On en reçoit des centaines au sujet des meurtres.

— Celui-là, vous allez le prendre.

Durant la longue course dans Londres, Frieda ne regarda même pas par la fenêtre. C'est tout juste si elle réfléchit. Assise, les yeux clos, elle ressentait une forme de calme, un sentiment d'irrévocabilité. La circulation était dense en traversant Hyde Park et Kensington, et Frieda consulta sa montre une fois ou deux, mais cela n'avait guère d'importance. Cela attendrait. Il attendrait. Elle donna pour instruction au taxi de la déposer sur King's Road, à quelques minutes à pied, à peine, de Chelsea Embankment. Elle marcha jusqu'au fleuve et s'appuya à la rambarde, contemplant l'eau en contrebas. La marée montait, avec de violents courants et remous. Un bateau de touristes passa. Deux petits enfants debout sur le pont arrière du bâtiment la regardèrent droit dans les yeux par-dessus les flots et la saluèrent. Elle leur rendit leur salut, ce qui les fit rire. Elle se détourna et longea le quai, le fleuve sur sa gauche, puis s'en éloigna, suivant Lots Road le long de la rive de la crique. Elle arriva à l'endroit où elle était venue avec Lola. Et maintenant, quoi ? Elle connaissait le lieu, elle connaissait la date. Il ne lui restait plus qu'à attendre.

Elle examina alentour les somptueux immeubles de bureaux de Chelsea Harbour. Ce n'était pas le terrain de jeu ordinaire de Dean Reeve. Il était plus de l'est de Londres, des quartiers de Poplar, de la rivière Lea et de l'île aux Chiens. Elle aurait volontiers imaginé un coin plus isolé, perdu, plus sombre. Mais c'était lumineux, baigné de soleil. Il n'y avait pas foule, mais l'endroit n'était pas désert non plus. Alors qu'elle se penchait par-dessus la rambarde, le regard plongé dans l'estuaire – désormais envahi par la marée haute –, une femme passa dans son dos, avec une poussette, suivie d'un homme en costume parlant d'une voix forte dans son téléphone, de deux autres hommes portant casques et gilets fluo. Peu importait. Elle ne savait pas où aller sinon.

Elle tourna le dos au bras de mer et fit face à la route. De l'autre côté, une camionnette bleu foncé était garée, à cheval sur le trottoir. Un jeune homme grand, aux cheveux courts, en survêtement, la doubla en courant, d'une longue et lente foulée. Frieda pénétra dans le port de Chelsea proprement dit. Quatre-vingts ans plus tôt, l'endroit aurait été rempli de bateaux en train de décharger, avec des grues, des dockers et des manutentionnaires. Aujourd'hui, tout n'était que bureaux, restaurants et bars. S'il restait une ancre, c'était à titre décoratif. En prenant à gauche, Frieda remarqua les passants à proximité : un jeune couple bras dessus, bras dessous, une femme en tailleur à fines rayures. Frieda observa plus attentivement un homme vêtu d'un blouson d'aviateur gris et d'un bonnet de laine. Non, ce n'était pas lui. Quelque chose lui paraissait étrange, néanmoins. Elle n'aurait su dire quoi au juste mais c'était comme si le temps s'apprêtait à tourner à l'orage, ou qu'on avait joué une fausse note dans un orchestre. Elle atteignit la dernière étendue de l'estuaire, là où il se fondait dans le vaste fleuve. Les temps avaient changé, mais pas ça, pas l'afflux et le reflux incessants de la mer. Recelant tant de choses, dont le corps de l'homme qu'elle avait aimé.

Elle fit demi-tour et revint sur ses pas. Elle consulta sa montre. Il s'écoulerait peut-être des heures. Peut-être devrait-elle attendre que la nuit tombe. Mais peu lui importait. Alors qu'elle traversait dans l'autre sens le petit pont enjambant le bras de mer, elle s'arrêta pour laisser passer l'homme en survêtement. Il avait l'air d'un joggeur assidu. Sans doute longeait-il la berge, aller-retour. Le choix était peu inspiré. Frieda se figura des trajets plus intéressants : le long de la rive, traversée du pont de Chelsea, pour longer ensuite la rive sud via Battersea Park et remonter vers le nord par Wandsworth Bridge.

Elle se pencha et s'abîma dans la contemplation des flots, des lents et puissants courants, et se retrouva comme en transe. Quand elle se retourna, une scène inattendue s'offrit à elle, qu'elle mit quelques secondes à comprendre. Le coureur, l'élégant joggeur à la lente foulée, ne courait plus. Il venait vers elle, pâle et agité. Il était luisant de sueur et la regardait droit dans les yeux. Brièvement, elle se demanda s'il pouvait s'agir de Dean Reeve tout en sachant que ce ne pouvait être le cas. Cet homme était plus grand et plus jeune et ne lui ressemblait en rien. Il n'en continuait pas moins d'approcher. Frieda n'aurait pu s'enfuir même si elle l'avait voulu, et elle ne le désirait pas. Elle était venue pour ça. L'homme était devant elle à présent, haletant et tremblant, le regard éteint.

— Il a dit un nom, dit-il d'une voix flageolante. J'ai oublié lequel.

— Dean Reeve ?

— Non, non. C'était un nom de femme.

— Frieda Klein ?

— Oui. Frieda Klein.

— C'est moi.

— Il m'a dit de vous donner ceci, et qu'après je pouvais m'en aller.

L'homme tendit un bout de papier, que Frieda prit. C'était une feuille de papier ligné, pliée en deux, avec un coin corné. Elle la déplia. Une écriture familière apparut, rédigée en capitales tracées au feutre épais :

JE N'AI PAS PU. REGARDEZ AUTOUR DE VOUS.

Elle n'eut pas besoin de le faire. Soudain, ce fut le branle-bas autour d'elle, des cris s'élevèrent. Deux hommes bousculaient le joggeur à terre. Frieda ressentit un instant de panique, puis tout s'éclaircit dans son esprit et elle ne ressentit plus que colère. Le couple qu'elle avait vu tout à l'heure venait vers elle au pas de course. L'homme était au téléphone. La femme baissa les yeux sur le joggeur puis les releva sur Frieda.

— C'est Dean Reeve ? demanda-t-elle.

— Bien sûr que non, ce n'est pas lui. Mais qu'est-ce que vous foutez là, tous ?

La femme sortit un badge et le présenta à Frieda.

— Je n'ai pas besoin de le voir. Je sais qui vous êtes.

Le coureur se débattait et s'époumonait sous la prise des deux hommes. Le troisième homme se joignit à eux et le plaqua contre le trottoir d'un bras passé en travers de sa gorge.

— Arrêtez ! hurla Frieda. Vous allez le tuer.

Et comme personne ne lui prêtait attention, elle tenta d'écarter le dernier venu. Elle sentit qu'on l'attrapait et répliqua d'un coup de coude. On entendit un cri. Elle fut empoignée plus fermement et écartée de la scène par deux jeunes gens en costume. Un autre homme en costume froissé, plus âgé que les deux autres et plus costaud, lui faisait face.

— Lâchez-la, ordonna-t-il.

L'un des jeunes recula, une main plaquée sur la figure.

— Elle m'a cogné le nez, se plaignit-il. Ça saigne !

Il lança à Frieda un regard noir.

— Mais que se passe-t-il ici ? dit le plus âgé, en passant à l'enchevêtrement humain au sol, désormais immobile.

Il se pencha sur le coureur.

— On doit vous poser quelques questions. On peut vous relâcher ?

— Évidemment que vous pouvez le faire, coupa Frieda.

Les trois hommes desserrèrent leur prise et se relevèrent, s'écartant du coureur, toujours étalé au sol. *Il n'est pas loin de pleurer*, se dit Frieda.

— Aidez-le à se redresser, ordonna le plus âgé d'un ton plus amène.

Il regarda Frieda.

— Que vous a-t-il donné ?

Frieda lui remit la note, qu'il lut.

— Il nous aura vus, commenta-t-il.

— Oui, il a dû vous voir.

— Je sais qui vous êtes, dit-il. Accordez-moi une minute.

Puis il se tourna vers le joggeur.

— Inspecteur divisionnaire Dugdale. Je dois vous poser quelques questions. Comment vous appelez-vous ?

— Duffy, répondit l'homme. Paul Duffy. Je faisais juste mon jogging.

— Qui vous a donné ceci ?

Le joggeur secoua la tête.

— Allez, mon ami, il faut nous le dire.

Duffy considéra l'assemblée autour de lui puis, l'air hébété, Frieda.

— Il m'a pris mon téléphone, expliqua-t-il. Il m'a obligé à le déverrouiller et il l'a examiné. Il a dit qu'il connaissait mon nom, qu'il savait où j'habitais et qu'il savait que j'avais des enfants.

Il fondit en larmes.

— Tout va bien, répliqua Dugdale. Vous êtes en sécurité à présent.

— Je ne dirai rien. Je n'ai rien dit.

— Vous êtes en sécurité, répéta Dugdale.

Il fit signe à Frieda de s'éloigner du groupe.

— Il va falloir m'expliquer ce qui se passe, docteur Klein.

— Qu'y a-t-il à expliquer ? Vous avez tout fichu en l'air.

— Je pensais plutôt à une déposition de votre part.

— C'est ça, ma déposition. En voici une autre : regardez autour de vous. Voilà ce que dit le mot. Vous n'avez rien trouvé, vous avez tout raté.

Elle garda le silence quelques instants, l'air sombre.

— Je pensais en finir. Ça aurait pu être le cas.

— Il va falloir vous expliquer.

— Ah oui ?

Son visage affichait une expression que Dugdale eut du mal à lire.

— Venez au commissariat et racontez-nous tout, suggéra-t-il d'un ton plus gentil.

Elle se détourna, et quand elle reprit la parole, ce n'était pas à lui qu'elle s'adressait.

— Que va-t-il se passer à présent, vraiment je n'en sais rien…

— Ce qui va se passer à présent, c'est qu'on va faire notre boulot et qu'on l'attrapera. Et c'est notre boulot : vous pouvez vous en remettre à nous.

— Je ne tiens pas à vous empêcher de faire votre boulot, répliqua Frieda. Je m'en vais.

— Vous ne pouvez pas vous en aller comme ça.

— Pourquoi pas ?

— Parce que pour être en mesure de faire mon travail, j'ai besoin de savoir certaines choses. Que vous allez devoir me confier sans délai. Si nous venons d'interrompre un rendez-vous entre vous et Dean Reeve, vous êtes dans l'obligation de faire tout ce qui est en votre pouvoir pour nous aider à le localiser, à l'arrêter.

— Oui, répondit-elle. Mais pas maintenant, pas ici. C'est dangereux, ne le voyez-vous pas ?

— Vous serez plus en sécurité si vous coopérez avec nous. Nous pouvons vous protéger.

Elle eut un geste impatient de la tête.

— Non, vous ne le pouvez pas. Je viendrai vous trouver bientôt.

— Laissez-moi votre numéro de téléphone, au moins.

— Je vous appellerai.

Dugdale la dévisagea, puis sortit son portefeuille et en préleva une carte qu'il lui remit.

— Si vous parlez à Malcom Karlsson, ajouta-t-elle, dites-lui que vous m'avez vue. Et que je vais bien.

— Pourquoi ne pas le lui dire vous-même ?

— Si vous le voyez.

Elle emprunta un chemin compliqué pour rentrer chez elle, sautant à bord d'un bus, puis d'un métro, et changeant plusieurs fois avant de prendre encore un nouveau bus. C'est plus d'une heure après avoir quitté Counter's Creek qu'elle put regagner l'appartement. Lola se précipita vers elle et, avant que Frieda ait pu dire quoi que ce soit, se pendit à son cou.

— J'avais peur de ne jamais vous revoir. Je ne savais pas quoi faire.

Frieda se dégagea de son étreinte et la repoussa.

— Quoi ? dit Lola.

— C'était vous, rétorqua Frieda.

Lola recula encore, comme pour se mettre hors de portée.

— Je n'avais pas le choix. Je ne pouvais pas vous laisser partir et mourir comme ça.

Frieda ne répondit rien.

— Vous attendez que je vous présente des excuses ? Ben désolée, je ne suis pas désolée. J'ai fait ce que j'ai fait et je ne le regrette pas.

— Vous ne le regrettez pas ? Je peux vous jurer qu'un jour vous rêverez de monter à bord d'une machine à remonter le temps, et de vous empêcher de faire ce que vous avez fait aujourd'hui.

Ils durent s'y mettre à six – Josef et Stefan, Chloë et Jack ainsi que deux amis de Stefan – pour sortir les poutrelles d'acier de la camionnette et les monter au deuxième étage de la maison de Frieda. Pendant qu'il hissait la seconde en haut des marches, l'un des amis de Stefan recula contre un mur, percuta un miroir qui tomba par terre et vola en éclats. Tous le contemplèrent, consternés.

— Désolé, dit Josef.

— Non, répondit Chloë. Frieda m'a dit un jour : « Il ne faut rien posséder qu'on craigne de perdre ou de casser. »

— Mais c'est un miroir, insista Josef. Sept ans de malchance.

— Frieda a déjà eu ses sept ans de malheur, corrigea Chloë.

Vingt-cinq

Tout d'abord, Reuben crut qu'il s'agissait de l'un des sans-abri hébergés dans le foyer plus haut dans la rue. Ce ne serait pas la première fois qu'ils s'abritaient sous le porche de l'Entrepôt, ou s'y réfugiaient pour piquer un somme. Mais en approchant, il vit que la silhouette à terre formait un angle étrange, puis il découvrit un sac à dos en toile à son côté, familier. Et reconnut les cheveux châtain clair retenus en arrière par une queue-de-cheval, ainsi que les bottes noires.

Il se mit à courir tout en tirant son portable de sa poche, se débattant pour l'ouvrir de ses doigts malhabiles. Il tomba à genoux à côté du corps, et tout en composant le numéro des urgences, tenta de trouver un pouls, mais Jonah Martin était mort, il le savait. Alors qu'il commençait de masser et d'exercer des pressions sur la poitrine de son jeune collègue, Reuben perçut un faible bruit, et se rendit compte que Jonah portait des écouteurs quand c'était arrivé, et que la musique jouait encore.

— Reviens, Jonah, supplia-t-il, mais les yeux bleus de Jonah fixaient le ciel sans le voir.

Il entendit des pas derrière lui et se retournant, découvrit Paz qui les regardait, paralysée par le choc.

— C'est Jonah, précisa-t-il inutilement.

Et Paz s'agenouilla à côté de lui, tandis que sa chevelure noire retombait comme un châle sur le corps du défunt.

— Jonah Martin venait de commencer à travailler à l'Entrepôt, indiqua Dugdale à son équipe assemblée quelques heures plus tard.

Il contempla les hommes et les femmes qui s'étaient entassés dans la grande salle de réunion, vit combien leurs yeux brillaient, leurs expressions qui trahissaient une excitation à peine déguisée. Ce drame les passionnait, comprit-il : c'était la plus grosse enquête qui leur serait jamais confiée. Mais rien dans cette histoire ne le réjouissait. Il y avait eu quatre meurtres, il connaissait le nom de l'homme qu'ils pourchassaient – et pourtant se sentait plus loin de l'attraper que jamais.

— Il avait trente et un ans et vivait avec sa petite amie, qui attend leur premier enfant. On l'a étranglé, probablement pendant qu'il ouvrait la porte du centre. La clé était sous son corps. Sans doute était-il mort depuis moins d'une heure quand le Dr McGill l'a trouvé. Nous attendons les rapports préliminaires.

Il préleva une gorgée d'eau dans le verre posé devant lui, puis reprit :

— Apparemment, rien n'a été volé. Son iPod était toujours sur lui – de fait, il jouait encore. Son portefeuille se trouvait dans son sac à dos, avec soixante-dix livres dedans, et plusieurs cartes de crédit. On n'en est qu'au tout début, mais il avait semble-t-il un grand nombre d'amis et *a priori* pas d'ennemis. Le

Dr McGill le tenait manifestement en haute estime, d'après ce qu'il en a dit.

— Pensez-vous… commença un jeune homme au fond de la pièce, avant de s'interrompre.

— Vous alliez demander si ce meurtre a un rapport avec les autres enquêtes médiatisées que nous avons sur les bras, poursuivit Dugdale. De prime abord, rien ne semble les relier. Ils ont été planifiés à l'avance et mis en scène de manière délibérée, avec soin. Jonah Martin est mort là où on l'a trouvé. En tout cas, à première vue.

— Que voulez-vous dire ? demanda Quarry.

— Comme vous le savez, la nuit dernière – comment tourner ça gentiment ? –, nous avons tenté d'intercepter une rencontre entre Frieda Klein et Dean Reeve. Le moins qu'on puisse dire, c'est que nous avons foiré. Reeve ne s'est jamais montré, mais il était là. Ce matin, un psychanalyste a été assassiné sur le pas de la porte du centre auquel le Dr Klein est étroitement associé.

— Donc, vous suggérez que Dean Reeve a assassiné Jonah Martin.

— C'est mon hypothèse de travail, et je serais très surpris – mais heureux – de découvrir que ce n'est pas vrai. C'est un message.

— Que cherche-t-il à nous dire ?

— À nous ? Rien. La question est : que dit-il à Frieda Klein ? Et la réponse est : on n'en sait foutrement rien. Rien de bon en tout cas.

La porte s'ouvrit sur un agent qui vint chuchoter quelque chose à l'oreille de Dugdale. Il se leva.

— Peut-être suis-je sur le point de l'apprendre, néanmoins, indiqua-t-il. Elle est là. Quarry, briefez tout le monde.

Il balaya du regard les agents assemblés dans la pièce : certains semblaient à peine sortis de l'école.

— Une dernière chose : cette affaire est d'envergure nationale à présent. Internationale, même. La presse se déchaîne. Tout le monde va rester scotché à sa télé et jouer à l'expert. Pour l'amour du ciel, bouclez-la.

— Je vous en prie, asseyez-vous, proposa-t-il à Frieda.

Il redoutait qu'elle ne disparaisse soudainement, comme elle l'avait fait la veille, quand elle s'était fondue dans la grisaille.

Elle secoua la tête et resta debout. Il avait vu de nombreuses photos de Frieda Klein, quand elle avait les cheveux longs et noirs, et avait toujours pensé qu'il y avait quelque chose de dérangeant dans le regard franc qu'elle posait sur vous, même à travers un objectif. Aujourd'hui ses yeux brillaient dans son visage pâle comme si un feu brûlait en elle.

Elle fit un pas vers lui.

— Jonah Martin, commença-t-elle.

— Vous le connaissiez ?

— Non. Je ne l'ai jamais rencontré. C'était mon remplaçant.

— À l'Entrepôt ?

— Oui.

— Vous voulez dire, poursuivit Dugdale, qu'il a payé pour vous quand le rendez-vous d'hier n'a pu avoir lieu.

— Oui. On l'a substitué à moi.

— Êtes-vous en train de dire que Reeve s'apprêtait à vous tuer – que vous vous rendiez là-bas hier pour y être tuée ?

Frieda secoua la tête avec impatience.

— Ce n'est pas la question. Ce qui compte, c'est que pour le moment, Dean Reeve est maître de la situation. Il mène la danse. Il a tué Geoffrey Kernan. Il a tué Lee Samuels. Il a tué Gerald Hebb.

— Jamais entendu parler de celui-là…

— Il a tué Liz Barron. Et voilà qu'il a tué Jonah Martin. Et il ne s'arrêtera pas là.

— On ne peut pas dire que vous ayez vraiment foi en la police.

— Vous connaissez mon histoire. Ça vous étonne ?

— Ce n'est pas un génie.

— Nul besoin de l'être. Il est obsédé. Il n'a qu'un seul et unique objectif.

Frieda prit une grosse enveloppe dans son sac et la tendit à Dugdale par-dessus la table.

— J'ai tout écrit, expliqua-t-elle. Aussi clairement que je le pouvais. Je crois que les actes de Dean Reeve sont gouvernés par un schéma. Je ne l'expliquerai pas maintenant en détail, parce que tout est dans cette lettre, mais vous verrez qu'il dispose ses victimes sur l'emplacement de rivières cachées.

Dugdale cligna des paupières.

— Ça me semble un peu tiré par les cheveux.

— C'est bien ce qu'il fait, pourtant. Qui plus est, la raison pour laquelle il les tue puis attend avant de les mettre en scène est liée à leurs noms. Vous le constaterez quand vous lirez mes explications. Cela ne s'applique pas à Liz Barron et pas à Jonah non plus. Ceux-là, c'étaient… des messages d'un autre genre. Et je vous en prie, c'est important.

Elle fit un pas en avant, le sondant du regard.

— Je suis convaincue qu'il faut se pencher plus particulièrement sur le premier décès.

Un silence s'abattit.

— Qu'entendez-vous par « se pencher plus particulièrement » ? demanda Dugdale. On fait quoi, à votre avis ? On a mené une enquête sur chacun des meurtres. C'est notre boulot.

— Je sais, je sais, répondit Frieda avec impatience. Ce que je veux dire, c'est que les deuxième et troisième meurtres ont été commis pour correspondre au schéma. Geoffrey Udo Kernan, Geoffrey *Udo* Kernan, et c'est le Udo qui compte ici. Placé à la source de la Fleet le jour de sa fête.

— Docteur Klein… commença Dugdale, mais elle leva une main.

— Vous devez le croire. C'est là que tout a commencé. C'est son meurtre qui explique le mode opératoire de ces assassinats. Les autres sont calqués dessus. Encore autre chose : il y a un aspect territorial à cette histoire. Dean Reeve a grandi dans le quartier de Plaistow.

— Kernan vivait à Barking.

— Ce n'est qu'à quelques kilomètres de distance. C'est son coin, c'est ce qu'il connaît.

— Très bien, admit Dugdale. C'est son coin. Et donc quoi ? Où voulez-vous en venir ?

— J'ai juste l'impression que si vous voulez avoir la moindre chance de trouver Dean Reeve, c'est par Geoffrey Kernan qu'il faut commencer. Ça doit être irritant pour vous, je le sais.

— Quoi donc ?

— Que quelqu'un d'extérieur à la police fasse des suggestions.

— Pourquoi cela devrait-il être irritant ? Les contributions sont toujours les bienvenues. Tout comme je suis certain que vous faites bon accueil à ce que je pourrais suggérer sur la façon de mener votre travail de psy.

— Vous êtes évidemment libre d'ignorer tout ce que j'ai dit.

— Nous examinerons vos points de vue, répliqua Dugdale d'une voix égale. Tout comme nous prenons en considération toutes les opinions pertinentes.

— C'est à vous de voir.

— Évidemment que c'est à moi de voir. À *nous* de voir, corrigea-t-il.

Puis il fronça les sourcils.

— Il y a un truc qu'il faut que vous sachiez. Quand nous avons examiné l'ordinateur de Kernan, nous avons retrouvé des recherches effectuées après sa mort. Sur l'inspecteur Karlsson.

— Oh.

À peine un mot ; plutôt un souffle. Son regard était très noir.

— Selon toute vraisemblance, Dean Reeve tenait à ce qu'on tombe dessus.

— Oui. Il veut que vous sachiez, tous, qu'il se joue de nous.

— C'est ce qu'on verra.

— Qu'en dit-il ?

— Karlsson ? Il s'inquiète pour vous.

— Eh bien…

Elle recula d'un pas, fit mine de se détourner.

— Je tiens à vous aider et je ferai tout ce qui est en mon pouvoir. Mais vous ne devez pas tenter de me suivre, et vous n'arriverez pas à me trouver – parce que si vous le pouvez, alors lui aussi.

Elle fixa Dugdale de son regard pénétrant.

— Je dois y aller.

— Une minute, la retint-il. Ce n'est pas aussi simple que ça. Vous croyez faire quoi, là ?

— Je suis censée répondre à la question ?

— Je suis un officier de police dirigeant une enquête pour meurtres dans laquelle vous êtes impliquée. Je crois qu'il est de votre devoir de coopérer.

— Je suis là. J'ai répondu à vos questions. En ce qui concerne le reste, je croyais vous l'avoir dit : si je bouge, c'est pour que Dean Reeve ne puisse pas me trouver.

— Et puis quoi ? Vous comptez vous cacher pour toujours ?

— Ça ne durera pas éternellement. Vous verrez d'après les informations que je vous ai confiées que je ne veux pas que lui me retrouve, mais je veux le retrouver, moi. Je dois le faire, et je le ferai.

— Docteur Klein, vous comprenez que vous devez vous rendre disponible pour l'enquête, n'est-ce pas ? À tout moment.

— Je peux vous appeler.

— Ça ne marche pas comme ça. Vous êtes un témoin clé. J'ai besoin de savoir où vous êtes et j'ai besoin d'un numéro où je peux vous joindre.

— Ça me pose un problème, répliqua Frieda.

— Oh, vraiment ? Et lequel, je vous prie ?

— Je me suis aperçue que lorsque je confie des informations à la police, elles ont tendance à fuiter.

L'expression de Dugdale s'assombrit plus encore.

— Ne faites pas l'offensé. J'ai vu trop de mes secrets finir dans les journaux.

— Je ne joue pas. Il n'y a pas de fuites dans mon équipe.

Frieda réfléchit un long moment avant de répondre.

— Soit, admit-elle à contrecœur. Une dernière chose.

— Vous marchandez avec moi ?

— Je pense à ce fiasco à Chelsea. Si vous prévoyez quoi que ce soit de ce genre, il faudra me prévenir.

Dan Quarry entra dans la pièce et s'apprêtait à dire quelque chose, mais à la vue de Frieda et de Dugdale qui se dévisageaient, il s'abstint et ressortit.

— Regardez-moi droit dans les yeux, docteur Klein. Vous avez en face de vous quelqu'un qu'on dit tolérant et facile. Vous le mettez à l'épreuve. Vous le poussez à bout.

Il s'exprimait d'une voix étranglée, comme s'il refoulait une émotion forte.

— Si vous coopérez, ce qui signifie me faire savoir, à tout moment, où l'on peut vous joindre, alors je…

Il s'interrompit et prit quelques profondes inspirations.

— Je vous tiendrai informée.

Frieda sortit son petit carnet de sa poche, nota le numéro de téléphone et l'adresse dessus, déchira la page et la remit à Dugdale.

— Nous devons régler son compte à Dean Reeve, conclut Frieda. Nul besoin d'être les meilleurs amis du monde.

— Ça paraît mal engagé pour l'instant, dans un cas comme dans l'autre, rétorqua Dugdale.

Reuben était assis en face de la compagne de Jonah Martin, Maiko. Elle était petite et svelte. Elle se pencha en avant, pleurant en silence, et ses longs cheveux, noirs et soyeux, cachèrent son visage. Ses mains reposaient sur son ventre rond, en un geste protecteur.

— Il est pour quand, ce bébé ? demanda-t-il.

Elle releva la tête.

— Dans six semaines, murmura-t-elle. Il était tellement heureux. On était tellement heureux.

— Je sais, répondit Reuben. Il rayonnait.

— Et maintenant, chuchota-t-elle, maintenant, c'est fini. Fini. Pourquoi ?

Vingt-six

Lola tournait en rond dans l'appartement tel un ours en cage. Dehors, la pluie tombait du haut d'un ciel terne, ridant la surface de l'eau du canal. Le jour ne s'était jamais vraiment levé aujourd'hui, et bientôt il ferait nuit à nouveau. Elle se sentait fébrile, irritable et prisonnière. Elle se dirigea vers le réfrigérateur, l'ouvrit, trouva une boîte d'œufs et quatre tomates : elle mordit dans l'une et du jus en jaillit, tachant le tee-shirt qu'elle portait. Elle sortit son harmonica de sa poche, en tira quelques notes, sans enthousiasme. Elle s'empara du carnet de croquis de Frieda et feuilleta les esquisses faites au crayon : les grues qu'elles apercevaient par leur fenêtre, le verre d'eau, la tête d'ail. Elle fit une partie de Tetris sur son ordinateur puis consulta Facebook, même si c'était terrible de lire ce que publiaient ses amis sans se joindre à la conversation, pas même pour « liker » un post. Ses doigts la démangeaient pendant qu'elle faisait défiler les commentaires : ses yeux se remplirent de larmes.

Elle vit qu'elle avait un message direct et cliqua dessus : il émanait de Jess. « J'ai un truc à te dire, de toute urgence. Où que tu sois, passe à l'appart dès que tu liras ceci. N'en parle à personne. Je t'attends. S'il te plaît, fais vite. »

Lola fronça les sourcils. Elle s'apprêtait à répondre mais se rappela les avertissements de Frieda et se ravisa. Jess était d'un naturel franchement relax : si elle disait qu'il y avait urgence, c'est que c'était le cas. Elle se décida, et avant que Frieda ne revienne et lui interdise de le faire, elle avait enfilé sa veste, lacé ses chaussures, et quitté l'appartement.

Karlsson était assis sur le canapé, en train d'avaler son dîner commandé au *take away* du coin et de regarder le journal télévisé. Il avait eu une longue journée, il était fatigué, et les nouvelles ne faisaient rien pour arranger son moral. Parfois, il avait l'impression que le chaos et la violence engloutissaient tout ce qu'il avait autrefois tenu pour acquis. Il s'empara de la télécommande et à l'instant même, on sonna à sa porte.

— Oui ? dit-il, en l'ouvrant et en sondant l'obscurité.

Dugdale se tenait sur le seuil, massif dans la pénombre. Le vent faisait valser des feuilles à ses pieds. Il portait un imperméable élimé et ses cheveux grisonnants étaient humides de pluie.

— Désolé de troubler votre soirée, s'excusa-t-il.

— Vous ne gâchez pas grand-chose. Entrez.

Il ouvrit plus grand la porte et l'invita à l'intérieur.

— Puis-je vous offrir quelque chose ? Une boisson chaude ? Whisky ?

— Un whisky, je ne dirais pas non.

Karlsson éteignit la télévision, débarrassa les restes de son repas et indiqua le fauteuil. Il servit un verre à chacun.

— Qu'est-ce qui vous amène ?

— J'ai rencontré Frieda Klein aujourd'hui, déclara Dugdale de but en blanc.

Karlsson se figea, puis reposa lentement son verre sur la table. Il craignait de le faire tomber sinon.

— Comment ? Elle va bien ?

— Elle est venue me voir. Cet après-midi. Elle avait des informations pour moi. Et pour ce qui est du « comment va-t-elle », je ne sais pas quoi répondre. Elle est difficile à déchiffrer, non ?

Karlsson opina.

— Elle a une théorie, reprit Dugdale, en remettant à Karlsson la lettre de Frieda.

Durant plusieurs minutes, aucun des deux hommes ne prit la parole. Dugdale sirotait son whisky et Karlsson lisait la lettre, concentré, voûté sur son siège, les traits soulignés d'ombre. Enfin il replia la lettre, la rendit à Dugdale, et but une gorgée de sa boisson.

— Qu'en pensez-vous ? demanda-t-il.

— Je n'en sais rien. Ça tient debout, ce qui ne signifie pas que ce soit vrai. Je dois dire que je me sens dépassé, là.

Il adressa à Karlsson un sourire.

— Je ne compte pas faire d'annonce publique.

— Ça va de soi.

— Je suis de la vieille école. Je cherche des preuves, je suis des pistes, je mène des entretiens. Là… Avec ces histoires de rivières cachées et de fêtes et cet homme censément mort qui poursuit une femme qu'il aime et hait en même temps, qu'il désire posséder et détruire… Je m'aventure dans un tout autre domaine.

— Je sais, renchérit Karlsson. J'ai ressenti la même chose en croisant la route de Dean Reeve pour la première fois, il y a des années de ça.

— Klein suggère que nous nous concentrions sur le premier meurtre.

— Dans ce cas, faites-le.

— Vous avez vraiment toute confiance en elle, n'est-ce pas ?

— Oui.

— Elle joue un jeu dangereux. Elle cherche Dean Reeve qui la cherche aussi de son côté : à un moment donné, l'un des deux finira par trouver l'autre.

Dugdale eut un haussement d'épaules perplexe.

— Il faudra être les premiers sur place, conclut Karlsson.

— « Sur place », oui, répéta Dugdale. Où que ça puisse bien être.

Vingt-sept

Dugdale convoqua Quarry et lui résuma brièvement ses conversations avec Frieda et Karlsson.

— Vous en pensez quoi ? conclut-il, une fois qu'il eut fini.

Quarry fit une drôle de tête.

— Elle doit être complètement traumatisée, suggéra-t-il. Par tout ce qu'elle a traversé. Il y a de quoi devenir obsédé.

— Quand bien même. Si nous devions suivre son conseil et revisiter à fond le dossier Kernan, où sont les lacunes ? D'après Klein, son cas est différent des autres. Il est originaire du territoire de Reeve. Qu'avons-nous donc raté ?

— On pourrait se pencher sur ses collègues, suggéra Quarry. Fouiller leurs antécédents un peu mieux.

— Où se trouve le siège de l'entreprise ?

— Sur Whipps Cross.

Dugdale secoua la tête.

— Trop loin.

— On va se taper tout ça parce que, une psychothérapeute a une théorie ? demanda Quarry.

— Vous en avez une autre ?

— Je ne fais qu'enquêter et examiner des indices. Comme vous nous recommandez toujours de le faire.

— Eh bien, peut-être pourriez-vous approfondir vos enquêtes sur Geoffrey Kernan.

— S'agit-il de re-vérifier ce qu'on a déjà vérifié ? s'agaça Quarry.

Son ton était si proche du sarcasme que Dugdale lui lança un regard méfiant.

— On en viendra peut-être là. Si je décide que c'est nécessaire. Mais qu'est-ce qu'on a oublié ? Où nous sommes-nous plantés ?

— Le GPS de Kernan. Comme je vous l'ai dit, certaines personnes n'étaient pas là, de sorte que nous ne savons pas pourquoi il s'est rendu chez elles.

— Je croyais que vous alliez les relancer.

— Oui, je compte le faire.

Dugdale poussa un profond soupir.

— Où étaient-elles ?

— Un peu partout. L'une se trouvait près de Coventry.

— Y a pas plus près ?

— Vous savez, il y a un problème avec les vérifications de son GPS.

— Et lequel ?

— C'est celui qui se trouve dans sa voiture. Mais ce n'est pas dans sa voiture qu'il est mort. C'est à ce véhicule-là que nous devrions nous intéresser.

— Non, à ce véhicule-là *aussi*. Si vous parvenez à trouver où il était entre le moment où il a été volé et celui où on l'a envoyé dans la descente de Heath Street, alors ça, ce sera super utile. Mais pour le moment, nous nous intéressons à Kernan.

— Parce que Frieda Klein l'a dit ?

— Parce que l'angle d'approche paraît positif pour l'enquête.

— Et si nous perdons notre temps ?

Dugdale s'adossa à son fauteuil.

— Vous savez, à la fin de chaque enquête, on se rend compte que 90 % de ladite enquête, parfois même 99 %, n'a servi à rien. On frappe aux mauvaises portes, on parle à des gens qui n'ont rien à dire. Vous avez une meilleure méthode ?

— Je vais chercher mes notes, répliqua Quarry. On en reparle plus tard ?

— Maintenant, ce serait bien, rétorqua Dugdale d'un ton glacial.

Quarry quitta la pièce. Deux minutes plus tard, il était de retour avec un dossier.

— Je suis désolé, s'excusa-t-il. J'aurais dû revérifier ces adresses.

— S'excuser ne fait pas avancer le travail, Dan. Donnez-moi juste l'information.

Quarry consulta le dossier. Ses mains tremblaient. Il dut faire un effort pour se ressaisir.

— La destination la plus proche de chez Kernan était un magasin de meubles à moins de deux kilomètres de là. Il a acheté des étagères. J'ai vérifié le reçu. Les étagères sont installées dans leur salon.

— Aucun intérêt. Qu'avons-nous d'autre ?

— Une maison à West Ham où personne n'a répondu à la porte.

— Les occupants sont en déplacement ?

— Je n'en sais rien.

Il était devenu tout rouge.

— Autre chose ?

— Il y avait une maison sur Creek Street. J'ai parlé à des gens qui y habitent mais ils m'ont répondu qu'ils ne connaissaient pas Kernan, pas plus qu'ils ne reconnaissaient sa photo.

— Il peut très bien n'avoir fait que déposer quelqu'un, ou être allé chercher quelqu'un.

— Ils n'avaient pas l'air de gens qu'aurait pu fréquenter Kernan. Ni même avec qui il aurait été susceptible de travailler.

— Fort bien, conclut Dugdale. Commencez par la maison de West Ham. Ensuite, passez par l'autre sur le chemin de retour. Allez-y ce soir même. Vous aurez plus de chances de les trouver chez eux.

— En fait, je suis plus ou moins coincé ce soir. Je dois voir ma fille.

— Et alors ? répliqua Dugdale. Vous ne pouvez pas revoir vos plans ?

Quarry imagina la conversation qu'il allait avoir avec sa femme.

— Très bien, capitula-t-il.

La porte de la maison de West Ham s'ouvrit sur un homme entre deux âges en short et sweat-shirt. C'était un collègue de Kernan. Ils n'étaient pas amis, ils s'étaient simplement rendus ensemble à une conférence et Kernan était passé le chercher.

— De quelle humeur était-il ?

— Je ne sais pas, répondit l'homme. Il parlait chiffres de vente et de ses projets d'amélioration à la maison. Je n'ai pas vraiment fait attention.

— Vous êtes vendeur, n'est-ce pas ? demanda Quarry.

— Ouais, mais je n'en parle pas. Pas quand je n'y suis pas tenu.

— Cela signifie-t-il que vous n'aimiez pas Kernan ?

— Ça veut juste dire que c'était un employé de la société que je ne connaissais pas très bien.

De retour dans la voiture, Quarry prit quelques notes à la hâte. Cet homme n'appréciait pas Kernan. *Et Kernan lui a parlé bricolage – ce qui lui fournit un mobile*. Quarry sourit. Il ne referait pas cette blague à Dugdale. Il était pratiquement certain qu'il ne la trouverait pas drôle. Mais quelque chose dans cet entretien lui avait donné à penser que l'homme aurait pu tuer Kernan.

En sortant de la voiture devant la rangée de maisons sur Creek Street, il fut aussitôt assailli par l'odeur aigre émanant de la décharge. Il recula d'instinct quand un énorme camion rouillé passa devant lui à grand fracas. Qui pouvait bien choisir de vivre ici ? Ceux qui n'avaient pas le choix, justement.

Il marcha jusqu'à la maison du milieu et frappa fort à la porte. Elle s'ouvrit sur l'homme qu'il avait rencontré la fois précédente. Il portait le même tee-shirt sale.

— Vous vous souvenez de moi ? demanda Quarry.

L'homme renifla et Quarry présenta la photo. L'homme secoua la tête.

— Mais il est venu ici, insista Quarry.

— Si c'est le cas, je ne l'ai pas vu.

Quarry hocha lentement la tête.

— C'est quoi, votre nom ?

— Dobrinin.

— Prénom ?

— Jan.

— L'ennui, Jan, c'est que c'est sérieux. Ce type sur la photo. Il a été assassiné. On s'en fiche de vous, comme on se contrefiche de savoir qui vit dans cette maison. Peut-être qu'on vous paye au black. Rien à cirer. Peut-être que vous dealez un peu de beuh. Ça m'est parfaitement égal. Peut-être êtes-vous tous ici illégalement. Bonne chance à vous. Mais si vous ne m'aidez pas, il suffit que je passe un coup de fil…

Il s'interrompit.

— Non. Trois coups de fil. Trois coups de fil et les autorités vont débarquer, elles vont tout examiner et vous poser un tas de questions, elles voudront voir des reçus, et vous serez baisés. Mais je ne tiens pas à faire quoi que ce soit de tout ça.

Jan cligna des yeux rapidement.

— Vous montrez la photo. Je sais pas.

Sa voix était presque implorante.

— Je dois faire quoi ?

— Très bien, concéda Quarry. Reformulons la question. Ça facilitera peut-être les choses. Nous savons que cet homme est venu ici. Nous en avons la preuve. Vous dites que vous ne le connaissez pas. Expliquez-le-moi d'une façon que je puisse comprendre.

— Quelle preuve ?

— Le GPS de Geoffrey Kernan indique qu'il est venu ici. Il comportait ce code postal. Peut-être avez-vous une suggestion à faire à cet égard ?

— Le code postal n'est pas que pour cette maison. Toutes ces maisons ont le même code postal.

— Mais elles ne sont pas habitées.

— Il peut y avoir des squatteurs.

— Il n'y en a pas signe, mais nous vérifierons.

— Et puis, y a les box. Y a tout le temps des livreurs en camionnettes qui toquent à la porte pour essayer de nous livrer des paquets. Ça fait putain chier.

Quarry plissa les yeux.

— Quels box ?

Jan fit un geste sur sa droite.

— Cette allée vers l'arrière. Y a des box là-bas.

Quarry ne fit aucun commentaire. Il laissa Jan sur son pas de porte et contourna le flanc de la maison.

— Idiot, marmonna-t-il dans sa barbe. Crétin.

Derrière les maisons se trouvait une petite allée goudronnée avec une rangée de huit garages fermés en face. Il faisait sombre à présent mais l'un d'eux était ouvert et une voiture en dépassait, le capot ouvert. Une silhouette indistincte était penchée à l'intérieur. À l'approche de l'enquêteur, la personne releva la tête et s'avéra être un homme, brun, basané, avec une barbe fournie. Il portait un bleu de travail et un tee-shirt blanc, ses mains étaient tachées de cambouis.

— Vous louez ce garage ? demanda Quarry en présentant sa carte de police.

L'homme acquiesça. Quarry lui montra la photo de Kernan.

— Vous le reconnaissez ?

L'homme secoua la tête.

— Il est venu ici il y a trois semaines environ, un mois, peut-être, précisa Quarry.

— Jamais vu.

Quarry recula d'un pas et inspecta les alentours. C'était forcément ici. Forcément. Puis une pensée le traversa. Il sortit une nouvelle photo de sa poche et la présenta à l'homme. Celui-ci l'examina, avant de la lui prendre des mains pour la regarder de plus près.

— Vous l'avez vu ?

— Deux ou trois fois.

Quarry fut tellement pris de court que l'espace d'un instant, il ne sut plus quoi demander. Sa peau le picotait.

— Quand ?

— Je ne sais pas. Il y a une semaine, peut-être. Peut-être plus.

— Il loue l'un de ces box ?

— J'en sais rien mais il utilisait celui du bout.

— Savez-vous à quoi il lui sert ?

— Je crois qu'il entrepose quelque chose.

— Pourquoi vous dites ça ?

— Parce que c'est à ça qu'ils servent. Et une des fois où il est venu, il avait une camionnette. Je travaillais sur ma voiture. J'ai dû la déplacer pour qu'il puisse passer.

— Pouvez-vous décrire la camionnette ?

— Elle était blanche.

— Vous connaissez le modèle ? La plaque d'immatriculation ?

— J'ai pas fait gaffe.

— Avez-vous vu ce qu'il y avait dedans ?

— Non.

— Lui avez-vous parlé ?

— Je l'ai aidé à contourner ma voiture. Il reculait dans l'allée en direction de son box, du coup c'était juste.

— A-t-il dit quelque chose ?

— Il m'a salué. Genre : merci.

— Restez ici, dit Quarry. Ne bougez pas.

Il se détourna et appela Dugdale.

— Vous devez venir, Monsieur. Avec un serrurier. Je suis à Creek Street. Il y a des garages à l'arrière. Il en louait un. Non, pas Kernan. Dean Reeve.

Avant que Dugdale arrive, une camionnette verte décorée d'un ange portant une clé s'engagea dans l'allée. Un homme en salopette rouge soigneusement repassée en descendit.

— J'attendais un officier de police, expliqua Quarry.

— La commande est passée, maintenant, répondit l'homme. Ne vous en faites pas, j'en ai déjà vu de toutes les couleurs. Des cambriolages. Des animaux laissés enfermés. Bon, et ce sera quoi pour aujourd'hui ?

À la vue de la poignée fragile sur la porte du garage, il parut presque déçu.

— Elle va me prendre deux minutes, cette serrure, râla-t-il. On pourrait le faire à mains nues.

— Attendez que le patron soit là, suggéra Quarry. Vous pourrez l'ouvrir quand il arrive.

— Je suis payé au quart d'heure, vous savez, répondit l'homme. Et même, chaque minute du quart d'heure suivant compte pour un quart d'heure plein.

Vingt minutes s'écoulèrent avant qu'un autre véhicule s'arrête derrière celui du serrurier. Dugdale en sortit.

— Alors, qu'avez-vous trouvé ? demanda-t-il.

— On vous attendait.

— Vous me prenez pour qui ? La reine inaugurant un supermarché ? Il y a peut-être quelqu'un là-dedans !

Il fit signe au serrurier d'avancer.

— Ouvrez-moi ça. Et faites le moins de dégâts possible. C'est une scène de crime.

Il sortit des gants blancs chirurgicaux et les donna au serrurier.

Il fallut moins de deux minutes à ce dernier pour forcer la serrure. Il tourna la poignée, tira la porte vers lui et la releva.

— Si vous voulez vous donner la peine, dit-il. Pour ce qu'il y a à voir…

L'endroit contenait non pas une voiture mais quatre congélateurs coffres, le couvercle relevé. Ils n'étaient pas en marche. Les cordons et les prises traînaient au sol.

— À la recherche de congélos volés ? se gaussa l'homme.

— La ferme, répliqua Dugdale.

Le serrurier fit une drôle de tête. Il retourna à sa camionnette, et revint avec un formulaire fixé sur une écritoire à pince, que Quarry signa.

Une fois le serrurier reparti, Quarry pénétra dans le garage. Dugdale était accroupi derrière un congélateur au fond de la pièce.

— Vous avez trouvé quelque chose, chef ?

Dugdale se releva et frotta son pantalon là où il s'était agenouillé. Il secoua la tête. Les deux hommes sortirent.

— Maintenant, on sait où il les a conservés, commenta Dugdale.

— J'appelle la PS ?

— Ils ne trouveront rien, mais oui, vous feriez mieux de les appeler. Et faites venir quelques-uns de nos agents, qu'ils sondent le voisinage.

Il renifla.

— Même si c'est trop tard. Il n'a plus rien à faire ici.

Il regarda Quarry.

— Bon travail. Mais on est à la traîne. Bien trop à la traîne.

Vingt-huit

Qu'en penserait Frieda ? C'est ce que se répétait sans fin Lola durant le long trajet en bus et métro. Elle connaissait la réponse. Raison pour laquelle elle n'avait même pas envisagé de lui demander sa permission. Frieda lui aurait interdit d'y aller. Et elle devait y aller. Elle devait savoir ce que Jess lui voulait. Il lui fallait juste être prudente, c'était tout.

En approchant de l'appartement, elle inspecta la rue alentour sans savoir au juste ce qu'elle cherchait. Tout était comme d'habitude. Elle s'était dit que s'il y avait le moindre signe bizarre, si la porte d'entrée était ouverte, s'il y avait des traces d'effraction, elle passerait simplement devant et continuerait son chemin. Mais rien. Les réverbères étaient allumés et éclairaient les gens qui circulaient sous leurs faisceaux, dans l'obscurité croissante.

Elle marcha jusqu'à la porte et sortit sa clé. Restait encore un dernier détail. Elle y avait songé en chemin. Elle plongea la main dans sa poche et y trouva le téléphone à carte que lui avait acheté Frieda. Elle composa trois fois le numéro 9 : désormais et d'une seule pression de la touche, elle appellerait les urgences.

Elle tourna la clé dans la serrure et poussa le battant. L'odeur dans l'appartement avait changé : Jess avait dû fumer à l'intérieur, même si elles s'étaient fixé une règle.

Elle entra, et la porte se referma derrière elle avec un léger déclic.

À son retour, Frieda s'attendait à trouver Lola penchée sur l'ordinateur ou allongée sur le canapé, ses écouteurs sur les oreilles. Elle appela. Rien. Elle fit le tour de l'appartement. Et constata bien vite que Lola était partie sans emporter quoi que ce soit. Son ordinateur était ouvert sur la table, il y avait des vêtements épars dans la chambre. Sans doute était-elle juste sortie faire trois courses. Frieda prit son téléphone et appela Lola. Pas de réponse. Encore une fois, ça ne signifiait probablement rien. Pourtant, Frieda sut ce qu'elle avait à faire. Elle mit l'ordinateur de Lola et le sien dans une sacoche. Elle ne prit même pas la peine de chercher autre chose. Cet instant, elle l'avait prévu des centaines de fois. Tout le reste était superflu. Cinq minutes après être arrivée, elle était de nouveau dans la rue, s'éloignant à grands pas. Quinze minutes plus tard, elle était installée dans un café. Et attendait.

Lola avait l'impression d'avoir perdu l'usage de ses doigts. Son téléphone lui faisait l'effet d'un appareil inconnu, qu'elle n'aurait jamais vu auparavant. Elle devait appeler Frieda, mais son cerveau ne marchait plus. Son souffle n'était plus que sifflements qui lui écorchaient la poitrine.

Elle avait tourné le dos aux yeux ouverts, aveugles, de Jess, mais ça n'avait rien changé. Il restait toujours l'odeur du sang. La pièce en était remplie, étouffante, écœurante. Il y en avait partout. Le tee-shirt et le survêtement de Jess étaient trempés, il s'accumulait en flaques sur le parquet, sans compter les traces de pas de Jess elle-même. Elle avait marché dedans et laissé des empreintes sur les lames. La scène était comme imprimée sur sa rétine, même si elle détournait le regard. Elle tremblait de tout son corps et si fort qu'elle avait l'impression que la maison entière tremblait. Respirer à fond. C'est comme ça qu'on se calme. Lola inspira une fois, deux, trois, profondément, même si c'était comme inhaler le sang pour elle. L'odeur envahissait la pièce, et l'air devait contenir des particules de sang, non ? Stop. Cesser d'y penser. Elle devait se concentrer. Elle devait parler à Frieda. C'était la seule chose qui comptait. Maladroitement, elle parvint à trouver le numéro de Frieda et le composa.

— Où êtes-vous ?

— Frieda ? Frieda ?

Était-ce sa voix ? Elle ne la reconnaissait pas.

— Où êtes-vous ?

Lola renifla et s'essuya le nez de sa manche.

— Elle est morte, lâcha-t-elle d'une voix éraillée.

L'espace d'un instant, elle vit le visage de Jess, puis chassa cette image de son esprit. Il ne fallait pas. Surtout pas.

— Qui est morte ?

— Jess. Ma coloc'. Mon amie. Jess !

Sa voix se brisait à présent. De petits sanglots lui échappèrent, qu'elle ne contenait plus.

— Lola. Dites-moi.

— Elle est morte. La gorge tranchée. Il y a du sang. Y en a partout.

Elle s'entendait parler, un débit incontrôlé, tour à tour suraigu et croassant. Elle sentait de la sueur sur son front et qui lui coulait dans le dos. Une nausée qui remontait au fond de sa gorge. L'odeur grasse du sang.

Quand la voix de Frieda lui parvint, elle était plus calme qu'auparavant, plus calme que Lola ne l'avait jamais entendue.

— Êtes-vous sûre qu'elle soit morte ?

— Ses yeux sont ouverts. Il y a du sang partout. Sa tête est presque…

Elle ne put achever sa phrase.

— Vous êtes toujours dans la maison ?

— Oui. Qu'est-ce que je dois faire ? Qu'est-ce que j'ai fait ?

— Avez-vous appelé la police ?

— Il fallait que je vous parle.

— Appelez la police immédiatement. Puis rappelez-moi.

La ligne fut coupée. Lola composa le 999. Une femme répondit : « Quel service ? » et Lola répliqua : « Elle est morte. On l'a assassinée » et se mit à pleurer à nouveau, à sanglots entrecoupés. Elle avait l'impression que son corps se désagrégeait. Elle ne pouvait toujours pas se résoudre à se retourner et à regarder Jess.

On lui demanda son nom et l'adresse, et le simple fait de prononcer ces mots lui coûta. Sitôt que l'opératrice lui indiqua que la police était en route, Lola raccrocha et rappela Frieda.

— Je suis désolée, Frieda, je suis tellement désolée.

— Vous allez bien ?

— Elle est là, couchée par terre. Elle est là avec moi, à moins d'un mètre. C'est mon amie. Elle s'est fait tuer par ma faute.

Il y eut une pause.

— Frieda ?

— Pourquoi y êtes-vous allée ?

— Elle m'a envoyé un message, sur Facebook. Elle disait qu'elle avait besoin de me voir. Je sais que j'aurais dû vous en parler. Je suis tellement désolée.

— Ça n'a plus d'importance, maintenant.

— Qu'est-ce que je dois faire ? Je dois m'enfuir et venir vous retrouver ?

— Non. La police sera là d'une minute à l'autre. Alors écoutez-moi bien. Dites-leur tout. Soyez parfaitement honnête. N'omettez rien. Et ensuite, demandez-leur de vous mettre en rapport avec l'inspecteur divisionnaire Malcolm Karlsson.

— Pourquoi ?

— Répétez-moi son nom.

— Malcolm Karlsson.

— Vous êtes en état de choc. Si vous oubliez ce nom, demandez juste l'enquêteur avec lequel j'ai travaillé. Ils vous diront qui c'est, ou comment le trouver. Il fera le nécessaire pour vous mettre en sécurité.

— Je veux vous voir. Je vous en prie. Ne me laissez pas seule.

— Vous devez parler à la police et ensuite, laisser Karlsson vous mettre à l'abri. Vous m'avez comprise ?

Lola perçut le bruit des sirènes, au loin, puis de plus en plus proches.

— Ils arrivent.

— Bien. Vous êtes en sécurité à présent.

— Mais comment puis-je…

— Chut, ordonna Frieda. Laissez-moi parler d'abord. Lola, je suis désolée pour Jess. Vraiment, sincèrement, désolée. Mais vous devez savoir que ce n'est pas votre faute, pas du tout. C'est par hasard que vous êtes entrée dans son univers. Mais une fois que c'est fait, il n'y a plus rien que vous puissiez faire pour en sortir.

— J'ai besoin de vous en parler, je veux vous voir. Je vous en prie.

— Peut-être quand tout cela sera fini. Sur ce, rappelez-vous, faites confiance à la police, dites-leur tout et demandez à voir Karlsson.

— Quand vous reverrai-je ?

— Au revoir, Lola.

Sur ces entrefaites, la police débarqua, suivie de près par les secouristes puis les enquêteurs. Un jeune et un autre qui semblait être aux commandes, celui dont elle avait entendu parler, Dugdale. Quand elle le vit devant le corps étalé et tout le sang, quand elle lut le choc sur son visage, elle eut l'impression de revivre la scène une nouvelle fois.

Vingt-neuf

Chloë restait souvent tard à l'atelier de menuiserie. Elle passait les heures du soir sur ses projets personnels. Depuis quelque temps, elle avait entrepris de construire une petite table pour Frieda. Fabriquée dans un orme doré qui avait on ne savait trop comment survécu à la maladie qui avait éradiqué la plupart des ormes du pays. Mais l'arbre avait fini couché par une tempête et débité en planches, puis à l'atelier, où il avait reposé durant des mois, libérant un parfum riche de levure fermentée, à mesure qu'il relâchait sa sève. Chloë avait mis de côté deux des planches les plus larges, dès que celles-ci étaient parvenues à maturation, et s'était mise à la tâche. Elle se rappelait que sa tante lui avait dit, peu après que Chloë avait commencé sa formation de menuisier, qu'un jour elle pourrait lui faire une table. Elle voyait presque son visage, pendant qu'elle se penchait sur son ouvrage.

Mais ces derniers jours, elle s'était attelée au balcon de Frieda. Ce soir-là, elle avait passé le rail de soutènement au papier de verre et l'avait poli au point que le grain du bois en était satiné.

Il faisait nuit quand elle partit : les jours commençaient à raccourcir. Bientôt ce serait l'hiver. Elle n'aimait pas penser au temps qui passait, aux saisons qui changeaient. Les premiers jours, puis semaines, après la disparition de Frieda, elle pouvait encore se persuader qu'elle serait bientôt de retour. Mais les semaines s'étaient faites mois. Les feuilles avaient commencé de tomber, et s'accumulaient désormais au sol, en tas détrempés. Même si on était encore en octobre, les magasins se remplissaient d'articles pour Noël.

La petite rue était vide, à l'exception d'une femme qui patientait à l'angle, sous un platane. Les cheveux argentés, coupés court, avec des lunettes à monture épaisse, elle portait un manteau gris avec un col châle et des bottes. Alors que Chloë approchait, elle se détourna et se remit en marche devant elle, mais lentement, de sorte qu'elles se retrouvèrent bientôt côte à côte.

— Bonjour, dit la femme.

Un frisson parcourut Chloë, comme si elle avait soudain été piquée par un vilain insecte. Elle tourna la tête vers la femme qui marchait à ses côtés.

— Oh, souffla-t-elle.

— Ne dis rien et continue de marcher. Je ne peux pas rester longtemps.

— Si tu disparais à nouveau, je ne le supporterai pas, prévint Chloë.

— Je m'en irai à nouveau, et tu le supporteras.

Frieda lui prit la main. Elles continuèrent ainsi, en cadence.

— Tu vas bien ? Où étais-tu passée ? Quand rentres-tu chez toi ?

— J'ai besoin d'aide.
— Dis-moi.
Chloë se rappela la fois où elle avait jeté une brique par une fenêtre pour aider Frieda à pénétrer par effraction dans un bâtiment.
— J'ai besoin d'un endroit où séjourner. D'un endroit discret. Un appartement vide.
— Reste avec moi. Je veillerai sur toi.
— Personne ne doit me voir, et personne ne doit savoir. Je me suis dit que tu avais peut-être des amis, ou des amis d'amis, partis voyager, peut-être. Ce ne sera pas pour longtemps.
Chloë réfléchit un moment.
— J'ai une idée, dit-elle.
— Oui ?
— L'une de mes coloc' s'occupe des chats de sa mère, qui est en vacances. Ma coloc' s'en plaint à longueur de temps, cependant. Elle est allergique aux chats et doit traverser la moitié de la ville. Je pourrais récupérer les clés et lui dire que je veux bien m'en occuper. Je dirai que j'ai un chantier dans le coin.
— Où est-ce ?
— Vers Cable Street.
— Tu connais l'adresse ?
— J'y suis allée quelques fois : 3, Vincent Street. Si tu viens jusque chez moi, je peux récupérer les clés et…
— Non. Laisse-les sous une pierre ou un pot avant minuit et je les récupérerai.
— Oh, lâcha Chloë, déçue.
— Et Chloë…
— Oui ?
— Ne viens pas me rendre visite.

— Donc je sais où tu es et je n'ai pas le droit de m'approcher de toi ?

— C'est ça.

— C'est ridicule.

— Si je ne peux pas te faire confiance, j'irai ailleurs.

— Tu peux me faire confiance.

— Merci.

— Mais c'est tout ce dont tu as besoin ? Il doit bien y avoir autre chose.

— C'est tout.

— Ne t'en va pas déjà.

— Je t'accompagne jusqu'à la grand-rue.

— C'est comme de voir un fantôme. Olivia te croit morte, déjà.

Frieda sourit. Sa main serra plus fort celle de Chloë.

— Comment vas-tu ? demanda-t-elle à voix basse. Comment vont les autres ?

— Tu nous manques. On s'inquiète. On aimerait t'aider.

— Mais tu aides.

— C'est là que tu seras ? Si j'ai un besoin urgent de te voir, je pourrai t'y trouver ?

— Non. Et je ne resterai pas là longtemps. Je connais quelqu'un qui peut me trouver une planque plus sûre.

— Qui donc ?

— Quelqu'un avec des amis haut placés. Tu n'as pas besoin de connaître son nom.

— J'imagine que non, admit Chloë. J'ai le droit de dire aux autres que je t'ai vue ?

— Non. Ça doit rester entre toi et moi.

Chloë aperçut la grande artère devant elle. Elle ralentit ses pas.

— Tu ne vas pas mourir, hein ? demanda-t-elle.

— Pas si j'ai mon mot à dire. Donne-moi des nouvelles.

— Reuben a l'air d'aller, commença Chloë en traînant les pieds. Ses cheveux repoussent tout bouclés. Et Alexei se débrouille bien dans sa nouvelle école, même s'il est encore un peu timide et que Josef s'inquiète pour lui. Sasha n'est pas encore de retour mais je crois qu'elle revient pour Noël. Jack reste Jack et il a vraiment été adorable et ne me regarde pas comme ça, non, on ne sort pas à nouveau ensemble, même si parfois je me demande… oh, enfin bref. Ton chat est choyé comme s'il te remplaçait. Vu que tout le monde lui achète des douceurs, il commence à devenir un peu enrobé. Josef va chez toi presque chaque jour et s'assure que tout va bien, il met des fleurs fraîches et arrose tes plantes.

Elle hésita. Elle se sentit un instant tenue de dire à Frieda ce que Josef avait entrepris. La dernière fois qu'elle était allée chez elle, Josef et Stefan démontaient le parquet. Importait-il qu'elle le sache, ou surtout, qu'elle n'en sache rien ? Mais elle devait continuer de parler. Tant qu'elle parlait, Frieda ne pouvait s'en aller.

— Olivia a lu un bouquin sur l'art de se désencombrer et a balancé à peu près deux cents sacs poubelles d'affaires. Je n'ai pas vu Karlsson. Je m'en sors pas mal au boulot, je crois. J'aime ça. Je n'aurais pas fait un bon médecin, mais je suis un bon menuisier.

Elles avaient atteint la grand-rue. Chloë s'arrêta.

— Peux-tu me faire une faveur ? demanda-t-elle.

— Quoi donc ?

— Quand tu reviendras, laisse repousser tes cheveux, et brun à nouveau. Je préfère.

Frieda rit.

— Promis.

Elle s'écarta doucement de Chloë.

— N'oublie pas de déposer les clés où on a dit avant minuit. Allez ouste.

— Mais…

— C'est notre secret.

— Je ne dirai pas un mot, répondit Chloë d'une voix tremblante.

Mais Frieda s'éloignait déjà. Chloë la regarda partir.

— Je te fabrique une petite table, lança-t-elle dans son dos. Pour quand tu rentreras. En orme doré.

Trente

Dugdale et Karlsson se retrouvèrent dans une salle d'attente de la préfecture de police. Ils échangeaient des coups d'œil nerveux.

— J'ai l'impression de me présenter à un examen, avoua Karlsson.

— Je pensais plutôt à un rendez-vous chez le dentiste, répliqua Dugdale. Genre traitement radiculaire. Celui où on va vraiment tout au fond du canal.

— Je vois bien, oui.

Une jeune femme entra et les escorta jusqu'au bureau du préfet. Karlsson était déjà venu en ces lieux, voir un autre préfet. Il était tout aussi mal à l'aise que la fois précédente. Helena Leigh, dont les cheveux gris et courts contrastaient avec son uniforme sombre, était assise derrière le bureau familier. Elle ne se leva pas. Elle invita juste les deux enquêteurs à prendre place d'un signe de tête.

— Geoffrey Kernan, énonça-t-elle. Lee Samuels. Gerald Hebb.

— Oui, reconnut Dugdale d'un ton légèrement crispé.

— Liz Barron. Une journaliste. Nous connaissons tous les conséquences du meurtre d'un journaliste.

— Oui.

— Savez-vous combien de fois cette histoire a fait la une ce dernier mois ?

— Un certain nombre, je pense, admit Dugdale.

— Je ne peux plus faire un pas en raison de cette presse. Jonah Martin, et aujourd'hui, Jessica Colbeck. Vingt et un ans. Elle ressemble à ma fille. À la fille de n'importe qui. Avez-vous rencontré ses parents ?

Dugdale revit leurs têtes quand il ferma les yeux. Leurs visages pâles, leur expression hébétée, leurs yeux rouges.

— Je les ai rencontrés hier.

— Les avez-vous vus à la télévision ce matin ?

— Non, je n'ai pas vu ça.

— C'était captivant, comme émission.

Dugdale ne répondit rien. Leigh tourna son attention vers Karlsson.

— Et vous êtes là pourquoi ?

Karlsson toussa.

— Nous savons tous que Dean Reeve est le principal suspect dans cette affaire. Nous pensons qu'il s'est servi de l'ordinateur de Geoffrey Kernan pour faire des recherches sur moi.

— Pourquoi ?

— Sa véritable cible est une femme dénommée Frieda Klein. Ils ont un passé qui les relie.

— Oui, je suis au courant pour Frieda Klein. De fait, c'est à cause d'elle que je suis là.

— Comment ça ? dit Dugdale.

— Elle a ruiné la carrière de mon prédécesseur. On m'a fait venir pour recoller les morceaux.

— Je ne suis pas certain que cette version des faits soit tout à fait juste, osa Karlsson.

— Alors permettez que nous ne soyons pas d'accord sur ce point. Klein est sous surveillance ?

Il y eut un silence.

— Pas pour le moment, répondit Dugdale.

— Pourquoi pas ?

— Parce que c'est ce qu'elle a demandé.

Les mots restèrent en suspens dans l'air.

— Pourquoi ce choix ?

Dugdale lança un regard impuissant à Karlsson.

— Frieda savait que Reeve était à ses trousses, répondit Karlsson. Je pense qu'elle ne voulait pas simplement rester là à attendre qu'il la tue. Alors elle a disparu de l'écran radar.

— Vous voulez dire, pour se cacher ?

— Peut-être.

— Peut-être ? Quelles pourraient être ses autres intentions, sinon ?

— Je ne sais pas au juste, répondit Karlsson.

— Je l'ai interrogée, coupa Dugdale, en désespoir de cause.

— Et vous l'avez laissée repartir ?

— Elle n'a commis aucun crime.

— Cela reste à voir.

Un nouveau silence s'abattit, rompu par le seul pianotage de Leigh sur le plateau du bureau.

— Je dois me présenter à une conférence de presse demain, à la première heure, reprit-elle. Il y aura des équipes de télévision américaines, chinoises. Je suis censée dire quoi ?

— Que nous sommes en progrès, suggéra Dugdale. Que nous avançons bien.

— Suffit, coupa Leigh. Vous venez avec moi. Si c'est tout ce que nous avons à offrir, je vous veux à côté de moi.

— Comptez-vous révéler que c'est Reeve ? demanda Dugdale.

Elle secoua la tête.

— Pas encore.

— Mais…

— N'allez pas penser que je n'y ai pas longuement réfléchi, l'interrompit-elle. J'ai décidé, tout bien considéré, qu'il était préférable de garder cette information secrète pour le moment. Imaginez un peu la curiosité malsaine du public et la panique qui règnerait s'il savait que Dean Reeve est derrière tout ça ?

— Le public peut être notre meilleure arme, parfois, contra Dugdale.

— Ma décision est prise. J'en prends la responsabilité. Peut-être changerai-je d'avis dans quelques heures. Sans doute. Mais pour l'heure, pas un mot. Vous avez compris ?

— Oui.

— Et pas de fuites.

Alors que les deux enquêteurs s'apprêtaient à partir, Leigh retint Dugdale.

— Mesurez-vous les conséquences si ça tourne mal ?

— Pour Klein ?

— Pour vous, répliqua Leigh. Et moi.

— J'y ai pensé.

Elle regarda alors Karlsson.

— Êtes-vous sûr qu'elle n'est pas suicidaire, au fond ?

— Elle a vu la mort de très près, trop de fois. On n'en sort pas indemne. Si elle s'imagine sauver ses amis, elle fera n'importe quoi.

— Je prends ça pour un oui, conclut Leigh.

Trente et un

Sitôt que Frieda frànchit la porte de la maison dénichée par Chloë, elle se retrouva face à deux petits chatons qui la dévisageaient de leurs grands yeux ronds. Elle referma le battant et se pencha pour les caresser. Tous deux levèrent leur nez vers sa main, avant de détaler subitement à l'assaut de l'escalier. Elle posa son sac et inspecta les lieux. Il y avait un miroir au mur dans un cadre doré ornementé. À côté de lui, une clé pendait accrochée à un clou. Elle considéra celle qu'elle avait en main : c'était la même. Elle entreprit d'explorer les lieux. Sur la gauche de l'entrée, un salon, formé de deux pièces de dimensions plus réduites dont on avait abattu la cloison. Il était douillet, décoré d'un tapis bleu tissé posé sur un parquet, avec des paysages champêtres aux murs. Un autre chat, grand et noir, dormait enroulé sur le canapé. Frieda lui caressa doucement la tête et il remua, sans se lever pour autant. Il était vieux et content. Elle regarda partout, vérifiant toutes les issues. Au fond de cette pièce, une fenêtre à barreaux donnait sur une cour arrière. Nul ne pouvait entrer ou sortir par là.

Elle regagna l'entrée et gravit l'escalier. La maison était toute petite. Il y avait une chambre donnant à l'avant, sur la rue, puis une salle de bains et à l'arrière, une autre pièce minuscule. Un chat noir et blanc était couché sur le lit : apparemment, il y avait des chats partout dans cette maison. Il leva les yeux vers Frieda et tandis qu'elle lui flattait le dos, elle contempla, par la fenêtre, la cour pavée en contrebas. Frieda nota que cette rangée de maisons ne donnait pas sur les jardins d'une autre rangée de maisons. À la place, un portail s'ouvrait sur une allée qui courait parallèlement à la rue. Ce qui rendait l'endroit moins sûr qu'elle ne l'aurait souhaité. On pouvait pénétrer par l'avant comme par l'arrière. Un détail à garder à l'esprit.

Elle redescendit l'escalier puis parcourut le couloir menant à la cuisine, à l'arrière de l'habitation. Il y avait des fenêtres de part et d'autre, sur les deux façades, toutes pourvues de solides barreaux. Sans doute en raison de l'accès possible depuis l'allée, si facilement. Ce n'était guère rassurant. Au bout de la cuisine, une porte s'ouvrait non pas sur la cour mais sur une pièce plus sommaire, avec un évier et un lave-linge. Une autre porte, avec de gros barreaux, donnait dehors. Les deux portes étaient pourvues d'une clé dans leur serrure. Elle tourna l'une d'elles et ouvrit la porte extérieure. La cour était pavée, avec des bords semés de gravier. Aucune plante, exception faite d'un pauvre lierre vivotant comme il pouvait dans un gros pot dans l'un des coins. Frieda imagina aussitôt les pots qu'elle aurait mis, les plantes qui auraient adouci l'espace, puis sourit en songeant à l'inanité de telles pensées. Elles étaient réservées à une autre vie, une vie qu'elle ne vivait plus.

Le mur arrière était relativement haut, deux mètres cinquante peut-être, avec un lourd portail en bois gris. Frieda en tourna la poignée de cuivre. Verrouillée. Elle regagna la lingerie et chercha. Là. Une autre clé était pendue à un crochet au-dessus du lave-linge. Elle retourna à la cuisine. Elle avait tout vu et pensait avoir mémorisé les lieux. C'était un bel endroit.

Elle ouvrit quelques placards jusqu'à ce qu'elle trouve un verre. Elle le remplit d'eau et le but d'une traite. Puis elle le remplit à nouveau avant de s'asseoir à la table de la cuisine. Elle sortit son téléphone et composa la ligne directe de Dugdale.

— Oui ? répondit-il, d'un ton plutôt sec qu'elle n'avait pas entendu auparavant.

— J'ai déménagé, indiqua-t-elle, mais avant qu'elle ait pu lui donner l'adresse, il avait changé de sujet.

— Je viens de voir votre jeune amie.

— Comment va-t-elle ?

— Elle est secouée.

— Vous a-t-elle appris quoi que ce soit ?

— Elle n'avait pas grand-chose à nous dire. Elle a trouvé le corps. Elle était en état de choc.

— Ça n'a rien d'étonnant.

— Elle a beaucoup parlé de vous. Elle compte sur vous.

— Elle est dans une situation précaire.

— Il y a autre chose. Vous l'apprendriez bien assez tôt de toute façon.

— Quoi ?

— On a trouvé où Reeve conservait les corps.

— Où ça ?

— Dans l'est. Dans un box à Barking, dans une zone industrielle non loin du fleuve. Il avait quatre congélos.

— Vides ?

— Oui.

— Et maintenant ?

— Je me suis entretenu avec la préfète. Si ça ne tenait qu'à elle, on vous convoquerait pour vous mettre sous bonne garde.

— Ce serait un désastre, prévint Frieda.

— Pour qui ? Vous seriez en sécurité. Reeve ne pourrait pas vous atteindre.

— Il s'en prendrait à quelqu'un d'autre.

— Bref, nous faisons ce que nous pouvons. Nous faisons une enquête au porte-à-porte à la fois à Barking et là où la jeune Jess Colbeck a été tuée. Mais il est presque certain que Reeve n'est pas retourné au box depuis quelque temps – probablement depuis que Liz Barron a été tuée. Il n'en avait plus besoin après ça. OK, j'ai un stylo. Donnez-moi votre adresse.

Après avoir raccroché, Frieda resta assise un long moment, fixant le vide droit devant elle, sans rien voir. Ensuite elle se rappela ce qu'elle était venue faire ici. Des boîtes d'aliments pour chats étaient empilées sur l'un des plans de travail. Elle sortit quatre sachets et les vida dans quatre gamelles qu'elle posa à terre. Les deux chatons étaient déjà à ses pieds, escaladant ses jambes. Elle se rendit compte qu'elle ne connaissait pas leur nom.

— Ce sera A et B, leur dit-elle.

Elle se rendit dans l'entrée et vit descendre celui de l'étage.

— Et toi, tu seras C, décida-t-elle, tandis que le chat, ou la chatte, passait devant elle pour rejoindre la cuisine.

Le dernier – D – dormait toujours sur le canapé.

— T'es un vieux, toi, roucoula Frieda en le prenant dans ses bras pour le porter dans la cuisine.

Elle l'installa devant la gamelle mais D ne semblait pas en mesure de voir ni de sentir la nourriture. Frieda dut pousser sa tête dans le bol pour qu'il la remarque et se mette à manger.

Elle devait acheter de quoi dîner, du liquide vaisselle, du savon. Au lieu de sortir par la porte principale, elle passa par la porte arrière, déverrouillant le portail pour emprunter l'allée pavée. Celle-ci menait sous une voie de chemin de fer puis continuait dans une allée plus étroite encore. Peu de temps après, elle débouchait dans le brouhaha de Commercial Road.

De retour à la maison, elle dîna d'une simple salade de tomates et d'avocat, avec un petit pain. Elle avait le sentiment d'avoir fait le mauvais choix et ne savait pas si elle devait rebrousser chemin, ou continuer.

Une fois qu'elle fut couchée dans la chambre principale, les chatons A et B apparurent sur le seuil de la porte, explorèrent la pièce puis sautèrent sur le lit et s'approchèrent. Quand elle tenta de les caresser, ils s'enfuirent, franchissant la porte en trombe dans un cliquetis de griffes sur le parquet. Mais ils revinrent et elle entendait leur souffle, ténu, dans le noir.

Elle resta éveillée pendant des heures. Elle pensa à Jess, aux corps dans leur congélateur, à Lola, puis se demanda soudain si elle avait bien pensé à verrouiller la porte arrière. Sûrement, forcément… Mais elle n'en était pas certaine. Aussi se leva-t-elle et descendit-elle l'escalier dans le noir. Attentive au moindre son. Mais on n'entendait rien à part le ronron de la circulation et le bruit de ferraille d'un train qui passait. La porte arrière était verrouillée. Bien sûr qu'elle l'avait verrouillée.

Consternée, Chloë considéra la scène au dernier étage de la maison de Frieda. Les lames de parquet avaient été soulevées. La fenêtre avait été enlevée et le mur en dessous partiellement démoli. Les deux poutrelles d'acier avaient remplacé celles en bois au sol et s'avançaient dans le vide au-dessus de la cour. Josef et Stefan étaient assis dans un coin en train de boire du thé dans un Thermos.

— Je peux poser une question ? demanda Chloë.

Josef hocha la tête.

— Il ne faut pas un permis pour faire ce genre de truc ?

Josef haussa les épaules.

— C'est invisible.

— Invisible, mon cul, oui.

— Non. Personne voit depuis la rue. Personne regarde. Quand on finit, ça sera comme si c'était toujours là. Pas de problème.

Il y avait tant de choses que Chloë aurait pu répondre à ça… Elle connaissait des gens qui avaient été poursuivis en justice pour travaux illicites, d'autres qui avaient dû remettre leur bien exactement dans l'état d'origine à leurs frais. Il ne subsistait guère de doutes dans son esprit que Josef et Stefan réalisaient des travaux illégaux à l'aide de matériaux volés. Mais tout bien considéré, quand on songeait à quoi Frieda était confrontée, Josef avait sans doute raison. Elle méritait bien son petit jardin à ciel ouvert.

Trente-deux

Dugdale n'avait jamais aimé donner des conférences de presse. Il savait qu'il n'était pas doué pour ça et rêvait toujours qu'un autre les tienne à sa place. Se présenter aux côtés de la préfète Leigh n'était guère mieux. Il avait l'impression de faire office de bouclier humain, destiné à absorber l'explosion à venir.

La salle était bondée, pleine de journalistes. Une tension quasi palpable flottait dans les airs. Des flashs crépitèrent. On tendait des micros à bout de bras. Il contempla la mer de visages et vit à quel point tous étaient surexcités. La fatigue s'abattit sur lui. Il avait veillé toute la nuit, buvant café sur café dans des gobelets en polystyrène, s'efforçant de coordonner les deux nouvelles opérations. Il avait faim, il se sentait sale. Ses yeux le lançaient et il les frotta.

Leigh fit une brève déclaration, en gros insignifiante. Puis des questions fusèrent, posées avec des accents de toutes sortes. Certaines s'adressaient à Dugdale. On lui demanda s'il y avait la moindre piste. On lui demanda ce qu'il avait à dire aux familles des victimes. On lui demanda comment il se sentait. Ensuite, il se rendit aux toilettes et s'aspergea la figure à l'eau froide. Il constata que le col de sa chemise était retourné et que le coup de rasoir qu'il s'était donné avant de se rendre à la conférence n'était pas réussi. Il haussa les épaules : seule l'enquête importait.

La salle de réunion était tout juste assez grande pour les officiers qui s'étaient rassemblés. Dugdale ôta sa veste, conscient des auréoles de sueur sous ses bras, et s'exprima d'un air sombre. Il avait l'impression qu'un autre parlait à sa place. Tout en décrivant froidement la mort de Jessica Colbeck, il revoyait les photos de la scène de crime. Elle était si jeune, il y avait tant de sang. D'après la pathologiste, l'artère avait été complètement sectionnée. Une vraie boucherie. Il aurait aimé qu'elle n'ait pas prononcé ces mots.

Sa bouche lui parut pâteuse et il but une gorgée d'eau.

— Même si la journée a été dure, reprit-il, je suis certain qu'elle nous mènera jusqu'à Dean Reeve.

Il ausculta les visages un à un. Ils étaient épuisés, tous. Ils savaient ce qui se passait, ils comprenaient l'enjeu, ils n'avaient pas besoin qu'il le leur dise.

Quand ce fut fini, Dugdale fit signe à Quarry d'approcher.

— Trouvez-moi d'où viennent ces congélos, ordonna-t-il.

— Sans doute de Freeserve ou d'eBay ou d'un truc du genre, répliqua Quarry. C'étaient des vieux. L'un d'eux est à moitié rouillé. Je vais demander à Phelps de nous faire une recherche en ligne exhaustive. On a toutes les photos maintenant.

Dugdale opina du chef et lui tapa sur l'épaule.
— On est plus proches que jamais. Je le sens.

À 9 heures tout juste passées le lendemain matin, une fois que Frieda eut fini de nourrir les chats et alors qu'elle s'était installée devant l'ordinateur, son téléphone sonna.
— Frieda. C'est moi.
Lola parlait d'une voix rauque et forte, comme si elle avait appelé Frieda durant des heures.
— Je sais. Dites-moi comment vous allez.
— Je suis devant votre porte. Vous êtes sortie ou c'est juste que vous ne répondez pas ?
— Ma porte ?
— Oui.
Frieda se rendit alors compte que Lola ignorait totalement qu'elle avait déménagé.
— Que faites-vous là ?
— Où êtes-vous ? Quand rentrez-vous ?
— Lola, je vous ai dit d'aller trouver Karlsson et qu'il vous mettrait à l'abri. Que faites-vous là ?
— Il faut que je vous parle. J'ai besoin de vous voir.
— À quel sujet ?
— Je ne me sens pas en sécurité. Je ne me sens à l'abri nulle part. J'ai besoin d'être avec vous. Je vous en prie. Je vous en prie, Frieda. Je vais devenir dingue.
Lola se mit à sangloter. Un long silence s'ensuivit.
— Restez où vous êtes. Je dois y réfléchir. Je vous rappelle dans quelques minutes.

Frieda resta assise un moment, rigoureusement immobile, puis rappela Lola.

— Vous vous souvenez de notre retour après l'enquête, quand nous avons longé le canal en passant devant Camden Lock ?

— Oui.

— Alors écoutez-moi bien. Je veux que vous refassiez le même trajet. Allez à Camden Lock, suivez le canal et prenez à droite, vers Regent's Park. Continuez de marcher jusqu'à ce que vous atteigniez le bout du sentier. Puis attendez.

— Quoi ?

— Faites ce que je vous dis, c'est tout. Et tout de suite.

Elle avait raccroché.

Frieda se tenait sur le pont enjambant le canal, mais côté Regent's Park, hors de vue. Devant elle, de part et d'autre du canal, se trouvait le zoo. Une barge remontait vers elle, ahanant lentement. À l'arrière du bateau se tenait un couple, aux cheveux gris tous les deux, un mug à la main chacun. La femme avait l'autre main posée sur la barre. L'homme leva les yeux vers Frieda, l'air impassible, sans lui sourire, sans la saluer non plus.

On avait beau être un matin de semaine, le sentier de halage n'en était pas moins animé. Des cyclistes pédalaient dans les deux sens, des gens promenaient des chiens, des mères, des pères, des grands-mères, des petits enfants. Et puis il y avait elle, qui marchait moins vite qu'à l'accoutumée, comme si ses pieds étaient de plomb. Frieda fut envahie d'une vague de tristesse à la vue de Lola, les mains dans les poches de sa courte veste bleue, son regard prostré devant elle, avec ses tresses enfantines. Qui était là pour veiller sur elle ?

Assez, toutefois. Frieda devait se concentrer. Lola passa sous le pont mais Frieda ne la suivit pas du regard. Au lieu de ça, elle observa derrière elle. Elle voyait loin. Il y avait deux cyclistes, une femme et un homme. Un joggeur, entre deux âges, à lunettes, le crâne dégarni, essoufflé. Il y avait une femme avec une poussette. Deux autres femmes, en pleine conversation. Et c'était tout. Frieda s'obligea à attendre deux minutes encore. Trois autres cyclistes apparurent. Un homme avec un chien. Une jeune joggeuse.

Lola n'était pas sous surveillance.

Elle sortit son téléphone et composa un numéro. Elle vit Lola plonger la main dans sa poche.

— Frieda, où êtes-vous ? J'ai peur.

— Revenez sur vos pas, ordonna Frieda. Quand le canal fait un coude à gauche, juste avant, prenez l'escalier sur votre droite.

Frieda patienta quelques instants sans bouger, regardant Lola revenir sur ses pas. Elle observa les gens précédemment derrière elle et qui se trouvaient désormais devant elle. Aucun d'eux ne réagit. Elle avait fait de son mieux.

Lola passa devant la volière géante puis gravit l'escalier. Elle ne savait pas quoi chercher mais vit alors, de l'autre côté de la rue, un taxi noir avec une portière ouverte, et Frieda qui se penchait au-dehors. Elle courut, grimpa à côté d'elle et claqua la portière. Le taxi démarra.

Lola posa sa tête sur l'épaule de Frieda. Sa joue lui semblait endolorie et fragile, ses yeux lui faisaient mal.

— Je suis tellement, tellement contente de vous voir, commença-t-elle. Je voulais…

Frieda l'obligea à se redresser.

— Donnez-moi votre téléphone.

Lola le lui remit. Frieda baissa la vitre et le jeta par la fenêtre.

— Que faites-vous ? C'est le deuxième téléphone que vous balancez. Ce n'est qu'un appareil à carte. Personne ne peut remonter jusqu'à moi.

— Plus tard, lui intima Frieda. On parlera plus tard.

Elles descendirent du taxi à Camden High Street, pratiquement là où Lola avait rejoint le canal. Frieda s'éloigna d'un pas rapide sur le trottoir. Elle fit entrer Lola chez Marks & Spencer.

— On va vous acheter quelques vêtements, dit-elle.

— Quoi ? Quels vêtements ?

— Tout ce dont vous avez besoin. Mais rien qu'il vous faille essayer.

Elle choisit des sous-vêtements, un tee-shirt à col rond et des leggings noirs, un pull doux et ample couleur aubergine, une veste étanche et une paire de baskets blanches aux lacets verts. Frieda régla mais ensuite, au lieu de partir, elle emmena Lola dans un vestiaire, y entra avec elle et tira le rideau.

— Je croyais que vous ne vouliez pas que j'essaie quoi que ce soit.

— Déshabillez-vous. Complètement, ordonna Frieda.

— C'est quoi, cette histoire ? protesta Lola, vidée de son entrain habituel.

Elle avait un air crasseux, épuisé.

— Si je dois vous mettre à l'abri, alors on reprend tout de zéro. Pour commencer, videz vos poches.

Lola remisa ses quelques pièces de monnaie, la clé de son appartement et son portefeuille. Ensuite elle déboutonna sa veste, l'enleva et la pendit à un crochet. Elle se débarrassa de ses chaussures d'un coup de pied. Puis passa son haut par-dessus sa tête, défit son soutien-gorge et l'ôta. Elle déboutonna son jean et le fit tomber avec son slip, les enjamba. Debout nue devant Frieda, elle n'offrait plus la moindre résistance, plongée dans une totale hébétude.

Frieda sortit les nouveaux vêtements du sac. Elle examina Lola quelques secondes.

— Enlevez votre montre, ajouta-t-elle. Et vos boucles d'oreilles.

— Que cherchez-vous à faire ?

— Je n'en sais rien, dit Frieda. Mais si on se débarrasse de tout, on n'a plus besoin d'y penser.

Lola remit sa montre et ses boucles d'oreilles à Frieda, qui les jeta dans le sac en plastique vide. Elle y mit également les vêtements de Lola.

— Vous pouvez vous habiller maintenant.

Pendant que Lola enfilait sa tenue, Frieda inspecta le portefeuille. Une carte de crédit, un permis de conduire, une carte d'un syndicat étudiant et plusieurs cartes de fidélité qu'elle remisa dans sa propre poche.

— Même pour ça, vous ne me faites pas confiance ?

— Vous ne risquez pas de vous en servir si vous ne les avez pas.

Puis Frieda jeta le portefeuille dans le sac avec le reste.

— C'était un cadeau de mes parents, se plaignit Lola.

— Qui mérite qu'on meure pour lui ?

Lola s'observa dans le miroir en pied.

— On dirait une autre.

Frieda suivit son regard.

— On ne vous remarque pas. C'est tout ce qui compte. Sur ce, il faut qu'on y aille. Ça fait déjà trop longtemps qu'on est ici.

En sortant du magasin, Frieda fourra le sac de courses dans une poubelle de la rue. Lola se mit à protester.

— J'imagine que je n'ai pas le droit de dire que ces fringues et ma montre comptaient pour moi ?

Frieda regarda Lola avec une expression où perçait presque un sourire.

— On ne devrait jamais rien posséder qu'on craigne de perdre, répliqua-t-elle.

Trente-trois

Lola s'était faite à ces déambulations dans la capitale. Cette fois-ci, elles prirent l'Overground à Camden Road, vers l'est, puis changèrent à Highbury et Islington pour se diriger vers le sud. Elles sortirent à Shadwell et empruntèrent Cable Street, puis bifurquèrent dans une ruelle longée de petites maisons datant des années soixante, bâties légèrement en retrait de la voie, pourvues de porches et de pelouses à l'avant. Frieda sortit une clé de sa poche et ouvrit la porte de la numéro trois. L'entrée sentait la lavande. Lola lança un regard dans le miroir au mur pour le détourner aussitôt : elle ne voulait plus voir sa tête. Elle ne se reconnaissait plus.

Soudain, deux petites boules de poils blanches les dépassèrent à toute allure.

— Oh ! s'écria-t-elle en sursautant.

— Je garde des chats, expliqua Frieda.

Lola s'assit pesamment dans l'escalier et contempla Frieda, debout, là, si calme, dans cette confortable maison nette toute propre.

— Vous gardez des chats ? répéta-t-elle.

Elle se mit à rire, d'un rire fort qui ricocha dans l'entrée. Frieda fit un pas vers elle et le rire se mua en un sanglot étranglé. Lola se pencha en avant, la tête entre ses genoux, les épaules secouées dans son nouveau pull.

Frieda posa une main sur son épaule et patienta le temps que les hoquets s'apaisent. Enfin Lola releva la tête et la fixa, l'œil trouble.

— Venez dans la cuisine, dit Frieda. Je vais vous préparer quelque chose de chaud à boire.

— Comment êtes-vous arrivée là ? s'enquit Lola, une fois attablée.

Il y avait une lampe à magma sur le côté et sur le mur blanc, une illustration représentant un arlequin.

— Un contact, simplement. Peu importe. Interdiction d'ouvrir les rideaux côté rue comme côté cour, d'allumer les plafonniers ou de faire du bruit. On entre et on repart aussi discrètement que possible – et si on nous pose la question, nous sommes venues nourrir les chats. Tout ce que nous utilisons, je dois le remplacer. Ceci, par exemple.

Elle lâcha un sachet de thé au gingembre dans un grand mug vert.

— Les gens qui habitent ici sont en vacances et personne ne doit savoir qu'il y a qui que ce soit dans la maison.

Lola hocha la tête.

— Bien, sur ce, il faut qu'on parle.

Elle passa à Lola le mug de thé au gingembre.

— Racontez-moi comment vous vous sentez.

Lola enveloppa le mug de ses mains et baissa la tête, de sorte que Frieda ne pouvait plus voir ses yeux. Un long silence plana. Quand elle reprit la parole, c'était d'une voix qu'elle voulut ferme.

— Je ne sais pas comment je me sens. Parfois calme, comme si je m'observais de l'extérieur et que rien n'était réel, comme si j'étais de l'autre côté d'une porte vitrée.

Elle releva brièvement les yeux. La vapeur du thé, condensée sur son visage, faisait briller sa peau. Frieda acquiesça, sans rien dire.

— Et parfois j'ai l'impression d'avoir une mer déchaînée en moi et de me noyer dedans. Mais dans un cas comme dans l'autre, je la revois tout le temps. Je la revois. Quand je ferme les yeux, je la revois, avec son regard fixe sur moi. Je n'avais jamais vu de mort auparavant. Un regard mort, c'est différent. Difficile à expliquer. Et il y avait tellement de sang. J'ai marché dedans. Ils m'ont donné de nouvelles chaussures au commissariat, celles que vous avez jetées. Je peux le sentir aussi. C'est comme si ça tapissait le fond de ma gorge et de mon nez.

— Je suis vraiment désolée pour votre amie, déclara Frieda d'une voix douce.

— Elle a un nom. Jess. Jessica Colbeck.

— Je suis vraiment désolée pour Jess.

Lola déglutit et le rythme de sa respiration s'accéléra, comme si elle avait gravi au pas de course plusieurs volées de marche.

— Si je n'avais pas eu l'idée idiote d'écrire sur vous pour tomber ensuite sur Dean Reeve sur le canal et après de…

— Et après quoi ? Vous ne pouvez pas vous considérer comme responsable.

— Je ne me considère pas comme responsable. J'aimerais juste que rien de tout cela ne soit arrivé. J'aimerais juste pouvoir remonter le temps et que rien de tout ceci ne se soit jamais produit. Je n'ai pas envie d'être ici.

— Ce que vous avez vu était épouvantable. Vous pouvez m'en parler. Vous pouvez me dire absolument tout et j'écouterai. Cependant, je peux vous affirmer que cela restera toujours douloureux, mais que ça s'estompera.

— Je ne tiens pas à ce que ça passe, répliqua Lola d'une voix farouche.

À la voir ainsi, Frieda se fit la réflexion qu'elle avait grandi en l'espace d'une seule et terrible journée.

— J'ai l'impression que ce serait une façon d'oublier Jess.

— Vous ne l'oublierez pas. Mais vous vous souviendrez d'elle autrement aussi, sans horreur ni culpabilité.

La tête de Lola replongea en avant. Ses épaules étaient voûtées et ses cheveux défaits retombaient mollement.

— Voulez-vous me décrire ce qui s'est passé ? proposa Frieda.

Lola secoua la tête.

— Je peux pas. Pas encore.

— Très bien. Dites-moi ce qui s'est passé au commissariat, dans ce cas.

Lola lui livra un compte rendu hésitant, décousu, de son interrogatoire par Dugdale, expliquant qu'il lui avait fait répéter sa version à maintes reprises, en induisant chez elle une forme de culpabilité, et qu'un jeune homme appelé Dan Quelque-chose avait noté des trucs, et qu'elle avait signé une déposition mais que sa main tremblait tellement que ça ne ressemblait pas à sa signature. Ils lui avaient offert un thé et un sandwich, qu'elle avait vomi dans les toilettes quelques minutes plus tard. Ils lui avaient demandé où elle comptait habiter et de se rendre disponible pour d'autres questions. Elle leur avait donné l'adresse d'un ami. Ils voulaient la raccompagner mais elle avait répondu qu'elle préférait y aller seule. Quand ils avaient proposé d'appeler ses parents, elle avait refusé.

— Ils ne comprendront jamais rien de tout ça, expliqua-t-elle. Ils me le mettront sur le dos, d'une manière ou d'une autre.

Elle renifla un grand coup et s'essuya le nez du dos de sa main.

— Lola, pauvre gourde, railla-t-elle. Mais voyez dans quel pétrin elle s'est mise maintenant. Quel fichu, foutu bordel.

— Non, Lola. Personne ne vous en voudra.

— Vous ne connaissez pas mes parents.

— Avez-vous eu le sentiment que la police progressait ?

— Ils m'ont juste posé des questions, répliqua Lola. Des tas et des tas de questions, les mêmes, sans fin. Ils ne m'ont rien dit.

— Et ensuite ? Vous êtes allée voir Karlsson ? Racontez-moi. Il ne vous a pas aidée ? Pourquoi êtes-vous ici ?

Lola prit son temps pour répondre, et quand elle le fit, ce fut à voix basse.

— Ne m'en veuillez pas. Je ne supporterais pas que vous soyez fâchée contre moi. Je sais que j'ai tout fait de travers.

— Je ne me fâcherai pas.

— Je n'ai pas demandé ses coordonnées et je ne l'ai pas vu. J'allais le faire, et puis finalement, je l'ai pas fait. Je ne peux compter sur personne. C'est vous qui me l'avez appris. À part vous. C'est tout ce qui me venait à l'esprit. Qu'il fallait absolument que je vous joigne. Personne d'autre.

— Je vois.

Frieda l'observa, les sourcils froncés.

— J'ai passé une nuit… une nuit horrible. C'était comme un cauchemar affreux, mais j'étais réveillée. Je n'ai pas dormi du tout. Je ne voulais pas rentrer chez nous avant qu'il fasse jour. Je ne pouvais pas longer le canal dans le noir. Du coup, j'ai erré. J'ai pris le métro et fait la Northern Line dans les deux sens, et je n'arrêtais pas de me dire qu'il y serait. Chaque fois que les portes s'ouvraient à une station, je croyais qu'il allait entrer. Je savais que j'aurais mieux fait de retourner au commissariat. Il y a un café italien près du Barbican où j'étais déjà allée quelques fois, qui reste ouvert jusqu'à 5 heures. J'y suis retournée, j'ai commandé un thé et une viennoiserie et j'y suis restée pendant deux heures environ sans toucher ni à l'un ni à l'autre, et après, quand je me suis levée pour partir, je n'avais pas de quoi régler.

Elle déglutit.

— Un type gentil a payé pour moi puis m'a plus ou moins demandé si on pouvait se revoir. L'ancienne moi aurait répondu oui – il était mignon. Mais je pouvais pas, bien sûr. J'ai marché jusqu'à la station Liverpool Street, je me suis assise dans la salle d'attente crade et j'ai attendu là jusqu'à ce qu'il fasse jour et ensuite, je suis allée là où je croyais vous trouver.

J'ai dû marcher vu que je n'avais plus un sou, et j'étais tellement fatiguée, j'avais tellement peur, que je n'arrêtais pas de faire des pauses et de m'agripper à tout ce que je pouvais, j'avais envie de m'allonger, de me rouler en boule et de ne plus jamais bouger ni ouvrir mes yeux. Et vous étiez partie. Vous aviez disparu.

Elle souleva le mug et but une bonne gorgée de son thé qui refroidissait. De grosses larmes roulèrent le long de ses joues.

— Vous devez être complètement épuisée, remarqua Frieda.

Lola hocha la tête.

— Je le suis. Mais comment dormir à présent ? Je vais en rêver.

— Peut-être. Mais vous devez vous reposer.

— Je sais que je n'aurais pas dû aller voir Jess. C'était idiot de ma part. Mais j'ai reçu un message d'elle, qui disait que c'était très, très urgent.

— Pourquoi ne pas m'en avoir parlé ?

— Elle disait de ne le répéter à personne. Et vous m'auriez interdit de m'y rendre.

Frieda plongea son regard dans les yeux rouges et gonflés de Lola.

— Ne nous attardons pas sur ce que vous pensez que j'aurais fait, répliqua-t-elle. Ce qu'il nous faut, c'est réfléchir à l'instant présent, maintenant. Dorénavant, vous n'aurez plus de téléphone et vous n'aurez plus accès à votre ordinateur.

— Vous ne me faites pas confiance ?

— Ce n'est pas une question de confiance. Il est très difficile d'être tout le temps sur ses gardes – surtout pour quelqu'un comme vous.

— Comme moi ? Ça veut dire quoi ?

— D’une nature confiante. Ainsi, vous ne risquez plus de commettre d’erreur. Et peu importe que j’aie ou non confiance en vous. Ce qui compte, c’est que vous ayez confiance en moi. Si vous me croyez excessive, pas fiable, dangereuse, vous pouvez partir tout de suite, et trouver quelqu’un capable de vous protéger. Mais si vous décidez de rester, il faudra faire comme je l’entendrai. C’est dans vos cordes, vous croyez ?

— Qu’est-ce que je devrai faire alors ?

— Lisez un livre. Un livre ne risque pas de nous géolocaliser. Il y a plein de livres dans le salon. La plupart sont d’étranges ouvrages de développement personnel ou des livres sur les chats, mais il y a quelques romans. Vous devriez prendre un bain, si vous voulez mon avis. Et ensuite, voir si vous arrivez à faire un somme. Demain, je vous achèterai un sac de couchage – pour cette fois, vous pouvez dormir dans leurs draps.

Trente-quatre

Au volant de sa voiture, Dan Quarry s'éloignait des box tout en essayant de calculer combien d'heures il avait dormi ces trois derniers jours. Huit, peut-être ? Il était maintenant au-delà de la fatigue, dans une sorte d'état de vigilance et d'étourdissement où tout semblait se découper avec netteté, où les sons étaient plus précis et où ses pensées lui sautaient à la figure, telles des créatures tapies, aux aguets. Il ferait mieux de rentrer chez lui, de prendre une douche et de se fourrer au lit un moment, il le savait. Sa peau le démangeait. Comme si de minuscules insectes rampaient sur lui, partout. Il regretta de n'avoir pas changé les draps : un instant, il repensa à son ancien domicile, celui d'où Maggie l'avait chassé, baigné par la lumière du soir, et où sa fille grimpait sur ses genoux quand il rentrait, fatigué de sa journée.

Il se gara sur le côté, sortit de sa voiture et alluma une cigarette. C'était un après-midi humide et gris, sans vent. Les feuilles d'automne pendaient mollement aux branches du platane qui se dressait au milieu du minuscule carré de pelouse. Il ferma les yeux un moment, mais les rouvrit aussitôt car sa fatigue était telle que le monde tanguait sous ses pieds. Il ne connaissait pas du tout ce quartier de Londres. Le soleil était invisible dans le gris épais du ciel et Dan n'arrivait pas à situer la Tamise. De part et d'autre de la route, il y avait de petits commerces – des kebabs et fish-and-chips, des prêteurs sur gages, des magasins d'électroménager, un entrepreneur de pompes funèbres avec des lys qui se mouraient dans la vitrine. Au-dessus, des appartements, dont il était impossible de dire s'ils étaient occupés ou vides. Au loin, un ensemble de petits locaux à usage professionnel, des casses automobiles, des dépôts de fourgonnettes. Il y avait une salle de gym également, à ce que vit Quarry, mais aux portes condamnées, aux fenêtres brisées.

Il finit sa cigarette, la jeta et en écrasa le mégot de son talon. Puis il remonta à bord de sa voiture. Comme il s'y attendait, l'examen du garage par les experts n'avait rien donné. Il n'y avait pas de traces exploitables dans l'abri. Les meurtres avaient très certainement été perpétrés ailleurs. On trouvait de multiples empreintes digitales mais aucune qui corresponde à celles de Dean Reeve. L'allée avait été empruntée par des douzaines de personnes ; les objets collectés – préservatifs, sachets de chips, mèches de cheveux qui s'étaient avérées des poils de chien – ne les avaient menés nulle part.

Les box appartenaient à un dénommé George Pearsall, qui dirigeait une entreprise de bâtiment à Swindon. Les garages individuels étaient sous-loués selon toutes sortes de modalités, sous le manteau, et réglés en espèces. Ils n'avaient pas encore réussi à trouver à qui Reeve avait loué le sien.

Phelps avait fouillé les sites en ligne pour voir d'où venaient les congélateurs et avait également fait chou blanc. Il n'y avait pas moyen de remonter la piste des ventes des congélateurs de deuxième ou troisième main.

Alors que Quarry s'apprêtait à démarrer, son téléphone sonna. Le numéro affiché lui était inconnu.

— Dan Quarry ?

— Qui êtes-vous ?

— Je m'appelle Ellie Hannan. Vous ne me connaissez pas. Je suis une collègue de Liz Barron. Je suis tombée sur votre nom dans ses notes.

Quarry réfléchissait à toute vitesse. Il ne savait pas quoi dire.

— Vous êtes toujours là ?

— Le moment est mal choisi, répondit-il.

— On est tous bouleversés par ce qui est arrivé à Liz. Vous devez l'être aussi. J'ai pensé qu'on pourrait en parler.

— Comme je disais, ce n'est pas le bon moment.

— On peut se parler plus tard ?

— Oui, répondit Quarry. Plus tard.

Tout, pourvu qu'elle raccroche. Il mit fin à l'appel, démarra le moteur et s'éloigna. Le jour gris, l'horizon plat et bétonné lui pesaient sur le moral. Cette station de lavage à l'abandon. Ce magasin qui vendait du verre. Cet autre qui vendait des pneus, avec un attroupement d'hommes planqués à l'intérieur. Ou ce gros bâtiment rempli de bric-à-brac, des rebuts d'existences passées dont nul ne voulait plus. Sur le trottoir au-dehors traînaient des poussettes rouillées, des brouettes, des chaises empilées et deux énormes caissons métalliques à tiroirs.

Quarry s'approcha du dépôt et se gara. Sortant de la voiture, il jeta un œil au travers de la porte à deux battants. Devant lui, une grande étagère était remplie de vieilles imprimantes. Qui pouvait bien en acheter d'occasion ? Il entra.

Le dépôt était immense, aussi large que profond, et contenait surtout, à première vue, de la camelote sans valeur, triée par catégories approximatives. Les imprimantes étaient à côté d'ordinateurs aux écrans poussiéreux, d'où pendouillait un pêle-mêle de câbles. Les ordinateurs côtoyaient les télévisions, dont certaines rappelaient à Quarry celle de sa grand-mère quand il était enfant. Il y avait des enceintes géantes, des lecteurs de DVD, des coffrets de téléphones mobiles. Sur sa gauche, des vélos, entassés les uns contre les autres. Un jeune homme était en train d'en amener deux autres, arrivant par les portes situées à l'arrière. Un autre homme entra avec un gros carton, manifestement lourd. Dan prit conscience que plusieurs personnes travaillaient là, à moitié dissimulées par les montagnes de vieilleries.

Quarry s'aventura plus avant dans l'espace. On trouvait des mixeurs, des matelas, des arbres de Noël en plastique, des transats, des fourches, des truelles. Ou encore deux tronçonneuses aux dents émoussées, des coffres de toutes formes et de toutes tailles. Des aspirateurs. Des seaux et des balais à franges. Des micro-ondes, des fours, des plaques chauffantes. Des casseroles en tout genre. Des piles d'assiettes ébréchées. De vieilles portes. Des bottes en caoutchouc. Et tout au fond, des réfrigérateurs. Ainsi que des congélateurs.

— B'soin d'aide ?

Quarry se retourna. Un homme se tenait devant lui, colossal, le teint rosé, chauve, avec des yeux très bleus qui devaient être sensibles à la lumière vive. L'homme souriait, dévoilant de petites dents jaunes, mais le sourire s'effaça quand Quarry récupéra son badge dans sa poche.

— J'essaie de déterminer la provenance de quelques congélateurs.

— Des congélos ?

Quarry les désigna par-dessus l'épaule de l'homme.

— Vous savez ce qu'est un congélo, n'est-ce pas ?

Il sortit les photos de son sac.

— Ça vous dit quelque chose ?

— Non.

— Vous n'avez même pas regardé.

L'homme leur jeta un coup d'œil furtif et enfonça ses mains dodues dans les poches de son ample pantalon de jogging.

— Ça remonte à un mois, sans doute, précisa Quarry. Deux, peut-être.

— Je fais rien de mal ici. Les gens m'apportent des trucs dont ils ne veulent plus. Ou alors on passe les chercher. On leur rend service.

— Je ne vous accuse de rien.

— Comme je disais, un congélo, c'est un congélo.

— Ou cet homme.

Il sortit la photo de Dean Reeve.

Une fois de plus, l'homme la regarda à peine.

— Désolé, lâcha-t-il.

— C'est important.

Par-dessus l'épaule de l'homme, il apercevait les silhouettes des employés. Que des hommes, tous jeunes, en train de trier ces merdes, de charrier des biens volés sur le sol crasseux.

— Vous ne voulez pas que je me mêle de votre affaire, si ?

— Je fais rien de mal.

— Alors regardez cette photo. Je veux dire : *regardez-la bien.* Et dites-moi si vous avez vu cet homme. Et si j'ai le sentiment que vous avez fait de votre mieux, en bon citoyen, pour m'aider, alors je m'abstiendrai de poser plus de questions. Et je veux parler de questions auxquelles vous n'aurez vraiment pas envie de répondre.

La figure rose du type s'assombrit. Il prit la photo et la contempla. Il la tint à bout de bras, puis la rapprocha, si près qu'il ne se trouvait plus qu'à deux ou trois centimètres de l'image. Il l'inclina comme si cela pouvait révéler quelque détail secret.

— Désolé. On récupère ce que les gens ne veulent plus et on leur refile ce qu'ils veulent, ils nous paient pour ça, et après ça, je ne repense plus à eux.

Quarry poussa un soupir et lui remit sa carte.

— Si vous vous rappelez quoi que ce soit, ajouta-t-il.

L'homme la glissa dans sa poche arrière.

— C'est ça, conclut-il avant de tourner les talons et de s'éloigner.

Trente-cinq

Frieda réveilla Lola à 16 heures. Elle était recroquevillée dans le canapé en cuir du salon, le vieux chat aveugle contre son épaule.

— J'ai dormi combien de temps ?

— Une heure environ, pas plus. J'ai pensé qu'il valait mieux que je vous réveille maintenant pour que vous parveniez à dormir ce soir. Comment vous sentez-vous ?

— Ça va.

— Bien sûr que non, ça ne va pas. En attendant, on va quand même aller faire trois courses. Vous pourrez faire semblant d'aller bien en faisant quelque chose de normal.

— Ça va me soigner ?

— Je n'en sais rien, mais ça nous permettra au moins de dîner.

Il y avait une épicerie au bout de la rue. Frieda inspecta les rayonnages pendant que Lola lançait des regards inquiets de part et d'autre, puis vers l'entrée.

— De quoi avez-vous envie ce soir ? demanda Frieda.

Lola se tourna vers elle, l'air hébété.

— J'en sais rien.

Frieda acheta un chou-fleur, du cheddar, du beurre, du lait et une baguette précuite. Elle ajouta un petit pot de moutarde au panier, deux barres de chocolat, des pommes, un pot de marmelade et des flocons d'avoine.

— On piochera dans leur farine, déclara-t-elle.

Ensuite elle passa aux rayons dédiés à la presse et sélectionna six journaux nationaux, les pliant de façon à dissimuler leurs gros titres et leurs photos de Jess arborant un large sourire, les joues creusées d'une fossette. Au moment de payer, elle remarqua quelque chose derrière le comptoir.

— J'en veux bien une, demanda-t-elle, en indiquant une bouteille de whisky.

— Je n'ai jamais bu de whisky, répliqua Lola. Ça sent le désinfectant.

— C'est comme de boire de la boue et du feu.

— Et c'est bien, ça ?

À leur retour, Lola s'installa dans la cuisine avec un mug de thé et un livre de Gerald Durrell, tandis que Frieda s'asseyait au salon avec tous les journaux. Elle les ouvrit l'un après l'autre. Chacun affichait en première page le meurtre de Jess Colbeck, vingt et un ans, sauvagement tuée dans son appartement. Ils reliaient la mort de Jess à la série de meurtres londoniens, que plusieurs titres qualifiaient d'« épidémie ». Ils étaient illustrés de portraits de Dugdale, d'autres victimes. On y trouvait des extraits de commentaires et des interviews d'amis de Jess, pas de ses parents, trop éprouvés : elle était leur unique enfant. Frieda lut tout, le front barré par la concentration. Cela lui prit un long moment, et quand elle eut fini, elle emporta tous les journaux dans sa chambre, hors de la vue de Lola.

Puis elle se rendit dans la cuisine et prépara un chou-fleur gratiné à la moutarde, qu'elles mangèrent sur des gros morceaux de pain. C'était réconfortant, rassasiant, et elle se réjouit de voir Lola se servir une seconde fois.

Ensuite, elles passèrent au salon, orné de chats en porcelaine sur toutes les étagères et d'une grande photo de Venise au mur. Frieda ouvrit la bouteille de whisky et en versa dans deux verres. Elle en tendit un à Lola, qui but une gorgée et se mit à tousser.

— C'est juste une question d'entraînement, commenta Frieda.

Lola hocha la tête et prit une autre petite gorgée prudente. Elle plissa les yeux et le nez.

— Ça pique, presque.

Elle reposa le verre sur la petite table.

— Vous avez traversé des moments terribles, dit-elle. Des trucs violents. Ça ne vous hante pas ?

— Vous m'avez vue sur la tombe. Tout ce qui nous arrive fait partie de nous. C'est comme ce qu'on mange. On le métabolise.

Frieda but une gorgée de son verre puis secoua la tête.

— Je ne détiens aucune réponse. On ne peut pas se forcer à oublier. On ne doit pas oublier. Mais il y a des façons d'évoquer des souvenirs qui peuvent être utiles, et d'autres qui n'aident pas. On ne doit pas ressasser sans fin les épreuves du passé, comme pour les polir, les durcir et les préserver.

Puis elle regarda Lola avec une expression intense.

— C'était affreux. Si vous croyez que je ne peux pas comprendre à quel point c'était affreux, si, je le peux. Vous pouvez l'admettre. Vous devez vous y confronter. Mais ne vous laissez pas dominer.

Lola parut effrayée. Ses yeux s'agrandirent dans son visage rond.

— Dominer ? Que voulez-vous dire ?

Frieda finit son verre d'une traite.

— C'est juste quelque chose que vous devez garder à l'esprit.

C'est un bruit qui éveilla Frieda. Certes, il y en avait beaucoup autour de cette maison. Le passage des voitures devant. Le fracas d'un train au loin. Un couple criait, se disait des choses terribles qu'ils regretteraient au matin. Mais là c'était autre chose : un son aigu, une lamentation. Frieda défit la fermeture éclair du sac de couchage qu'elle s'était acheté, sortit de sa chambre et se rendit dans celle où se trouvait Lola. Elle était recroquevillée dans son lit, les bras passés au-dessus de sa tête, se balançant d'avant en arrière, en pleurs. Frieda s'assit à côté d'elle et posa une main sur son épaule. Lola sursauta comme parcourue par un courant électrique et se tourna vers Frieda, l'œil terne.

— Oh non, gémit-elle. Non, non, non. Je vous en prie.

— Je suis là.

— Frieda.

— Dites-moi ce que vous ressentez.

— Mieux vaut ne pas savoir.

— Mais j'ai envie de savoir.

Lola s'assit, s'enveloppant de sa couette.

— Très bien. J'aimerais être morte. Sauf que ça ne changerait rien.

— Non. Ça ne changerait rien.

— Vous ne pigez pas, reprit Lola. Vous ne pouvez pas comprendre. Je suis complètement perdue. Qu'est-ce que je vais faire ? Je ne supporte pas ce que je ressens. J'ai l'impression que je vais me fendre en deux.

Elles gardèrent le silence un moment.

— Vous savez, il existe une théorie sur le genre humain, reprit Frieda. Nous ne sommes pas très rapides et nous ne sommes pas très forts. Mais nous avions un avantage sur les animaux. Que nous courions ou que nous marchions, nous ne renoncions jamais. Les animaux comme le cerf pouvaient nous distancer un temps. Mais nous restions sur leurs traces sans relâche et à la fin, le cerf finissait par céder. Il s'arrêtait, simplement, s'allongeait, renonçait et se laissait tuer.

— Je ne pige pas qui je suis censée être dans l'histoire. Parce que je me sens plutôt cerf.

— C'est ce que veut Dean Reeve. Ce qu'il souhaite, c'est que nous alimentions tous son pitoyable fantasme de toute-puissance en nous abandonnant à lui.

— Il a tué beaucoup de monde. Ça ne paraît pas si minable si vous voulez mon avis. Vous est-il venu à l'idée que peut-être, nous sommes en son pouvoir et que nous faisons précisément ce qu'il attend de nous ?

— Vous n'êtes pas seule, répliqua Frieda. Nous sommes deux. Vous le comprenez, n'est-ce pas ?

Lola la fixa, sa lèvre tremblante.

— Croyez-vous vraiment pouvoir me protéger ?

Elle grelottait.

— Avez-vous réussi à protéger Liz Barron ? Je me suis renseignée sur vous et Dean, rappelez-vous : avez-vous pu protéger ce policier qui travaillait pour vous ? Avez-vous pu protéger le frère de Dean Reeve ? Avez-vous pu protéger tous les autres ?

— Tous ont commis des erreurs, répliqua Frieda. Ce n'était pas leur faute mais ils se sont rendus vulnérables. Si on ne le fait pas, il ne pourra pas nous atteindre.

Lola se détourna tout en marmonnant.

— Je n'ai pas entendu, fit remarquer Frieda.

— Je disais : peut-être qu'il est trop tard pour ça.

— Voulez-vous que je reste ici le temps que vous vous rendormiez ?

— Je veux bien.

Lola se rallongea mais gardait les yeux grands ouverts. Ses épaules étaient tendues.

— Voulez-vous qu'on en parle, Lola ?

Silence.

— Vous pouvez tout me dire. Absolument tout. Il n'y a rien qui puisse me choquer ou que je ne serais pas à même de comprendre.

— Il y avait tellement de sang… On aurait dit un abattoir. Et Jess qui me regardait… Elle me dévisageait, avec ce sang partout. Seigneur…

— Elle ne vous voyait pas.

— Quand je ferme les yeux, je vois sa tête. C'est ma faute. Je n'ai pas voulu ça.

— Bien sûr que non, renchérit Frieda.

— Je voudrais que ça ne soit jamais arrivé. Je voudrais que tout soit comme avant, quand je rendais mes devoirs en retard, que je traînais avec les copains, que je m'inquiétais de savoir si Ben en pinçait pour moi, ou si j'allais être à découvert.

— Je sais, répondit Frieda.

— Jamais je ne m'en remettrai.

— Vous ne serez plus la même, confirma Frieda. Mais ce que vous ressentez en cet instant ne durera pas.

Elle patienta quelques secondes, puis ajouta :

— Si vous avez quoi que ce soit à me dire, c'est le moment. Il fait nuit. Vous n'avez pas besoin de me regarder. Vous pouvez juste parler comme vous le feriez pour vous-même.

— Je suis bien la dernière personne à qui j'aimerais parler.

Lola laissa échapper un sanglot étranglé et ferma les yeux. Assise à côté d'elle, Frieda resta jusqu'à ce que son souffle devienne plus profond. Alors elle se leva, retourna dans sa chambre, et veilla un long moment.

Trente-six

Frieda espérait que Lola serait mieux le lendemain matin, mais c'était presque pire. Elle était pâle, les yeux cernés de noir. Éteinte aussi, comme sous calmants. Frieda prépara du thé puis du porridge pour le petit-déjeuner. Lola ne parut pas le remarquer et Frieda dut l'encourager à manger, ce que Lola finit par faire, avec de lents mouvements machinaux. Mais elle ne dit mot et Frieda n'insista pas.

— On sort, indiqua Frieda.

— Où ça ?

— Il vous faut quelques vêtements de plus.

— C'est sans importance.

— Seulement deux ou trois trucs.

Avant de partir, Frieda rangea son ordinateur portable dans une sacoche qu'elle laissa sur la table de la cuisine. Elles marchèrent ensemble en direction de Commercial Road puis continuèrent un bon moment, jusqu'à Spitalfields. C'est à peine si Lola ouvrit la bouche. Elle semblait encore plus mal qu'à leur départ. Elle n'arrêtait pas de se mordre les lèvres, de marmonner. Frieda l'observait avec inquiétude. Quand elles arrivèrent au centre commercial, Frieda eut le sentiment qu'elle devait intervenir.

— Parfois il est bon de dire les choses. Et parfois il est préférable de ne pas parler du tout. C'est à vous de voir. Mais je suis là, d'accord ?

— Pas maintenant.

Elles entrèrent dans un grand magasin Gap.

— Il vous faut juste une tenue pour deux ou trois jours. Peu importe quoi.

— Très bien, répondit Lola. Vous pouvez me prendre des culottes et des chaussettes ?

— Bien sûr.

Frieda trouva des sous-vêtements. Elle repéra Lola tout au fond du magasin, qui portait un gros tas de vêtements, et se dirigea vers elle.

— Tout ça ? demanda-t-elle.

— Non, mais je me suis dit que je ferais mieux de les essayer, du moins les pantalons, répondit Lola.

Elle baissa les yeux un instant sur la pile d'habits au creux de ses bras : trois jeans, une robe chemise en denim, un sweat-shirt avec une grosse étoile devant, deux tee-shirts unis et un pull à capuche gris.

— J'ai perdu du poids avec toute cette histoire. Je ne sais plus ce qui me va.

Ses yeux étaient embués de grosses larmes.

— Je fonds, conclut-elle.

— OK. Je prends les articles que vous n'essayez pas ?

Lola lui remit le tout, exception faite des trois jeans, et s'éclipsa dans une cabine. Frieda patienta, étouffant dans cette boutique pleine à craquer. Plusieurs minutes plus tard, Lola ressortait et lui confiait un jean.

— La plupart de ces trucs sont en solde mais vous n'êtes pas obligée de tout prendre.

— Ça ira, répondit Frieda.

Quand elles eurent terminé, elles ressortirent du centre commercial devant la grande église.

— On rentre ? proposa Frieda.

— On ne pourrait pas prendre un café d'abord ? J'étouffe dans cette maison, c'est comme une prison. Je me sens mieux dehors.

Frieda l'emmena donc plus loin dans la rue dans un café, savamment meublé de tables et de chaises dépareillées. Elle commanda un café noir pour elle-même et du thé pour Lola, et elles s'installèrent en silence. Frieda regarda Lola jouer avec son mug, laisser son doigt courir sur le rebord, le prendre et le reposer, tout sauf boire dedans.

Enfin elle leva les yeux vers Frieda.

— Je ne sais pas comment vous avez survécu à tout ça. Ce que vous avez vu, ce que vous avez enduré. Je ne sais pas comment vous avez tenu. Vous êtes forte, bien plus forte que moi.

— Il n'y a pas de réponse évidente, répondit Frieda. Parfois je me dis qu'il n'y a pas de réponse compliquée non plus. On tient le coup parce que c'est mieux que le contraire. Rappelez-vous que je suis là. Vous pouvez tout me dire, vous pouvez tout me demander. Vous n'avez pas besoin de vous cacher de ce qui vous terrifie le plus – se dérober, c'est le pire qu'on puisse faire. On vit mieux les choses quand on les regarde en face.

Lola l'observait d'un air hagard.

— Allez, on y va, indiqua Frieda.

Et elles quittèrent le café.

Frieda prit Lola par le coude pour traverser la rue commerçante dans la chaleur et le grondement de la circulation. Elle semblait capable de se jeter sous un camion, ou de trébucher sur le trottoir.

— Ça ne va pas marcher, constata Frieda. Vous ne pouvez pas vous infliger ça plus longtemps.

— Plus tard, plaida Lola. Je ne peux pas réfléchir pour l'instant. Ni parler.

— Vous devriez aller voir Karlsson. Il vous trouvera un abri sûr. Ce serait mieux, Lola. Vous n'êtes pas en état de vivre ça.

— Je ne sais pas, répondit Lola. Je suis complètement perdue.

— Alors je vais décider à votre place.

Elles revinrent sur leurs pas, parcoururent Cable Street dans l'autre sens, remontèrent la petite rue. Lola suivait docilement Frieda, un peu en retrait. Ses jambes tremblaient, comme si elle avait grimpé une volée de marches raides. Frieda déverrouilla la porte, et toutes deux entrèrent.

Tout en claquant la porte derrière elle, Frieda inspecta les lieux puis baissa les yeux, s'attendant à voir surgir les chats. Ils n'étaient pas là. Elle tapota l'épaule de Lola.

Lola regarda Frieda et sentit tout d'un coup, comme si elle était dans un rêve, que plus rien n'avait de sens et que la situation échappait à son contrôle.

Frieda était d'un calme absolu mais elle leva un doigt qu'elle porta à ses lèvres. Qu'est-ce que ça voulait bien dire ? Ah oui, silence. Elle prit Lola par le bras et la conduisit dans la cuisine tout en s'exprimant sur un ton un tout petit peu bizarre, un tout petit peu trop fort.

— On se fait juste un thé et on le monte là-haut, ça vous va ?

Que voulait-elle dire ? Lola venait de prendre un thé. Auquel elle n'avait même pas touché.

Alors qu'elles pénétraient dans la cuisine, Frieda s'empara de la sacoche sans lâcher le bras de Lola, et l'entraîna au fond de la pièce. Elle ouvrit la porte donnant sur la lingerie située à l'arrière de la maison. Mais que faisait-elle ? N'avait-elle pas parlé de monter à l'étage ?

Et là tout changea.

Frieda la poussa à l'intérieur de la pièce, claqua la porte un grand coup et s'activa pour la fermer à clé, fébrile. Elle n'y arrivait pas.

Lola sentit qu'il y avait quelqu'un dans la maison. Elle entendit une cavalcade dans l'escalier. Elle regarda Frieda. La clé tourna enfin. Frieda traversa la pièce et poussa le lave-linge qui racla le sol et le flanqua contre la porte.

— Dehors ! ordonna-t-elle.

Lola tenta de tourner la poignée de la porte de sortie sans parvenir à l'ouvrir. Était-elle verrouillée ? On entendait cogner de l'autre côté à présent. Frieda la poussa de côté, réussit à l'ouvrir et l'entraîna dans la cour.

Soudain Frieda s'arrêta.

Elle retourna dans la maison et voilà que tout se déroulait au ralenti à présent, pas seulement comme en rêve mais comme dans un rêve où l'on est sous l'eau, où l'on marche dans du sable mouvant. Frieda ressortit une clé à la main. Elle fonça jusqu'au portail, le déverrouilla et l'ouvrit à la volée. Lola était comme pétrifiée. Frieda revint sur ses pas et l'entraîna dans l'allée. Elle indiqua sa gauche d'un geste.

— Courez sans vous arrêter, lança-t-elle.

Lola s'élança puis regarda derrière elle. Frieda était penchée en avant, en train de refermer le portail. Lola décampa hors d'haleine avant même d'avoir commencé, et l'instant d'après Frieda était à ses côtés, la prenait par la main, l'embarquait dans sa fuite.

— Ne réfléchissez pas. Courez, c'est tout.

Lola passa sous la voie de chemin de fer, puis au travers d'un lotissement sans jamais oser tourner la tête, pour voir ce qui pourrait bien se trouver derrière elles. Elles parvinrent dans une rue animée. Celle qu'elles avaient traversée quelques minutes plus tôt à peine, mais qui faisait un tout autre effet à présent. Tout n'était plus que mouvements flous et dans cette confusion et ce bruit, Lola vit Frieda lever un bras et un taxi s'arrêta devant elles. Frieda la poussa dedans. Soudain, ça sentait le cuir et le désinfectant.

— Station de Mile End, ordonna sèchement Frieda, tandis que Lola sentait le taxi démarrer.

Frieda sortit son téléphone.

— Il était dans la maison, déclara-t-elle. Dean Reeve était dans la maison ! Il savait qu'on était là.

— Où êtes-vous ? demanda Dugdale d'une voix pressante.

— On s'en est tirées. On est dans un taxi.

— On ?

— J'ai Lola avec moi.

— Comment va-t-elle ?

— À votre avis ? Mais elle n'est pas blessée.

— J'envoie du monde à la maison.

— Ça ne servira à rien.

Frieda observa à la dérobée Lola qui regardait droit devant elle.

— Je vous ai dit où j'étais et vous avez promis de garder cette information pour vous et il savait où nous étions.

— Je ne sais pas ce qui s'est passé. Je trouverai.

— Faites-le, oui.

Elle remisa le téléphone dans sa poche.

Quand elles sortirent du taxi à Mile End, Lola était dans un état second.

— Comment vous sentez-vous ? demanda Frieda.

Lola regarda autour d'elle, puis baissa les yeux sur le sac qu'elle portait toujours.

— J'ai emporté mes vêtements, constata-t-elle.

Sur quoi elle se pencha en avant et vomit sur le trottoir.

— Je suis désolée, dit-elle. Je suis désolée.

Frieda sortit un mouchoir en papier, lui essuya la bouche et passa un bras autour de ses épaules.

— Tout va bien, dit-elle.

— Rien ne va bien. Rien n'ira plus jamais bien après ça.

— Il y a eu une fuite, déclara Dugdale en examinant les hommes et les femmes rassemblés devant lui.

Sa voix, si maîtrisée en temps normal, tremblait de rage. Il serra les poings et répéta :

— Une fuite. Dans tous les cas de figure, ce serait inacceptable. Dans ce cas précis, c'est monstrueux. Vous m'entendez ? Dean Reeve a appris où se cachaient Frieda Klein et Lola Hayes. Qui était au courant du lieu où elles se trouvaient ? Nous. Ou certains d'entre nous. Quelqu'un a-t-il quelque chose à dire ?

Un silence étouffant envahissait la pièce. On n'entendait pas un souffle.

— Nous sommes des policiers. Notre métier est de faire en sorte que les gens soient en sécurité, d'empêcher qu'on leur fasse du mal.

Il croisa les bras sur sa poitrine et fusilla l'assemblée du regard.

— Quelqu'un a-t-il parlé à la presse ?

Silence à nouveau. Une chaise grinça.

— Ou révélé quoi que ce soit de cette affaire à quiconque ?

— On ne ferait pas un truc pareil, hasarda Quarry sans conviction.

Les gens le faisaient bien, il le savait.

— Je serai dans mon bureau pendant une heure. Si quelqu'un a quelque chose à me dire, il saura où me trouver.

Trente-sept

— Prenez mon bras, proposa Frieda.

Lola passa son bras sous celui de Frieda, qui la sentit trembler de tout son corps. Elle la conduisit le long de la rue, puis bifurqua dans une brèche dans une grille en fer, laissant derrière l'agitation et la foule. Il y avait de l'herbe et des stèles tout autour d'elles et devant, une église grise.

— On est à St Dunstan, expliqua-t-elle en conduisant Lola vers l'entrée, et voici qu'elles étaient dans la pénombre, au frais, dans la senteur sèche du bois et des bougies. Les cloches d'ici font partie de celles qu'on chante dans « Oranges et Lemons » – ce sont celles de Stepney. Ça fait plus de mille ans qu'on prie ici. Asseyez-vous.

Lola se laissa aller sur le banc de bois. Frieda fouilla dans le sac de courses de chez Gap et en ressortit le pull gris à capuche. Elle en défit la fermeture éclair et le passa autour des épaules de Lola.

— Je vais passer un coup de fil, la prévint-elle. Ne bougez pas.

Lola hocha la tête et se pencha en avant, plongeant sa figure dans ses mains comme si elle priait. Frieda retourna à l'entrée et sortit son portable.

Une demi-heure plus tard, Lola et elle se trouvaient à la gare de St Pancras, près de la porte d'embarquement de l'Eurostar. Les gens défilaient en rang devant elles, en costume et portant des serviettes pour certains, d'autres tirant des valises à roulettes ou chargés de sacs à dos. Un tout petit enfant tomba aux pieds de Frieda et resta sur le dos, stupéfait, les yeux écarquillés, jusqu'à ce que sa mère le relève.

Frieda emmena Lola dans un café végétarien. Elle commanda deux thés et un bol de pousses de soja, une salade grecque et deux petits pains.

— Je n'ai pas faim, protesta Lola. Vu les circonstances…

— D'habitude je suis d'avis qu'on ne doit forcer personne à manger. Mais vous devez manger. Allez.

Frieda regarda Lola tenter d'avaler quelques fourchetées de salade.

— J'y arrive pas, dit-elle enfin.

— Vous avez essayé, répliqua Frieda. C'est déjà quelque chose.

— On est là pour une raison ? s'enquit Lola.

— On a rendez-vous.

Frieda consulta sa montre.

— Mais pas tout de suite.

Elles étaient attablées près de la vitre et Lola contemplait les gens qui défilaient, les groupes d'élèves, les touristes anxieux. Mais Frieda ne leur prêtait aucune attention. Elle paraissait plutôt fixer le mur en face d'elle. Puis elle se retourna : Lola n'aurait su dire au juste si elle la regardait droit dans les yeux, si elle la scrutait à la loupe, ou si c'était quelque chose derrière sa tête.

— On fait quoi alors ? s'enquit Lola. On attend simplement les prochains méfaits de Dean Reeve ?

— Vous avez d'autres idées ?

— On pourrait attendre que la police l'attrape.

— Ça fait des années que j'attends.

Frieda avança une main et la posa sur celle de Lola.

— Vous pouvez vous en aller, dit-elle. Je gère.

Lola haussa les épaules.

— Je ne peux pas, répliqua-t-elle. Il me trouverait.

— Même après ce que vous avez traversé ? insista Frieda. Ce que vous avez vu ?

— Précisément après ça.

Frieda prit un stylo dans sa poche, ouvrit une serviette en papier et se mit à dessiner dessus.

— J'y crois pas, railla Lola. On manque se faire prendre, on a failli mourir et vous voilà toute calme à nouveau.

Elle regarda ce que Frieda dessinait. Elle reconnut les traits partant du centre.

— Encore vos rivières ?

— Nous avons évoqué ce que nous allons faire. La vraie question, c'est : que va-t-il faire, lui ? Il a failli nous avoir, mais il a échoué. Il avait un plan. Il a improvisé. Ni l'un ni l'autre n'a vraiment marché. La question est donc : que fera-t-il maintenant ?

Lola la contempla d'un air morne. Frieda sortit son téléphone et composa un numéro.

— Je ne pensais pas avoir de vos nouvelles avant un moment, répondit Dugdale à l'autre bout. Il s'est passé quelque chose ?

— Il m'est venu une idée. Vous connaissez Beverley Brook ?

— Je devrais la connaître ?

— Ce n'est pas une femme. C'est un cours d'eau qui traverse Richmond Park.

— Je ne connais pas. Je suis plutôt de l'est de Londres. Pourquoi ?

— Reeve progresse selon un schéma : il suit le tracé de rivières cachées, comme les rayons d'une roue. La prochaine pourrait être Beverley Brook, selon moi.

— « Progresse », reprit Dugdale. Drôle de façon de voir les choses. Vous voulez dire : « tue des gens ».

— C'est ce que je veux dire.

— Et donc, qu'attendez-vous de nous ? Qu'on la mette sous surveillance ?

— Elle est trop longue pour ça. Elle traverse Wimbledon, Richmond et Putney.

— Alors pourquoi me le dire ?

— Pour que vous soyez à l'affût. Peut-être verrez-vous quelque chose qui ne paraîtra pas dans la presse.

— Un meurtre, ça finit toujours dans la presse.

— Ça ne sera peut-être pas un meurtre. Ça ne sera peut-être rien. Je ne fais qu'une hypothèse, c'est tout.

— Je resterai aux aguets. Dernier point, vous savez où dormir ?

— Je le saurai bientôt.

— Me direz-vous où ?

Frieda leva les yeux vers Lola. Leurs regards se croisèrent.

— On verra, répondit-elle. Pas pour l'instant. Il y a eu une fuite.

— Cela ne se reproduira plus.

— Pas tout de suite, insista-t-elle. Merci de me tenir au courant s'il y a quoi que ce soit.

Elle raccrocha.

— Beverley Brook ? demanda Lola.

— Oui, répondit Frieda.

— Elle porte le nom d'une femme prénommée Beverley ?

— Ce n'est pas à cause d'une certaine Beverley, mais parce qu'on y trouvait des *beavers*, des castors. Il y a longtemps.

— Que va faire la police ?

— Ça les regarde. Ils sont au courant pour les rivières et la théorie des saints patrons. Le problème, c'est que c'est comme tenter de donner forme à de l'eau, ou de retenir du brouillard au creux d'une main.

— Que voulez-vous dire ?

— Que chaque jour célèbre un nouveau prénom. Dean ne vise aucun genre de personne en particulier. Il sélectionne les gens en fonction de leur prénom et attend que tombe le jour de leur fête. Il est parfaitement plausible, même si l'idée est horrible, qu'il en ait déjà tué d'autres et qu'il attende de le faire savoir.

— De sorte que la police ne peut pas aller à Beverley Brook et le guetter ?

— Ils ne savent pas combien de temps ils y passeraient. Des jours. Des semaines. Pour un truc qui ne se produira peut-être jamais.

— Et on fait quoi du coup ?

— Frieda, prononça une voix familière dans son dos.

Elle fit demi-tour.

Walter Levin était vêtu d'un complet à fines rayures et d'une cravate qu'on aurait dit tricotée avec une cordelette sale. Ses chaussures brillaient comme des marrons frais. Derrière ses lunettes à verre épais, ses yeux ressemblaient à des galets polis par l'eau.

— Merci d'être venu, dit-elle.

— C'est mieux que de se parler au téléphone, étant donné les circonstances.

— Vous avez certainement raison. Lola, je vous présente Walter Levin.

Il serra si fort la main de Lola que celle-ci laissa échapper un petit cri. Frieda la regarda.

— J'ai besoin de parler de quelque chose à M. Levin. Ça vous va si on vous laisse un petit moment ?

Lola hocha la tête.

— J'ai besoin d'aller aux toilettes.

Frieda indiqua le fond du café, puis mit un billet de vingt livres sur la table. Elle se leva et sortit dans le hall en compagnie de Levin. Ses manières joviales s'évanouirent.

— Vous a-t-on mise en danger ?

— Dean Reeve savait où nous étions.

— Savez-vous comment il l'a appris ?

— J'y réfléchis. En attendant, je dois choisir avec prudence à qui je confie mon adresse.

— J'espère que vous avez le sentiment de pouvoir vous fier à moi, au moins.

— À cet égard, oui.

Levin parut amusé.

— Avez-vous laissé quoi que ce soit derrière vous ?

Frieda secoua la tête.

— Rien d'important. J'ai emporté mon ordinateur portable, mon téléphone et mon portefeuille. Il ne reste rien d'autre à part des vêtements, des affaires de toilette et un peu de nourriture dans le réfrigérateur. Il faut les faire enlever avant le retour des propriétaires. Et il y a quatre chats à nourrir.

Il sourit.

— Jude va adorer cette petite mission. Elle se plaint toujours de ne pas sortir assez.

Frieda lui remit les clés et lui donna l'adresse.

— Une fois que vous aurez enlevé nos affaires, la clé de la porte d'entrée doit être rendue à ma nièce Chloë pour qu'elle puisse la restituer à sa coloc'.

— On s'en occupe.

— Il vous faut son adresse ?

— J'ai son adresse.

— Ah oui ?

— Vous oubliez que ça fait un petit moment que nous sommes amis, maintenant.

— Amis, répéta Frieda d'un ton dubitatif. Bon, et on va où ?

— Je l'ai noté ici.

Il palpa ses nombreuses poches au hasard, avant d'exhiber une carte blanche.

— Jock Keegan y sera à 17 heures avec les clés.

— Où sont les propriétaires ?

— Inutile de vous inquiéter d'eux.

Il leva les yeux vers l'immense horloge.

— Sur ce, j'ai un train à prendre.

Tous deux retournèrent au café. Ils virent Lola avant qu'elle ne les voie.

— Elle va bien ? demanda Levin.

— Vous avez lu le rapport ?

— Je sais qu'elle a trouvé le corps de son amie. Elle a échappé de peu à Dean Reeve. On n'est pas tous capables de gérer un truc pareil.

— Peut-on faire autrement que de le gérer ?

— Ce que je veux dire, c'est qu'elle risque de devenir un handicap. Pour vous.

Frieda lui décocha un regard.

— Un handicap ? Comment ça ?

— Ce que je veux dire, encore une fois, c'est qu'il y a toujours moyen d'arranger les choses. Pour vous aider.

— Et elle ?

— Ça va sans dire.

— Elle refuse de me laisser pour le moment. Ça changera peut-être. Mais merci.

Il étudia Frieda, l'air soucieux.

— Vous avez eu de la chance, cette fois-ci, conclut-il. Vous êtes habile, bien sûr. Et vous étiez bien préparée. Mais il en tirera une leçon.

— Raison pour laquelle il ne faut pas que ça se reproduise.

Il tendit la main mais Frieda secoua la tête.

— Pourquoi ? dit-elle.

— Que voulez-vous dire ?

— C'est la dernière fois que nous nous revoyons.

— Ne dites pas ça, repartit Levin. C'est morbide.

— Quelle que soit l'issue, j'arrête avec ces histoires.

— Vous voulez dire, avec la police ?

— Oui, je veux dire, avec la police. Du coup, j'aimerais savoir : pourquoi moi ? Pourquoi avoir choisi de m'aider, ou de vous servir de moi, quelle que soit votre façon de voir les choses ?

Le regard de Levin se déroba.

— Ce genre de sujet s'aborde devant un verre, je pense, au coin du feu, pas dans une gare bondée.

— Ça ira. Je ne m'attendais pas à une réponse, de toute façon.

— Non, Frieda. Je vais répondre.

Levin avait une expression qu'elle lui voyait rarement : dure, pénétrante, un peu inquiétante. Un aperçu de celui qu'il était vraiment.

— Il y a quelques années, je buvais un verre à Whitehall.

Il esquissa un sourire.

— Devant un feu de bois d'ailleurs, je crois. Et l'homme avec qui je conversais, un homme dont je respecte le jugement, m'a parlé d'une personne susceptible de m'intéresser. C'était vous, bien sûr, et, en l'occurrence, votre implication dans l'affaire Dean Reeve. Nous avons enquêté sur vous, et le suicide tragique de votre père…

— Si vous comptez ajouter un truc du genre « Ce qui ne tue pas rend plus fort », je…

— Ce n'est pas strictement hors de propos, en ce qui vous concerne, continua Levin. Il y a eu les ennuis que vous avez traversés adolescente, en quittant votre foyer. J'ai parlé avec plusieurs de vos anciennes connaissances. C'était tout à fait remarquable. J'ai commencé de suivre vos progrès et je me suis dit : « Voilà le genre de personne que je devrais recruter. »

— Mais vous ne m'avez pas recrutée. Vous m'avez utilisée.

— C'est un peu dur, Frieda. J'espère que nous nous sommes mutuellement rendu service.

Frieda lui présenta les clés.

— Je ne voudrais pas passer pour une ingrate.

Levin sourit.

— Vous ne l'êtes pas, dit-il. Même quand vous essayez. Sur ce…

Il marqua une pause.

— … n'étant pas du genre à étreindre ou embrasser sur les deux joues, je vais juste vous serrer la main, mais j'espère que vous comprenez que ce geste marque, ou suggère, un respect sincère.

Il avança la main solennellement et Frieda la prit, mais Levin ne la lâcha plus.

— À propos de recrutement… commença-t-il.

Frieda dégagea sa main.

— Non, répondit-elle.

— Vous seriez douée, insista-t-il. Vous trouveriez ça stimulant, excitant.

— Oui, reconnut Frieda. C'est comme une drogue. Raison pour laquelle il faut que j'arrête.

Levin secoua tristement la tête.

— C'est ce que je pensais. Mais j'ai l'impression de ne pas en avoir fait assez.

— Vous avez fait plus qu'assez, répliqua Frieda. Pour la dernière étape, je dois me débrouiller seule.

— C'est ce que je craignais. Bien, je vous ai trouvé un endroit où séjourner, j'ai échoué à vous recruter, nous nous sommes serré la main. Il n'y a rien à ajouter.

Il pianota sur la vitre du café. Lola se retourna et Levin lui fit un petit signe de la main, avant de s'éloigner, rapidement englouti par le flot des passants. Frieda rejoignit Lola à l'intérieur.

— Qui est-ce ? demanda Lola.

Frieda réfléchit un moment.

— Il m'a rendu service un jour et je crois l'avoir aidé en retour une fois ou deux. Soyez prudente quand quelqu'un vous rend service. On ne sait jamais où ça vous mène.

— Pourquoi m'a-t-il regardée comme ça ?

— Il vous a regardée comment ?

— Comme s'il s'apprêtait à me disséquer dans un laboratoire.

— C'est sa manière d'être. Bon, j'ai quelque chose à vous dire.

Lola recula instinctivement, l'air effrayé.

— Quoi ? On dirait que vous êtes fâchée.

— Je ne suis pas fâchée, mais je suis très sérieuse. Je ne crois pas que vous vous comportiez de manière rationnelle, Lola. Vous vous agrippez à moi comme un enfant à sa mère, mais je ne suis pas votre mère et vous n'êtes pas une enfant. Ce n'est pas auprès de moi que vous trouverez la sécurité.

— Non !

Lola avait une expression tragique, telle une enfant, avec ses yeux et sa bouche ronds. Des larmes roulèrent une fois de plus sur sa figure.

— Ça ira. Je tiendrai le coup. Je vous aiderai et je ferai tout ce que vous dites, mais vous ne pouvez pas me renvoyer. Je ne m'en irai pas. Frieda ?

Frieda l'étudia quelques secondes, puis hocha la tête.

— Vous en êtes certaine ?

— Oui.

— Très bien. Si c'est comme ça que vous voyez les choses. Mais vous devez faire ce que je demande.

— Je le ferai.

Lola inspira à fond, en frissonnant, essuya ses joues de sa manche, puis demanda :

— On va où maintenant ?

Frieda regarda l'adresse soigneusement notée en ronde anglaise sur la carte que Levin avait glissée dans ses mains.

— 18 A Rivingdale Terrace, indiqua-t-elle. NW1.

Elle fronça les sourcils.

— Je sais où c'est.

— Quoi ? C'est affreux ?

— Je pense que vous n'avez jamais vécu dans un endroit pareil auparavant.

Trente-huit

Frieda et Lola commencèrent par se rendre dans un magasin d'équipement de camping sur Euston Road où elles achetèrent deux nouveaux sacs de couchage bon marché, faute de savoir ce qu'elles trouveraient à la nouvelle adresse. Puis elles remontèrent le canal en direction de Regent's Park. Le vent faisait voleter les feuilles au sol et l'air était plein de fragments jaunes, rouges, bruns. Frieda eut une pensée pour un message que lui avait envoyé Dean, il n'y avait pas si longtemps : *Nous ne sommes que des feuilles sur l'arbre… Et l'automne vient.*

Lola, qui marchait vite pour ne pas se laisser distancer, oscillait entre le silence et de soudaines logorrhées.

— Ça me dirait bien, une cigarette, dit-elle à un moment donné. C'est pas vraiment que je fume. Juste quand je sors, vous voyez. Mais là, soudain, j'ai envie de fumer, de tirer dessus fort, comme le fait ma pote Lily. Ça lui creuse les joues. J'aimerais bien être comme ça.

— Peut-être parce que fumer est une façon de tuer le temps, quand on ne sait pas comment tenir le coup, répondit Frieda. Pendant quelques minutes, on fait au moins ça : on fume une cigarette.

— Ça me tournerait sans doute un peu la tête, c'est tout ce que ça ferait. Pourquoi on va là ?

— Parce qu'on est arrivées à Rivingdale Terrace.

— Ça ? Waouh !

L'espace d'un instant, Frieda crut avoir retrouvé l'ancienne candide Lola.

Les imposants bâtiments blancs étaient édifiés en retrait de la route derrière des grilles métalliques, et pourvus de hauts piliers et de longues terrasses pour nombre d'entre eux.

— On dirait un palace, commenta Lola. Qui habite ici ?

— Personne, apparemment, répliqua Frieda. Sans doute s'agit-il d'un investissement pour un étranger qui vit à l'autre bout de la terre.

— Il y a des fenêtres de la taille d'une petite maison.

Jock Keegan approchait, venu de la direction opposée, sa forte carrure engoncée dans le costume élimé qu'il avait toujours porté depuis que Frieda le connaissait, les cheveux coupés à ras comme une barbe de trois jours. Il marchait d'un pas lourd, péniblement, le regard braqué sur le trottoir devant lui.

— Frieda, dit-il en arrivant à leur hauteur. Et votre amie, je présume.

— Je vous présente Lola.

— Vous revenez de loin…

Il glissa sa main dans sa veste et sortit deux clés, une grande et une plus petite.

— Avons-nous des voisins ? s'enquit Frieda en s'en emparant.

— Sur Rivingdale Terrace personne ne vous entend crier, répliqua-t-il. Je ne sais pas si c'est une bonne ou une mauvaise chose. La plupart de ces maisons sont vides. Quand on passe devant en voiture la nuit, il n'y a pas de lumière. Leurs propriétaires sont occupés ailleurs, à planquer le reste de leur flouze.

Frieda sourit : l'attitude bougonne de Keegan l'avait toujours amusée.

— Votre appartement n'a pas été habité depuis plus de cinq ans, reprit-il. J'entre avec vous ?

— Ce ne sera pas nécessaire. Merci.

— Autre chose.

Il prit une petite enveloppe et la remit à Frieda.

— Une clé en rab' ? demanda-t-elle.

— Si vous deviez partir précipitamment, il y a une clé là-dedans, avec l'adresse. Il est toujours bon d'avoir un plan B.

— C'est très gentil à vous.

— Soyez prudentes, conclut-il, avant de tourner les talons.

Leur appartement était un duplex situé au rez-de-chaussée et au premier étage. Il y avait une entrée plus grande que l'appartement de Lola, une buanderie, une salle de gymnastique personnelle avec un punching-ball et un rameur, un petit appartement indépendant probablement destiné au domestique. Deux salons, un à chaque étage, et dans celui du haut, un bar en demi-lune et la statue de bronze d'une femme nue. Dans celui du bas, un projecteur et un écran occupaient tout un mur. Il y avait une salle à manger, avec huit chaises à haut dossier tapissées de velours rouge placées autour d'une longue table, une grande cuisine, une salle de bains avec robinetterie dorée, lavabos de marbre et deux chambres indépendantes, l'une pourvue d'un dressing-room attenant et d'un lit à baldaquin tendu d'épais drapés violets. Dans les deux, un coffre-fort, boulonné au sol. D'immenses lustres voyants pendaient aux plafonds, et des tableaux représentant des couchers de soleil dans des cadres ornementés décoraient les murs. Il y avait un jardin à l'arrière avec d'immenses pots en terre cuite contenant des arbres d'agrément et à l'avant, courant sur toute la longueur du premier étage, une terrasse. Offrant une vue imprenable sur le parc, doré dans le soleil du soir.

Les murs étaient humides et tachés de moisissures, et l'une des cloisons s'était à moitié effondrée, révélant les solives en dessous. De l'eau gouttait au travers du plafond dans la salle à manger, dont le parquet s'était désagrégé. Le velours des chaises était dévoré ; le canapé en cuir abritait manifestement quelques souris, à moins que ce ne soit des rats, tandis qu'une méridienne au cadre doré gisait sur le flanc, les pieds cassés. Les drapés violets autour du lit à baldaquin, fanés, étaient déchirés. Les matelas dans les chambres étaient pourris. L'immense miroir de l'entrée était brisé, lézardé d'étrange façon. Le papier peint dans le plus grand des deux salons formait des bulles, comme s'il y avait quelque chose en dessous, qui tentait de s'échapper. Les fenêtres étaient couvertes d'une épaisse couche de crasse : plusieurs étaient fêlées. Dans la cuisine, Lola faillit marcher dans les restes décomposés d'un pigeon. Le jardin était une jungle d'herbes folles et de détritus avec un grand barbecue en train de rouiller au centre. Il y avait des crottes de souris un peu partout et une odeur – nauséabonde et forte – flottait dans chaque pièce.

Lola fit une drôle de tête.

— C'est répugnant ici.

Frieda ne répondit pas. Au lieu de ça, elle se rendit dans la cuisine, sentant le carrelage poisseux sous ses pieds, et actionna un robinet. Un gargouillis se fit entendre et, quelques secondes plus tard, de l'eau sortait en crachotant.

— On peut nettoyer, suggéra-t-elle. S'aménager un coin pour nous. On ne restera pas ici longtemps.

Elle entreprit d'ouvrir les placards.

— Que cherchez-vous ?

— Des seaux, des serpillières. Là… Ça, ça ira.

Elle consulta sa montre.

— On a tout le temps d'acheter des produits de nettoyage, et on prendra de quoi dîner.

— J'y vais ? Dans ce cas, il faudra que vous me donniez de quoi payer.

— On ira ensemble. Un peu d'air frais ne me fera pas de mal.

Elles ouvrirent les fenêtres une à une. Elles balayèrent la crasse et la poussière, les crottes de souris, les araignées et les mouches mortes, le pigeon décomposé, les débris de verre, les objets qu'elles ne parvenaient pas à identifier. Elles essuyèrent les meubles, nettoyèrent les toilettes et la baignoire, passèrent une serpillière sur le sol, changeant l'eau à plusieurs reprises. Elles ôtèrent toutes les couvertures du grand lit et les emballèrent dans des sacs poubelles. Frieda observa Lola en train de vaporiser du désinfectant et de frotter la crasse incrustée. Ses joues étaient empourprées : elle paraissait mieux qu'elle n'était quelques heures plus tôt. Sans doute s'activer ainsi lui faisait-il du bien.

À 21 heures ce soir-là, une chambre, la salle de bains et la cuisine étaient suffisamment propres pour qu'on puisse y entrer sans dégoût.

— Ça ira comme ça, commenta Frieda.

Elle sortit ensuite les provisions qu'elle avait achetées : des pains pita, du houmous, des carottes en bâtonnets, une petite barquette d'olives, un filet de mandarines satsuma, un paquet de biscuits ronds au blé complet. Elles avaient trouvé un magasin à côté du traiteur polonais qui vendait de tout – des pataugeoires, des cannes, des chapeaux pointus et des gobelets bon marché – et elle étala une nappe en papier de couleur vive par terre dans le salon, par-dessus les taches du tapis moisi. Même en récurant à fond, la table ou le sol ne seraient jamais propres et de toute façon, le velours rouge des chaises était déchiré et pourri.

— Pique-nique, suggéra-t-elle.

— Vous croyez qu'il y a des rats ici ?

— Peut-être.

— Je déteste les rats. Leur grosse queue est immonde.

— Ce n'est que pour quelques jours. Le plus important, c'est d'être en sécurité.

— Vous aviez l'air prête. Comment aviez-vous deviné ?

— Je n'avais pas deviné. Mais c'est comme aux échecs. Il faut anticiper sur deux ou trois coups.

Lola acquiesça. Elle déchira un bout de sa pita, le plongea dans le houmous, mais sans le manger.

— J'ai toujours l'estomac un peu barbouillé, dit-elle. J'ai faim, mais j'ai peur de vomir à nouveau.

— Mangez un peu, vous verrez bien.

Lola porta une minuscule bouchée à ses lèvres et mastiqua.

— Maman essayait de me mettre au régime quand j'habitais à la maison. J'étais plutôt ronde adolescente. Elle me regardait et disait : « Je crois qu'il y a une ravissante Lola qui ne demande qu'à surgir. »

Frieda l'examina attentivement.

— Que ressentiez-vous quand elle disait ça ?

Lola haussa les épaules.

— Elle souhaitait juste mon bien. Tous les deux, d'ailleurs. Je suis leur seule enfant, vous savez. Ils ne pensaient pas pouvoir en avoir alors j'étais leur miracle, en quelque sorte, juste quand Maman n'était presque plus en âge de procréer. Mais je ne pense pas avoir répondu à leur attente. Ils avaient une drôle de façon de se regarder quand je faisais un truc idiot. Ils pensaient que je ne le voyais pas. C'était leur tête « oh, Lola… ». Je n'ose même pas imaginer ce qu'ils penseraient de tout ça.

Elle laissa échapper un petit rire, porta un autre morceau de pita à sa bouche.

— Mais bon…

Frieda insista pour dormir dans la même pièce que Lola. Elle donnait sur ce qui avait dû être un temps des écuries, devenues aujourd'hui des maisonnettes très élégantes.

— Je fais des cauchemars, rappela Lola. Je vais vous empêcher de dormir.

— J'ai tendance à être insomniaque moi-même, répliqua Frieda. Pour le moment, on est dans la même cordée, comme des alpinistes.

— Je n'ai jamais aimé cette idée. J'ai toujours imaginé une personne en train de tomber et entraînant l'autre à sa suite.

— Alors voici ce que je propose, rétorqua Frieda. Pour une fois, c'est moi qui serai optimiste. L'une de nous tombe et l'autre sauve la cordée.

Quelques heures plus tard, Frieda écoutait la respiration lente de Lola et en conclut qu'elle dormait jusqu'à ce que sa voix s'élève dans le noir.

— Vous êtes réveillée ?

— Oui.

— Je suis désolée. Je suis un poids pour vous. Et pour couronner le tout, je vous pourris la nuit.

— Vous n'êtes pas un fardeau et j'étais réveillée de toute façon. Mais je vais réitérer ma proposition : il est toujours temps pour moi de vous faire emmener quelque part.

— Il n'y a nulle part où aller.

— Vous ne pourriez pas aller chez vos parents ?

— Non !

Le mot partit comme un cri de douleur.

— Jamais je ne pourrais faire ça. Ils ne seraient plus en sécurité. Ce n'est même pas la peine d'en parler. Le seul fait de penser à eux me rend malade.

— On trouvera bien un moyen, répliqua Frieda.

Mais il n'y eut pas de réponse. Juste l'inspiration et l'expiration de Lola. Elle avait sombré. Ou faisait semblant.

Elles se levèrent tôt le lendemain matin et Frieda prépara du café, coupa des fruits et insista pour que Lola les mange, lui passant des quartiers d'orange et des tranches de pomme une à une. Lola était pâle et réagissait à peine. Frieda dut la guider vers la douche, puis prépara des vêtements pour elle.

— Je ne peux pas rester en pyjama ?

— On sort faire un tour.

— Allez-y, vous. J'aimerais juste me recoucher.

— Ça ne marche pas comme ça. Si vous restez, je reste. Et je n'ai pas envie de rester enfermée.

Lola semblait prête à plaider sa cause mais l'effort était trop grand. Aussi s'habilla-t-elle sans hâte avant d'enfiler une veste. Frieda la mena dehors et elles traversèrent la rue pour se rendre au parc. On trouvait les joggeurs et les promeneurs de chiens habituels, ainsi qu'un groupe de jeunes Américains qui se renvoyaient un ballon.

— On ne devrait pas se cacher ? demanda Lola.

— Mais on se cache, là.

— On ne va pas croiser quelqu'un ?

— Non.

— On va suivre l'une de vos rivières ?

— On en traversera une mais ce n'est pas le but de cette promenade.

— C'est quoi le but alors ?

— Peut-être que le but est de ne pas avoir à se poser cette question.

Lola dévisagea Frieda d'un air perplexe.

— Je ne suis pas l'une de vos patientes.

— Auriez-vous besoin de l'être ?

Lola se détourna de Frieda et quand elle reprit la parole, ce fut pour ronchonner.

— Personne ne peut m'aider.

Elles n'échangèrent plus un mot durant plusieurs minutes le temps de contourner le bord sud du parc, avant de remonter vers le nord. Frieda indiqua les étangs sur leur droite.

— Ils font partie de la rivière Tyburn, expliqua-t-elle. Si vous voulez que je vous fasse la visite guidée.

— Je ne veux pas de visite guidée.

Alors qu'elles approchaient de la mosquée de Regent's Park, Frieda montra quelque chose de l'autre côté de la route.

— Le canal est un peu plus loin devant nous, dit-elle. Mais on ne va pas prendre par là. On s'y sent trop à découvert. On va juste continuer tout droit à travers le parc.

Lola resta coite et elles repartirent vers l'est en coupant par la pelouse. Puis Lola s'arrêta.

— Quoi ? demanda Frieda.

— Avez-vous peur de mourir ?

— Pourquoi cette question ?

— Ça me paraît plutôt d'actualité. Vous ne pouvez pas répondre ?

— Non, répliqua Frieda.

— Parce que vous ne voulez pas ?

— Je veux dire que non, je n'ai pas peur de mourir.

— Je m'en doutais. C'est à ça que je pensais au milieu de la nuit.

— Je redoute la mort des autres, cependant. Si ça peut vous réconforter.

— Pas vraiment.

Chloë retrouva Jack au début de l'impasse.

— Que se passe-t-il ? dit-il. Frieda est rentrée ?

— Mais non. Tu le saurais si c'était le cas.

Elle le conduisit le long de la petite rue pavée jusque chez Frieda et frappa à la porte. Josef l'ouvrit.

Sans un mot, il s'effaça tandis qu'ils pénétraient dans la maison.

— En haut, indiqua Chloë.

— On va où ? demanda Jack.

— Attends de voir.

Ils grimpèrent, Josef sur leurs talons. Une fois parvenus au sommet, Chloë inspecta les lieux. Josef avait eu raison : on avait vraiment l'impression qu'ils avaient toujours été comme ça. Là où se trouvait autrefois la fenêtre, il y avait à présent une porte.

— Nom de Dieu… s'écria Jack.

— Je sais, répondit Chloë. Plutôt pas mal. Ouvre la porte.

Avec soin, comme s'il s'aventurait dans un nouvel univers étrange, Jack s'exécuta et sortit sur le nouveau balcon, spacieux, qui tenait plus de la terrasse. Il jeta un œil à ses pieds et sauta légèrement sur place, testant la solidité de l'ensemble. Chloë le suivit, puis Josef. Tous trois s'appuyèrent à la rambarde.

— Et toi, t'as fait quoi ? demanda Jack à Chloë.

— Juste la rambarde. Et une petite table aussi.

Jack inspecta la rambarde.

— Magnifique.

— Insérer les poteaux dans la main courante et la lisse et les mettre bien droits a pris des heures, expliqua-t-elle. Je ne suis pas sûre d'avoir vraiment réussi pour finir. Je pense que Josef m'a sollicitée juste pour me donner le sentiment d'avoir participé.

— Non. C'est bien, corrigea Josef.

— À moins que ce ne soit pour essuyer la moitié de la colère de Frieda quand elle va découvrir tout ça.

Chloë et Jack échangèrent un regard. Jack rougit et se détourna.

— Je sais à quoi tu penses, répliqua Chloë.

— Non, tu sais pas.

— Tu penses que si Frieda était là en train de nous engueuler au sujet de ce balcon, au moins elle serait là.

Jack s'adossa à la rambarde, pesamment, et Chloë craignit un instant qu'elle ne soit pas assez solide.

— Non, pas exactement, insista-t-il.

— Quoi alors ?

— C'est une forme de pensée magique. Vous croyez, Josef et toi, qu'en fabriquant ça pour Frieda, vous allez faire en sorte qu'elle revienne.

— Ça paraît puéril dit comme ça.

Jack sourit.

— Ce n'était pas mon intention. J'aurais bien aimé contribuer à ce projet mais si je l'avais fait, je n'aurais laissé personne monter dessus.

Ils restèrent ainsi un long moment, à fixer les lumières en silence.

— C'est quoi, ce grand bâtiment ? demanda Jack.

Chloë l'ignora.

— Pourquoi Frieda fait-elle ce qu'elle fait, à ton avis ? dit-elle.

Josef haussa les épaules.

— En partie à cause de nous, répondit Jack. Elle a vu ce qui est arrivé à d'autres autour d'elle. Je pense qu'elle se sent responsable.

— Y a plus que ça, je pense. Elle a peut-être sa dose. Parfois je me demande si elle n'a pas envie de mourir.

— Tu déconnes, rétorqua Jack.

Chloë se tourna vers Josef.

— T'en penses quoi, Josef ? Frieda a envie de mourir, tu crois ?

— Pourquoi me demander ?

— Parce que si quelqu'un a la réponse à la question, c'est toi.

Josef inspira profondément.

— Pour sauver quelqu'un, elle pourrait… je sais pas. Je peux pas dire.

— Et pour ce qui est de se sauver elle-même ?

Pour toute réponse, Josef haussa les épaules à nouveau.

— On peut pas juste rester plantés là, coupa Jack. On devrait porter un toast à Frieda.

— Non, répliqua Chloë. Pas ici. Ça ne serait pas bien. Dieu l'entendrait et nous punirait. Il punirait Frieda.

Jack sourit.

— Je ne savais pas que tu croyais en Dieu.

— Pour l'instant, je crois en n'importe quoi.

Trente-neuf

— À votre avis ? Fer 5 ou 6 ?

Paul Arrowsmith fit mine d'y réfléchir. Ce qu'il pensait vraiment, c'est qu'il importait peu que Lee Denton se serve d'un fer 5 ou d'un 6, d'un bois ou même d'un putter. Avec d'autres amis il aurait plaisanté à ce sujet, mais Denton était désespérément sérieux quand il jouait au golf. Aussi Arrowsmith adopta-t-il le même ton.

— Je prendrais le 5, répondit-il. Il te faudra peut-être un peu de marge.

— Le risque, c'est de dépasser, répliqua Denton.

— Dans ce cas peut-être ferais-tu mieux de prendre le 6.

— Non, je vais garder le 5, je crois. Je vais viser l'avant du green.

— Pour ne pas dépasser.

Denton se retourna vers Arrowsmith, l'air soupçonneux, mais ce dernier arborait une expression aussi posée et sérieuse que possible.

— Bon, je ferais mieux de m'y mettre, conclut Denton.

Il regarda son partenaire, qui n'avait pas bougé.

— Tu comptes rester là et me regarder tirer ?

— C'est ce que je pensais faire, oui. Si ça te va.

— Oui, ça me va. Ça me va parfaitement.

Denton sortit le club du sac. Il le soupesa attentivement entre ses mains comme s'il mûrissait sa décision. Puis il écarta les pieds et se mit en position initiale par rapport à la balle avec application. Il approcha le club de la balle, puis le leva une fois, deux fois, et frappa. Les deux hommes levèrent la tête simultanément.

Denton poussa un soupir. La balle n'avait pas atteint l'avant du green pas plus que le fond ni le green tout court. Il avait tiré une balle courbe qui avait roulé en cahotant le long du fairway avant de disparaître.

— Tu crois qu'elle a franchi l'eau ?

Un petit cours d'eau surgissait sous la voie de chemin de fer, serpentait au travers du parcours avant de disparaître entre les maisons au loin. Il fallait vraiment manquer de chance pour envoyer une balle dedans.

— Je ne pense pas.

— J'imagine que ça veut dire un coup pour rien.

— Ce sont les règles, confirma Arrowsmith d'un ton enjoué.

— Très bien, très bien, à ton tour, et moi je m'occupe de retrouver ma balle.

Arrowsmith s'approcha de sa balle, sortit un fer de son sac sans même vérifier le numéro. Il regarda la balle, le green, la balle à nouveau, puis frappa, d'un coup net et propre. Elle atterrit sur le green, d'un côté, laissant un putt de bonne taille. Mais bon, il était plutôt bien placé. Surtout après la balle perdue de Denton.

Il chercha son partenaire des yeux. Il s'attendait à le trouver en train d'aligner son tir, ou alors à genoux récupérant sa balle. Mais il était debout, la tête penchée, son club toujours fermement en main. Il l'appela mais Denton ne tourna pas la tête, même quand il cria de nouveau. Arrowsmith alla donc le rejoindre avec impatience.

— Que se passe-t-il ? dit-il une fois près de son ami.

Sans répondre, Denton montra l'eau du doigt. Arrowsmith baissa les yeux. Au début, il eut du mal à comprendre ce qu'il voyait.

— Oh, merde… lâcha-t-il ensuite.

C'était un corps, couché à plat ventre dans le cours d'eau peu profond. La peau était très pâle, presque blanche, et très lisse. Arrowsmith n'aurait su dire s'il s'agissait d'un homme ou d'une femme.

— Oh, merde, merde… répéta-t-il.

— Ce n'était pas à Richmond Park, indiqua Dugdale. Et pas à Wimbledon Common non plus. C'était sur un parcours de golf juste à côté de la rocade de Kingston.

— De quoi parlez-vous ? dit Frieda.

— On a retrouvé le corps d'un homme ce matin, dans Beverley Brook.

— Oh, non… dit Frieda.

— Comment ça, non ? C'est bien ce que vous aviez prédit.

Frieda couvrit le téléphone et chuchota à Lola :

— Ils ont trouvé un corps. Dans Beverley Brook.

Elle vit la figure de Lola se vider littéralement de son sang, comme si elle s'apprêtait à tomber dans les pommes. Frieda ôta sa main de l'appareil.

— Oui, c'est ce à quoi je m'attendais. Et ça fait un nouveau mort. Je ne peux pas dire que je me sens particulièrement fière de moi à cet égard. Qui est la victime ?

— Elle n'a pas encore été identifiée. Le cadavre était nu. C'est un homme, de vingt-cinq à trente-cinq ans selon nos estimations. Pas de traits distinctifs.

— Savez-vous comment il est mort ?

— Pas de blessures. On trouve des traces de contusions sur sa figure et son torse, mais peu concluantes.

— Quelqu'un a vu quelque chose ? Les caméras de surveillance ont-elles filmé quelque chose ?

— Votre Dean Reeve, si c'est bien de lui qu'il s'agit, a choisi un bon spot. Les hommes qui l'ont trouvé faisaient une partie de golf tôt, ce matin-là. Le corps a dû être abandonné en pleine nuit. Il y a un accès facile depuis un sentier qui passe sous la rocade à côté de la voie ferrée. À l'abri des regards, sans caméras.

Frieda ne fit pas de commentaires.

— Bon, et ensuite ? demanda Dugdale.

— Merci de m'avoir prévenue.

— Je n'attendais pas que vous manifestiez de la reconnaissance. Je demandais ce que vous comptiez faire maintenant. Attendre qu'il finisse de faire le tour des rivières ?

— Non, dit-elle. Cette fois-ci, c'est différent.

— En quoi donc ?

— Les autres meurtres étaient voyants, ils étaient mis en scène. Celui-ci est plus modeste, plus discret.

— Un corps nu sur un terrain de golf, ce n'est pas si discret que ça.

— Il savait qu'on le guetterait, il n'avait pas besoin de faire tout un numéro.

— Et que disait-il, alors ?

— Il disait : je suis toujours là.

— On le sait.

Il hésita, puis ajouta :

— Il y a un truc qu'il faut que vous sachiez.

— Quoi ?

— Dans quelques jours, nous annoncerons qu'il est le suspect numéro un. Selon moi, on aurait dû le faire depuis longtemps.

— Pourquoi aujourd'hui ?

— C'est la décision de la préfète.

— Parce que vous êtes à court d'indices ?

— Parce que nous pensons que le public pourrait être en mesure de nous aider et parce que nous souhaitons que les gens soient vigilants.

— Vigilants. Soit.

— La presse va se déchaîner.

— J'imagine, renchérit Frieda sèchement.

— Bien. Donnez-moi votre nouvelle adresse.

— Non.

— Pardon ?

— Non. Je ne vous confie pas notre nouvelle adresse. Je ne veux pas que vous sachiez où nous sommes.

— Vous plaisantez ?

— À votre avis ? Il savait où nous étions.

— Frieda, écoutez, reprit Dugdale d'un ton pressant. Vous êtes en danger, vous et la fille.

— Ça, je le sais.

— Nous pouvons vous aider, mais seulement si vous nous dites où vous êtes.

— J'ai pris ma décision, répondit Frieda. Ce n'est peut-être pas la bonne mais j'en prends l'entière responsabilité. Je ne vous le dirai pas.

— Il ne s'agit pas que de votre vie. Celle de Lola est en jeu. Pensez-y.

— Vous croyez que je n'y pense pas ?

— Je ne le dirai à personne.

— Vous ne le direz à personne parce que vous n'en saurez rien. Je vous recontacte.

Frieda reposa l'appareil sur la table.

Lola la dévisageait.

— Il a recommencé ?

— Oui.

— Une autre personne vivante hier ou il y a une semaine est aujourd'hui morte à cause de cette histoire.

Lola couvrit sa bouche de sa main. Elle ferma ses yeux, ronds et bleus, et les rouvrit.

— Ça n'en finit pas… Et vous ne laissez pas la police nous aider, c'est bien ça ?

— Je ne crois pas qu'ils nous aidaient, pas comme il le faudrait.

— Donc on est seules ?

— On a toujours été seules.

Quarante

Cinq jours après la découverte des congélateurs, Quarry retourna aux box. Il gara sa voiture et remonta la rue, étudiant nerveusement les alentours. Il n'arrivait à rien. Chaque fois qu'il faisait un rapport à Dugdale, il avait le sentiment de le décevoir. Il avait été si sûr, quand ils avaient découvert l'endroit où Dean Reeve avait dissimulé les corps, d'avoir fait une percée. Il s'était imaginé attrapant Dean Reeve, savourant son triomphe par anticipation, et les retombées de son exploit quand le grand public apprendrait la nouvelle. Alors Maggie le percevrait différemment et sa fille serait fière de lui.

Il alluma une cigarette. Il fumait trop, buvait trop de Diet Coke et de café amer. Ces deux derniers jours, les policiers avaient interrogé tous ceux qui travaillaient ici. Quelques personnes avaient identifié Dean Reeve grâce aux photos qu'on leur avait donné à voir. Cela faisait des mois qu'il venait ici : ils l'avaient raté de peu, à quelques jours près.

Ils avaient élargi la recherche et fait du porte-à-porte, mais sans conviction. À cela s'ajoutait, bien sûr, le fait qu'il pouvait être n'importe où. Il n'y avait pas de raison de supposer que l'endroit où il conservait les cadavres était proche de celui où il vivait. Londres comptait dix millions d'habitants – et Reeve ne se trouvait peut-être même pas à Londres.

Quarry s'approcha du box. Désormais privé de tout éclairage, il était vide et glauque. Ici, dans ce petit espace, quatre congélateurs avaient contenu quatre corps, pendant que tout autour des gens bricolaient leurs voitures, livraient des colis.

Quelques minutes plus tard, Quarry regagnait sa voiture et s'éloignait, découragé. Le trajet lui était familier à présent : les boutiques miteuses, les locaux professionnels, les bureaux déserts, les petits appartements aux fenêtres sales derrière lesquelles s'allumaient des lumières. La nuit tombait. Alors qu'il passait devant le dépôt vendant les affaires d'occasion, il vit deux hommes en train de sortir doucement un canapé de l'arrière d'une camionnette.

Il ne savait pas pourquoi il s'était arrêté. L'instinct, lui dirait Dugdale plus tard, en lui tapant sur l'épaule. Quarry s'approcha d'eux d'un pas nonchalant. Il ne sortit pas son badge. Ils lui lancèrent un regard méfiant et continuèrent de tirer le canapé en direction des portes.

— Ça paraît dur, comme boulot, commenta-t-il.

L'un d'eux – jeune, sans doute encore un adolescent, et si maigre que c'en était douloureux à voir et qu'il était difficile de croire qu'il n'allait pas céder sous le poids – parut perplexe. Il ne devait pas savoir parler anglais. L'autre grommela et acquiesça. Ils posèrent le canapé à terre à quelques mètres de la porte et se redressèrent, le fixant du regard. Quarry sortit son paquet de cigarettes et le leur tendit. Chaque homme en prit une.

— Votre patron est là ? demanda Quarry.

Le plus âgé ricana.

— Il va et vient quand ça l'arrange. Il porte pas, lui. Il prend bien l'argent, par contre.

Quarry opina, compatissant.

— Vous vivez près d'ici ? demanda-t-il.

L'homme parut méfiant.

— Vous êtes police, hein ? J'ai vu vous quand vous êtes venu, l'autre fois.

— Je n'ai aucun problème avec vous, dit Quarry. Ça fait longtemps que vous êtes ici ?

— Deux ans, moi. Lui… il fit un geste en direction du jeune homme : trois, quatre semaines. Il a encore mal du pays.

— Désolé. Vous vivez près d'ici ?

— Pourquoi ?

— Comme ça, c'est tout. Comme je disais, je ne suis pas ici pour créer des ennuis.

— Pas seulement près. On vit dans ce trou à rats. En bas de l'escalier. Pas de fenêtres. Sept, on est.

— C'est raide.

Il s'assit sur le canapé et le plus âgé s'installa à côté de lui : le plus jeune leur tourna le dos, fumant sa cigarette avec avidité, aspirant goulûment la fumée. Quarry sortit la photo de Dean Reeve et la lui passa.

— Votre boss dit qu'il n'avait jamais vu ce type.

L'homme eut un rire narquois.

— Putain, le menteur…

Quarry sentit une pointe d'excitation.

— Vous le reconnaissez, alors ?

— Ben oui.

— Il est venu ici ?

— Oui, confirma l'homme.

— C'est à vous qu'il a acheté les congélos ?

— Trois, quatre. Deux fois, il est venu.

— Quand ça ?

L'homme haussa les épaules.

— Un mois. Deux mois.

— Il a payé en liquide ?

— Y a que du cash ici.

Il ouvrit les mains.

— Et pas de questions.

— Comment les a-t-il emportés ?

— Camionnette. On a aidé à les charger.

— Elle était comment, la camionnette ?

— Comment ?

— De quelle couleur ?

— Blanche ?

C'était une question.

— Vous n'avez pas vu le numéro d'immatriculation, par hasard ?

L'homme le dévisagea, interdit.

— Il vous a dit son nom ?

— Pourquoi il l'aurait fait ?

— Non. Bon. Ou bien où il habitait ?

Il secoua lentement la tête. Le jeune homme finit sa cigarette et la laissa tomber par terre. Même si le fond de l'air était frais, il portait un fin tee-shirt : il semblait avoir froid et faim.

— C'est important, insista Quarry. Très important. Il n'y a rien d'autre que vous puissiez me dire ?

— Désolé. Peut-être que l'autre sait quelque chose.

— L'autre ?

— Son ami.

Quarry inspira profondément et tenta de s'exprimer avec calme.

— Il était avec quelqu'un d'autre ?

— Len.

— Un dénommé Len ?

— Je crois.

— Len comment ?

Il haussa les épaules une fois de plus.

— Il vient ici avec des vélos. Je le vois souvent.

— Len vend des vélos ?

— Ouais. Pas cher.

— Volés, corrigea Quarry en le regrettant aussitôt. Y a-t-il autre chose que vous pouvez me dire sur ce Len ? Vous savez où il habite ?

— Non.

— Il vient ici en voiture ?

— En camionnette. Grise. Ou blanche. Sale.

— Il ressemble à quoi ?

— Grand. Très grand. Des cheveux longs comme ça.

Il leva ses deux mains et les ramena derrière sa figure.

— En queue-de-cheval, compléta Quarry.

— Avec des tatouages sur les bras.

— Quel genre de tatouages ?

— Des tatouages, c'est tout. Beaucoup.

— Bien.

Le jeune homme se tourna et se pencha vers son ami, marmonnant un truc dans une langue que Quarry ne put identifier, à voix basse et vite.

— Que dit-il ?

— Qu'on devrait y aller maintenant.

— Attendez.

Quarry sortit un billet de vingt livres de son portefeuille. Il le leur remit avec le paquet de cigarettes.

— Un dernier truc. Ce Len, quand vient-il ?

— Quand ça le chante.

— Il est venu récemment ?

— Il y a quelques jours.

— Votre boss saurait comment le joindre ?

L'homme poussa un soupir et regarda Quarry comme s'il était un enfant, idiot de surcroît.

— Il sait rien, il dit rien.

— Mais il a peut-être un nom, une adresse.

L'homme haussa les épaules pour la troisième fois. Puis ajouta, après mûre réflexion :

— Je l'ai vu au pub.

— Vous avez vu Len ?

— Oui.

— Quel pub ?

— Au Three Feathers.

— Où ça ?

— Près d'ici. Sur la grand-rue.

— Vous l'avez vu une fois.

— Quelques fois.

Quarry se leva.

— Merci, dit-il.

Il leur remit un second billet.

— Vous dites pas au patron que j'ai dit ça.

— Ne vous en faites pas.

Il les salua tous deux de la tête.

Le Three Feathers rappela à Quarry les pubs où son grand-père l'emmenait petit garçon. Il devait s'asseoir dehors avec un sachet de chips et un Coca, mais quand la porte battante s'ouvrait, il avait un aperçu de l'univers séduisant à l'intérieur. La seule chose qui manquait aujourd'hui, c'était le brouillard de la fumée des cigarettes. Ici pas de plat du jour, pas de beau plancher de bois séché. Il y avait du lino, un portrait signé de Bobby Moore, une machine à sous et un tableau noir promettant un strip-tease tous les mardis soir. Un homme et une femme dans la soixantaine étaient attablés avec des pintes de bière.

Quarry se rendit au bar. Une jeune femme était assise au fond, le regard baissé sur son téléphone. Elle était blonde, rasée sur les côtés de la tête de sorte que le rose de son crâne se voyait au travers. Elle avait des piercings dans les oreilles, les sourcils, le nez et la lèvre inférieure. Des tatouages sur les bras, dans le cou, et de petits points tatoués sur les joues. Quarry commanda une tasse de thé. On lui servit un breuvage marron foncé, couleur acajou.

— C'est calme ici, fit-il remarquer.

La femme ne répondit pas.

— J'ai un pote qui vient ici, continua-t-il. Len, il s'appelle.

— On n'est pas obligé de dire son nom pour boire un verre, répliqua la femme.

— Elle est bonne, celle-là, répliqua Quarry. Vous ne manquez pas d'humour.

Il présenta son badge puis le posa sur le bar et abattit la photo de Dean Reeve à côté.

— J'aimerais savoir si vous avez vu cet homme. C'est tout. Jetez un œil.

La femme se pencha sur le comptoir, examinant la photo, si près qu'il sentait son parfum : une odeur de gomme brûlée douceâtre.

— C'est Len, c'est ça ? dit-elle.

— Non. Un pote à Len. Vous l'avez vu ?
— Peut-être bien, répondit-elle.
— Peut-être bien ? C'est un oui ou un non ?
— C'est un « J'en sais rien ». Il a la tête de tout le monde. Y en a des tas comme lui.
— Très bien. Connaissez-vous un dénommé Len ? Très grand, queue-de-cheval, tatouages.
— J'en vois bien un comme ça, admit-elle à contre-cœur.
— Qui s'appelle Len ?
— Ouais.
— Il vient souvent ici ?
— Je l'ai vu quelques fois, je pense. Je ne suis pas toujours là.
— Quand est-il venu la dernière fois ?
— Je sais pas.
— Il y a trois jours ? Une semaine ?
— Quelques jours.
Il ramassa son badge et la photo et lui remit sa carte.
— Si vous le voyez, appelez-moi.

Une fois à l'extérieur, il appela Dugdale et lui raconta ce qui s'était passé.
— On devrait y poster un de nos hommes, suggéra-t-il. Au cas où Len se pointe. Il doit être facile à repérer – c'est un grand type avec des tatouages et une queue-de-cheval. Même Reeve pourrait passer par là.
— Ils peuvent aussi rester dehors dans une voiture. Mais c'est du bon boulot.

Quarante et un

Frieda observait Lola en face d'elle, couchée sur le grand canapé, les yeux levés au plafond. Ses cheveux étaient emmêlés, son teint pâle, son regard presque absent.

— Je ne tiens pas du tout à ressembler à votre mère, déclara Frieda.

— Alors arrêtez.

— Mais on a du matériel ici. Vous pourriez soulever des poids ou essayer le vélo d'appartement. Ça vous ferait du bien d'élever votre rythme cardiaque.

— C'est un mythe, répliqua Lola, maussade. On a fait des recherches là-dessus. On a pris un groupe de déprimés, certains faisaient de l'exercice et d'autres pas, et il n'y avait aucune différence entre eux.

— Dans ce cas, vous pourriez lire un livre ou dessiner quelque chose.

— Vous avez raison, répliqua Lola.

— C'est-à-dire ?

— On croirait entendre ma mère.

— Ou alors, si vous préférez parler, vous pouvez dire tout ce qui vous passe par la tête. Vous avez peur.

Vous avez peur, et c'est normal. Mais je vous protégerai.

— Vous me protégerez comme vous avez protégé votre fiancé ?

Lola tourna la tête pour observer l'effet de ses paroles. Mais Frieda demeura imperturbable.

— Je n'avais pas pour mission de le protéger, répondit Frieda d'un ton calme. Nous étions séparés à l'époque.

— Ça coûte combien un appartement comme ça, à votre avis ? Cinq millions ?

— Plus. Bien plus.

— Je suis logée dans un appart à cinq ou dix millions de livres avec salle de gym personnelle et j'ai l'impression d'être en prison. Maintenant, je comprends pourquoi les gens se tuent dans leur cellule. Et vous devez penser que je me comporte juste comme un enfant qui s'ennuie un jour de pluie.

— Ce n'est pas ce que je pense.

— Enfin bref, vous m'avez pris mon téléphone pendant que vous, vous pouvez surfer et aller sur Facebook et papoter avec vos amis.

— Je ne suis pas sur Facebook et je n'échange pas avec mes amis.

— Vous faites quoi, alors ?

— J'étudie une carte des rivières de Londres.

— Oh, vos foutues rivières de Londres…

Elle remarqua que Frieda fronçait les sourcils.

— Quoi ? Qu'est-ce qu'il y a ?

— Je ne sais pas, répondit Frieda. J'étudie la carte, et j'ai l'impression qu'il y a quelque chose.

— Quelque chose ?

— J'ai l'impression d'avoir commis une erreur.

— Comment ça, une erreur ? Vous avez dit qu'il laisserait un corps sur Beverley Brook et il l'a fait. Vous aviez raison.

— Oui, admit enfin Frieda. J'avais raison.

Lola se rallongea sur son canapé. Frieda prit un bout de papier et un stylo et, comme elle l'avait fait auparavant, ébaucha un plan simple des cours d'eau. Pour commencer, elle traça la courbe de la Tamise. Puis elle commença au nord-est et dessina la Fleet, puis, plus à l'ouest, la Tyburn, la Westbourne, Counter's Creek. Au sud du fleuve, côté ouest, elle traça Beverley Brook. Sur sa droite, elle matérialisa la Wandle, une rivière qu'elle ne connaissait que trop bien. À présent, elle hésitait. Au lieu de continuer vers l'est, vers la Falcon et l'Effra, elle survola la Tamise de son crayon à nouveau, vers la gauche de Counter's Creek, et esquissa un petit trait tortueux de haut en bas en direction de la Tamise à Hammersmith. Stamford Brook. Elle l'avait oubliée, celle-là. Mais qu'est-ce que ça signifiait ? Se pouvait-il que Stamford Brook soit trop insignifiante pour que Dean Reeve s'en préoccupe ? Ou se pouvait-il qu'il s'y trouve un corps quelque part qu'on n'aurait pas encore découvert ?

Frieda perçut une voix. Ce n'était pas celle de Lola, mais une voix en elle : « Quelle importance ? disait-elle. Vous avez prédit ce que ferait Dean Reeve et vous aviez raison. Pourquoi vous en inquiéter ? »

Mais il manquait quelque chose et il y avait tout lieu de s'en inquiéter. Peu à peu, la pensée qu'elle mûrissait depuis des jours prit forme, à la façon d'une image floue, qui devenait soudain nette, et dure, et froide.

— J'entends les rats, dit Lola.

— Où ça ?

— Je n'en sais rien. Je les entends juste détaler et gratter. Ils sont peut-être sous le plancher ou dans les cloisons ou dans le plafond. La nuit je ferme les yeux et je les vois toujours, avec leur fourrure, leurs dents, leurs yeux rouges et leurs grosses queues. Des gens passent en voiture devant cette maison qui a l'air toute blanche, magnifique et élégante alors qu'à l'intérieur, tout pourrit et s'effondre et c'est infesté de rats.

Frieda s'approcha, s'assit auprès de Lola et posa une main sur son front.

— Je n'ai pas de fièvre ou quoi que ce soit, si c'est ce que vous pensez.

Frieda l'observa plus attentivement, comme si c'était une patiente. Frieda était thérapeute. Ses patients parlaient, elle écoutait et tentait de les aider à trouver une issue à leur détresse, leurs pensées et habitudes destructrices. Mais elle savait aussi qu'il y avait des limites à la parole. Certains étaient comme des maisons en feu. Il ne servait à rien d'envisager la décoration ou la disposition des lieux. Il fallait d'abord éteindre le feu. Ils pouvaient avoir besoin de neuroleptiques pour les anesthésier contre la douleur psychologique quelques heures ou quelques jours. Ou encore de séjourner dans un service psychiatrique parce qu'ils n'étaient pas en état de fonctionner dans le monde extérieur. Ce que Frieda percevait très nettement, c'est qu'en ce moment, Lola ne guérirait pas par la parole.

— Il n'y en a plus que pour quelques jours, déclara-t-elle d'une voix douce. On touche au but.

Lola tourna la tête et la regarda.

Frieda continua :

— Je pourrais vous procurer des médicaments. Un truc pour vous aider à dormir.

— Ce n'est pas ça. Ce sont ces morts. Vous ne pensez pas à eux ? Vous ne les voyez pas quand vous fermez les yeux ? Et il y en aura encore d'autres. Bien d'autres.

— Non, répondit-elle. Il n'y en aura plus d'autres. Il n'y en aura plus qu'un.

— Plus qu'un ? Et ce sera qui ?

— Moi, bien sûr.

Lola s'assit alors et lui fit face.

— C'est ça que vous voulez ? Vous voulez vous sacrifier à lui ?

— Ce n'est pas ce que je veux. C'est ce que lui veut.

— Et vous pensez que si…

Lola se tut, et ne reprit la parole qu'au prix d'un effort visible.

— S'il vous tuait, vous pensez qu'il s'arrêterait là ? Qu'il en aurait fini avec toutes ces tueries ?

Frieda se pencha vers elle, leva une main et lui caressa les cheveux, comme si Lola était une enfant qui se serait réveillée d'un cauchemar.

— Oui, Lola, je pense qu'il arrêterait.

Elle se leva.

— Je vais nous préparer du thé. Une infusion, plutôt. Au gingembre, je pense. Vous en voulez ?

— Volontiers.

— Vous vous sentirez mieux.

— J'ai déjà dit oui.

Frieda se leva donc et passa du grand salon à la salle à manger, dont elles ne s'étaient pas servies puisque la table et les chaises étaient toutes répugnantes. De là, elle entra dans la cuisine située à l'arrière de la maison. Elle remplit la bouilloire et l'alluma.

Deux mugs traînaient dans l'évier. Elle les lava et mit un sachet de gingembre dans chacun, versa l'eau bouillante dessus, puis les remua à l'aide d'une cuillère jusqu'à ce que l'eau se teinte d'ambre. Le gingembre dégageait un parfum réconfortant.

Elle emporta les deux mugs dans le salon. Lola n'y était plus. Elle l'appela, mais n'obtint pas de réponse. Elle but une gorgée du thé. Il était encore trop chaud et lui brûla les lèvres. Elle s'approcha de la fenêtre. Lola, vêtue de son blouson, traversait gauchement la route. Elle faisait sa petite fugue, inspirant l'air à pleins poumons, zigzaguant comme si elle était ivre. Elle franchit l'une des entrées de Regent's Park et disparut derrière la haie délimitant le parc.

Frieda baissa les yeux sur les mugs qu'elle avait en main. Elle fut soudain tentée de les jeter par terre, de les briser. Mais réalisa ensuite que le propriétaire n'en saurait jamais rien et s'en ficherait royalement. C'était un autre qui risquait de séjourner ici et ce serait à lui de gérer le désordre, ce qui ne serait pas juste. Aussi se contenta-t-elle de les reposer au sol.

Une fois parvenue au parc, Lola inspecta les alentours. Puis elle s'approcha en vitesse d'une femme entre deux âges qui promenait deux chiens et leur lançait une balle de tennis. La femme considéra Lola d'un air aussi désapprobateur qu'inquiet. Lola se demanda pourquoi, avant de se souvenir de son apparence, de ses vêtements froissés et de ses cheveux ternes, sales, emmêlés.

— Excusez-moi, dit Lola. Je suis désolée de vous embêter. J'ai perdu mon téléphone. Je dois appeler une amie pour qu'elle passe me chercher. Vous voulez bien me prêter le vôtre ? Je n'en ai que pour une minute. Même pas.

La femme parut dubitative.

— C'est vraiment important, plaida Lola d'une voix tremblante, tandis que ses yeux s'emplissaient de larmes.

— Très bien. Si vous faites vite.

Et elle lui remit son appareil. Lola s'éloigna de quelques mètres et lui tourna le dos, de façon à ce qu'on ne puisse l'entendre. Elle composa le numéro qu'elle avait mémorisé. Elle se le rappellerait pour le restant de ses jours, pensait-elle.

Elle patienta. Peut-être qu'il ne répondrait pas. Des larmes de plus en plus épaisses lui roulaient sur les joues, dans la bouche. Elle en percevait le sel. Un avion passa au-dessus de sa tête, déroulant sa signature dans le ciel d'automne. Son cœur tressautait si fort qu'elle avait l'impression qu'il allait bondir hors de sa poitrine.

Il répondit. D'une voix chaude, douce.

— C'est Lola, dit-elle.

Silence à l'autre bout de la ligne, rien qu'une respiration.

L'espace d'un instant, elle crut ne pas pouvoir prononcer les mots. Ils étaient dans sa bouche, durs comme de la pierre. Mais ensuite elle prit une profonde, une âpre inspiration qui lui meurtrit la gorge.

— On est au 18 A Rivingdale Terrace… Oui. Rivingdale Terrace. Frieda dit que vous ne tuerez plus qu'une personne… Oui, bien sûr qu'elle parle d'elle-même. Je dois vous laisser.

Elle ne savait plus vraiment comment marcher. Elle se voyait couchée sur l'herbe humide, dans les feuilles mortes, roulée en boule, à attendre que tout cela soit fini. Elle avait envie de disparaître. Que le sol l'engloutisse. Son corps lui semblait étranger, tout comme elle se sentait étrangère à son corps, comme si tout craquait en elle. Elle resta immobile un moment, figée, s'efforçant de recouvrer l'équilibre. Puis ressortit du parc.

— Lola.

Elle sursauta. C'était Frieda, qui lui tendait la main.

— Oh ! Je suis désolée, réussit-elle à dire, même si elle avait l'impression que c'était à peine un murmure.

Frieda allait forcément se rendre compte que rien n'allait plus.

— Il fallait que je prenne l'air.

Frieda sourit et lui prit le bras.

— Je sais, répondit-elle. C'est l'endroit le plus luxueux dans lequel j'aie jamais séjourné. Et le plus déplaisant. Quand je vous ai vue traverser la rue en courant, je me suis rendu compte qu'il fallait qu'on parte.

Lola regarda Frieda. Elle avait un sac passé par-dessus chaque épaule.

— Qu'on parte ? répéta-t-elle. Vous voulez dire, maintenant ?

— À l'instant même. Pourquoi attendre ?

— J'ai des trucs à prendre.

— J'ai tout.

— Mais… je ne suis pas sûre de supporter de déménager une fois de plus, Frieda. Je veux dire, là, c'est horrible, mais ça sera quoi ensuite ?

— Marchons pendant qu'on en discute, suggéra Frieda, tout en amenant une Lola réfractaire dans le parc et en obliquant vers le sud. Je n'ai pas envie de la jouer thérapeute, mais quand quelqu'un commence à imaginer des rats en train de lui courir dessus dans son sommeil, il est temps de bouger.

— Mais déménager n'est sûrement pas la solution à ses problèmes. Il faut les affronter.

Lola s'arrêta. Son regard était éperdu.

— Il y aura des rats où que j'aille. Sans doute étaient-ils dans ma tête. Rentrons, je vous en prie.

— C'est le genre de truc que je disais à mes patients, répliqua Frieda. On peut déménager tant qu'on veut, on emporte toujours ses problèmes avec soi. En revanche, dans ce cas, je ferai une exception. Il y avait vraiment des rats. Et des cafards aussi, je crois.

Elles se remirent en route. Lola se laissait mener par Frieda, mais traînait les pieds dans les feuilles.

— Où va-t-on ? demanda-t-elle. On va devoir contacter l'un de vos amis à nouveau ?

— Keegan avait envisagé un scénario de ce genre. Il m'a remis une clé. Et on peut y aller à pied. Un peu d'exercice nous fera du bien à l'une comme à l'autre, je pense.

Elle renversa la tête en arrière.

— Il pleuvra, plus tard, annonça-t-elle, plus pour elle-même que pour Lola. Une bonne pluie qui nettoiera l'air.

Parvenues à l'angle sud-est du parc, elles rejoignirent Euston Road. Elles étaient près de chez Frieda au point que la tentation était grande d'y retourner ; que c'en était presque dangereux aussi. On risquait de la reconnaître. Elles traversèrent la route et laissant la circulation derrière elles, s'engagèrent dans des rues plus tranquilles qui longeaient les bâtiments de l'université. C'était un chemin qu'elle connaissait intimement pour l'avoir parcouru durant tant de nuits sans sommeil. Elle passa devant les maisons mitoyennes, les immeubles de brique rouge sans charme, les petits hôtels, jusqu'à atteindre une maison invraisemblablement minuscule, nichée dans l'angle d'une petite place. Frieda déverrouilla la porte d'entrée et elles pénétrèrent à l'intérieur.

On aurait dit un simulacre de maison familiale. Un salon comportant un canapé et deux fauteuils, avec des gravures au mur. Une cuisine à l'arrière et une courette ceinte par les murs d'un haut bâtiment. Mais rien de personnel. Pas de courrier sur le paillasson. Pas de télévision, pas de téléphone.

— C'est quoi, cette maison ? s'étonna Lola. On dirait une fausse, ou un décor de film ou j'sais pas quoi.

— J'imagine que mon ami s'en sert pour les gens dans notre cas.

— C'est quoi les gens dans notre cas ?

— Ceux qui ont besoin de disparaître un moment. Il y en a plus que vous ne l'imaginez.

— Et il fait quoi, votre ami ?

— À l'évidence, l'un de ces métiers qu'on a du mal à décrire. Genre « consultant en management ». Mais on est mieux ici, vous ne trouvez pas ?

Lola inspecta les lieux.

— Vous avez raison, concéda-t-elle. C'est mieux. Je suis contente d'être partie de l'autre. J'y aurais bien laissé la Lola à problèmes aussi.

Quarante-deux

Ce soir-là, Frieda leur prépara une soupe de courge butternut. La cuisine était propre et dépouillée. Il y avait une grande casserole et une petite ; une poêle à frire et un gros plat allant au four. Toute la vaisselle – vert pâle – venait par ensemble de quatre : quatre grandes et quatre petites assiettes, quatre bols. Il en allait de même pour les couverts et les verres.

Elle avait racheté du whisky et leur en versa un doigt pour chacune, posant le verre de Lola devant elle sans un mot, sirotant le sien tout en découpant la courge, la versant dans la poêle pour la faire revenir. Pendant qu'elle cuisait, elle coupa du pain, mit le couvert, puis ouvrit son ordinateur et l'alluma. Tout ce temps-là, Lola resta assise sans un mot, les épaules affaissées et pesantes, l'air absent.

Alors que Frieda commençait de faire défiler de nouveaux articles sur son ordinateur, elle parla sans lever la tête :

— Quand on parvient à la fin de partie aux échecs, tout change. Ne restent plus que quelques pièces. Un pion peut être aussi puissant qu'une reine. Ils se tournent autour, se bloquent mutuellement, se protègent, bluffent même parfois, en essayant de trouver une ouverture, un passage.

— Et on est en fin de partie ?

— On y est.

— Qu'allez-vous faire ?

Frieda ne répondit pas. Elle se leva et piqua la courge pour s'assurer qu'elle était tendre.

— Il n'y a pas de mixeur ici, dit-elle. On va devoir l'écraser à la fourchette puis ajouter le bouillon. Vous pouvez le faire ?

— Pardon ?

— Pouvez-vous écraser la courge avec une fourchette ? Lola ?

— Je crois.

— Buvez un peu de whisky.

— Ça va me faire pleurer.

— Ce n'est pas mal de pleurer.

— Non. Il ne faut pas. J'ai l'impression de m'effondrer.

Elle regarda Frieda de ses grands yeux ronds enfantins.

— Je veux dire, de me désintégrer. Comme si mes entrailles se retournaient, littéralement.

— Vous avez peur, commenta Frieda.

— Oui.

— Tenez. Écrasez-les.

Frieda déversa la courge sur une assiette et mit d'autorité une fourchette dans la main de Lola. Elle la regarda la plonger docilement dans les morceaux de courge. Elle se remémora sa première rencontre avec Lola – combien elle était candide, babillant sans cesse. Elle se rappela comment elle l'avait prise dans ses bras en expliquant à quel point elle était désolée pour tout ce qu'elle avait dû endurer. Aujourd'hui, elle était mutique, assise à cette table. Elle avait perdu beaucoup de poids et son teint était terne. Un bouton de fièvre avait surgi au coin de la bouche. Ses cheveux avaient besoin d'un shampoing et d'une coupe. Ses vêtements étaient sales. Ses ongles étaient rongés jusqu'au sang. Elle lui reprit la fourchette de la main et éloigna l'assiette.

— Ça ira, dit-elle gentiment. Merci.

Elle fit la soupe, ajoutant du yaourt à la fin, et en servit à Lola un bon bol.

— Mangez.

Lola y plongea une cuiller, la porta à ses lèvres, hésita. Elle avala une demi-cuillerée, puis reposa la cuiller dans le bol.

— Vous laisser mourir de faim n'arrangera rien, commenta Frieda plus sévèrement. Et prenez du pain.

Lola avala quelques cuillerées de plus, puis repoussa le bol.

— J'ai un peu mal au cœur, dit-elle. Je ne me sens pas très bien. Je crois que je vais aller me coucher.

— Il vous en restera pour le déjeuner. Je vous fais un thé.

— Merci.

Et elle quitta la pièce.

Frieda débarrassa le tout. Ensuite, elle se rendit dans la courette avec son whisky. La pluie commençait tout juste à tomber, de grosses gouttes échappées d'un ciel sombre. Elle resta dehors plusieurs minutes, savourant l'averse sur sa figure, le parfum d'automne qu'elle charriait. Elle rentra, prépara un thé qu'elle porta à

Lola, couchée en position fœtale sur son lit, la couverture rabattue au-dessus de sa tête.

— Ça va mieux ? s'enquit-elle en posant le mug sur la table de chevet.

Un petit bruit indéterminé s'échappa de sous la couette.

— Bon. On se voit demain matin. Mais si vous avez besoin de quoi que ce soit, et quelle que soit l'heure, je suis juste à côté.

Lola resta immobile et entendit la porte cliqueter doucement derrière Frieda. La lumière du palier s'éteignit. Elle remonta ses genoux plus haut encore, posa deux poings serrés sur sa figure. Elle ferma les yeux : il faisait nuit. Les rouvrit : il faisait toujours nuit. Elle entendait la pluie tomber au-dehors, fouetter les carreaux.

Elle avait été à deux doigts de tout dire à Frieda. C'était comme si les mots étaient au bord de ses lèvres et qu'ils risquaient de s'échapper chaque fois qu'elle les ouvrait. Elle pouvait les confronter à présent. Elle imaginait le soulagement qu'il y aurait à s'épancher, comment Frieda prêterait l'oreille, entendrait ces mots et les ferait siens, la déchargerait de son terrible fardeau. Mais elle n'avait rien dit et elle ne devait rien dire. Surtout pas.

Et comme elle le faisait chaque nuit quand elle restait éveillée dans le noir et fermait les yeux en écoutant le bruit de sa propre respiration, Lola s'abandonna à ses souvenirs.

Elle se revit quand elle avait reçu ce message de Jess et décidé de s'y rendre, sans le dire à Frieda – puisque Frieda, bien sûr, l'en aurait empêchée, et un petit gémissement s'échappa du sac de couchage, quand elle songea combien tout aurait pu être différent, si seulement, si seulement…

Elle se revit ouvrant la porte de l'appartement, remarquant que l'odeur avait changé. Elle s'était dit que Jess avait fumé, même s'il était contraire aux règles de fumer à l'intérieur. Mais sans s'y attarder plus que ça. Elle avait gravi l'escalier à la hâte et appelé Jess, étonnée qu'elle ne réponde pas tout de suite. C'était elle qui avait dit que c'était urgent, après tout.

Il n'y avait personne dans la pièce commune, pas plus que de réponse quand elle l'avait hélée au travers de sa porte fermée. Elle était donc entrée dans sa propre chambre y chercher quelques affaires. Maintenant qu'elle était là, autant en profiter. Elle venait juste de prendre la montre que lui avait offert sa grand-mère pour ses dix-huit ans et de la passer à son poignet quand elle avait entendu un bruit. Un son insignifiant, mais qui l'avait poussée à se retourner.

— Jess, avait-elle lancé. C'est toi ?

Elle avait rouvert la porte de sa chambre pour passer dans le salon.

Et à cet instant, son univers avait basculé. Maintenant encore, roulée en boule dans ce lit, elle pouvait ressentir comment la peur l'avait envahie, comme un poison violent.

Jess était là. Un homme la maintenait debout. Lola voyait ses yeux, ses yeux qui la dévisageaient, où se lisait une terreur absolue. Il avait plaqué une main sur sa bouche : ses cheveux noirs cascadaient par-dessus ses doigts. Silence complet dans la pièce. De l'autre main, il tenait un couteau contre la gorge de Jess, sa lame contre la peau blanche. Sous les yeux de Lola, une minuscule goutte de sang perla à la pointe.

Nul ne dit mot. Personne ne bougea. L'homme la regardait droit dans les yeux, souriant aimablement. Dans un recoin de sa conscience, elle reconnut en lui l'homme du canal, celui qu'elle avait pris en photo avec son téléphone. Dean Reeve. Elle était debout dans son salon, chez elle, en compagnie de Dean Reeve, qui tenait un couteau plaqué en travers de la gorge de son amie et il lui souriait, comme si l'on pouvait se réjouir de se retrouver en pareilles circonstances.

— Bonjour, Lola, dit-il enfin.

Jess tressaillit légèrement mais il ne se donna pas la peine de baisser les yeux, se contentant de la serrer plus fort. Une perle de sang roula le long de son cou.

— Content que vous ayez eu le message.

Lola avait besoin de lever une main pour retrouver l'équilibre mais elle restait là, debout, pétrifiée, au centre de la pièce. Elle avait envie de hurler, mais sa gorge était nouée de terreur.

— Vous allez faire quelque chose pour moi, continua Dean. N'est-ce pas ?

Elle s'obligea à hocher la tête, mécaniquement comme tressauterait la tête ronde en bois d'une marionnette.

— Brave petite… Mais je vais vous simplifier la tâche. Votre mère et votre père, Carol et Dave. Dans ce petit village près de Málaga. Vous n'aimeriez pas qu'il leur arrive malheur, n'est-ce pas ?

Voilà qu'elle secouait la tête de droite à gauche maintenant. Ses cheveux s'accrochèrent à sa joue. Jess ne la quittait pas des yeux.

— Je sais que vous ne voulez pas ça. Et ça n'arrivera pas, si vous m'aidez. Mais si vous ne m'aidez pas, vous savez ce qui va arriver ?

Il souriait toujours. Ses yeux marron étaient animés d'une lueur amicale.

— Bien sûr que vous ne savez pas. Pas avant que je vous montre. Regardez attentivement.

Et là, en toute désinvolture, baissant à peine les yeux, il avait tiré le couteau en travers du cou de Jess et l'espace d'un instant, il ne s'était rien passé. Ensuite le cou s'était ouvert en deux et un sang noir en avait coulé et il avait allongé son corps par terre.

Et Lola ne bougeait toujours pas. Elle ne l'avait pas aidée. Elle ne s'était pas précipitée auprès de son amie pour tenter de la sauver. Elle avait tenté de se convaincre que cela n'aurait rien changé, et bien sûr que ça n'aurait rien changé. Mais toujours est-il qu'elle n'avait pas bougé et qu'elle avait regardé Jess couchée par terre, en train de se débattre comme un poisson hors de l'eau.

— Inutile de me dire où vous êtes pour l'instant, Frieda et vous, avait repris Dean, reculant d'un pas pour que le sang n'aille pas souiller ses chaussures. Dès qu'elle aura découvert que vous êtes partie, elle aura bougé elle-même, telle que je la connais.

Il sourit.

— Et je la connais bien. Mais dès que vous connaîtrez votre nouvelle adresse, vous allez m'appeler.

Lola était incapable de parler. Elle voyait les yeux de Jess se voiler. Elle la regardait mourir.

— Je vais vous dicter un numéro, continuait Dean. Et vous allez le mémoriser.

Il lui avait confié un numéro et l'avait obligée à le répéter. Elle l'avait fait, un nombre incalculable de fois, jusqu'à ce qu'il soit satisfait. C'était le numéro qu'elle avait composé depuis la cabine d'essayage quand elles habitaient dans cette maison remplie de chats. C'était le numéro qu'elle avait composé depuis les toilettes de la gare de St Pancras, pendant que Frieda parlait avec l'homme aux yeux froids. Et le numéro, enfin, qu'elle avait composé ce matin dans Regent's Park. Elle se le rappellerait, pensait-elle, jusqu'au jour de sa mort : les chiffres appariés qu'elle avait répétés sans fin pendant que Jess levait vers elle un regard aveugle.

À présent, elle redoutait de parler de peur de se trahir. Il lui arrivait même de plaquer sa main sur sa bouche. Il arrivait qu'elle sente le regard noir de Frieda posé sur elle et qu'elle doive se détourner, quitter la pièce. Parce que chaque fois qu'elle manquait de se livrer, elle entendait sa voix, douce et lente : *Votre mère et votre père, Carol et Dave. Dans ce petit village près de Málaga.*

On était en fin de partie, avait dit Frieda. Elle n'avait qu'un désir, en finir. Mais quand ce serait fini, quoi ? Qui serait-elle ? Qu'aurait-elle fait ?

Quarante-trois

Dolan avait bu deux Red Bulls, mangé un sachet de cacahuètes salées, fumé quatre cigarettes, et se sentait aussi fébrile que fatigué. La prochaine fois, il emporterait un sandwich, un thermos de café et une grande bouteille d'eau, et il se dégourdirait les jambes plus souvent. Il était trop tard pour ça maintenant : il pleuvait des trombes dehors, le genre de pluie qui le tremperait en quelques secondes. Mais l'atmosphère était moite dans l'habitacle, aussi entrouvrit-il la fenêtre de quelques centimètres. C'est à ce moment-là que passa devant lui un petit groupe d'hommes qui s'acheminèrent vers l'entrée du Three Feathers, tête baissée, tandis que l'un d'eux brandissait inutilement au milieu un petit parapluie dont l'une des baleines battait au vent, formant une gouttière d'où l'eau jaillissait.

Ils étaient quatre, mais c'était celui de gauche qui capta son attention. Quarry avait indiqué que l'homme qu'ils recherchaient était grand. Cet homme était grand, et large d'épaules. Quarry avait aussi précisé qu'il avait les cheveux longs, possiblement noués en queue-de-cheval. Dans la lumière projetée par le pub quand ils ouvrirent la porte et entrèrent, Dolan vit que les cheveux longs et bruns de l'homme étaient retenus en une queue-de-cheval négligée. Quarry avait également mentionné des tatouages, mais pour ça, Dolan devait entrer à son tour et vérifier par lui-même.

Il sortit de la voiture et s'approcha du pub au petit trot, tandis que la pluie lui dégoulinait dans le cou, se faufilant sous son col. Le Three Feathers était bondé, il y avait des gens attablés ou debout au bar. Mais on distinguait bien celui qui devait être Len : il dépassait tout le monde d'une tête, des épaules aussi. Dolan se rapprocha doucement : oui, il avait des tatouages, au dessin sinueux, qui s'échappaient des manches longues de sa chemise.

Dolan regagna l'entrée et sortit son portable.

— Je crois qu'il est là, indiqua-t-il à Quarry à voix basse.

— Paie-toi un verre, ne le perds pas de vue, mais ne fais rien avant que j'arrive. Pas de trace de Reeve ?

Dolan tressaillit d'excitation comme d'inquiétude : il ne lui était pas venu à l'idée que l'un des types en compagnie de Len puisse être Dean Reeve.

— Il est avec un groupe. Je vais jeter un œil, promit-il.

— Regarde, mais ne fais rien. Je serai là aussi vite que possible.

Il fallut à Quarry une demi-heure. Il y avait eu un accident et la circulation était d'une lenteur désespérante. Alors qu'il pénétrait au Three Feathers, il repéra Dolan debout près du bar, en train de siroter une ginger ale.

— Il est toujours là ?

— Dans l'autre pièce, en train de jouer aux fléchettes. Pas de trace de Reeve.

Il s'y rendit, s'assit sur le côté et observa la partie jusqu'à la fin. Puis il s'avança. Il était assez grand lui-même, mais paraissait frêle à côté de l'autre homme.

— Len ? demanda-t-il.

L'homme baissa les yeux sur lui.

— Qu'est-ce que vous voulez ?

Quarry se présenta. La plupart des gens se montraient scandalisés ou sur la défensive quand ils étaient soudain confrontés à la police. Len semblait parfaitement indifférent.

— J'ai ouï dire que vous seriez peut-être en mesure de nous aider, insista Quarry.

— Qui a dit ça ?

— Vous êtes bien Len, n'est-ce pas ?

— Possible.

— Je peux avoir votre nom de famille ?

Len le dévisagea, impassible, puis ajouta :

— Smith.

— Smith ?

— C'est un nom courant.

Quarry jeta un œil circulaire aux hommes en train de les observer, parcouru d'un frisson désagréable.

— On peut s'isoler un petit peu ?

— Pourquoi ?

— Par ici, s'il vous plaît.

L'espace d'un instant, Len ne fit pas un geste, pas plus qu'aucun des hommes qui les encerclaient. Puis il haussa les épaules et sortit du pub en compagnie de Quarry, tandis que Dolan les suivait à distance. La pluie avait cessé mais la nuit restait humide et venteuse. Ils se tenaient debout à côté du pub, à proximité de l'entrée de service et des grandes poubelles en métal. Len l'observait d'un air détaché.

Quarry se pencha vers lui de manière à bien voir sa tête. Il lui présenta la photo de Dean Reeve.

— Vous reconnaissez cet homme ?

— Pas vraiment, non.

— Je ne plaisante pas. Reconnaissez-vous cet homme ?

Len poussa un soupir.

— C'est Barry.

Quarry resta de marbre : Barry, c'était le prénom que Dean Reeve avait employé auprès de Geoffrey Kernan, quand ce dernier l'avait engagé pour construire sa terrasse.

— Savez-vous où il habite ?

— Pourquoi ?

— Vous avez une adresse ?

— Non.

— Stop, coupa Quarry. Ça suffit. On arrête. Vous m'ennuyez et vous me faites perdre mon temps. Alors vous avez deux options. Soit vous me donnez une adresse et on en reste là. Soit vous ne me donnez pas d'adresse et je vous embarque, et je vous promets de vous pourrir la vie dans toute la mesure de mon possible. Je commencerai par le faux nom que vous m'avez communiqué et après ça, on avise.

— On a bien le droit de s'appeler comme on veut, fit remarquer Len d'un ton où perçait désormais une légère inquiétude.

— Laissez-moi en être juge.

Il haussa nonchalamment les épaules.

— Il a une piaule au-dessus du kebab sur la grand-rue. S'il y est encore.

Il partit d'un rire bref et sec.

— L'est pas du genre à rester longtemps au même endroit, Barry. Il a plutôt la bougeotte.

— Quelle grand-rue ?

— East Ham. Après le parc.

— Vous n'auriez pas un numéro ?

— Au-dessus du kebab, j'ai dit. Y a une série de petits commerces, on trouve de tout. À côté du kebab, y a une boutique qui vend des animaux empaillés. Avec un gros piaf dans la vitrine.

— Vous auriez un numéro de portable où le joindre ?

— On se connaît pas à ce point.

— Rien d'autre dont vous aimeriez me faire part ?

— Non.

Quarry indiqua son collègue du doigt.

— Laissez vos coordonnées au jeune Dolan là-bas. Un numéro où vous joindre et une adresse. Et il va devoir rester avec vous un moment.

— Pourquoi ?

— Au cas où vous auriez l'envie subite de prendre contact avec ledit Barry.

— Je vous l'ai dit : j'ai pas son numéro.

— Ah oui… Ben, quand même. Restez avec Dolan, Len.

Quarry appela Dugdale.

— On a une adresse possible.

Et il lui rapporta les propos de Len. Il entendait l'excitation qui perçait dans sa voix, qui la rendait rauque, mais Dugdale gardait son calme ordinaire.

— Garez-vous devant et restez-y. Attendez les renforts.

Couchée dans son lit, Frieda savait qu'elle ne dormirait pas. Elle entendit des voitures au loin et, plus tard, un renard. Il pleuvait encore, moins fort toutefois. D'habitude, elle aimait le bruit du vent et de la pluie, surtout quand elle était dans sa propre petite maison dans le noir. Ce n'était pas bien loin d'ici : elle pourrait s'y rendre à pied en quelques minutes. Elle ferma les yeux et s'imagina en train d'ouvrir la porte bleue, d'entrer dans le vestibule qui sentait la cire, puis dans le salon, où l'attendrait un feu prêt à être allumé, où les volets protecteurs seraient fermés la nuit venue. Chaque chose à sa place. Un pot de basilic sur le rebord de la fenêtre de la cuisine, et dans son atelier sous les combles un crayon taillé posé sur le bloc de papier grainé. Le chat serait lové sur un fauteuil, ou au pied de son lit, et n'ouvrirait qu'un œil jaune, avant de le refermer. Sa maison lui manquait tant qu'elle en avait mal.

Elle perçut un bruit, comme un gémissement. C'était Lola, de l'autre côté de la cloison, tout aussi incapable de dormir. Pauvre Lola, si perdue, songea-t-elle, emportée dans ce tourbillon. Mais ce serait fini, bientôt. *Nous ne sommes que des feuilles sur l'arbre... et l'automne vient*.

Quarry trouva sans peine le kebab. Il était exactement tel que Len l'avait décrit. Mais il était difficile de se garer devant. Il y avait un arrêt de bus, une double bande jaune marquant l'interdiction de stationner, ainsi qu'un feu. Certes, il était enquêteur. Il pouvait brandir son badge et se garer n'importe où mais il devrait s'expliquer. Ce serait trop voyant.

Aussi se gara-t-il non pas dans la grand-rue mais dans une rue résidentielle, pour revenir sur ses pas. Il s'installa en face. Le kebab était animé, plein d'ados agglutinés autour du comptoir. Il leva les yeux sur l'appartement situé au-dessus. Les fenêtres étaient plongées dans l'obscurité. Sur la droite, un magasin caritatif, fermé à cette heure, mais avec un écureuil empaillé un effet visible dans la vitrine. Sur la gauche, une supérette, avec des étals de fruits et de légumes sur le trottoir. À côté, un magasin d'articles de sport puis d'équipement ménager, tous deux fermés pour la nuit. Ensuite, une petite ruelle pavée. Quarry traversa la rue et montra la photo de Reeve dans le kebab et dans la supérette. Les gens ne firent que secouer la tête.

En ressortant de la supérette, il aperçut Dugdale de l'autre côté de la rue, en manteau sombre, les mains dans les poches. Il traversa pour aller rejoindre son patron et ils s'éloignèrent de quelques mètres, avant de s'arrêter dans l'embrasure d'une porte.

— Alors ? s'enquit Dugdale.

— C'est possible, répondit Quarry.

— Vous croyez votre source ?

— Il a reconnu Reeve, et bien décrit cet endroit.

— Y a quelqu'un ?

— Pas de lumières allumées, en tout cas.

— Et on fait quoi, selon vous ?

— On pourrait surveiller. Attendre qu'il arrive.

Dugdale fronça les sourcils. L'idée ne semblait pas lui plaire.

— Je ne sais pas, commenta-t-il. Il a pu déménager. C'est peut-être mort.

Tout à sa concentration, Dugdale se mordait la lèvre.

— Je suis désolé, mais on n'a pas le temps. J'appelle une brigade sur-le-champ. On défoncera la porte. Peut-être qu'on trouvera quelque chose. Peut-être même qu'il sera chez lui.

Il plongea la main dans sa poche.

— Y a une sortie par-derrière ?

— J'en sais rien.

— Allez faire un tour et jetez un œil. Ce serait dommage de le laisser filer peinard. S'il y en a une, on peut y poster des hommes juste au cas où.

Traversant de nouveau la chaussée, Quarry retourna vers la petite ruelle qu'il avait repérée plus tôt. Une camionnette s'y trouvait garée avec derrière, deux grandes poubelles métalliques. Il la dépassa et constata qu'il y avait bien une voie étroite, non éclairée, qui courait le long des magasins, à l'arrière. Elle devait servir aux chevaux dans le temps, devina Quarry, ou pour les livraisons de charbon. L'endroit paraissait pratiquement à l'abandon. On trouvait des pavés fêlés au début mais ensuite, une route de terre brute. Il dénombra les constructions en passant. La première était la quincaillerie, puis venait la supérette, avec des tas de sacs poubelles pleins à craquer. Une odeur de nourriture avariée flottait dans l'air. Après ça, le kebab.

Oui, songea Quarry, il leur faudrait deux ou trois hommes par ici. Il allait s'emparer de son téléphone quand il perçut, bien trop tard, un mouvement à la périphérie de son champ de vision. Quand le coup s'abattit, il le vit plus qu'il ne le sentit. Tout devint blanc, accompagné d'éclairs rouges et de pulsations.

Il n'eut pas l'impression de tomber. Ce fut plutôt le sol qui vint à lui, et il sentit la terre lui râper la joue et le nez. Il pouvait même la goûter : il en avait dans la bouche, sur la langue. Puis vint un autre coup mais il ne comprenait même plus où. Et il pensa, couché là avec ce goût de sang dans la bouche, que c'était l'œuvre de Dean Reeve. Que Dean Reeve était là, debout au-dessus de lui, en train de le bourrer de coups de pied. Il aurait pu l'attraper, il aurait pu finir en héros, mais Reeve allait s'en tirer à présent et les meurtres continueraient et il n'était que le pauvre imbécile qui n'avait rien vu venir : il n'y avait absolument rien qu'il puisse faire. Il s'entendit gémir. C'est ça ? se demanda-t-il. C'est ça mourir ? Ça n'avait rien d'effrayant. Il ne pouvait rien faire pour se protéger, il le savait. C'était comme si son corps ne lui appartenait plus. Il ne contrôlait plus rien. Il ne lui restait plus qu'à attendre que tout finisse. Rien de tout cela ne semblait réel.

Peu à peu, la réalité s'imposa à nouveau. La douleur était apparue, et elle ne cessait d'évoluer. Elle se fit plus nette. Elle se localisa dans des endroits bien précis de son corps : le côté droit de sa figure, de sa poitrine et de sa jambe. La terre qu'il avait dans la bouche le fit tousser et cracher. Mais il ne pouvait pas bouger pour autant, et à peine réfléchir. Il tenta d'atteindre son téléphone mais c'était impossible et il sombra à nouveau. Quelque temps plus tard, il fut conscient de la présence de lumières dans le noir, sentit qu'on le touchait, le palpait. Il voulut parler mais parvint tout juste à gémir.

Dix minutes plus tard, tout était plus clair. Il était assis sur un brancard dans une ambulance baignant dans une forte lumière blanche. Il ressentait toute une gamme de douleurs : contusions, élancements, spasmes. Un urgentiste lui tapotait la joue avec un truc qui lui donnait envie de crier. Il essuya les larmes de ses yeux et vit que Dugdale était assis en face de lui.

— Désolé, dit-il d'une voix sourde, voilée.

Comme si sa langue était ralentie et trop grande pour sa bouche.

— Désolé, vraiment. Je l'ai pas vu.

Dugdale secoua la tête.

— Non, Dan. C'est moi. C'est ma faute. Je le tenais, ajouta-t-il. Je le tenais, et je l'ai laissé filer.

Quarante-quatre

— Reuben McGill est par là ? demanda Karlsson.

La femme leva les yeux vers lui depuis son bureau, qui tenait plutôt de l'autel, chargé comme il l'était de fleurs séchées et d'étranges bibelots. Elle avait des cheveux bruns et bouclés retenus au sommet de sa tête, les lèvres rouges, de longues boucles d'oreilles pendant à ses lobes.

— Reuben. Il est là, mais si vous voulez prendre rendez-vous avec lui il va falloir…

Elle s'interrompit.

— Je vous connais.

— C'est exact. Et vous êtes Paz.

Elle fronça les sourcils.

— Il vous attend ?

— Non.

Karlsson s'était levé tôt ce matin-là, avant que le jour se lève. Il s'était habillé puis installé dans sa cuisine pour boire un café et contempler son jardin au-dehors, où les arbres se débarrassaient des feuilles sur leurs branches. C'était son jour de congé et il ne savait pas quoi faire de lui-même. Il ne tenait pas en place, il était anxieux, avec une douleur dans la poitrine qui ne s'arrangeait pas et à laquelle il avait fini par s'accoutumer ces dernières semaines. Il pensait à Frieda. Il était convaincu qu'elle était en grand danger et c'était un tourment pour lui que de ne rien pouvoir faire pour elle. Aussi, mû par une impulsion soudaine, s'était-il rendu à pied à l'Entrepôt pour voir Reuben, tout en sachant tout du long que cela ne servirait sans doute à rien.

— Attendez ici, ordonna Paz avant de disparaître dans le couloir, tandis que ses hauts talons claquaient sur les lames de parquet.

À son retour, elle lui fit un signe du menton.

— Il va vous recevoir.

Reuben se leva à l'arrivée de Karlsson, et ils se serrèrent la main par-dessus son bureau.

— Du nouveau ? demanda Reuben, avant que Karlsson ait la chance de dire quoi que ce soit.

— Non.

— Alors laissez-moi deviner.

Reuben indiqua un fauteuil et s'assit lui-même.

— Vous voulez savoir si j'ai des nouvelles. Comme la dernière fois que vous êtes venu me voir.

— Oui.

Karlsson détourna le regard vers la haute bibliothèque remplie de manuels. Il s'attarda sur l'un d'eux, intitulé « Faire son deuil par anticipation ».

— Désolé de vous déranger, ajouta-t-il.

Une tristesse épouvantable s'abattit sur lui sans prévenir, au point qu'il lui était difficile de parler.

— Je n'ai pas de nouvelles.

Reuben passa une main dans ses cheveux, qui avaient repoussé.

Il paraissait tellement plus âgé qu'un an auparavant, songea Karlsson, avec de nouvelles rides sur le visage.

— Vous me préviendriez si vous en aviez ?

Reuben le considéra l'œil plissé, puis s'exprima sans son ironie habituelle.

— Je le ferais si je pensais que ça pouvait aider. Parce que ce que vous ressentez, nous le ressentons tous, évidemment. Elle est là, seule quelque part, elle est en danger, et nous ne pouvons pas la protéger, nous ne pouvons qu'attendre.

— Et Josef ? voulut vérifier Karlsson, qui se levait.

— Vous voulez dire : Josef est-il au courant de quelque chose ?

— Elle s'est confiée à lui quand elle fuyait la police.

— Vous m'avez déjà posé la question. En effet, et lui n'a rien lâché, rappela Reuben. Josef sait garder les secrets de Frieda, même après une bouteille de vodka.

— Il sait quelque chose, selon vous ?

— En tout cas, il ne m'a rien dit.

— Peut-être que je devrais aller le voir et lui parler.

— Eh bien, bonne chance. Vous le trouverez chez Frieda.

— Hein ?

— Il lui construit une terrasse sur le toit.

— Une terrasse ?

— Lui et Chloë. Il y est allé ce matin avec des pots. Qui sait comment Frieda réagirait ?

— Réagira, corrigea Karlsson.

— Pardon ?

— Comment Frieda réagira.

— C'est ce que je voulais dire.

Ils se serrèrent la main à nouveau. Reuben salua Karlsson de la tête.

— C'est dur, confirma-t-il.

Debout devant chez Frieda, Karlsson patienta quelques instants avant de frapper à la porte. Ça faisait tout bizarre d'être ici. Malgré lui, les battements de son cœur accélérèrent quand la porte s'ouvrit, et il ressentit une pointe de déception absurde en découvrant la tête de Josef et non celle de Frieda.

— Quelque chose va pas ? commença Josef.

— Rien. Reuben a dit que je vous trouverais ici. Je peux entrer ?

Josef ouvrit plus grand la porte et Karlsson pénétra à l'intérieur, inhalant l'odeur familière de l'entrée. Son regard portait jusque dans le salon, où un feu attendait, préparé, sur la grille, et où trônait un vase rempli de dahlias pourpres sur la tablette de la cheminée.

— Reuben m'a appris que vous aviez construit une terrasse ?

Les traits de Josef s'animèrent.

— Pour elle, surprise, oui. Vous voulez voir ? Suivez-moi.

Ils grimpèrent ensemble l'escalier et sortirent sur le balcon. Il y avait plusieurs grands pots en terre cuite et deux gros sacs de compost dans un coin.

— Vous trouvez comment ?

Karlsson examina la nouvelle structure, puis la vue sur Londres. Il tenta d'imaginer Frieda rentrant enfin chez elle pour découvrir que son précieux refuge avait été transformé en son absence.

— Elle va adorer, assura-t-il.

— Oui ?

— Oui.

— Chloë faire un fauteuil pour aller pile ici.

Il fit un geste de ses grandes mains.

— Et une petite table. Bientôt on va à la jardinerie pour chercher des plantes.

— Bien.

— Plein de plantes.

Josef sourit.

— Ensuite, Frieda revient.

Karlsson patienta un instant avant d'ajouter :

— Josef. Où est-elle ?

— Quoi ?

— Où est Frieda ?

— Je sais pas.

Josef ouvrit de grands yeux, surjouant la sincérité.

— Je sais rien.

— Je dois la trouver.

Il patienta mais Josef ne dit rien, se contentant de le dévisager de son regard brun triste.

— Je suis convaincu qu'elle est en danger et que je peux l'aider.

— Rien.

En repartant, Karlsson croisa Chloë. Elle portait un pot en plastique avec un arbuste étiolé dedans, qui tenait plutôt de la brindille à trois ou quatre feuilles.

— C'est un pommier miniature, annonça-t-elle.

— Pour la terrasse.

— Oui.

— J'y étais à l'instant en compagnie de Josef.

— Peut-être qu'on n'aurait pas dû la faire, dit Chloë en fronçant le nez. Frieda déteste les surprises. C'était juste.... ben, de quoi s'occuper. En attendant.

— Je comprends, répondit Karlsson avec douceur, avant d'ajouter, sur une impulsion : vous ne l'auriez pas vue, par hasard ?

Il s'apprêtait à la voir secouer la tête, ce qu'elle fit, mais à sa surprise, deux taches vives apparurent sur ses joues et elle se détourna.

— Chloë ?

Il fit un pas vers elle.

— Vous l'avez vue ?

— Elle me tuerait si elle savait que je vous le dis.

— Je veux l'aider. Je ne peux pas l'aider si je ne sais pas où elle est.

— Je l'ai vue, rien qu'une fois. Elle m'a rejointe alors que je sortais du travail et on a marché ensemble quelques minutes. Elle s'était coupé les cheveux, les avait teints en gris. Elle avait besoin que je l'aide à trouver un endroit où dormir.

— Et vous avez pu l'aider ?

— Oui. Elle est allée chez les parents d'une amie, dans leur maison vide pendant qu'ils étaient en vacances. Je lui ai laissé la clé.

— C'est où, cet endroit ? demanda Karlsson.

— Elle est repartie depuis longtemps.

Chloë le regarda fixement, les yeux débordant de larmes.

— Ça fait un bail que les parents sont revenus, maintenant.

— Et vous ne savez pas où elle est passée depuis ?

— Je n'en ai aucune idée.

— Vous me le diriez, n'est-ce pas ?

Chloë hocha la tête.

— Une Frieda furieuse, c'est mieux qu'une Frieda morte, conclut-elle, tandis que les larmes se mettaient à rouler sur ses joues.

— Elle ne vous a pas donné le moindre indice sur l'endroit où elle allait ensuite ?

— Non.

— Rien ? Pas une idée ?

— Tout ce que je sais, c'est qu'elle a dit qu'elle ne resterait pas bien longtemps dans la maison que je lui ai trouvée.

— Pourquoi ?

— Parce que, répondit Chloë, le front barré par la concentration et se mordant la lèvre inférieure, je crois qu'elle a évoqué quelqu'un capable de lui trouver un autre endroit.

— Qui ça ?

— Je ne sais pas. Elle n'a nommé personne.

— Vous êtes sûre ?

— Oui. Mais elle a dit qu'il avait des amis haut placés.

— Des amis haut placés.

— Ou un truc du genre. Ça vous parle ?

— Oui.

Walter Levin, en costume trois-pièces, était assis derrière son bureau. Ses lunettes miroitaient sous les lampes. Il les ôta et les essuya à l'aide d'un mouchoir blanc.

— J'ai besoin de savoir où elle est, plaida Karlsson.

— Besoin ? répliqua Levin en se fendant d'un sourire affable.

— Je sais que vous savez où elle est.

— Ah oui ? répondit-il, l'air vaguement surpris.

— Chloë m'a dit que Frieda comptait se tourner vers vous. Ou du moins, vers l'un de ses amis haut placés.

Levin posa ses lunettes sur le bureau.

— Peut-être parlait-elle de quelqu'un d'autre.

— Je vous en prie, coupa Karlsson avec impatience. Je n'ai pas le temps de jouer.

L'expression de Levin se fit glaciale.

— Frieda soupçonne un membre des forces de police d'avoir laissé fuiter des informations à son sujet. Mon intention n'est pas de vous insulter, mais j'ai les mains liées.

— Je ne suis pas ici en tant qu'enquêteur. Je suis ici en tant qu'ami qui se trouve être un enquêteur et qui peut l'aider.

Levin rechaussa ses lunettes, les ajustant d'une chiquenaude.

— Je dois l'aider, insista Karlsson.

— Certes, je ne suis qu'une pièce rapportée, mais je ne crois pas me tromper si j'affirme que si elle se cache, c'est précisément pour que ses amis ne tentent pas de l'aider ?

Karlsson plaqua ses mains sur le bureau et se pencha en avant, plongeant son regard dans les yeux froids de Levin.

— Dean Reeve va la tuer.

— Eh bien, il se trouve que je ne sais pas où elle est.

— Je ne vous crois pas.

Levin lui sourit.

— C'est votre droit, évidemment.

— Bon sang… êtes-vous donc insensible à ce qui peut bien lui arriver ?

— Mon cher Karlsson, vous pouvez vous montrer aussi passionné que vous le souhaitez. Le fait est que je ne dévoilerai pas le lieu où elle se trouve. Si tant est que je le connaisse, bien sûr.

— Même si vous la savez en danger.

— Parce que je la sais en danger, justement.

À la porte, Karlsson se retourna.

— Vous l'avez vue ?

— Une fois.

— Elle allait bien ?

— Je ne sais pas.

Levin lui sourit.

— Je n'ai jamais vraiment réussi à la déchiffrer. Elle est trop énigmatique.

Karlsson s'éloigna à pied de chez Levin. Il ne savait pas quoi faire. Mais il entendit ensuite une cavalcade et, faisant volte-face, il découvrit la jeune assistante de Levin.

— Vous êtes Jude, n'est-ce pas ? dit-il.

— Demandez à Jock Keegan, répondit-elle. Lui sait.

Et elle pressa une carte dans sa main.

Quarante-cinq

Josef et Alexei étaient assis ensemble sur le balcon, côte à côte, emmitouflés dans leurs vestes étanches. Le vent soufflait, il faisait froid, et les premières gouttes de pluie commençaient à tomber. Ils mangeaient des hamburgers, avec pour Josef une bouteille de bière, qu'il descendait goulûment entre deux grosses bouchées. Alexei buvait un soda au gingembre trop épicé qui lui donnait envie d'éternuer.

— Bientôt, on sera ici avec Frieda, annonça Josef à son fils sur un ton encourageant.

Il lui parlait toujours en anglais à présent : il voulait que cette langue devienne sa langue de référence. Bientôt, se disait-il, son fils se rappellerait à peine sa langue maternelle et son enfance en Ukraine ne serait plus qu'un rêve.

Alexei lui lança un regard sans répondre.

— Je t'ai raconté comment on s'est rencontrés la première fois ? reprit Josef.

Il l'avait fait, bien sûr, à maintes reprises, mais Alexei secoua la tête : il savait que son père avait besoin de parler de Frieda et de toute façon, il aimait bien ce balcon, perché parmi les toits, avec la vue sur

Londres à la tombée de la nuit. On s'y sentait à la fois vulnérable et en sécurité.

— J'ai passé au travers du plafond, rappela Josef.

Il rit fort et but une nouvelle lampée de sa bière.

— Comme ça : boum par terre, sur son parquet, je l'ai vue au milieu de tonnes de poussière. Elle était là avec un homme triste qui lui racontait son histoire.

Cet homme triste, c'était le frère jumeau de Dean Reeve et il avait été tué par Dean depuis, il y a bien des années.

— Ils m'ont regardé tous les deux, continua Josef, en s'essuyant la bouche du dos de sa main. Comme ça.

Il ouvrit les yeux tout grands et fixa Alexei.

— Frieda, très fâchée avec moi. Pas de cris, mais sévère. C'est comme ça qu'on a commencé, moi tombé dans un trou dans son plafond. Ça fait huit ans qu'on est amis. Elle m'aide, je l'aide. Je ferais tout. Tout. Ça, c'est l'amitié, Alexei. C'est toujours là.

Il se frappa la poitrine, comme si c'était une porte susceptible de s'ouvrir.

Alexei opina derechef. Les yeux de Josef brillaient dans le crépuscule.

— Elle revient bientôt, tu verras. Demain, je ramène son chat. Tout est prêt. Elle va venir. Elle va s'asseoir ici comme nous. On parle pas. On regarde ensemble les lumières. Les mauvais jours sont passés et on est en sécurité à nouveau.

Après avoir dîné d'un repas simple auquel Lola toucha à peine, Frieda installa l'échiquier.

— Venez vous asseoir, proposa-t-elle.

— Je ne peux pas me concentrer.

— Il n'y en aura pas pour longtemps.

Lola prit place à table. Elle était tour à tour apathique et agitée.

— Pourquoi n'avez-vous mis que ces pièces-là ? demanda-t-elle.

— C'est la fameuse fin de partie, répondit Frieda. Je vais vous montrer. Ceci est tiré d'une partie jouée par deux Russes il y a presque cent ans aujourd'hui.

— Comment pouvez-vous vous en souvenir ?

— Il y a des parties que je n'oublie pas. Je les joue plusieurs fois de suite, surtout en hiver.

Elle parut se perdre dans le lointain et ajouta doucement, comme pour elle-même :

— J'ai une petite table de jeu en bois, et quand la nuit tombe, je ferme les volets, j'allume le feu dans le salon et je rejoue la partie. C'est comme une forme de méditation.

— Ça, et marcher.

Frieda hocha la tête.

— Oui. Chacun trouve sa propre façon de se détacher du monde.

— Moi, c'était cuisiner, répliqua Lola. Et manger. Et passer du temps avec des amis. Ne rien faire et rigoler en regardant de la télé-réalité.

— Ça vous arrivera à nouveau.

Lola fixa intensément Frieda.

— Vous le pensez vraiment ?

— Bien sûr.

— Et alors, qui a gagné ?

— Les blancs gagnaient pratiquement depuis le début. Le joueur gobait des pièces, simplifiait la position. Puis il a fait ça.

Elle déplaça un fou. Lola n'étudiait pas l'échiquier mais les traits de Frieda. Elle se mordit la lèvre.

— Et c'était bien, ça ?

— Non. Il avait déplacé son fou une case trop loin. Il a perdu la partie, perdu le tournoi, et il a dû y repenser pour le restant de ses jours.

— Qu'allez-vous faire ? demanda-t-elle.

— C'est à ça que je réfléchis.

— C'est quoi, la prochaine rivière ?

— Hmm ?

Frieda déplaça un autre pion.

— Eh bien, après Counter's Creek vient la Wandle, puis la Falcon.

— Donc vous pensez que la prochaine fois, il choisira la Wandle ?

— Je le pense.

Elle s'empara d'un autre pion, le reposa dans une autre case, considéra l'ensemble les yeux plissés.

— La question, c'est où et quand. Je crois que je touche au but. Mais je veux avoir un temps d'avance sur lui.

— Et comment ferez-vous ça ?

Frieda observa Lola par-dessus l'échiquier.

— Vous me connaissez maintenant. Quand j'ai besoin de réfléchir, de réfléchir vraiment, je marche, et je vois les choses plus clairement.

— Maintenant ? Il fait froid, il pleut.

— Non. Demain.

— On ira où ?

— Pas « on », moi. J'ai besoin d'être seule, Lola, quelques heures. Vous pouvez rester ici pour une fois. Vous y êtes en sécurité, du moins pour le moment. Je n'ai pas dit à la police où nous étions. Il n'y a qu'une personne au monde qui soit au courant, à part nous. Et j'ai confiance en lui.

— Et vous irez où ?

— J'en déciderai demain. Peut-être là où tout a commencé, il y a huit ans.

— Je ne comprends pas ce que ça veut dire.

— Vous n'avez pas à le savoir.

Lola se leva brusquement, faisant racler sa chaise sur le parquet.

— Je suis fatiguée. Je vais au lit, déclara-t-elle.

— D'accord.

— À quelle heure irez-vous marcher ?

— Tôt.

— À quel point ?

— Je n'en sais rien.

Frieda lui sourit.

— Ne vous en faites pas. Vous serez très bien ici, je vous le promets. Je vous apporte une tasse de café avant de m'en aller, ça vous va ?

— Oui, s'il vous plaît.

— Bonne nuit, alors.

Lola sortit de la pièce. Frieda entendit de l'eau couler à l'étage, une porte se refermer. Elle imagina Lola couchée dans son lit, les yeux ouverts, transie de peur, sombrant peu à peu dans le sommeil.

Mais elle resta attablée de nombreuses heures, le menton posé dans sa main, à écouter le vent au-dehors et à guetter le matin.

Quarante-six

Frieda mit l'eau à chauffer, la versa sur le café moulu dans une carafe et remua. Pendant qu'il infusait, elle coupa une pomme, une nectarine et quelques grains de raisin dans un bol. Lola était assise à la table de la cuisine, les traits encore bouffis de sommeil.

— Voici pour vous, indiqua-t-elle.

— Je n'ai pas faim, répondit Lola d'un ton morne.

Frieda répartit les fruits dans deux plus petits bols. Elle prit un yaourt dans le réfrigérateur et en versa sur les fruits. Elle fit glisser l'un des bols devant Lola et plaça une cuiller à côté. Elle récupéra la passoire dans l'évier et versa le café au travers dans les mugs. Elle compléta l'un d'eux d'un nuage de lait et le passa à Lola qui ne fit que secouer la tête.

Un silence s'abattit tandis que Frieda mangeait et buvait son café, avant de remplir à nouveau son mug.

— Vous sortez toujours ? s'enquit Lola.

— Oui.

— Vous allez où ? Vers la prochaine rivière ?

— Pas encore.

— Vous avez dit hier soir que vous alliez là où tout avait commencé. Ça veut dire quoi ?

Frieda la dévisagea d'un air soucieux, le front barré d'un pli.

— Il y a un endroit où Dean a tué son frère, lâcha-t-elle enfin. J'aimerais y aller.

Lola garda le silence un long moment.

— Comme si vous pensiez que le lieu était hanté, on dirait. Ça ne vous ressemble pas.

Frieda sirota lentement son café.

— Je pense en effet qu'il est hanté. Nous sommes tous hantés par notre passé, par des trucs qu'on ne peut pas oublier. Je marche pour différentes raisons. Parfois, c'est une façon de me vider la tête, de m'évader. D'autres fois, c'est le contraire. Quand je déambule dans Londres, je pense à tout ce qu'il y a en dessous, tout ce qui est enterré, aux voix de tous ces disparus.

— Et cette fois, c'est quoi ?

— Les deux. Comme je vous l'ai dit, l'histoire touche à sa fin. Et comme j'approche de la fin, j'ai besoin de retourner là où elle a commencé et dire combien je regrette.

— Dire à qui ?

— À plein de gens. Mais à Alan, le frère de Dean, pour commencer. Il est mort par ma faute.

— S'excuser auprès d'un mort ? À quoi ça peut bien servir ?

— Avez-vous entendu parler de Samuel Johnson ?

— Qui est-il ?

— C'était un écrivain, un poète, qui a vécu il y a trois siècles. Il avait le sentiment de ne pas avoir accordé suffisamment d'attention à son père. Alors, une fois adulte, il est retourné à Lichfield, sa ville natale, et sur la place du marché il a ôté son chapeau et il est resté sous la pluie pendant une heure.

— Ça ne me semble qu'une perte de temps.

— Je ne suis pas d'accord, répliqua Frieda en finissant de vider son mug. Les gens ont beau être morts, on n'en est jamais délivrés.

— Vous ne m'avez pas demandé si je voulais venir avec vous.

— Voulez-vous venir avec moi ?

— Non. Je n'en peux plus de ces balades.

— Je m'en doutais. Quoi qu'il en soit, comme je vous l'ai dit, j'ai besoin d'être seule aujourd'hui. Je dois réfléchir à la prochaine étape.

Frieda commença d'enfiler sa veste.

— Je peux poser une question ? reprit Lola.

— Bien sûr.

— Dean Reeve veut vous tuer.

— Ce n'est pas une question, ça.

— N'avez-vous rien pour vous protéger ?

— C'est-à-dire ?

— Genre une arme ?

Frieda secoua la tête.

— Vous savez bien que je n'ai pas d'arme. Où pourrais-je m'en procurer ?

— Vous connaissez des gens bizarres.

— Je connais en effet des gens bizarres. Je ne suis pas sûre qu'ils me confieraient une arme pour autant. Et je ne suis pas sûre qu'une arme me serait bien utile.

— Ou un couteau. Vous vous êtes déjà servie d'un couteau pour vous défendre. J'ai lu un truc là-dessus.

Un vague sourire s'était esquissé sur le visage de Frieda à l'idée de manier une arme à feu mais à la mention du couteau, son expression se fit sombre.

— Oui, je me suis servie d'un couteau. Si je sortais un couteau devant Dean Reeve, il est plutôt probable qu'il s'en servirait contre moi. De toute façon, aujourd'hui, je suis à l'abri. Je ne sais pas où il est et lui ne sait pas où je suis.

Frieda sortit de la pièce et revint avec son sac passé à l'épaule.

— Levez-vous, dit Frieda.

— Pour quoi faire ?

— Pour vous bouger, déjà, faire circuler le sang.

Lola se leva.

— Tenez, prenez ça.

Frieda lui tendit plusieurs billets de vingt livres.

— Pourquoi ?

— Pour vous aider à passer le cap.

— Je ne pige pas.

— Je ne reviens pas, annonça Frieda.

— Pourquoi ? Que voulez-vous dire ?

— Je ne peux pas vous protéger plus longtemps. Sans doute n'êtes-vous pas en danger pour l'instant de toute façon. Mais à tout hasard…

Frieda sortit un petit bout de papier à lettres déchiré de sa poche et le tendit à Lola.

— Il y a le numéro de Karlsson là-dessus. Je vous l'ai déjà donné auparavant et vous ne vous en êtes pas servie. Cette fois-ci, il faut le faire. Il vous protégera mieux que quiconque. Mieux que moi.

Frieda leva une main et caressa doucement la joue de Lola. Elle était si pâle.

— Je devrais vous remercier, dit Lola d'une voix faible, dans un murmure, presque.

De grosses larmes roulaient sur ses joues, ses yeux étaient plus ronds que jamais.

— Peut-être que oui, et peut-être que non, commenta Frieda. Nous trouverons un moment pour évoquer tout ça. Du moins, je l'espère. Sinon…

Elle la salua brièvement du menton.

— Dites à Karlsson que je compte sur lui pour s'occuper de vous.

Frieda s'apprêtait à tourner les talons quand Lola s'agrippa à sa manche.

— Auriez-vous un super plan secret dont vous ne voulez pas me parler ?

Frieda posa sa main sur celle de Lola et la tapota.

— C'est tout l'objet de cette marche.

— Ne partez pas, plaida aussitôt Lola.

Elle serra plus fort la manche de Frieda. Ses lèvres étaient exsangues et sa voix se fêla.

— Je vous en prie, ne partez pas.

— Je dois y aller.

— S'il vous plaît, Frieda. S'il vous plaît, ne partez pas. Vous ne pouvez pas faire ça.

— Ah bon ? répondit Frieda en souriant.

— Vous ne devez pas.

— Pourquoi ?

— Parce que je ne supporte pas.

— Vous le pourrez, Lola. Vous verrez.

En quittant la maison, Frieda se dirigea vers King's Cross, mais prit ensuite à gauche en traversant le petit dédale de ruelles et d'immeubles en brique rouge qui bordaient le côté sud d'Euston Road. Elle passa devant les bâtiments universitaires et l'hôpital, puis par Tottenham Court Road et Fitzroy Square puis, avec une douleur croissante dans la poitrine, elle arriva dans Saffron Mews et devant chez elle.

Elle ouvrit la porte, entra, et fut submergée par une émotion à peine soutenable. Elle se sentait comme un fantôme, revenue d'entre les morts pour quelques secondes à peine. Elle posa son sac. Regarda autour d'elle et renifla. Il y avait une nouvelle odeur, de sciure et d'autre chose, chimique, industrielle. Ah, elle verrait ça une autre fois. Elle entrapercevait sa cuisine, où un vase contenant des dahlias pourpres ornait la table, et un pot de basilic, le rebord de la fenêtre. Elle entra dans le salon. Le feu était prêt, soigneusement disposé, avec du petit bois par-dessus le journal roulé en boule et les bûches entassées sur le foyer. Sur la table échiquier, les pièces avaient été bien rangées. Tout patientait.

Elle entendit un bruit, un bruit familier, celui du chat bringé trottinant à sa rencontre, avec ses griffes qui cliquetaient sur le plancher. Elle s'accroupit, caressa la tête et le dos du chat.

— Salut, toi, dit-elle. Te voilà enfin rentré chez toi. T'as dû en voir des choses dans ta vie, hein ? Si tu pouvais parler, tu en aurais, des histoires à raconter…

Il leva vers elle ses yeux jaunes : elle sentait son corps vibrer.

— J'aurais dû te donner un nom, dit-elle. Mais il est sans doute trop tard pour ça. Tu ne m'en veux pas, hein ?

Le chat ronronna et arqua le dos, apparemment indifférent. Frieda se releva. Ça suffisait comme ça : rester plus longtemps risquait de faire basculer ces instants consolateurs en une nostalgie insupportable. Elle ouvrit la porte d'entrée et sortit, referma le battant et s'éloigna de chez elle sans se retourner.

Quarante-sept

Quand Frieda referma la porte d'entrée, Lola se coucha sur le tapis beige et remonta les genoux sous son menton. Elle demeura ainsi plusieurs minutes, roulée en boule, à se balancer légèrement. De petits gémissements lui échappaient. Tout lui faisait mal : sa tête et son cœur, son ventre et ses yeux. Elle avait l'impression de se retourner de l'intérieur, de sorte que tout ce qu'il y avait de vulnérable et d'intime, caché en elle, se retrouvait exposé à l'air libre.

Puis elle se leva, même s'il lui semblait impossible de tenir debout sur ses deux pieds. Elle jeta un regard hagard autour d'elle, puis baissa les yeux sur l'argent toujours froissé au creux de sa main. Elle enfila une veste, mit la clé dans la poche et quitta la maison. Le soleil brillait par intermittence entre les nuages et le vent soufflait par bourrasques en faisant tournoyer les feuilles à ses pieds. Elle traversa la place en direction d'Euston Road et trouva une boutique qui n'était guère plus qu'une échoppe, où elle acheta un téléphone à carte en se servant de l'un des billets de vingt livres que lui avait donnés Frieda.

Sans bien savoir pourquoi, elle n'avait pas envie de passer son coup de fil dans la rue, entourée de monde. Les gens seraient en mesure de l'entendre même s'ils n'avaient aucun moyen de comprendre ce qu'elle racontait.

Elle retourna sur la place et se posta sous les platanes près du terrain de tennis. Deux femmes jouaient en dépit du froid, s'échangeant des balles très hautes et riant aux éclats. Elle les observa un bref moment. Que pouvait-on ressentir, à vivre pareille insouciance ?

Puis elle sortit l'appareil et composa le numéro qu'elle connaissait par cœur. Un clic se fit entendre quand l'interlocuteur prit l'appel. Elle ferma les yeux. Elle entendait quelqu'un respirer. C'était tout. Mais elle se rappelait ses traits si nettement, la façon qu'il avait eue de sourire, que c'était comme s'il pouvait la voir. Elle crut qu'elle allait vomir, empoisonnée par l'abomination qu'elle était en train de commettre.

— Elle est partie faire un tour… Là, à l'instant. Il y a quelques minutes… Vers l'endroit où on a trouvé votre frère. Je veux dire, le corps de votre frère. Elle a dit que c'était là que tout avait commencé… Très bien.

Lola patienta.

— J'ai fait tout ce que j'ai pu. Allez-vous me laisser tranquille ? Laisserez-vous mes parents tranquilles ?… Allô ? Allô ?

Il n'y avait plus personne. Lola laissa tomber le téléphone dans une poubelle et retourna à la maison sur des jambes de coton, se glissa à l'intérieur. Elle ferma la porte sans se soucier de tirer les verrous de sécurité puis se rendit dans le salon et s'assit sur le canapé.

Enfonçant la main dans sa poche, elle en ressortit le bout de papier que lui avait remis Frieda. *Inspecteur divisionnaire Karlsson* ; un numéro de téléphone. Il l'aiderait, avait promis Frieda. Mais uniquement parce que Frieda ignorait ce qu'elle avait fait. Jamais elle ne pourrait lui demander quoi que ce soit.

Elle laissa tomber le papier par terre, posa sa tête dans ses mains et ferma les yeux de toutes ses forces, mais elle voyait toujours la tête de Dean, son sourire. Elle voyait Jess aussi, les yeux levés vers elle tandis que la vie la quittait. Et Frieda enfin, son regard noir, brillant : et ça, c'était presque pire que tout. Elle sentait sa main en train de lui caresser la joue et sa voix douce, claire. Elle pressa ses doigts contre ses yeux pris d'élancements. Que fallait-il qu'elle fasse maintenant ?

— Mais qu'est-ce que j'ai fait… murmura-t-elle.

L'espace d'un instant, elle s'imagina fonçant pour prévenir Frieda que c'était un piège – mais elle ne savait même pas où la trouver, juste qu'elle était allée là où Dean avait tué son frère, Alan, et de toute façon, ses mots lui revinrent : *Votre mère et votre père, Carol et Dave. Vous n'aimeriez pas qu'il leur arrive malheur, n'est-ce pas ? Mais si vous ne m'aidez pas, vous savez ce qui va arriver ? Bien sûr que vous ne savez pas. Pas avant que je ne vous montre. Regardez attentivement.* Et nuit après nuit, dans ses rêves éveillés comme dans ses cauchemars, elle l'avait regardé passer son couteau en travers de la gorge de Jess. Elle se pencha plus encore en avant, pressa ses doigts plus fort encore sur ses paupières : elle voyait toujours le sourire de Dean, comme elle voyait les yeux noirs et vigilants de Frieda. Des secondes s'écoulèrent. Puis des minutes.

Enfin, Keegan prit l'appel.

— J'ai tenté de vous joindre.

— Je sais. J'ai vingt-deux appels en absence de votre part. Je suis en vacances – vous avez du bol que j'aie pris celui-ci.

— Vous savez où se trouve Frieda Klein.

— C'est pour me dire ça que vous m'appelez ?

— Il faut que je la voie.

Un bref silence s'abattit. Karlsson pouvait entendre Keegan marcher.

— Si je le savais, répondit-il enfin, je ne vous le dirais pas.

— Elle est en danger.

— Quand Frieda s'adresse à moi, c'est parce que je suis la seule personne en qui elle ait confiance.

— Bon Dieu… s'emporta Karlsson. Elle va se faire tuer si on ne fait rien.

— Il y a eu une fuite, vous le savez ?

— Peut-être bien, peut-être pas. Je n'en sais rien, je m'adresse à vous en tant qu'ami. Il faut me le dire. Je vous en prie.

Nouvelle longue pause, puis :

— Très bien.

En entrant dans le bureau de Dugdale et en s'y asseyant, Quarry sentit que son patron le jaugeait du regard. Son visage était contusionné d'un côté et sa joue gauche couverte d'un sparadrap. Le pire, c'étaient les côtes. Elles faisaient mal quand il se tournait ou quand il bougeait les bras. Ou s'asseyait.

— Êtes-vous en état de travailler ?

— Je ne serai pas d'une grande utilité dans une bagarre, rétorqua Quarry. Mais je ferai ce que je peux.

— Peut-être que ça vous ferait du bien de parler à quelqu'un à un moment donné. Ça laisse des traces, de se faire agresser comme ça.

— Ça va.

— Je suis sérieux.

— Et moi, ça va, persista Quarry, un peu plus fort.

— Bon. Sur ce, maintenant que j'ai fini de passer la pommade…

Quarry sentit soudain son estomac faire un bond.

— Dean Reeve a trouvé où Frieda Klein se cachait, continua Dugdale. Nous savions où, Frieda aussi, et ce n'est pas Frieda qui le lui a dit.

Quarry secoua lentement la tête.

— Je n'ai rien dit à personne, se défendit-il.

— J'y ai réfléchi, reprit Dugdale. Je n'ai pas cessé d'y penser. J'étais sûr que ça ne pouvait pas être l'un d'entre nous. Ça ne pouvait pas sortir de mon équipe. Pas dans un cas comme ça. Pas dans le cadre de l'affaire Dean Reeve. Pas pendant que le monde entier a le regard posé sur nous. Et puis, j'ai repensé à Liz Barron et vous et je me suis souvenu que vous vous étiez rencontrés.

— Monsieur, jamais je ne…

— Silence, ordonna Dugdale, d'une voix si calme que Quarry en frissonna. Je ne dirai qu'une chose : vous allez me confier sur-le-champ tous les accords que vous avez pu passer avec la presse sur cette affaire. Si j'ai le sentiment que vous gardez quoi que ce soit pour vous, vous serez mis à pied et je lance une procédure d'investigation contre vous, on vérifiera vos appels et on verra bien à qui vous avez parlé.

Le front de Quarry se couvrit de sueur.

— J'ai rencontré Liz Barron quand j'ai interrogé Karlsson, je vous l'ai dit.

— Non, c'est *moi* qui vous l'ai dit, vous l'avez simplement confirmé. Et ?

— Elle a dit qu'elle serait intéressée par toutes les informations que je serais en mesure de lui communiquer. Je l'ai envisagé. J'aurais bien pu le faire. Mais là-dessus, on l'a assassinée.

— Vous a-t-elle remis de l'argent ?

— Non.

Et c'était vrai, mais uniquement en raison de sa mort : c'était ce qu'elle avait promis et ce qu'il désirait. Il fut parcouru d'une vague de culpabilité et de honte. Sa bouche était sèche et c'était tout juste s'il parvenait à soutenir le regard de Dugdale.

— Ensuite, une autre journaliste a vu ses notes et m'a appelé. Elle voulait me rencontrer. Je n'ai pas précisément refusé, mais on ne s'est pas vus, et on n'a pas parlé.

Un long silence s'abattit. Dugdale baissa les yeux un instant, avant de les reposer sur Quarry.

— Vous voyez bien de quoi ça a l'air, commenta-t-il.

— Je ne lui ai rien dit. Il faut me croire.

— Je ne pouvais pas vous faire confiance alors, mais je le peux aujourd'hui. C'est ça que vous suggérez ?

— Ça ne vient pas de moi.

— Alors de qui ? Pas de Frieda, pas de vous. Alors que vous étiez en contact avec une journaliste.

Quarry réfléchit à toute allure. Il avait l'impression de lutter pour sauver sa peau.

— Klein a pu en parler à ses amis ?

— Elle s'est planquée pour les protéger, rappela Dugdale. Tout l'intérêt de ce choix, c'était de les laisser en dehors de tout ça.

Ils se dévisagèrent.

— Reste une personne, suggéra Quarry au bout d'un moment.

— Qui donc ?

— La fille. Lola Hayes.

Dugdale leva sa main et très lentement, il se frotta la joue.

— Ça pourrait être elle ? s'interrogea-t-il. Vous croyez ?

— Il ne reste qu'elle.

— Mais pourquoi ? Pourquoi ferait-elle un truc pareil ?

— Peut-être que Reeve exerce sur elle une sorte de chantage. Klein est restée avec elle pour la protéger. Elle a pu se méprendre sur son compte.

Dugdale menaça Quarry du doigt.

— Si vous vous foutez de moi, Dan, si vous faites porter le chapeau à cette fille pour vous dédouaner…

— Je le jure. Je le jure sur la tête de n'importe qui.

— Arrêtez. Je vais y réfléchir. Je n'ai pas le choix. Mais si vous avez raison, si c'est elle, alors Dean Reeve sait ce qu'elle compte faire et nous non. Vous avez un plan dans ce cas-là ?

Ils se dévisagèrent à nouveau. Ils n'en avaient aucun.

— Très bien, trancha la préfète avec lassitude. Le moment est venu, je crois.

— De rendre la chose publique ? répliqua Dugdale.

— Oui.

Elle s'empara du téléphone.

Karlsson et Yvette parcoururent les rues d'une bonne foulée, vive et allongée. Ils n'échangèrent pas un mot avant d'atteindre la maison. Là, Karlsson lui adressa un signe de tête.

— C'est ici, confirma-t-il.

— Les rideaux sont tirés à l'étage.

Karlsson toqua, à deux reprises. Pas de réponse.

— Et après ? demanda Yvette.

Il ne répondit pas, posa simplement son épaule contre le battant et exerça dessus une violente poussée, puis une autre. La porte ne cédait pas. Il leva un pied élégamment chaussé, et l'écrasa contre la serrure. Yvette entendit le bruit du bois qui se fendait et la porte s'ouvrit à la volée. Ils pénétrèrent dans l'entrée.

— Vous faites l'étage, ordonna Karlsson. Je prends le rez-de-chaussée.

Il entra dans le salon et faillit ne pas la voir. Il s'apprêtait à passer dans la cuisine quand il remarqua un bout de papier à terre. Le ramassant, il découvrit son propre nom écrit dessus, par la main de Frieda, à n'en pas douter. Et alors qu'il le fixait, il entendit un bruit faible dans son dos. Il se retourna. Une silhouette était recroquevillée derrière le fauteuil, presque hors de vue. Il aperçut un visage pâle et des yeux terrifiés. Elle avait les poings plaqués contre sa bouche comme pour s'empêcher de crier. Il dégagea le fauteuil et elle recula de plus belle contre le mur, comme si elle espérait que ce dernier allait s'ouvrir et l'engloutir.

— Lola, dit-il d'une voix douce, comme on s'adresse à un cheval paniqué. Tout va bien. Vous êtes en sécurité à présent.

— Qui êtes-vous ? demanda-t-elle d'une voix étranglée.

Il tendit une main pour l'aider à se relever.

— Je suis l'inspecteur divisionnaire Karlsson. Je suis un ami de Frieda.

— Je sais. Elle a dit que vous m'aideriez.

Et à ces mots, la jeune femme se mit à pleurer amèrement, à gros sanglots qui la secouaient de pied en cap. Yvette, entrant dans la pièce, passa un bras autour d'elle pour la soutenir.

— Je dois savoir où elle est. Elle est venue ici ?

— Oui.

— Où est-elle maintenant ?

— Partie.

Et les sanglots s'accentuèrent. Yvette la conduisit jusqu'au canapé et la fit asseoir.

— Quand est-elle partie ?

Karlsson s'accroupit auprès de Lola.

— C'est urgent. Il faut me le dire tout de suite.

Elle releva un visage baigné de larmes, aux yeux rougis, avec son bouton de fièvre au coin des lèvres.

— Il y a une demi-heure, à peu près, parvint-elle à articuler.

— Quand doit-elle revenir ?

— Je n'en sais rien. Jamais.

— Jamais ?

— Je ne sais pas.

— Où est-elle allée ?

Lola secoua la tête de droite à gauche puis l'enfouit à nouveau dans ses mains.

— Vous ne comprenez pas, murmura-t-elle. Vous ne comprenez rien.

— Vous m'expliquerez tout plus tard. Promis. Pour l'instant, il faut juste me confier ce que vous savez au sujet de Frieda. Je suis ici pour l'aider. Vous a-t-elle dit où elle allait ?

— Pas vraiment.

— Qu'a-t-elle dit ?

Lola se redressa. Elle passa ses cheveux derrière ses oreilles et inspira longuement, en frissonnant. Une nouvelle expression s'ébaucha sur son visage, plus résolue.

— Très bien, commença-t-elle. Je vais vous dire.

Quarante-huit

Lola avait indiqué que Frieda comptait s'y rendre à pied, et même si Karlsson savait à quel point son pas était vif, ça lui laissait du temps. Elle n'avait qu'une quarantaine de minutes d'avance sur lui. Il laissa Yvette en compagnie de Lola, malgré ses protestations car elle aurait préféré l'accompagner, et il courut jusqu'à l'artère principale, faisant signe aux taxis jusqu'à ce que l'un d'eux s'arrête.

Maintenant qu'il savait où elle était, il avait l'impression que chaque seconde comptait, même si Frieda ne faisait peut-être que marcher et réfléchir et que le danger ne menaçait pas tout de suite. C'était cette sensation d'être non loin d'elle qui le déchirait – cette distance entre ici et là-bas. Pour la première fois, après toutes ces semaines passées à attendre, observer, désirer ardemment, il savait où elle était. Ce soudain espoir faisait du temps une souffrance et rendait le sentiment d'urgence quasi physique, écrasant, douloureux dans sa poitrine. Sortir du centre de Londres leur prit de longues minutes. Voitures, camionnettes et bus encombraient chaque rue. Peut-être aurait-il dû prendre le métro, ou appeler des renforts et y aller toutes sirènes dehors. Mais il devait arriver furtivement, il le savait, sans se faire remarquer. Assis à l'arrière du taxi, il restait tendu, immobile. Lola se présentait de temps à autre à son esprit, le visage rougi par les larmes, agitée, terrifiée, animée d'une autre émotion aussi – mais laquelle ? Il repoussa l'idée et se pencha en avant, comme s'il pouvait influencer ainsi la progression du taxi dans les bouchons.

Ils étaient enfin venus à bout du pire et avançaient petit à petit. Il consulta sa montre. Il s'interdit d'imaginer ses retrouvailles avec Frieda, ce qui ne ferait que rendre la suite plus éprouvante si elles n'avaient pas lieu. Tout comme il s'efforçait aussi de ne pas la croire en danger. Il ne servait à rien de se tourmenter. Il choisit plutôt de se concentrer sur l'instant présent : sur le billet de vingt livres dans sa main, prêt à remettre au chauffeur quand il descendrait d'un bond du taxi. Il s'assurerait que le véhicule s'arrête bien avant d'atteindre leur destination. Il se ferait discret et nul ne l'attendait, après tout.

Frieda parcourait les rues familières d'un pas décidé. Elle n'avait pas besoin de se demander où elle allait : ses pieds la conduisaient. Le jour était brumeux, des formes surgissaient devant elle, toits et flèches, hautes grues, sommets d'immeubles esquissés dans l'atmosphère grise et pesante. Les platanes avaient perdu presque toutes leurs feuilles et elle voyait de la fumée s'échapper de certaines cheminées. On était le 1er novembre : le jour des morts, songea-t-elle. Un jour pour se rappeler les disparus, pour les côtoyer un moment, demeurer un temps en leur compagnie, avant de les laisser repartir.

Et ce faisant, elle les sentait à ses côtés, toutes ces ombres : ceux qu'elle avait aimés, ceux qu'elle avait blessés ; ceux qui lui avaient fait du mal. Sa mère, qui n'avait jamais souhaité être mère. Son père, qui toute sa vie avait porté le poids d'une tristesse qui l'avait dévoré peu à peu jusqu'à ce qu'un jour, incapable de la supporter plus longtemps, il s'était supprimé. Sandy, l'homme qu'elle avait aimé un temps, qui l'avait aimée un temps, et dont le corps avait été retrouvé flottant dans la Tamise. Et puis les autres au fil des ans, si nombreux, qui avaient été emportés dans ce trou noir qu'était Dean Reeve. Elle revoyait leurs visages, jeunes ou vieux, et pouvait les sentir près d'elle, en elle, certains fâchés et d'autres tristes, certains appelant à l'aide, d'autres en paix. Tous ces fantômes qui ne l'avaient jamais quittée ; et son propre spectre, plus jeune, qui avait soif de vivre et qui se lançait à peine. Et voilà que son chemin l'avait menée ici, en cet instant. Tant de morts, toute une foule à ses côtés. Ils marchaient avec elle ; elle marchait avec eux. Serait-ce donc si terrible d'aller les rejoindre ? D'être morte en leur compagnie ?

Vous devez vous pardonner. Qui lui avait dit ça ? Reuben sans doute, songea-t-elle. À moins qu'elle ne l'ait dit elle-même, à des patients, au fil des ans ? *Il faut se pardonner.*

S'accordait-elle le pardon ? Peut-être aurait-elle le temps d'aborder de telles questions plus tard, quand tout cela serait fini. Ce serait bientôt fini, elle le savait. La fin de partie était venue, enfin, le jour des morts. Elle médita l'expression. Les gens la comprenaient à l'envers. Ils y voyaient quelque chose d'effrayant et de macabre, rempli de crânes et de zombies. Alors qu'il s'agissait en fait des morts qui sont nos compagnons, nos amis, toujours vivants dans nos souvenirs et nos cœurs. Frieda n'avait jamais vraiment compris la peur de la mort, encore moins celle d'être morte. Ce n'était qu'une absence, le contraire de l'être, une forme de sommeil où l'on ne rêve pas.

C'était des vivants qu'il fallait avoir peur. Pour Frieda, les morts n'étaient plus en mesure de nous faire du tort, si ce n'est dans nos réflexions. On pouvait les évoquer avec amour ou regret ou remords ou simple tristesse, mais il n'y avait aucune raison de les craindre ou de les laisser nous blesser. C'était ce qu'elle avait tenté sans relâche de transmettre à ses patients. Mais les vivants, c'était autre chose. Depuis sept années maintenant, elle savait que quoi qu'elle ait pu avoir à l'esprit par ailleurs, où qu'elle ait pu aller, quoi qu'elle ait pu faire, Dean Reeve pensait à elle. Il avait planifié, brutalisé, tué, en traçant une piste qui menait jusqu'à elle, et chaque pas désormais la rapprochait du bout de cette piste. De lui.

Karlsson sortit du taxi et remit l'argent, refusant la monnaie d'un signe de la main. Il jeta un regard autour de lui : un fin crachin commençait de tomber et il n'y avait pratiquement personne alentour. Frieda ne serait pas encore là. Il avait le temps. Il marcha jusqu'au bord de l'eau, lisse et immobile dans l'air sans vent.

Il connaissait les raisons que pouvait avoir Frieda de venir ici. Il contempla la cloche en fonte de l'écluse et l'eau brune, la rangée de hautes grues, leurs sommets engloutis par la brume. Puis se trouva un endroit où il passerait inaperçu et ajusta son manteau plus serré.

À présent, son regard portait vers la direction d'où elle arriverait. Il se cala confortablement pour attendre.

Chloë et Jack étaient installés sur le nouveau balcon de Frieda, en train de boire un café. Ils venaient de planter plusieurs petits pieds de lavande dans des pots en terre cuite.

— On dirait qu'il va pleuvoir, commenta Chloë.

— Je sais. C'est le genre de journée où il ne fait jamais vraiment jour.

Jack frissonna et referma sa veste.

Le chat franchit la porte et s'enroula autour d'eux, poussant la tête contre leurs jambes, réclamant de l'attention. Ils l'entendaient ronronner tout bas. Chloë le caressa de tout son long.

— Je me demande où se trouve Frieda à présent, s'interrogea-t-elle.

Karlsson était mouillé, il avait froid. Il jeta un œil à sa montre : plus d'une heure s'était écoulée et Frieda n'arrivait toujours pas. Il revisita en pensée les propos de Lola, mais il était au bon endroit, il le savait. C'est là que son portable vrombit dans sa poche. C'était Bill Dugdale.

— Bill ?

— J'ai tenté de vous joindre au bureau mais on m'a dit que vous étiez en congé.

— Oui. Que se passe-t-il ? Vous avez du nouveau ?

— Pas vraiment. Où êtes-vous ?

Karlsson inspecta les alentours : un héron était assis sans bouger dans l'arbre d'en face.

— Eh bien… près du fleuve.

— J'ai juste pensé qu'il fallait que je vous tienne au courant.

— Merci.

— Ce n'est sans doute rien. Mais on a enquêté sur la fuite qui a permis à Dean Reeve de savoir où se trouvait Frieda.

— Continuez.

— On pense… on n'est pas sûrs, cela dit, ce n'est sans doute qu'une fausse piste, mais ça explique des trucs qu'on n'arrive pas à expliquer autrement… que c'est peut-être la fille.

L'espace d'un instant, Karlsson eut un blanc.

— La fille ?

— Lola Hayes.

— Oh, merde ! Merde, merde, merde.

— Quoi ?

Mais Karlsson avait raccroché. Il composa le numéro d'Yvette d'une main fébrile.

— Passez-moi Lola, dit-il.

— Hein ? Où êtes-vous ?

— À l'embouchure de la Wandle, comme elle l'a suggéré. Mais elle m'a peut-être envoyé au mauvais endroit… Saleté ! Yvette, dites-moi où je devrais être.

Le désespoir perçait dans sa voix.

— Ne bougez pas.

Il entendit Yvette faire le tour de la maison. Puis courir, appelant Lola.

— Elle est partie, confirma Yvette. Elle a disparu. Pourquoi faire ça alors qu'elle avait si peur ?

— Trouvez-la. Appelez Dugdale et expliquez-lui.

— Tout de suite. Qu'allez-vous faire ?

— Je ne sais pas. Elle peut être absolument n'importe où. Et où est Dean ? Lola lui a indiqué où il devait se rendre ?

Frieda approchait du lieu. Ses cheveux étaient trempés par la bruine, mais elle s'en fichait. Elle avait toujours aimé marcher dans le froid, même sous la pluie ; cela dénouait ses pensées et apaisait son esprit. Elle avait parfois l'impression que ces dizaines et ces centaines de kilomètres passés à marcher étaient logées dans ses os, comme une forme de connaissance. Ces nuits où elle ne pouvait pas dormir et enfilait ses vêtements, s'aventurait dans la nuit déserte. Les rivières secrètes dont elle avait suivi les cours, devinant leur tracé sous ses pieds, s'arrêtant parfois pour les écouter murmurer au travers des grilles dans les rues. Toutes ces choses qui couraient hors de vue mais puissantes, l'histoire secrète d'une ville qui l'horrifiait et la fascinait.

Près d'ici, Alan avait été tué par son jumeau, Dean. C'était ainsi que tout avait commencé. C'était la raison pour laquelle elle avait éprouvé le besoin de revenir à cet endroit : au lieu de départ. Des feuilles brunes tourbillonnèrent dans l'air immobile pour se poser sur le trottoir. Frieda tendit la main et en cueillit une dans sa course. C'était censé porter chance. Elle ne croyait pas à ce genre de signe, mais la mit tout de même dans la poche de son manteau. Et reprit sa route.

Pendant que des douzaines de policiers étaient envoyés à la recherche de Lola Hayes, Dugdale était dans son bureau en compagnie de Dan Quarry.

— Peut-être qu'elle est allée vers la prochaine rivière secrète, envisagea-t-il. Vous connaissez la théorie de Frieda – que Reeve tuait des gens sur le cours de rivières cachées, pour lui envoyer un message. Alors c'est quoi la suivante, après Counter's Creek ?

Tous deux examinèrent la carte sur son ordinateur. Quarry indiqua un point du doigt.

— La Wandle, puis la Falcon.

— Elles font toutes les deux des kilomètres de long, constata Dugdale. Il va nous falloir un paquet d'agents… et quand bien même, ce n'est qu'une hypothèse.

Il se décida.

— J'envoie des officiers patrouiller le long des deux. Il faut faire quelque chose.

— Peut-être qu'on panique pour rien, fit remarquer Quarry. On ne sait pas si Lola est à l'origine des fuites, c'est juste une possibilité. Et même si c'est le cas, on ne sait pas si elle a indiqué à Reeve ce que comptait faire Frieda.

— On le saura bien assez tôt, regretta Dugdale. D'une façon ou d'une autre.

Karlsson porta ses doigts à ses tempes et ferma les yeux. Où irait Frieda ? Londres était si vaste, si foutraque, si compliquée, avec les tentacules qu'elle étendait dans toutes les directions à la façon d'un monstre, engloutissant les petits hameaux, rongeant ses propres abords, s'étalant sans cesse, mutant sans répit. Frieda pouvait être n'importe où.

— Réfléchis, s'enjoignit-il. *Réfléchis*.

Une fois, il l'avait retrouvée en s'imaginant son raisonnement le jour de l'enterrement de Sandy. Il se remémora le bref instant où ils s'étaient retrouvés assis côte à côte sur Parliament Hill pendant qu'elle lui faisait ses adieux, sans témoins. Alors où serait-elle aujourd'hui ? Sur la tombe de Sandy ? En train de longer l'une de ses rivières ? Si elle avait besoin de réfléchir, si elle avait des ennuis, où irait-elle ? Et pourquoi, se demanda-t-il, ne venait-elle pas à lui ?

La marée refluait et la Wandle s'écoulait, ne laissant plus qu'un petit filet d'eau courir entre ses rives boueuses. Karlsson fit demi-tour et se mit à marcher, mais lentement, faute de savoir quelle direction prendre : il avait l'impression de tourner en rond.

Et à cette idée, il fut pris d'une inspiration subite et se mit à courir, la poitrine déchirée par l'espoir et la peur.

Quarante-neuf

Reuben McGill fut dérangé en pleine séance, laissant une jeune femme en pleurs à qui Paz offrait des mouchoirs et apportait un café.

Quand son téléphone sonna, Chloë se trouvait dans un atelier avec un casque antibruit sur les oreilles. L'un de ses collègues dut gesticuler devant elle pour capter son attention.

C'est Alexei qui décrocha chez Reuben. Son père était sur un chantier quelque part. Non, il ne savait pas où. Personne ne savait rien de toute façon.

Le professeur Hal Bradshaw ôta ses lunettes et s'écarta du pupitre, abandonna son texte derrière lui. Il atteignait le point d'orgue de sa conférence. Lui était toujours plus efficace, avait-il appris au fil des ans, quand il le livrait comme s'il lui venait sous le coup de l'inspiration.

— C'est bien beau d'évoquer le crime ici, dans la sécurité de notre amphithéâtre, de nos bibliothèques, de nos laboratoires. Mais à un moment donné, le psychologue du crime, le philosophe du crime, doit se confronter au monde, pour apprendre ce qu'est réellement une scène de crime, pour la voir, la sentir, la goûter presque.

Il marqua une pause pour accentuer son propos. Une fille à l'avant était devenue toute pâle. *Ah, cette jeunesse*, songea Bradshaw.

— Nous devrions considérer le criminel comme une forme d'artiste, et la scène de crime comme l'œuvre d'art. D'un homme…

Il marqua un temps d'arrêt.

— … ou d'une femme. Chaque crime est un écrit. Notre travail est d'apprendre à le décrypter.

Nouvelle pause, le temps qu'ils assimilent le message.

— Ce sera tout pour cette semaine.

Un fracas, des bruissements et des bavardages s'élevèrent tandis que les étudiants récupéraient leurs sacs et quittaient lentement l'amphithéâtre par groupes. Bradshaw ramassa ses papiers et les rangea dans sa sacoche. Alors qu'il s'apprêtait à partir, il s'aperçut qu'une silhouette restait assise au fond de la salle près de la porte. Repliée sur elle-même, les genoux remontés contre la poitrine. Il n'aurait su dire si c'était une fille ou un garçon, ni même si la personne était consciente. Il la secoua doucement et un visage pâle, sale, de jeune femme se leva vers lui. Son regard semblait le transpercer, regarder au-delà de lui sans le voir. D'année en année, il avait de plus en plus de mal à les distinguer les uns des autres, mais cette étudiante-ci lui était familière.

— Vous êtes… commença-t-il, mais le nom ne lui revenait pas.

— Lola, répondit-elle d'une voix rauque. Je suis venue vous voir.

— Vous allez bien ? Ça n'a pas l'air.

— Je ne vais pas bien.

Bradshaw ne savait pas comment réagir. En tant que psychologue, il voyait bien que cette jeune femme était dans un état de détresse aggravée, mais il n'était pas son médecin. Il n'était pas même son professeur. Il s'assit auprès d'elle.

— Que diriez-vous d'aller chercher de l'aide ?

Elle tremblait. Il la prit par le bras et tenta de la mettre debout mais elle le repoussa.

— Je vous emmène voir l'infirmière, expliqua-t-il. Si vous ne venez pas, je vais devoir appeler des renforts.

Lola se leva, chancela aussitôt, et Bradshaw dut avancer les bras pour l'empêcher de tomber.

— Tout doux, l'encouragea-t-il. Là, vous êtes prête ?

Il passa un bras autour d'elle et l'aida lentement, gauchement, à sortir de l'amphithéâtre. Il se sentait mal à l'aise à mener ainsi Lola dans le couloir parmi les groupes d'étudiants en train de bavarder ou de pianoter sur leurs téléphones. Certains se retournaient pour les dévisager. Une fille demanda si tout allait bien mais il la congédia d'un geste. Il lui fallait juste l'accompagner au rez-de-chaussée, jusqu'au bureau de l'infirmière, et il aurait fait son devoir. On ne pouvait plus se contenter de n'être qu'un simple enseignant de nos jours : il fallait également être parent, assistant maternel et thérapeute. Pour sa part, Lola semblait parfaitement inconsciente de son environnement.

Faire descendre l'escalier à Lola fut laborieux. À un moment donné, elle trébucha, Bradshaw la retint, elle tenta d'échapper à sa prise et, l'espace d'un instant ridicule, il crut qu'ils allaient tous deux dévaler les marches.

Enfin ils arrivèrent dans le cabinet de l'infirmière. Bradshaw ouvrit la porte et fit entrer Lola dans la salle d'attente. Il n'y avait personne. Il fut tenté de la laisser mais décida de rester. On pouvait se faire poursuivre en justice pour ce genre de faits. Trop de gens l'avaient vu l'emmener ici. Désemparé, il balaya du regard toutes les affiches proposant des services relatifs à la santé mentale, à la santé sexuelle, aux problèmes de genre. Il la fit asseoir sur l'une des chaises en plastique rangées le long du mur. Puis toqua à la porte de la salle de soins. Il y eut une pause puis le battant s'ouvrit et l'infirmière apparut. Ils s'étaient croisés à plusieurs reprises mais Bradshaw était incapable de se rappeler son nom.

Elle le regarda, le sourcil froncé.

— J'ai déjà quelqu'un, dit-elle. Un saignement de nez terrible.

Elle aperçut Lola, par-dessus son épaule.

— C'est une urgence ?

— Elle n'est pas bien du tout.

— Je reviens aussi vite que je peux. Vous pouvez rester avec elle ?

— Je ne peux pas vraiment… commença-t-il, mais elle l'interrompit.

— Vous êtes bien médecin, non ?

— En un sens, oui. Mais pas comme ça.

— Je ferai aussi vite que possible, rétorqua-t-elle avant de claquer la porte.

Bradshaw poussa un soupir. Maintenant que l'infirmière savait que Lola était là, pouvait-il la laisser ? Mais la femme lui avait demandé expressément de veiller sur elle. Il regarda Lola. Il l'imaginait bien s'éloignant en douce, sautant du haut d'un immeuble, se précipitant sous les roues d'un train. Il entrevoyait déjà l'enquête, les articles dans les journaux. Il avait rédigé certains de ces articles. Cette fois-ci, il serait question de lui. Il s'assit sur un siège à côté d'elle.

— On dirait qu'on va passer un petit moment ensemble, vous et moi, dit-il.

Elle ne répondit pas. Adossée à sa chaise, elle cognait sa tête contre le mur derrière elle, sur une affiche signalant l'existence d'une permanence téléphonique pour les droits des LGBT. Boum. Boum. Boum.

— Pourriez-vous arrêter ? suggéra-t-il. Ça ne peut que vous faire du mal.

Elle cessa et à la place, se pencha en avant. Un instant, il crut qu'elle allait vomir. Il ne se rappelait pas bien leur précédent entretien mais conservait un vague souvenir d'empressement, d'affabilité. Qu'avait-il pu se passer ? Des problèmes avec son copain, sans doute. Ou sa copine. On voyait ça tout le temps. Tout de même, sa détresse semblait un peu extrême. Il avança une main vers sa nuque, puis s'interrompit. On ne savait jamais. Ce genre de gestes pouvait être mal interprété.

— Y a-t-il quelque chose dont vous souhaitiez parler ? suggéra-t-il.

Rien n'indiqua chez elle qu'elle avait saisi sa proposition.

— Je suis psychologue. Vous pouvez tout me dire. J'ai déjà tout entendu. Parfois ça aide de dire les choses à haute voix.

Le seul fait de prononcer ces mots le gêna un peu. Parfois, dire les choses aidait, parfois, ça les empirait, il le savait. Mais rester assis ici sans rien faire le tourmentait. Cette fille avait-elle besoin d'une ambulance ? Était-elle dans un état psychotique ? Il ne le pensait pas. Elle n'avait pas l'air bien, pas bien du tout, mais paraissait consciente de ce qui l'entourait. Elle n'était pas totalement passive. Elle avait été capable de marcher, avec de l'aide. C'était juste ce silence. Il voulait le remplir de quelque chose.

— Je crois me rappeler que vous rédigiez un mémoire sur Frieda Klein, commença-t-il, tentant de réchauffer l'atmosphère. Ça avance bien ?

Elle secoua la tête. Au moins était-ce une forme de réponse, même si elle tenait plus du spasme que de l'effort de communication.

— Vous deviez la disséquer, la décortiquer, non ? Voir ce qui se cachait derrière l'apparence. L'idée semblait prometteuse. Avez-vous réussi ? Avez-vous percé le mythe Frieda Klein ?

À ces mots, Lola se redressa lentement et le regarda bien en face.

— Je l'ai anéantie, répondit-elle.

Il laissa échapper un petit rire nerveux.

— Que voulez-vous dire ?

— Je l'ai tuée.

Il toussa et lança un regard circulaire. Quand revenait cette infirmière ?

— Pas de manière littérale ?

Mais elle ne répondit pas.

— Qu'entendez-vous par « je l'ai tuée » ? Elle est morte ?

— Je ne sais pas.

— Elle est blessée ?

— Je ne sais pas.

— Alors quoi ?

À présent il élevait la voix.

— Quand vous dites « je l'ai tuée », ça signifie quoi ?

Le dévisageant toujours, apparemment sans le voir, Lola frotta ses yeux injectés de sang puis cilla.

— Je pense qu'elle va se faire tuer.

C'était bon, là. Bradshaw sortit son téléphone de sa poche et composa le numéro des urgences. Une voix demanda aussitôt quel service il désirait. Il comptait demander une ambulance. Il avait très certainement affaire à une psychose. Il connaissait un nombre infini de cas où des étudiants tombaient amoureux de leurs professeurs, avant de se mettre à les détester. Les profs et les thérapeutes attiraient ce genre d'attention. Comme il était bien placé pour le savoir, Frieda Klein suscitait pareille attention, et plus encore que d'autres : elle avait même attiré *la sienne*. Et cette attraction pouvait se transformer en illusion complète. Les étudiants étaient si stressés. Tant de pressions s'exerçaient sur eux. Il leur arrivait de devenir maniaques ou excessifs comme dans le cas présent, ou de sombrer dans un état de stupeur dépressive.

À la regarder, Bradshaw se demanda, comme devaient si souvent le faire les médecins, comment il justifierait son intervention devant une cour si cette histoire devait mal finir. Il n'y aurait pas de problème. Les symptômes étaient classiques. Il n'y avait pas de raison de penser que cette conversation sur le fait que Frieda Klein serait sur le point d'être tuée reflète autre chose que le fantasme d'un esprit dérangé. Mais il hésita.

— La police, se décida-t-il. Passez-moi la police.

Cinquante

Des années auparavant, quand Frieda avait découvert les canaux pour la première fois, ils étaient presque tous déserts, fréquentés par de rares cyclistes dans l'illégalité, quelques pêcheurs excentriques, des bandes de jeunes gens que l'on frôlait en évitant de croiser leur regard. Aujourd'hui, elle était passée devant de nouveaux immeubles de bureaux, des cafés, des joggeurs, des jeunes filles au pair et des jeunes mères avec des poussettes, des péniches amarrées en double file, dont les cheminées crachaient une odeur de charbon et de bois odorant. Elle avait longé le flanc de Victoria Park et vu des ribambelles de petits écoliers dans leurs vestes jaunes fluorescentes, des cours de gym. Mais au-delà, quand on bifurquait sur la rivière Lea, le sentier de halage devenait plus tranquille et bientôt complètement vide.

C'était ici. Il y avait un ancien dock, à l'écart du canal, qui avait dû un temps servir à décharger les cargaisons destinées à un dépôt qui n'existait plus. Une fois qu'on s'éloignait du canal – comme le faisait à présent Frieda – on était hors de vue de l'allée centrale, sous un vieux pont. C'était ici. Ici qu'était mort le frère de Dean. Frieda avait cru que l'endroit marquait la fin d'une histoire, alors qu'il ne faisait que signer le début de tout.

Elle s'appuya à la rambarde et baissa les yeux. D'ordinaire, elle aimait contempler les courants, les fleuves, les marées. Mais cette eau-ci était stagnante, immobile, coupée du canal principal, qui lui-même louvoyait et clapotait plus qu'il ne s'écoulait. Frieda inspira. Elle se sentait envahie d'un sentiment de calme intense et de résignation. Elle ne pensait pas à Dean, mais à son père, qu'elle avait infiniment aimé et qui avait mis fin à ses jours quand elle était adolescente. C'était elle qui avait trouvé son corps. Pas un jour ne s'était écoulé sans qu'elle ne se rappelle ce moment, ces traits inertes, ces yeux aveugles. C'était la dernière fois qu'elle avait prié, un Dieu auquel elle ne croyait pas mais qu'elle avait imploré. Ces quelques secondes avaient décidé du reste de sa vie, elle le savait. Parce qu'elle n'avait pas su sauver son père, pas même identifier sa souffrance avant qu'il ne soit trop tard, elle avait dû se confronter sans fin à celle des autres et tenter de les sauver. Comme si, en les sauvant, elle pouvait le sauver ; se sauver elle-même. Ce jour-là, le regard plongé dans l'eau brune, elle se remémora son père tel qu'il avait été des années avant sa mort. Pas triste. Pas désespéré. Bien vivant, plein d'énergie et d'espoir. Elle le convoqua en pensée : elle revit ses traits ; elle lui sourit. Dieu, quel parcours depuis…

Quand elle perçut un bruit furtif non loin, derrière elle, elle ne se retourna pas. Elle ne fit pas même un geste.

Les choses ne se passèrent pas du tout comme prévu. Hal Bradshaw s'attendait à ce qu'un policier débarque dans une heure ou deux, peut-être, pose quelques questions, prenne une déposition à la rigueur. Au lieu de quoi on le passa à un officier de police, puis à un autre, avant de le transférer sur une ligne mobile qui grésillait. On lui ordonna de rester là où il était et de ne pas quitter Lola Hayes des yeux. Pas une seconde.

— Suivez-la aux chiottes, s'il le faut, gronda une voix au téléphone.

— Hein ? répondit Bradshaw, mais on avait raccroché.

Alors qu'il rassemblait ses pensées, il entendit le son d'une sirène, puis une autre. Il songea vaguement qu'il y avait peut-être un feu quelque part. Il entendit une cavalcade dehors et la porte s'ouvrit. L'homme était toujours assis dans la petite cabine en bois à l'entrée principale et Bradshaw ne l'avait jamais vu en dehors de sa loge. Puis suivait une autre personne dont il ne connaissait pas vraiment le nom.

— C'est ici, indiqua le portier.

Quatre agents en uniforme passèrent alors devant lui, deux hommes et deux femmes. L'une des femmes sortit du rang.

— Vous êtes le docteur Bradshaw ?

— Oui.

— Et elle, Lola Hayes ?

— Oui.

La femme s'écarta, décrocha sa radio et parla dedans. On entendit un grésillement. Elle se retourna et se pencha sur Lola.

— Où est Frieda Klein ?

Lola releva un regard éteint, secoua la tête et se tordit comme si elle souffrait, mais sans parler.

— Je ne crois pas qu'elle soit en état de répondre à des questions, intervint Bradshaw.

L'agent recula et reprit son micro :

— Elle ne veut rien dire. OK.

L'agent regarda Bradshaw.

— Vous restez ici. Tous les deux.

— Je pense qu'elle a plutôt besoin d'aller à l'hôpital. J'aurais sans doute dû appeler une ambulance.

— Plus tard, peut-être. Vous ne bougez pas d'ici. Ils arrivent.

— L'ambulance ?

— Non.

Il patientait dans un petit renfoncement du mur sous le pont. Alors qu'il s'avançait lentement, il la vit appuyée sur la rambarde, perdue dans ses pensées. Il avait envie de retenir l'instant, de l'observer avant qu'elle ne le voie, avant qu'elle ne découvre sa présence. Avant qu'arrive ce qui devait arriver. À quoi pensait-elle ? Était-elle prête ? Parce que son heure était venue, enfin. Toutes ces années, toute cette attente, et ils étaient là. De retour là où tout avait commencé, où tout allait finir.

Il sortit à découvert. Il se trouvait entre elle et le sentier de halage principal, lui barrant toute issue. Enfin elle se retourna, puis se redressa, abandonnant la rambarde, et se tint face à lui.

Il la dévisagea et se sentit parcouru d'un frisson, telle une vague, comme s'il s'était liquéfié. Il l'avait vue si souvent, mais indirectement, de loin. Huit ans s'étaient écoulés aujourd'hui depuis qu'ils s'étaient rencontrés, que leurs regards s'étaient croisés. Ses cheveux n'étaient plus comme avant. Elle les avait teints. Sinon, elle n'avait guère changé. Peut-être les rides autour des yeux, aux coins de la bouche étaient-elles un peu plus creusées, la peau sur les pommettes légèrement plus tendue, mais c'était bien là le visage qui l'avait hanté. À présent, il le voyait de près : les yeux, des yeux sombres, presque noirs, qu'il sentait posés sur lui de manière quasi physique, le nez aquilin, régulier, les lèvres pleines, à peine entrouvertes.

Elle se tenait très droite, plus grande que dans son souvenir, ses mains reposant sur les côtés. Il étudia son corps, la forme de ses épaules, la courbe de ses seins sous sa chemise bleue, ses hanches dans l'étroit jean noir. Elle n'était pas comme les autres. Rien chez elle n'implorait pitié. Pas de respiration forte, pas d'yeux écarquillés remplis de peur.

Si seulement ce moment pouvait durer pour toujours… Mais c'était l'heure.

Il prit le couteau dans sa poche. Il ne le leva pas, en ressentit juste le poids, confortable dans sa paume. Une lame de vingt-trois centimètres. De l'acier allemand. L'étui sombre, pesant, froid. Ce couteau avait tranché le cou de Jessica Colbeck, tels des ciseaux dans de la soie.

Les gens regardaient toujours le couteau, hypnotisés par son tranchant, sa lame brillante. Mais pas elle. Elle ne faisait que plonger son regard dans le sien, un regard où perçait presque une forme de sollicitude.

Il envisagea de lui dire trois mots mais il n'y avait rien à dire. Ils le savaient l'un et l'autre. Elle lui en serait reconnaissante. Son geste serait le bienvenu. Elle avait toujours su qu'il venait.

Hal Bradshaw leva les yeux quand la porte s'ouvrit à la volée et que deux hommes entrèrent avec fracas, tout essoufflés : Dugdale et Quarry. Après un coup d'œil à Bradshaw, Dugdale se tourna vers Lola.

— Vous vous souvenez de moi ? demanda-t-il.

Lola laissa sa tête retomber en avant mais Dugdale l'attrapa par les cheveux au sommet du crâne et la lui releva brusquement.

— Vous êtes dans une merde noire, commença-t-il.

— Vous ne pouvez pas faire ça, coupa Bradshaw.

Dugdale tourna la tête vers lui mais sans relâcher sa prise.

— Que vous a-t-elle raconté ?

— Je leur ai dit au téléphone.

— Et moi, je veux l'entendre.

— Qu'elle avait tué Frieda Klein. Je crois que ce qu'elle entend par là, c'est qu'elle est responsable. Pas qu'elle l'aurait réellement… bredouilla-t-il sans achever sa phrase.

Dugdale rapprocha son visage de celui de Lola.

— Vous avez envoyé Karlsson au mauvais endroit. Vous le saviez, n'est-ce pas ?

Lola murmura quelque chose d'inaudible.

— Quoi ?

— Je n'ai pas pu.

— Écoutez, reprit Dugdale. On n'a pas le temps. Toute la police de Londres est en alerte. On a trois hélicoptères dans les airs.

Lola secoua la tête et Dugdale ôta sa main. Il parla plus gentiment.

— Lola, si vous pensez être tenue par une forme de marché avec Reeve, c'est sans importance. Il s'en fout. S'il veut tuer quelqu'un, il le tue. Il se contrefiche de ce que vous ferez.

Des larmes commençaient à rouler sur les joues de Lola.

— Il est probablement trop tard. Vous avez fait ce qu'il voulait. Dites-nous juste où allait Frieda.

Lola regarda tour à tour Dugdale, Quarry, Bradshaw et l'infirmière, à présent debout à l'autre bout de la pièce. Elle déglutit, hésita et dit d'une voix éraillée :

— Là où le frère de Dean Reeve est mort.

Le regard de Dugdale se posa sur Quarry, puis revint sur Lola.

— Si vous mentez, Lola, je jure devant Dieu que je vous ferai coffrer quelque part d'où vous ne sortirez plus jamais.

— C'est vrai.

Les deux hommes se ruèrent hors de la pièce, tandis que Dugdale aboyait des instructions tout en remontant l'escalier et en sortant rejoindre le véhicule qui les attendait.

— Et appelez Karlsson, conclut-il.

Cinquante et un

— Que vous a-t-on dit ?

C'était Chloë au téléphone et elle pleurait si fort que Reuben la comprenait à peine. Il l'imaginait, jeune et désespérée, avec son mascara barbouillé.

— Qu'est-ce qu'on vous a dit ? insista-t-elle.

— Rien de plus.

— Oh, mon Dieu… Oh, Reuben.

Karlsson courait à présent, le cœur serré par un horrible pressentiment. Sa jambe, celle qui avait été cassée, lui faisait mal et il avait un point de côté. Son portable vibra dans sa poche.

— Elle est allée à l'endroit où Reeve a tué son frère, l'informa Dugdale. Des agents sont en route. C'est là où le canal…

Ainsi donc, il avait vu juste. Il fut parcouru d'une vague d'adrénaline.

— Je sais. J'y suis presque, répondit-il.

Il renfonça son téléphone dans sa poche. Le soleil était monté dans le ciel. Il continua de courir, dans la brume scintillante.

— Il lui arrive quoi, à Frieda ? demanda Alexei.

Reuben étudia son visage anxieux : le garçon avait les mêmes yeux marron et tristes que son père.

— Voyons voir si nous pouvons trouver ton papa, proposa-t-il en lui tendant la main. On devrait tous être ensemble.

Un hélicoptère apparut au-dessus de Karlsson. Il descendit au point que Karlsson pouvait en distinguer les pales. Puis plus bas encore, il planait comme un insecte géant. En dessous de lui, le lit du canal, d'où s'élevait lentement une brume vaporeuse dans l'air automnal.

Lola était assise les genoux remontés, tête baissée, les mains sur les oreilles. Ses yeux étaient clos et elle se balançait d'avant en arrière.

— Je vous en prie, dit-elle. Pitié, pitié, pitié…

Trois véhicules de police, toutes sirènes dehors, gyrophares en marche, s'arrêtèrent dans un crissement de pneus. Douze agents en descendirent en pagaille. Ils se ruèrent en direction du sentier qui longeait le canal. Le balayeur perçut leur cavalcade depuis l'autre bout de la rue : on aurait dit un roulement de tambour.

Le jeune Eli Abel était à l'avant. Il faisait partie d'un club d'entraînement à la course à pied et prit facilement un temps d'avance sur les autres, arrivant le premier au pont. Il venait tout juste de finir l'université, et s'ébahissait que l'une de ses toutes premières enquêtes concerne Frieda Klein et Dean Reeve. Sa grand-mère ne le croirait jamais quand il raconterait ce qu'il avait fait ce jour-là.

Ses pieds martelaient le pont métallique. Un hélicoptère planait au-dessus de lui, dans un vacarme qui s'insinuait sous son crâne. La brume s'étirait en rubans sur l'eau brune. Les feuilles tombaient tels des pétales et coulaient.

Eli Abel regarda en bas, cilla. Il vit une forme dans l'eau. Il s'arrêta, plissa les yeux. Il distingua un corps, sur le ventre.

— Ici ! hurla-t-il pour tenter de couvrir le grondement de l'hélicoptère. Ici !

L'instant d'après, il traversait le pont en courant et dévalait les marches, à l'assaut du sentier. Il ne se rappelait plus les consignes. Devait-il attendre des renforts ? Enlever ses bottes ?

Trop tard. Il était dans l'eau, froide et boueuse, à hauteur de poitrine. Ses bottes s'enfoncèrent dans la vase. Il imagina les rats qui devaient traîner là-dedans, nageant dans l'eau glauque avec leurs dents jaunes et leurs queues épaisses. *Maladie de Weil*, songea-t-il, tout en pataugeant en direction du corps.

Il entendait des cris depuis la berge et le vacarme assourdissant de l'hélicoptère. Nouvelles sirènes en provenance de la rue. *Attendez un peu que je leur raconte*, pensa-t-il. L'eau s'insinuait dans son cou et lui éclaboussait la figure. Il avait le soleil dans les yeux et il lui était difficile de voir ce qu'il y avait devant lui.

Il atteignit la silhouette à moitié immergée et avança sa main. Puis hésita, l'espace d'un instant, et le soleil dessina des formes étranges à la surface du canal, comme un motif mouvant. Il se rappela la lampe rotative qu'il avait enfant, quand il avait peur du noir. Toutes les nuits, cette lampe projetait des créatures sous-marines aux murs, chevaux de mer, poissons, sirènes.

Il n'avait jamais vu de cadavre jusqu'ici, n'en avait jamais touché. Il s'obligea à agripper un bras et la forme bougea légèrement. Maintenant qu'il l'avait touchée, ça allait mieux. Il l'attrapa par les épaules et entreprit de la tracter en direction de la berge, quelqu'un l'encourageait, et voilà qu'un autre officier était à ses côtés, que des mains se tendaient vers eux, que le corps était sorti de l'eau, qu'il escaladait la berge tant bien que mal pour regagner le sentier et se redressait, dégoulinant d'eau. Il prit conscience que tout cela n'avait pris que quelques secondes, pour finir.

— Retournez-le, fit une voix.

Eli baissa les yeux sur la forme détrempée qu'on retournait, et avec un haut-le-cœur, constata que la tête semblait presque se détacher du corps : la gorge était tranchée d'une oreille à l'autre. Le visage exsangue le fixait sans le voir. On aurait dit qu'il souriait.

Horrifié, il détourna le regard et c'est là qu'il la vit. Elle était dans l'ombre, assise adossée à un jeune frêne. Ses jambes étaient repliées sous elle et elle était parfaitement immobile. De sorte qu'un instant, il crut qu'elle faisait partie du taillis broussailleux. Le jour brumeux devait lui jouer un tour. Mais non. Elle était réelle. Son visage était très pâle ; son regard très noir. Elle regardait droit devant elle, sans viser rien ni personne.

Eli Abel resta pétrifié. Et puis, dans son dos, il entendit un cri. Un grand brun venait vers eux au pas de course tout en claudiquant. Une telle angoisse se lisait sur son visage qu'on en était gêné. Il s'arrêta brièvement auprès du corps de l'homme couché sur le sentier et ses traits s'altérèrent, se tordirent, comme s'il allait pleurer. Il se redressa, cependant, et se dirigea vers la silhouette silencieuse, s'arrêtant à quelques mètres, sans plus bouger.

Enfin, elle esquissa un geste, comme si on ne savait quel charme avait été rompu. Elle leva les yeux vers le grand homme et ne sourit pas, pas plus que lui, mais il fit un nouveau pas en avant et tendit la main. Au bout de quelques secondes, elle s'en saisit.

Elle se leva. Ses vêtements étaient trempés. Elle avait du sang dans le cou et sur la joue. Ses cheveux étaient mouillés.

— Karlsson, dit-elle d'une voix grave et nette.

Il ne lui lâchait pas la main.

— Frieda, dit-il. C'est fini. Vous êtes libre.

À cet instant, d'autres policiers dévalèrent les marches. À leur traîne, lesté de ses kilos en trop et hors d'haleine, venait l'inspecteur Dugdale. Il s'arrêta et inspecta la scène, enregistrant le corps allongé sur le sentier, puis Frieda debout quelques mètres plus loin.

— Putain de merde… jura-t-il.

Les événements s'enchaînèrent rapidement ensuite, comme chorégraphiés. Des ambulances arrivèrent, de nouveaux véhicules de police aussi. Des cordons et des barrières de sécurité furent installés. La police criminelle débarqua. Le public fut écarté. Certains membres de la presse réussirent à passer, mais dans l'intervalle, une tente avait été montée au-dessus du corps ; les seules images que parvinrent à obtenir les uns et les autres furent celles de douzaines d'agents le long du canal, en uniforme ou en combinaisons blanches.

Au milieu de cet empressement se tenait Frieda, sans voix, immobile. Quand Dugdale lui demanda ce qui s'était passé, elle ne fit que le dévisager.

— Tout va bien, la rassura-t-il, ébranlé par son regard fixe et les éclaboussures de sang sur sa joue. Prenez votre temps. Vous devez être en état de choc. Mais dites-moi juste ceci : comment est-il mort ?

Elle détourna le regard vers le canal.

— Frieda ?

— Il avait un couteau, répondit-elle. Un long couteau aiguisé.

Elle remonta les marches en compagnie d'un officier et de Karlsson. Quelqu'un dans la foule agglutinée derrière les barrières la héla par son nom mais elle ne leva pas les yeux. Des flashs crépitèrent. Bientôt le pays tout entier, le monde entier, saurait que Dean Reeve était mort.

Un urgentiste tenta de lui passer une couverture autour des épaules mais elle la repoussa et grimpa à bord du véhicule qui les attendait. Karlsson monta avec elle.

Ils s'installèrent côte à côte, sans se toucher. Comme il la regardait, du sang glissa sur son front, depuis la naissance de ses cheveux.

— Vous êtes blessée, s'inquiéta-t-il.

Elle leva une main et essuya le filet de sang mêlé d'eau.

— Ce n'est pas le mien.

Il avait envie de poser sa main sur la sienne, mais n'osa pas. Son calme même possédait un aspect redoutable, comme si elle risquait à tout moment de s'embraser.

Cinquante-deux

Un fourgon de la télévision était garé à l'entrée de Saffron Mews et des journalistes s'affairaient autour. Josef, qui portait plusieurs sacs de courses, passa devant eux en les poussant au besoin et s'introduisit chez Frieda. Il se rendit d'abord dans la cuisine où il nourrit le chat, arrosa le basilic et mit des fleurs fraîches dans le vase. Puis il sortit le lait, le beurre, le yaourt et le café en grains des sacs et les rangea.

Il passa dans le salon et vérifia que le feu était prêt à être allumé, ajusta minutieusement la position du fauteuil.

Il monta à l'étage, s'arrêtant pour vérifier qu'il y avait des serviettes dans la salle de bains, puis se dirigea vers le balcon. Il ouvrit la porte, notant avec satisfaction à quel point elle pivotait bien sur ses gonds, et sortit. Il y avait plusieurs pieds de lavande, un pot d'herbes aromatiques, le petit arbre ornemental et un long bac que Chloë avait planté de bulbes pour le printemps. Et une clématite au feuillage bronze dont on lui avait dit à la jardinerie qu'elle donnerait des fleurs blanc crème durant les mois d'hiver. Un unique fauteuil en bois trônait au milieu, avec la table faite par Chloë en orme doré.

Il s'assit dans le fauteuil et contempla les toits. Le brouillard s'était épaissi à nouveau : tout baignait dans un gris doux. Josef alluma une cigarette ; il sortit une bouteille de vodka de la poche de son manteau et but une gorgée. Il poussa un gros soupir, et ferma les yeux.

Le Dr Jane Franklin, pathologiste expert, baissa les yeux sur le corps de Dean Reeve avant de les porter sur un groupe d'étudiants, masqués et vêtus de blouses vertes.

— Oubliez de qui il s'agit, dit-elle d'une voix sévère. Vous avez ici un corps. Notre boulot est d'établir les causes du décès.

Elle pointa le cou de son scalpel.

— Vous, dit-elle. Que voyez-vous ?

— Une incision latérale, sectionnant… euh, quasiment tout, en fait. La jugulaire, la carotide. La trachée paraît endommagée.

— Cause du décès ?

— Il a dû se vider de son sang en une minute, peut-être même moins.

Le Dr Franklin souleva la main droite de Reeve.

— Et que dites-vous de ceci ?

Elle regarda un jeune homme.

— Vous.

— Ses ongles sont courts.

— Non, non. Plaies, incisions.

— Je n'en vois aucune.

Elle passa la main au-dessus du corps et souleva l'autre bras.

— Et là ?

— Je ne vois rien.

— Précisément. Quand les gens sont attaqués, on trouve en général des traces de défense sur leurs mains et leurs bras. Ils lèvent les mains pour se protéger, comme ça.

Elle leva ses deux bras devant sa figure.

— Ce qui suggère… ?

— Je n'en sais rien.

— Regardez la plaie à nouveau. Elle est comment ? Irrégulière ? Déchiquetée ?

— Non, bien lisse. Comme un trait chirurgical.

— Comment cela a-t-il pu se produire ? Sur un sentier de halage, en prime ?

— Peut-être qu'on l'avait ligoté ?

— C'est possible, admit le Dr Franklin. Mais il n'y a pas trace de contusion. Pas d'égratignures. Il n'y a pas d'autre forme de lésion, à part ici.

Et elle indiqua le genou.

— D'où nous avons retiré ceci.

Elle leva un petit plateau de métal. Sur lequel reposait une balle ou plutôt, ce qui ressemblait à une balle dont l'extrémité aurait été ôtée.

— Vu de ce côté, le genou a l'air intact. Mais cette balle à pointe creuse est entrée par l'arrière. La pointe creuse a augmenté la surface d'impact, ce qui cause plus de dégâts. Il a dû être neutralisé aussitôt.

— On dirait une exécution, fit remarquer un autre étudiant. On lui tire dessus, et ensuite, on lui tranche la gorge.

— On n'a retrouvé qu'une arme sur les lieux, répliqua le Dr Franklin. Un couteau allemand. Très affûté, le genre qu'on utiliserait pour dépecer un animal. Et le genre qui a été utilisé pour assassiner Jessica Colbeck.

— Et on fait quoi, dans ce cas ?

— Notre rôle consiste à décrire l'état du corps.

Une fois les étudiants partis, le Dr Franklin examina de nouveau le corps : charpenté, avec des tatouages sur des bras musclés, un ventre pâle et tendre. Cette plaie béante. La tête était celle d'un fantôme, blanche comme de la pâte de chaux ; les yeux étaient ouverts, marron. Elle posa un pouce ganté sur leurs paupières. C'était idiot, elle le savait, mais même mort, elle n'avait pas envie que Dean Reeve la dévisage.

Des agents fouillaient le taillis broussailleux, des plongeurs œuvraient à nouveau dans le canal. Ils avaient trouvé le couteau lors de leur première plongée, mais Quarry leur demandait à présent de chercher une arme à feu.

— Elle est forcément quelque part, affirmait-il.

Les trois plongeurs progressaient centimètre par centimètre dans le fond vaseux et gris du canal, ramassant toutes les cochonneries possibles – jusqu'à la carcasse d'une bicyclette – et toutes les créatures mortes qui s'y décomposaient. Les agents ratissèrent les ronciers et les buissons rabougris. Des heures passèrent. Toujours pas d'arme de tir.

Frieda s'était douchée et avait enfilé les vêtements qu'on lui avait remis au commissariat : une chemise en coton blanche et un pantalon sombre, des tennis sans lacets légèrement trop grandes pour elle. Elle s'assit devant Dugdale et Quarry, mains croisées sur ses genoux, un mug de thé intact sur la table.

— Frieda, commença Dugdale en se penchant vers elle. Vous comprenez bien que nous ne vous cherchons pas d'ennuis.

— Oui, je le comprends. Merci.

— Nous aurions plutôt toutes les raisons de fêter ça. Vous avez eu Dean Reeve. Vous l'avez battu.

— Je ne suis pas tout à fait d'humeur à célébrer, répliqua Frieda. Trop de gens sont morts. Dean Reeve compris.

— Certes, je le conçois bien. Comme vous comprenez bien que nous allons devoir prendre une déposition. Si vous ne vous sentez pas prête pour ça, on peut le faire ultérieurement.

— Non, maintenant, ça ira.

— Je dois ajouter…

Dugdale s'interrompit un moment.

— … je suis tenu de dire que vous avez droit à un conseiller juridique.

— Merci, mais ça ne sera pas nécessaire.

Quarry enclencha l'enregistreur, annonça le jour, le lieu et chacun des présents dans la pièce.

— On peut faire ça court, suggéra Dugdale. Si nécessaire, on prendra une déposition plus détaillée plus tard. Tout d'abord, pouvez-vous nous dire comment Dean Reeve est mort ?

Frieda regarda Dugdale droit dans les yeux. Elle était pâle, paraissait lasse, mais calme.

— Je suis désolée. Je ne me souviens pas bien. Je me revois en train de m'approcher de l'endroit où c'est arrivé, et ensuite, je me rappelle la police en train de débarquer. Tout le reste est flou.

— L'expérience a dû être traumatisante pour vous.

— Je ne sais pas, répondit Frieda.

— Vous n'êtes donc pas en mesure de nous dire comment Dean Reeve est mort.

— Non.

À ces mots, Quarry fronça les sourcils. Voilà qui ne lui ressemblait pas – même si bien sûr, il ne la connaissait pas par ailleurs. Il avait tant entendu parler d'elle et voilà qu'ils l'avaient là, sous les yeux, maîtresse d'elle-même et sévère, et même Dugdale, que rien ne décontenançait jamais, semblait légèrement perturbé.

— Vous vous attendiez à le voir ? Saviez-vous qu'il serait là ?

— Je suis allée me promener le long du canal. Je réfléchissais.

— Mais *lui* savait que vous y seriez, fit remarquer Dugdale. Lola Hayes l'a prévenu. Votre amie vous a trahie. Qu'avez-vous à dire à ça ?

— Si c'est vrai, répliqua Frieda impassiblement, c'est qu'elle agissait sous la contrainte. On ne peut pas lui en tenir rigueur.

— Saviez-vous que Lola avait été en contact avec lui ?

Le regard de Frieda s'égara vers la fenêtre quelques instants. Quarry la vit serrer et desserrer les poings.

— Elle n'aurait jamais dû se mêler de ma vie, répondit-elle avec douceur. Je l'avais prévenue.

— Ce n'est pas une réponse, rétorqua Dugdale.

— Avez-vous entendu parler du concept de chance morale ?

— Je me contrefiche de la chance morale dans l'immédiat. Il ne sert à rien de tenter de défendre Lola Hayes. Elle a avoué. Nous savons ce qu'elle a fait.

Frieda secoua la tête.

— Je ne suis pas d'accord. Il y a tout lieu de la défendre.

— Écoutez, reprit Dugdale, qui semblait exaspéré à présent. Nous sommes vos amis et vous nous traitez en ennemis. Voyez les choses de mon point de vue. Nous devons présenter une version des faits. On a retrouvé Dean Reeve flottant dans le canal la gorge tranchée avec une balle dans le genou. Nous avons trouvé le couteau dans le canal, mais pas l'arme de tir. Ce qui suggère qu'il y avait au moins une autre personne sur les lieux.

— Je n'ai aucun commentaire à faire là-dessus.

— Vous voulez dire que vous ne voulez pas. Frieda, je comprends tout à fait le désir de vous venger de Dean Reeve, après tout ce qu'il vous a fait, à vous comme à tant d'autres.

Enfin sa remarque provoqua une réaction. Frieda sursauta légèrement et contempla chacun des hommes autour d'elle.

— Vous pensez que je voulais me venger ? répéta-t-elle, incrédule. Vous croyez que je tenais à entrer dans son jeu malsain ? Ce que je lui souhaitais, c'était qu'on l'arrête et qu'on le poursuive en justice. À l'évidence, les choses ont tourné autrement.

— Pourquoi ?

— J'aimerais pouvoir vous aider.

— L'avez-vous vu mourir ?

— J'y ai assisté, c'est clair.

— Vous avez fait plus qu'y assister. Quand on vous a trouvée, vous aviez été dans l'eau. Vous aviez son sang sur vos vêtements, sur votre peau. Dans vos cheveux.

Elle cligna des paupières à deux reprises, comme cliquerait l'objectif d'un appareil photo. Quarry, qui l'observait attentivement, aurait pu jurer qu'elle revivait la mort de Reeve.

— Il y avait beaucoup de sang, se rappela-t-elle.

— Vous ne nous donnez rien, fit remarquer Dugdale, impuissant.

— Vous avez le corps de Dean. Que vous faut-il de plus ?

Karlsson l'attendait. Ils sortirent ensemble du commissariat. Dehors, sur le perron, le vent soufflait en rafales, accompagné de quelques gouttes de pluie.

— Dugdale n'a pas l'air content, remarqua-t-il. Il a cette tête que je lui ai déjà vue quand la police tente de vous interroger.

— Feriez-vous quelque chose pour moi ? demanda-t-elle.

— Oui.

— Vous ne savez pas encore ce que c'est.

Il haussa les épaules.

— Pourrez-vous faire le nécessaire pour que Lola ne soit pas inculpée ?

— Vous savez ce qu'elle a fait ? Elle a failli vous faire tuer. Quand elle a eu une occasion de vous sauver, elle m'a envoyé au mauvais endroit.

— Lola a vraiment joué de malchance, une malchance affreuse. Elle n'est que l'une des victimes de Reeve.

— Je n'ai pas ce pouvoir. Dugdale fera suivre un dossier au Ministère public. C'est eux qui décideront.

— Mais vous essayerez quand même.

Karlsson rit.

— Dans votre prochaine vie, vous serez un chien d'assaut. Le genre qui mord et ne lâche plus.

— Rendez-vous chez Frieda, m'man, lança Chloë.
— Quoi ? *Quoi ?* Oh, mon Dieu ! Pourquoi ?
— Viens, c'est tout.

— Désolé, répondit Jack à la femme aux cheveux roses. C'est fini pour aujourd'hui. Le stand est fermé.
— Mais j'ai besoin de fromages pour mes invités !
— Là.
Il emballa pour elle une part de brie, puis une belle tranche d'un bleu persillé, et les lui tendit par-dessus le comptoir.
— Je vous dois combien ?
— Rien du tout.

— Allez, viens, lança Reuben à Alexei. Tu feras tes devoirs un autre jour. Mets tes chaussures.
— On va où ?
— Chez Frieda.

Cinquante-trois

Yvette ouvrit la porte de la petite pièce étroite. Une fenêtre haut perchée laissait filtrer les derniers rayons d'un soleil pâle, et Frieda entra.

Lola était assise devant la table, la tête posée sur ses bras, ses cheveux étalés. En entendant la porte, elle leva la tête. Sa figure était barbouillée de larmes, ses yeux étaient rouges. À la vue de Frieda, elle laissa échapper un petit gémissement et se recroquevilla.

Frieda tira une chaise et s'assit face à elle.

— Allons, Lola, dit-elle. C'est fini.

— Vous êtes au courant ? murmura Lola. Pour moi ?

— Oui. Ça fait un moment que je le suis.

Un silence s'abattit dans la petite pièce. Lola la dévisagea, pupilles dilatées.

— Comment ça ?

— Je savais que Dean vous avait piégée, répondit Frieda d'une voix égale.

— Mais… mais je ne comprends pas. Comment l'aviez-vous appris ? Et depuis quand ? Et si vous saviez…

Elle ne put achever sa phrase.

— Vous n'avez pas vraiment besoin de connaître les détails, répondit Frieda. Ce n'est pas ce qui compte.

— Mais si, ça compte ! répliqua Lola, au désespoir. Je vais passer le reste de ma vie à me rappeler chaque instant passé en votre compagnie. Ce que j'ai fait, ce que vous avez fait. J'ai besoin de tout savoir.

Frieda réfléchit. À quel moment Lola s'était-elle trahie ?

— Affronter ce monde est déjà suffisamment difficile en soi, commença-t-elle, mais mentir est plus difficile encore. C'est comme d'essayer d'assembler tout un nouvel univers, mais les morceaux ne collent pas. Des trous apparaissent. Pour quelqu'un comme Dean Reeve, ce n'est pas un problème. Il vivait dans ses mensonges et ses fabulations. Mais pour quelqu'un de bon, comme vous, il est difficile de mentir.

— Arrêtez avec les sermons, coupa Lola d'un ton morne. Comment l'avez-vous su ?

— À divers détails. Quand je vous ai vue après la mort de Jess, vous portiez une montre, celle dont vous m'aviez dit auparavant que vous l'aviez oubliée là-bas. Ça ne collait pas avec le fait que vous auriez trouvé Jess morte, comme vous l'avez raconté. Il s'était donc vraisemblablement passé autre chose.

— Quelle erreur idiote…

— Si ça n'avait pas été ça, ç'aurait été autre chose. Ensuite je l'ai su parce que chaque fois que Dean a failli nous coincer, c'était après que vous aviez réussi à avoir quelques moments à vous. J'imagine que vous avez emprunté un téléphone ou autre et que vous l'avez appelé. Je l'ai su parce que vous détestiez notre planque à Regent's Park et que pourtant, après avoir fait votre bref tour dans le parc, vous ne vouliez plus la quitter.

— Donc vous me surveilliez ?

— Bien sûr que je vous surveillais. J'observe tout le monde. Je n'en ai eu la certitude qu'après avoir commis une erreur. Je vous ai indiqué où l'on trouverait le prochain cadavre. Mais je m'étais trompée. J'ai loupé une rivière. Beverley Brook n'était pas le bon cours d'eau, mais c'est tout de même là que Dean Reeve a laissé le corps. Il agissait d'après les informations que vous lui livriez.

Lola la contemplait la bouche légèrement entrouverte. Ses traits s'animaient, comme si elle essayait de dire quelque chose mais aucun mot ne venait.

— Par-dessus tout, je l'ai su à votre comportement. Ce n'était pas seulement que vous étiez terrifiée. Vous paraissiez souvent terrifiée par *moi* – ou du moins, d'être avec moi. Parfois vous vous agrippiez à moi et d'autres fois, vous m'évitiez. Parfois vous parliez à tort et à travers, comme pour tenter d'étouffer ce que vous ne pouviez pas dire. Vous redoutiez le silence et ce que vous risquiez de dévoiler par erreur. À d'autres moments, vous étiez mutique. Il était évident à mes yeux que vous dissimuliez quelque chose. Ou tout du moins, que vous tentiez de dissimuler quelque chose. C'est très lourd à porter, un secret. Ça peut vous détruire.

— Vous le saviez et vous ne m'avez rien dit. Tout du long.

— Oui.

— C'était un *enfer* pour moi, répondit Lola. Et tout ce temps-là, vous saviez. Vous vous êtes servie de moi.

— Je vous ai répété à plusieurs reprises qu'il n'y avait rien que vous ne puissiez me dire. Je vous ai vue décider, chaque fois, de vous taire. Mais vous avez raison. À la fin, je me suis servie de vous pour indiquer à Dean Reeve où je serais.

— Je m'en suis remise à vous et vous m'avez utilisée. Ça va, vous avez bonne conscience ?

— Le but de notre existence terrestre n'est pas d'avoir bonne conscience. Et n'allez pas vous considérer comme la principale victime de cette histoire. Il y en a eu beaucoup d'autres avant vous, et la plupart sont morts.

Elle dévisagea Lola sans ciller.

— Même à la fin, quand Karlsson vous a trouvée, vous avez continué de mentir.

— J'y étais obligée.

— Vous le pensez sincèrement ?

— Ils vont m'arrêter. Je vais faire la une de tous les journaux. Ça va être, genre, « Dean Reeve et Lola Hayes ». Je vais comparaître devant la justice et tout le monde saura ce que j'ai fait et me haïra.

Bouleversée, elle se mit à sangloter pour de bon, à gros sanglots saccadés, misérables.

— Et mes parents ? Je vais aller en prison. Comment pourrai-je jamais… jamais… jamais…

Son corps en était secoué tout entier.

Frieda se pencha en avant et posa une main sur celle de Lola, découvrant ses ongles rongés, des irritations au poignet.

— Lola, vous allez traverser des épreuves, mais ça, ça n'arrivera pas. Vous ne serez pas inculpée.

Lola passa le dos de sa main sur sa figure ruisselante, son nez qui coulait.

— Que voulez-vous dire ?

— Juste ça.

— Pourquoi ?

— D'après ce que je comprends, ils n'ont pas l'air de penser que vous seriez condamnée.

— Vous y êtes pour quelque chose ?

— Je leur ai fait part de mes convictions personnelles.

— Alors vous comprenez ?

Lola se redressa un peu et repoussa ses cheveux filasse derrière ses oreilles.

— Vous comprenez pourquoi je l'ai fait ?

— Je le comprends.

Lola s'empara des deux mains de Frieda et les serra fort, hagarde.

— Il a tué Jess devant moi. Je l'ai vue mourir.

Frieda soutint le regard de Lola, attendant la suite.

— Et je n'ai même pas essayé de l'en empêcher.

— Vous pouviez me le dire, Lola.

— Il a dit qu'il tuerait mes parents. Qu'il me montrait ce qu'il leur ferait. Vous ne comprenez pas ? Je n'avais pas le choix.

— C'est ça que vous vous dites, que vous n'aviez pas le choix ?

— Je ne sais pas ce que je me dis, répondit Lola au désespoir. Je n'en sais rien. Je n'ai pas envie d'être celle que je suis. Qu'est-ce que je vais faire ? Comment pourrai-je le supporter ?

— Je ne sais pas. Mais voici par quoi vous allez commencer : vous allez examiner ce que vous avez enduré et ce que vous avez fait sans vous mentir. Dites-vous la vérité.

— Je hais la vérité !

— On ne vous demande pas de l'aimer. C'est un truc avec lequel on doit vivre, comme l'eau ou la lumière.

— Pourrez-vous me pardonner ?

— Ce n'est pas la bonne question.

— C'est quoi, la bonne, alors ?

— Pouvez-vous vous pardonner ?

Frieda se leva. Elle posa une main sur la tête baissée de Lola, qui la releva, les yeux mouillés. On aurait dit une enfant abandonnée. L'espace d'un instant, Frieda la revit lors de leur première rencontre, quand elle s'était jetée à son cou et avait tenté de la consoler de tout ce qu'elle avait vécu.

— Vous avez été embarquée dans une histoire terrible, conclut-elle. Vous avez traversé des trucs que personne ne devrait vivre. Mais, même si ça n'en a pas l'air pour l'instant, c'est aussi une espèce de cadeau, si vous en faites usage courageusement. Vous vous connaissez comme peu de gens auront jamais l'occasion de se connaître. Vous savez de quoi vous êtes capable.

Elle ouvrit la porte, mais Lola se rua à ses pieds.

— Frieda !

— Oui.

— On se reverra, un jour ?

— Je ne pense pas.

— Je vous en prie, ne partez pas. Ne me laissez pas.

— Vous devriez aller retrouver vos parents. Et quelqu'un avec qui parler de tout ça.

— Je ne peux pas le faire avec vous ? Vous êtes la seule personne capable de comprendre et de réparer.

— Non, Lola. L'histoire qui nous lie est finie.

— Karlsson ?
— Quoi ?
— Avez-vous jamais tué quelqu'un ?
— Non, bien sûr que non.
Elle hocha la tête.
— Moi non plus.

Cinquante-quatre

Sarah Kernan reposa le combiné et se tourna vers sa sœur.

— C'était la police, dit-elle d'une voix contenue. Ils l'ont eu. Celui qui a tué Geoff. Ils l'ont eu.

Debout au milieu de la cuisine, en pantoufles, un torchon sur l'épaule, elle se mit à pleurer. Elle ne porta pas ses mains à sa figure, ne se replia pas sur elle-même. Ses épaules étaient prises de secousses et des larmes roulaient sur ses joues. Sa sœur s'approcha d'elle et la prit gauchement dans ses bras ; on n'était pas du genre à s'étreindre dans la famille.

Après l'appel de la police, Maiko, la petite amie de Jonah Martin, traversa la maison pieds nus et s'installa devant son ordinateur. Elle tapa le nom de Dean Reeve et contempla longuement l'image qui s'était affichée. Puis elle entra le nom « Frieda Klein ». Elle étudia ces traits sévères, avec l'impression, presque, que cette dernière la scrutait en retour à travers l'écran.

Quelques minutes plus tard, elle se détournait, une main posée sur l'arrondi de son ventre. Le bébé donnait souvent des coups de pied. Parfois, il avait le hoquet. À présent, elle le sentait bouger sous sa paume. Elle se l'imagina avec les traits de Jonah.

— Tiens… lâcha Walter Levin à Jock Keegan. Elle l'a fait.

Keegan releva la tête.

— Reeve ?

— Trouvé flottant dans le canal avec la gorge tranchée. Et une balle dans la jambe.

— Une balle ? C'est quoi, cette histoire ?

— Un détail qui reste à résoudre.

Keegan secoua la tête et sourit.

— Je ne pensais pas qu'elle s'en tirerait sur ce coup-là, avoua-t-il. Je trouvais qu'elle avait un peu trop tiré sur la corde.

Levin resta pensif.

— Je dirais que ses chances étaient de 50-50. Un peu moins, peut-être, avec cette fille dans les pattes. On a manqué de jugeote.

— Elle va bien ?

— Apparemment.

Keegan se la remémora telle qu'il l'avait vue pour la dernière fois, devant ces maisons gigantesques de Rivingdale Terrace. Elle paraissait plutôt calme et maîtresse d'elle-même, mais quelque chose d'intense en elle l'avait mis mal à l'aise.

— Je me demande… ajouta-t-il.

— Tu crois qu'on pourrait la convaincre de nous donner des coups de main ?

— Bien sûr que non.

Levin regarda Keegan d'un air interrogateur et narquois.

— Tu m'en as l'air bien sûr.

— J'en ai la quasi-certitude. Elle ne reviendra jamais ici, et ne remettra jamais les pieds dans les bureaux de la police. Elle en a sa claque, elle a tourné la page.

— Oh, pas tout de suite bien sûr. Laissons-lui le temps de se remettre. Mais…

— Non. Tu n'as pas compris ? Dean Reeve est mort. Elle a sa dose.

Carrie Dekker, épouse d'Alan, le jumeau de Dean Reeve, se pencha et passa ses bras autour de son chien, en quête de réconfort. L'homme qui avait tué son mari, qui s'était fait passer pour lui une journée et une nuit, n'était plus. Mais il était trop tard pour elle, restée seule et sans enfant.

Matthew Faraday, assis devant l'ordinateur, entendit la porte d'entrée s'ouvrir et se refermer en claquant un grand coup.

— Matthew ! Matthew !

C'était sa mère, qui le hélait d'en bas et d'une voix qui lui fit redouter le pire.

— Viens voir ça.

Huit ans auparavant – rouquin, couvert de taches de rousseur, avec les dents du bonheur –, il était devenu l'enfant le plus célèbre du pays quand Dean Reeve l'avait kidnappé. Il s'en souvenait par bribes cauchemardesques – une pièce fermée à clé, une botte dans sa figure, le manque des siens qui avait été si cruel et amer qu'il s'était littéralement immiscé jusqu'à l'os. Aujourd'hui encore il lui arrivait souvent de se réveiller en pleurs. Mais il se rappelait Frieda Klein très nettement, comme une figure lumineuse, détachée des événements qu'elle traversait. Elle était restée debout sous la fenêtre, des flocons de neige dans les cheveux. Elle l'avait ressorti de sa tombe, l'avait ramené à la vie.

Charlotte Beck, épuisée, s'affala dans le canapé avec sa fille, qui s'était enfin endormie. Elle savait qu'il restait une bouteille de vin au frigo. Mais pour la chercher il lui faudrait se lever et soudain, l'effort lui parut trop grand. Elle s'empara de la télécommande et zappa de chaîne en chaîne. Soudain, elle aperçut un visage et s'arrêta, augmentant le volume.

C'était lui, l'homme qui s'était assis sur le trottoir à côté d'elle, qui lui avait dit qu'elle avait bien fait et qui l'avait raccompagnée chez elle, et sur lequel la police l'avait interrogée par la suite. Elle écouta le reportage, s'efforçant de comprendre ce qui s'était passé. Elle découvrit les traits d'une certaine Frieda Klein et se rendit compte qu'elle l'avait rencontrée, elle aussi.

Elle resta assise, hébétée, la tête de sa petite fille tiède et pesante sur son épaule ; l'espace de quelques instants, elle avait été happée par l'histoire de Dean Reeve et de Frieda Klein.

Elle pressa ses lèvres sur la tête soyeuse de son bébé.

— Ben ça alors… Qui l'aurait cru ?

Cinquante-cinq

Frieda aurait préféré rentrer chez elle seule. Elle l'avait imaginé tant de fois ces dernières semaines – elle s'était vue ouvrir la porte, pénétrer dans cet espace propre et baigné de silence. Elle s'était même entraînée ce matin-là, allant jusqu'au bout de l'entrée, caressant le chat. Elle avait ressenti comme une promesse le calme qui régnait dans les pièces vides, figées dans son attente.

Au lieu de quoi elle eut droit à une fête de bienvenue. Tandis que la voiture entrait dans l'impasse en se frayant un chemin à travers les journalistes, elle aperçut de la lumière en bas derrière les volets fermés. Alors qu'elle s'approchait de la maison en compagnie de Karlsson, la porte bleue s'ouvrit à la volée et le visage de Chloë s'y encadra, presque défiguré par l'émotion.

— Frieda, s'écria-t-elle. Oh, Dieu merci !

— Bonsoir, répondit Frieda en entrant et refermant la porte sur la petite foule agglutinée dans la rue.

— Frieda ! cria une voix aiguë.

C'était Olivia, qui brandissait une bouteille de champagne dans sa direction tout en se débattant avec le bouchon de sorte qu'il lui rasa l'oreille avec un grand bruit ; pendant que des giclées de mousse blanche s'écrasaient par terre. Derrière elle, Frieda vit le petit chat s'enfuir à l'étage.

— Frieda, dit Reuben, qui sortait de la cuisine, vêtu de son gilet le plus élégant. Vous nous en avez donné, du souci.

Jack fit son apparition par-dessus l'épaule de Reuben. Il souriait et hochait la tête en passant sa main dans ses cheveux en pagaille. Il était vêtu d'une chemise orange et d'un pantalon rayé, et arborait une fine moustache qui lui donnait un air légèrement comique.

— Mais laissez-la passer ! plaida Karlsson.

— Tu veux peut-être un bain, proposa Chloë. On t'a acheté de la mousse.

Frieda avait l'impression que la maison ne lui appartenait plus – ou pas encore : elle était son invitée. Elle contempla tous ces visages lumineux, souriant ou s'efforçant de sourire, prit un verre dans la main que lui tendait Olivia, même si elle n'appréciait pas vraiment le champagne.

— Merci, commença-t-elle d'une voix un peu éraillée.

Elle détourna le regard de la troupe.

— Où est Josef ?

— Il est là, répondit ce dernier en descendant l'escalier, Alexei sur les talons.

— Bonjour, déclara-t-elle.

Il la salua en chancelant, elle comprit qu'il avait bu. Ses yeux bruns lui adressaient un regard brûlant et il porta sa main à son cœur : l'espace d'un instant, elle crut qu'il allait se mettre à chanter.

— Ça ne sent pas pareil que d'habitude, fit-elle remarquer.

— Ah oui, lui accorda Chloë dans son dos.

— Qu'avez-vous fait ?

— On a fait ensemble, moi et Chloë, et un ami à moi.

— C'était son idée, se défendit Chloë. Je lui ai dit que tu n'aimais pas les surprises.

— En effet.

— Ça, vous allez aimer, rétorqua Josef d'un air triomphant. Suivez.

Il leur adressa à tous un majestueux signe.

— Tout le monde. Jack, apporte les verres. On porte un toast à Frieda.

Ils montèrent tous ensemble.

— Fermez les yeux, ordonna Josef quand ils atteignirent le premier étage.

— Oh, je t'en prie !

— Fermez et je dis quand.

Frieda poussa un soupir et ferma les yeux, grimpant la volée de marches suivante en se guidant à tâtons, son verre de champagne toujours à la main.

— On arrête maintenant. Regardez !

Elle ouvrit les yeux. Silence : chacun guettait sa réaction, avec grande anxiété en ce qui concernait Chloë. Elle vit à quel point Karlsson était épuisé : il était presque gris de fatigue.

— C'est bien ?

Josef la fixait, les yeux remplis d'espoir.

Elle posa un doigt sur ses lèvres.

— Une seconde.

Elle ouvrit la porte et sortit dans la nuit. L'air était froid et Londres scintillait tout autour d'elle. Elle se retourna.

— C'est magnifique, répondit-elle.

Le sourire de Josef s'épanouit.

— Vraiment ? se ragaillardit Chloë. Tu aimes ? Tu ne nous en veux pas ?

— C'est un cadeau, fit remarquer Frieda.

Tous se bousculèrent pour franchir la porte et la rejoindre.

— Ça me paraît plutôt solide, commenta Frieda. Mais est-ce que ça supportera notre poids à tous ?

Josef parut vexé.

— Ça peut porter vingt personnes. Cinquante. On peut monter une voiture ici.

— Pour l'instant, je m'inquiète juste de sept adultes et un enfant.

Elle s'approcha de la rambarde. Elle paraissait tenir. Elle balaya les alentours du regard. Le ciel de ce soir était un mélange chaotique d'orange et de rouge, mêlé de traînées d'avions à réaction. On apercevait les lumières de la tour BT toute proche et de Canary Wharf au loin. Josef vint se planter à côté d'elle.

— N'avez-vous pas confiance en Josef ? dit Reuben en versant le vin dans les verres.

Frieda se tourna vers lui en esquissant un sourire.

— Vous savez comment j'ai rencontré Josef la première fois ?

— Vous voulez dire, quand il est tombé du plafond ?

— J'ai cru qu'il était mort.

— Ah, les constructeurs anglais, ironisa Josef avec un reniflement de dédain.

Frieda inspecta la terrasse en bois séché sur laquelle ils se trouvaient, la nouvelle table et les chaises.

— Josef, il faut que je vous paie pour ça.

— C'est mon cadeau.

— Laissez-moi au moins vous rembourser les matériaux. Les planches et cette table et ces chaises. Elles sont magnifiques. Elles ont dû coûter une fortune.

— Rien du tout, répliqua Josef en haussant les épaules.

Frieda regarda Josef, puis Karlsson, puis Josef à nouveau.

— Je poserais bien encore quelques questions, reprit-elle. Mais on a un policier parmi nous.

— Je ne suis pas en service, protesta Karlsson.

— À Frieda, déclara Reuben.

Tout le monde trinqua.

— Vous avez l'air crevée, fit remarquer Jack.

— Ça va. Peut-être que tout ça me paraît encore un peu irréel.

— Tu nous as tellement manqué, avoua Chloë d'une voix tremblante.

Frieda les observa un à un. Elle avait envie de leur dire qu'ils lui avaient manqué à elle aussi, tous autant qu'ils étaient, mais pour finir, elle se contenta de lever son verre à leur santé.

— Tu as dû vivre un enfer, commenta Olivia. Je ne sais pas par où commencer, ni quelles questions poser.

— N'en pose pas.

— Mais tu n'as pas envie de nous raconter ?

— Non.

Enfin ne restèrent plus que Karlsson et Josef sur le balcon. Au-dessus de leur tête, la lune brillait dans un halo. Karlsson fit apparaître une bouteille de whisky et Josef alla chercher trois verres et une carafe d'eau.

Karlsson prit un mouchoir dans sa poche et essuya la bouteille.

— Ça fait des années que j'ai ça dans un placard, expliqua-t-il. On me l'a offerte. Je la gardais pour une occasion spéciale. Je crois que le moment est venu.

Il enleva le bouchon et en versa dans les trois verres. Chacun d'eux le sirota d'un air pensif.

— Il est bon, commenta Josef.

— Oui, il est bien, confirma Karlsson.

Ils gardèrent le silence un long moment. Karlsson remplit à nouveau les verres. Frieda semblait perdue dans ses pensées. Soudain, elle regarda Karlsson.

— Allez-y, l'encouragea-t-elle.

— Quoi ?

— Posez les questions que vous avez envie de poser.

Karlsson s'adressa à Josef.

— Ça vous va ?

— Ça va.

— Parce que j'ai comme l'impression que vous avez quelque chose à voir là-dedans.

— Ça va.

Karlsson reposa lentement son verre sur la table.

— Très bien, Frieda. Que s'est-il passé ?

Quand Frieda prit la parole, ce fut comme si elle s'adressait à elle-même.

— Reeve cherchait à me dicter où aller pour qu'il puisse me tuer.

— Pourquoi l'auriez-vous fait ? s'étonna Karlsson.

— Je l'ai envisagé. J'ai pensé que je pouvais me sacrifier et qu'il s'arrêterait peut-être ensuite. J'étais dans cette disposition quand je me suis rendue à

Counter's Creek – mais comme nous le savons, la police l'a intercepté. Ensuite, je ne savais plus du tout ce que j'allais faire, à part le retrouver.

Le regard de Karlsson passa à Josef, en train de se resservir.

— Et alors, quand avez-vous renoncé à ce plan ridicule ?

— Ridicule ? protesta Frieda.

— Je veux dire, ridicule si vous ne teniez pas à vous faire assassiner.

— Je savais que Lola était en contact avec lui.

— Vous le saviez ?…

— Oui.

— Comment ?

Frieda leur rapporta, plus calmement, ce qu'elle avait expliqué à Lola.

— De sorte qu'au lieu que lui vous contrôle, vous pouviez le manipuler ?

Frieda resta impassible. Karlsson n'était même pas sûr qu'elle l'écoutait.

— Vous auriez pu collaborer avec la police. Vous auriez pu lui tendre un piège.

Elle secoua la tête.

— La police avait déjà tenté le coup et ça a été un désastre. Et il n'y aurait qu'une chance. Je me suis dit que si Reeve apprenait que j'allais me rendre à l'endroit où il avait tué son frère, il ne serait pas capable de résister à la tentation.

— Et que vous auriez fait le nécessaire pour que quelqu'un l'y attende.

— Pas seulement quelqu'un, Josef et Stefan. Un de ses amis.

Karlsson jeta un coup d'œil vers Josef, qui s'appliquait à se perdre dans la contemplation de son verre de whisky.

— Comment pouviez-vous être certaine que Reeve n'y parviendrait pas le premier ? Qu'il n'allait pas les repérer ?

— Parce que, quand j'en ai parlé à Lola, ils étaient déjà en place. Et je ne crois pas qu'il les aurait repérés parce que j'ai confiance en Josef.

Elle lui lança un regard en coin.

— J'ai confiance en lui à tous les égards, à part pour ce qui est de faire des travaux chez moi sans permission.

Karlsson finit son verre, puis remplit les trois de nouveau.

— Et donc, que s'est-il passé ?

Quand Frieda se mit à parler, elle se sentit soudain hors d'elle-même. Elle parlait toujours mais pouvait en quelque sorte s'écouter parler. Elle se rappelait et narrait mais en même temps, elle se retrouvait pour de bon à la rivière Lea, appuyée à la rambarde, à contempler les eaux. Elle perçut distinctement le faible bruit de pas et continua de patienter, le temps que l'image de son père s'évanouisse. Elle prit une lente inspiration, puis une autre. Elle ressentait un grand calme. De la paix, peut-être. Elle se tourna et le regarda. La dernière fois qu'elle l'avait vu, c'était huit ans auparavant, dans une salle d'interrogatoire de la police. Il n'avait pas vraiment changé, un peu plus mince peut-être, quelques mèches grises dans les cheveux. Il portait des chaussures marron éraflées, un jean, un blouson noir zippé avec une chemise marron visible en dessous. Elle vit quelque chose étinceler dans sa main droite, suspendu sur son flanc : la lame d'un couteau. Il y avait une expression indéchiffrable dans ses yeux bruns. Ce n'était ni de la haine ni de la rage. Plutôt une forme de curiosité, de fascination, de désir ardent même. Il respira profondément. Comme quelqu'un dans un jardin, humant des senteurs. Il avait l'air d'un homme satisfait, arrivé à destination, dans son élément.

La seule pensée qui lui venait à l'esprit était celle-ci : et alors, *c'est tout ?* C'est *ça* qui a causé tant de morts, tant de souffrances, qui a détruit tant de vies ? Tout ça pour quoi ? Un truc tordu, un plomb fondu, dans la tête d'un homme.

— C'est bon, là, dit Frieda. C'est fini.

— Pas pour moi, Frieda, rétorqua Dean Reeve. Pas encore. Bientôt. C'est votre heure.

— Non, répliqua-t-elle.

Un autre bruit s'éleva derrière lui et Reeve fit volte-face. Deux hommes émergèrent d'un fossé et prirent pied sur le sentier. Frieda constata juste que l'un d'eux, Josef, tenait à la main une batte de baseball. L'autre, Stefan, était à moitié dissimulé par Reeve. Celui-ci se retourna vers Frieda et un lent sourire commença de se dessiner sur ses lèvres.

Et à partir de là, elle n'arrivait jamais à bien revoir la suite des événements. Même sur le moment, tout sembla se produire en même temps. Reeve bondit vers elle. Ils étaient à neuf mètres de distance, peut-être. Pendant que Frieda se demandait si c'était ainsi que ça allait finir pour elle et si ça ferait mal, il tomba soudain à genoux et une déflagration assourdissante résonna dans les airs, si fort qu'elle la perçut physiquement autant qu'elle l'entendit.

Reeve fit un effort pour se redresser mais sans y parvenir. Il tenait toujours le couteau dans sa main droite mais Frieda, Josef et Stefan étaient hors de portée et Reeve ne pouvait bouger et une flaque rouge sombre grandissait sur son pantalon, juste en dessous du genou. Frieda sortit son téléphone et au même moment, interpella Stefan, à présent derrière Reeve, et qui tenait son revolver à l'arrière de sa tête.

— Arrêtez. Ça suffit. Vous devriez partir, maintenant. J'appelle la police. Vous ne voulez pas être mêlé à ça.

Les yeux de Stefan lançaient des éclairs. Frieda n'était pas certaine qu'il l'ait entendue.

— Ce qu'il a fait à Alexei, rétorqua-t-il. Ce qu'il leur a fait, à tous !

— Non, persista Frieda plus sèchement, et Stefan les regarda, elle puis Josef, qui confirma d'un signe de tête.

— Vous avez gagné, l'encouragea Frieda d'une voix plus douce. Allez-vous-en.

Stefan remit l'arme dans la poche de sa veste. Il leva une main, exécuta un drôle de petit salut et s'éloigna d'un pas rapide.

— Et maintenant ? s'enquit Josef.

Tous deux regardèrent Reeve, lequel dévisageait fixement Frieda, les yeux toujours remplis de la même attente, du même désir.

— Vous… commença-t-il. Frieda. Frieda Klein…

Frieda l'ignora. Rien de ce qu'il pourrait dire ne saurait l'intéresser. Elle s'apprêtait à composer le numéro sur son téléphone quand elle vit un mouvement : la main de Dean Reeve leva la longue lame luisante du couteau. Il posa la pointe dans le creux tendre sous son oreille gauche et la tira en travers de son cou dans un éclair argenté. L'espace d'une seconde à peu près, il ne se passa rien, puis du sang se mit à bouillonner. Il la fixa du regard encore quelques secondes, arborant toujours ce même sourire, avec la grande plaie bâillant juste en dessous, puis bascula de côté, comme s'écroulerait un arbre, légèrement en avant, dans le canal. Il glissa dans l'eau noire sans une éclaboussure. Ne restait plus que le couteau sur le sentier.

Frieda jeta le téléphone à terre et sauta dans l'eau, fut saisie par le froid. Elle inspira un bon coup et plongea sous la surface. Elle avait les yeux ouverts mais ne voyait rien. Elle tâtonna autour d'elle. Rien, rien. Rien que de la boue, un fond granuleux et le contact visqueux des algues. Mais elle attrapa quelque chose. Elle tira dessus et le souleva lentement. Elle remonta à la surface et s'aperçut qu'elle tenait Dean Reeve, la tête toujours dans l'eau. Josef était à ses côtés.

— Retournez-le, ordonna-t-elle.

— Pourquoi ? Vous voulez le sauver ? Cet homme ?

— Tournez-le.

Josef appuya de toutes ses forces sur un côté du corps et le visage de Dean Reeve apparut, pâle, le regard fixe. Ses yeux étaient ouverts, tout comme sa bouche, et la plaie dans sa gorge. Frieda distinguait les tendons et la trachée endommagée, ainsi que des bulles d'eau et de sang. Soudain, elle sentit une main sur elle. La main de Reeve s'agrippait à sa veste, tirait sur elle, fort, puis par saccades, l'attirait vers lui, l'entraînait avec lui. Elle baissa les yeux dessus et cette main relâcha sa prise, retomba. Quand elle reporta son regard sur la figure de Dean Reeve, les yeux étaient éteints, ils ne la voyaient plus.

Frieda et Josef se dirigèrent vers le sentier tant bien que mal et escaladèrent la berge. Josef ramassa le couteau et le jeta dans l'eau. Ils se firent face.

— Il faut y aller, ordonna Frieda.

— Je reste avec vous.

Frieda considéra le corps, qui s'était retourné une fois de plus et qui flottait à plat ventre, bras étalés.

— On ne peut pas vous trouver ici. Vous avez fait tout ce que vous pouviez. Et plus que ça encore. Allez-vous-en maintenant.

Josef haussa les épaules, impuissant.

— Très bien, je pars.

— Tout de suite, insista Frieda. Et sans vous retourner.

Il opina et là, sans prévenir, posa ses mains sur ses épaules et son front contre le sien. Quand il la relâcha, il avait les yeux pleins de larmes.

— Merci, mon ami, dit-elle.

Il porta la main à son cœur et lui adressa ce petit salut qu'il lui avait envoyé la première fois qu'ils s'étaient rencontrés. Puis il tourna les talons et s'éloigna.

Quand il fut parti, Frieda se sentit soudain vide, sans soulagement ni joie. Elle s'assit, adossée à un arbre. Elle aperçut son téléphone, tombé sur le sentier, mais ne tendit pas la main pour le ramasser. À quoi bon se presser ? L'espace de quelques secondes, elle ferma les yeux mais les rouvrit quand elle entendit un son de plus en plus fort, un grondement qu'elle ne parvenait pas à identifier.

Quand Frieda eut fini son récit, aucun d'eux ne dit mot pendant un long moment.

— Merci, dit enfin Karlsson.

— Merci ? s'étonna Frieda. De quoi donc ?

— De vous être confiée à moi, simplement, répondit-il.

— Que pouvais-je faire d'autre ?

— Vous auriez pu me dire : « Je ne vous raconterai que si vous promettez de garder le secret. »

— Je n'aime pas dire aux gens ce qu'ils doivent faire.

À ces mots, Karlsson ne put réprimer un sourire.

— Alors ça, ce n'est pas vrai.

Il leva son verre à Josef.

— Et merci à vous aussi, dit-il.

Josef inclina légèrement la tête.

— Et dites à votre ami de se débarrasser de son arme.

Josef secoua la tête.

— C'est un Russe. On peut rien lui dire.

Karlsson versa de nouvelles rasades.

— Peut-être vous pourrez travailler ensemble encore, suggéra Josef en levant son verre.

Frieda se tourna vers Karlsson.

— Plus jamais je ne collaborerai, vous le savez ?

— Je le sais, répondit-il.

— Bien. Inutile de me poser la question.

— Je le jure.

Josef alluma une cigarette.

— Mais on forme encore une équipe.

Sa diction était légèrement pâteuse.

— La bande à Frieda.

Frieda étouffa un rire. Elle reposa son verre sur la petite table.

— Je me demandais si je ne devrais pas faire pousser ici une plante qui sent bon le soir.

— Jasmin ?

— Dans ce genre-là, oui.

Tous trois restèrent assis sur le balcon sans mot dire, à siroter lentement le bon whisky.

— Il est l'heure de rentrer, indiqua enfin Josef, et ils descendirent au rez-de-chaussée.

Josef partit le premier, s'arrêtant sur le pas de la porte pour effectuer son petit salut. Karlsson et Frieda le regardèrent s'éloigner.

Quand il fut hors de vue, Karlsson se tourna vers elle.

— Frieda, commença-t-il. J'ai une chose à vous dire et…

Mais elle l'interrompit.

— Non, dit-elle. Pas ce soir.

— Mais…

— Pas ce soir, Karlsson. On peut en parler demain.

Il l'observa attentivement. Il n'arrivait pas à déchiffrer son expression, même s'il savait qu'elle le devinait, lui. Elle savait tout.

Cinquante-six

Karlsson parti, Frieda lava les verres et mit de l'eau dans la gamelle du chat. Il était tard mais elle ne dormirait pas ce soir, elle le savait. Elle n'en avait pas envie. Elle gravit de nouveau les marches jusqu'à sa terrasse, dans la douceur brumeuse de la nuit. Le chat s'approcha à pas de velours, se frotta contre ses jambes, lui confirmant qu'elle était bien rentrée.

Demain, elle réfléchirait à ce que l'avenir lui réservait. Ce soir, elle le consacrerait au passé : un temps pour les souvenirs et les fantômes. Elle ferma les yeux et dans le recoin le plus sombre elle aperçut les traits de Dean Reeve – en train de lui sourire, lui souriant toujours alors qu'il s'en allait. Au prix d'un effort quasi physique, elle convoqua alors délibérément son frère Alan, le double identique mais opposé de Dean. À présent, les yeux marron qui la regardaient du fond de sa nuit intime n'étaient plus sinistres, mais tristes.

D'autres silhouettes se présentèrent à elle, plus réelles que de simples évocations : défuntes mais toujours là, d'une absence saisissante. Elle retint un instant leurs visages : hommes, femmes, filles ; une folle dans une cellule marmonnant son propre nom sans fin.

Je suis là. Elle aperçut Sandy parmi eux, qui n'était plus un cadavre gonflé par les eaux du fleuve : il était beau, plein d'espoir, et doté d'yeux qui pouvaient la voir à nouveau.

Nul ne ressemble à personne. On ne remplace personne. Chaque mort est la fin d'un monde. Ils s'en vont, et pourtant restent. Ils longent à nos côtés les rivières secrètes.

Frieda suivit ces rivières, souterraines, oubliées, mais toujours présentes. Elle les entendit ruisseler sous les grilles, les sentit courir sous ses pieds. Elle supprima par la pensée les briques et le bitume, les boues accumulées au fil des ans, et s'assit sur leurs rives. On voyait des galets au fond de leurs lits, de petits poissons bruns dans leurs courants, et des fleurs d'eau, et des algues semblables à des chevelures humaines.

Elles s'écoulèrent devant elle, incessantes, et elle se rappela toutes ces histoires qui avaient pris fin.

Combien de temps resta-t-elle ainsi, elle n'en avait aucune idée. Des heures, peut-être. Le ciel commençait à s'éclaircir à l'est et le chat avait disparu.

Elle se leva, rentra, et referma la porte.

* * * FIN * * *

pca
cmb
édition pré-presse
livres numériques

44400 Rezé

Imprimé en Espagne par:
BLACK PRINT
en mars 2020

S30684/01